INTERNATO PARA MENINAS CRUÉIS

JESSICA WARD

INTERNATO PARA MENINAS CRUÉIS

São Paulo
2023

Grupo Editorial
UNIVERSO DOS LIVROS

The St. Ambrose school for girls
Copyright © 2023 by Love Conquers All, Inc.

© 2023 by Universo dos Livros

Todos os direitos reservados e protegidos pela Lei 9.610 de 19/02/1998.
Nenhuma parte deste livro, sem autorização prévia por escrito da editora, poderá ser reproduzida ou transmitida sejam quais forem os meios empregados: eletrônicos, mecânicos, fotográficos, gravação ou quaisquer outros.

Diretor editorial
Luis Matos

Gerente editorial
Marcia Batista

Assistentes editoriais
Letícia Nakamura
Raquel F. Abranches

Tradução
Cynthia Costa

Preparação
Ramon Queiroz

Revisão
Michelle Campos
Bia Bernardi

Arte e capa
Renato Klisman

Diagramação
Nadine Christine

Dados Internacionais de Catalogação na Publicação (CIP)
Angélica Ilacqua CRB-8/7057

W232i	
	Ward, Jessica
	Internato para meninas cruéis / Jessica Ward ; tradução de Cynthia Costa. –– São Paulo : Universo dos Livros, 2023.
	368 p.
	ISBN 978-65-5609-613-1
	Título original: *The St. Ambrose School for Girls*
	1. Ficção norte-americana I. Título II. Costa, Cynthia
23-5810	CDD 813

Universo dos Livros Editora Ltda.
Avenida Ordem e Progresso, 157 — 8º andar — Conj. 803
CEP 01141-030 — Barra Funda — São Paulo/SP
Telefone: (11) 3392-3336
www.universodoslivros.com.br
e-mail: editor@universodoslivros.com.br

Dedicado a Sarah M. Taylor.
Obrigada por vir e me achar.

Quem tem por que viver
suporta quase qualquer como.
Friedrich Nietzsche

Em algumas circunstâncias,
o silêncio é perigoso.
Santo Ambrósio

Arrume as peças
que vierem até você.
Virginia Woolf

NOTA DESTA EDIÇÃO

Apesar de ser uma obra ficcional, este livro contém cenas, diálogos e circunstâncias que podem ser considerados gatilhos para alguns leitores e leitoras.

Alguns dos temas sensíveis abordados aqui são: distúrbios psicológicos e saúde mental, transtornos alimentares, homofobia, bullying, tendência e ideação suicida. Se você apresenta algum sintoma ou comportamento que se assemelhe aos comportamentos destrutivos das personagens deste romance, recomenda-se procurar ajuda médica e psicológica especializada.

capítulo
UM

Internato St. Ambrose para Meninas
Greensboro Falls, Massachusetts
1991

Eu estava no banco de trás do Mercury Marquis 1981 da minha mãe quando avistei o Internato St. Ambrose para Meninas pela primeira vez. O carro de dez anos tem por única virtude ser confiável e estou no banco de trás porque coloquei o cesto com a minha roupa de cama no banco da frente. Minha mãe fuma e não suporto o cheiro. Achava que poderia colocar a cabeça para fora da janela de trás e respirar um ar melhor, pois ficaria mais longe dela.

Estava errada.

Passamos por dois pilares de pedra unidos por um gracioso arco de ferro preto — como uma gargantilha de ponta-cabeça —, as boas-vindas perfeitas para uma instituição do tipo suéter-e-colar-de-pérolas.

Vim para o meu segundo ano do ensino médio. Sou uma adolescente pobre de 15 anos com uma bolsa de estudos que ganhei sem saber que estava concorrendo a ela. Minha mãe preencheu a inscrição e anexou um texto meu, colocando-me entre as candidatas. Aquelas cinco mil palavras, que não eram para ser lidas por ninguém, combinadas com o meu ótimo histórico de notas foram a chave para abrir esta porta pela qual não quero passar.

— Olhe este gramado. — Observa minha mãe, gesticulando com a mão esquerda, um cigarro longo e fino aceso entre o indicador e o dedo do meio, como um lápis com uma extremidade alaranjada e raivosa. — Isto é que é *gramado*. Aposto que aparam toda manhã.

Não estou impressionada com o gramado. Não estou impressionada com nenhum dos edifícios de tijolos à vista, nem com as calçadas que cortam o campus. Tudo isso, da carta de aceite à roupa de cama no cesto, além da viagem de duas horas de onde moramos para cá, tem pouco a ver comigo e tudo a ver com a necessidade da minha mãe de elevar um pouco nossa vida. Nossa casinha de dois quartos é repleta de edições da revista *People* e de outros tabloides de fofocas de celebridades. Cada qual como uma viagem fácil e sensacionalista para outro mundo, um mundo melhor para ela. Quando acaba de lê-los, ela os guarda como se fossem diários de uma aventura que ela nunca quer esquecer.

Pergunto-me se ela não me quer fora de casa para transformar o meu quarto em depósito. Mas sei que não é isso. A verdade é que sou a plantinha de 99 centavos que ela está mudando para um lugar mais ensolarado, como o parapeito próximo à pia. Sou o pragmatismo que duvido que ela admita a si mesma de modo consciente, o reconhecimento de que a vida dela não irá a lugar nenhum, mas dane-se, afinal, ela conseguiu enfiar a desequilibrada da filha no Ambrose.

— Olhe para este campus. É como eu disse, Sally. — Ela bate o cigarro lá fora, derrubando as cinzas no *gramado*, sem se tocar da ironia de estragar justamente o que está admirando. — Eles sabem *fazer* as coisas nesta escola.

Minha mãe força um tom em muitas de suas palavras, como se sua língua empurrasse freneticamente as sílabas para fora de seus lábios reluzentes de batom, como alguém que tenta tirar água do fundo de um barco. Para ela, existe um oceano de urgências não ditas no casco de sua verborragia nervosa, então há sempre mais palavras e raramente uma pausa para reflexão. Ela fala como as revistas que ela lê, só manchetes, o dramalhão fabricado para compensar sua realidade tediosa como merendeira na Escola de Ensino Fundamental Lincoln.

— Para onde temos de ir? — Ela pergunta. Quando não respondo, ela se vira para mim por sobre o ombro. — Sally, me ajude. *Aonde* temos de ir?

Meu nome é Sarah, não Sally. Não sei de onde surgiu esse apelido, mas o odeio, e a primeira coisa que farei aqui é me apresentar como Bo. Bo é um nome decolado, unissex e incomum, assim como eu, unissex e com certeza incomum. Não estou vestida como as outras meninas que vejo circulando pelo campus — que parecem ter saído de um anúncio nas cores do arco-íris da·United Colors of Benetton —, mas de preto e com roupas largas. Não uso sapatos, mas coturnos com biqueira. Meus cabelos são pintados de preto, embora as raízes castanhas estejam começando a aparecer, como uma trilha de lama no céu noturno.

Minha mãe, que se chama Theresa, é conhecida por Tera. Tera Taylor. Como uma estrela de cinema. Ela escolheu Sarah para mim para os nossos nomes rimarem, para que pudéssemos ser almas gêmeas para sempre. Ela já me disse trezentas vezes que quer que eu tenha uma filhinha chamada Lara para dar continuidade à tradição, embora, tecnicamente, Lara não rime com Tera nem com Sarah. Teria de ser Lera. O fato de minha mãe não seguir o raciocínio que ela mesma criou deveria ser mencionado em sua carteira de motorista.

A esta altura, só espero chegar aos dezesseis anos.

— *Vamos*, Sally.

É inútil dizer que também nunca estive neste campus e que não há mapa para consultar.

— Acho que é por ali — digo, apontando para qualquer lado.

Ela amolece e acaba encontrando o dormitório correto por sorte. O Tellmer Hall parece saído de um folheto de qualquer colégio preparatório da Nova Inglaterra: tijolos à vista, três andares, duas alas e uma entrada principal com um frontão mais claro onde se lê seu nome gravado. Logo abaixo do telhado de ardósia, há um friso de mármore ostentando os nomes e perfis de grandes mestres da música: Bach, Mozart, Mendelssohn. Quando saio da traseira do Mercury, eu os encaro e começo a contagem regressiva para quinta-feira, 4 de junho, quando, segundo o calendário letivo deste ano, começam as férias de verão.

— Olhe este prédio. Só *olhe*.

Minha mãe bate a porta do motorista como que para adicionar um ponto de exclamação. O barulho oco desperta a atenção de algumas meninas que também estão descendo do carro de seus pais. Enquanto ela olha de forma sorridente na direção da perua Volvo e do sedã Mercedes, expectativa e voracidade transformam os traços ainda atraentes da minha mãe, como se ela estivesse pronta para ser convidada para jantar com os pais de camisa polo e as mães de conjunto de tricô. O que ela não percebe, e o que talvez seja uma bênção, é que eles nos examinam breve e desinteressadamente, batendo o olho no meu estilo gótico e no vestido estilo Von Fürstenberg falsificado e sintético que a minha mãe está usando. Nem se dão ao trabalho de nos rejeitar. Não somos relevantes o suficiente para isso. Os olhares deles nos atravessam, como se fôssemos fantasmas da baixa classe média.

— Vá se apresentar às meninas.

Quando não respondo, minha mãe me encara, depois espia de novo o Mercedes, como se elaborasse a logística para me obrigar a ir até lá.

Preciso arrastá-la em sentido contrário.

— Precisamos descarregar — digo.

Há dois volumes no porta-malas do Mercury. Uma mala preta estropiada e outra de um azul vivo, que, de modo inesperado, sobreviveu melhor ao tempo. Parecia que a preta seria mais forte, mais durável. Pego uma por uma. Quando me endireito, vejo um veículo na esquina do dormitório. É um caminhão de encanamento branco, estacionado nos fundos, com o logo Albrecht & Filhos em azul. O telefone começa com um código de área que desconheço.

— Você precisa se apresentar — minha mãe insiste.

— Por que os encanadores precisam me conhecer?

— De que diabos está falando?

Ela bufa sobre o ombro e rebola o traseiro até o *gramado*, acendendo outro cigarro. Minha mãe fuma quando está irritada comigo, mas também fuma por muitas outras razões.

Olho para o Mercedes que chamou sua atenção. A carroceria é de um amarelo forte e cremoso, com calotas pintadas para combinar com o tom ensolarado. É irrelevante o fato de não haver nenhuma colega estudante da minha idade para quem possa me apresentar. Minha mãe quer fazer amizades entre adultos e, enquanto olha para a mãe e o pai, ela brilha como lamê. Em sua mente, sem dúvida, já está imaginando algo além do jantar, talvez um café na cidadezinha pela qual passamos a três quilômetros daqui. Depois, é convidada para passar um fim de semana na casa de veraneio deles. Agora, esquiando todos juntos no Colorado, ou sei lá onde pessoas assim esquiam juntas no Natal. Por fim, ela os vê sentados juntos na formatura, daqui a três anos, compartilhando piadinhas que só eles entendem e relembrando com lágrimas a rapidez com que as jovens crescem e como são sortudas por terem se encontrado.

Amigos de longa data em um piscar de olhos, as suposições e fantasias são tão reais para ela quanto é para mim a percepção de que a última coisa que pessoas ricas como aquelas querem é que duas maltrapilhas, como nós, façam qualquer outra coisa que não seja lavar seu lindo sedã amarelo-ouro.

— Você está sendo ridícula — ela diz. — Vamos até lá.

Minha mãe passa o antebraço atrás do meu, e logo penso no antigo filme *O Mágico de Oz*, com Dorothy de braços dados com seus amigos, saltitante pela estrada de tijolos amarelos. A imagem faz sentido em algum grau. Estamos indo até a versão dela do mágico e, de nós duas, sou a única que de fato se importa com o que está atrás da cortina. Minha mãe não apenas se contenta em ficar na superfície; manter-se superficial é necessário para a sua sobrevivência.

Os pais no Mercedes — supõe-se que sejam pais de uma estudante também designada para este dormitório — nos olham uma segunda vez conforme nos aproximamos. Tenho vergonha de tudo relacionado à minha mãe: o vestido, a mancha de batom no cigarro, o cabelo oxigenado e este último apelo, uma apresentação não desejada que nos faz cruzar uma linha tão óbvia quanto uma muralha. Também sinto vergonha das minhas roupas pretas baratas, ainda que sejam uma expressão do meu eu interior, um sinal para o mundo de que sou diferente e não me misturo. Uma armadura.

O lado bom de parecer desajustada é que ninguém tenta falar com você.

— Não é *maravilhoso* este campus? — minha mãe começa. — Sou a Theresa… Tera Taylor. Esta é Sarah Taylor, mas a chamamos de Sally. Como vão?

Ah! Ela mudou para o Dialeto de Gente Rica. Já a ouvi falar assim antes. Ela aprendeu assistindo *Ricos & Famosos*.

E lá se foi o meu plano de me apresentar como Bo.

O olhar do pai dirige-se ao decote em V da minha mãe. Depois, para a boca dela. Minha mãe reconhece o ritual e requebra o quadril, respondendo à pergunta silenciosa dele de forma afirmativa. Enquanto isso, a esposa parece não notar a linguagem dessa negociação entre seu marido e uma possível piranha. Os olhos dela recaem sobre mim, e a pena refletida neles me faz encarar o chão.

Não quero fazer parte disto aqui. Mas tudo isso, da inscrição clandestina à chocante admissão, à animação da minha mãe falando durante o verão inteirinho sobre o meu ingresso "no St. Ambrose" e, agora, esta "apresentação", tudo isso é como cair na toca do coelho de Tera Taylor, uma revista glamorosa que ela está produzindo para si. O defeito, uma cegueira semelhante à da esposa que não consegue enxergar o flerte do marido, é não perceber que ninguém vai comprar essa mentira. Sou tão adequada ao St. Ambrose quanto a própria Tera Taylor.

— Greta logo vai descer — disse a mãe do Mercedes. — Ela fez o primeiro ano aqui e está animada para rever todo mundo.

— Greta e Sarah! — Minha mãe bate palma uma vez e a cinza do cigarro cai nas costas de sua mão. Ela a chacoalha com um sorrisinho disfarçado. — Essas duas serão *melhores* amigas. É o destino.

— Lá vem a Greta.

Meus olhos viram-se como a retranca de um veleiro, em uma tentativa de desvio para me salvar da tempestade. O que vejo emergindo do interior escuro do dormitório não me dá alívio nenhum. Loira. Alta. Seus membros seriam descritos como longilíneos em um romance de supermercado.

Tem os olhos de um predador.

Mas se reveste, sem muito esforço, com uma expressão agradável.

O sorriso de "Greta" é branco e brilhante, como um segundo sol. Ela tem sardas espalhadas sobre um nariz tão retinho e perfeitamente proporcional que só se pode concluir ser resultado de uma plástica — até ver o do pai dela e se dar conta de que o traço aquilino é fruto de cruzamentos; nenhum asno nessa linhagem de puros-sangues. Ela também tem cavidades sob as maçãs do rosto, o que me faz pensar que a aparência rechonchuda da infância foi expulsa daquele corpo há anos. Suas roupas são caras e saídas das páginas da revista *Seventeen*: uma jaqueta turquesa, uma miniblusa coral, uma saia estilosa por cima da meia-calça contrastante e sapatilhas nos pés.

Ela é uma preciosidade.

— Greta — diz a mãe —, esta é sua nova melhor amiga, Sally.

Não há nenhuma pausa constrangedora, porque a menina estende a mão de imediato.

— Bem-vinda ao Ambrose.

Minha mãe bate as mãos de novo, mas desta vez não se queima.

Avalio Greta mais uma vez, para confirmar que não estou errada, para o caso de as minhas inseguranças terem distorcido a realidade. Quando nossos olhares se encontram, ela de algum modo consegue sorrir mais e, ao mesmo tempo, semicerrar os olhos. Que truque bonitinho.

Se você for o cachorro Cujo.

Meu coração dispara como se eu já estivesse correndo na direção oposta, jogando-me no porta-malas do Mercury e me recusando a sair de lá até ser liberta deste covil.

Minha mãe está errada. Greta e eu nunca seremos amigas.

E uma de nós estará morta até o fim do semestre.

capítulo
DOIS

Passaram-se quarenta e cinco minutos. Voltei ao carro da minha mãe, onde já não há coisas minhas, o cesto de roupa devolvido ao banco da frente sem o conteúdo de lençóis e cobertores. Minha mãe está me abraçando, e inspiro o cheiro familiar de cigarro e Primo, a imitação do perfume Giorgio Armani que ela compra na farmácia. Ela não está indo embora porque já descarreguei as coisas, mas porque ela não está chegando a lugar nenhum além do estágio de apresentação com os pais de Greta. Eles tomaram a decepcionante decisão de ajudar sua filha a se instalar do outro lado do corredor, ignorando a incrível oportunidade de iniciar um relacionamento com a Theresa de apelido Tera.

Sei que essa dose de realidade desafia o mundo imaginário da minha mãe, então ela precisa ir antes que o feitiço se quebre, como Cinderela fugindo do baile antes de se dar conta de que está, na verdade, no bar da esquina. Nessa analogia, eu sou o sapatinho de cristal deixado para trás. Tenho certeza de que a minha mãe já está ansiosa pelo reencontro com seus novos melhores amigos no Fim de Semana dos Pais, já que meu dormitório, o Tellmer, cumprirá a missão de conectá-la de novo com os objetos de sua aspiração.

Tudo dará certo. Ela sente isso.

Ela está atrás do volante agora. Acendendo outro cigarro. Noto que só há mais quatro no maço. Ela vai parar na loja de conveniência do posto da cidadezinha, mas tenho certeza de que é o combustível da sua fantasia que de fato a levará de volta à nossa existência precária, não a gasolina bombeada no tanque de seu carro velho.

Minha mãe ergue o olhar para mim e, por um instante, a fachada se quebra e vejo o que há por trás. Ela está preocupada comigo. E eu também.

Mas não posso convidá-la para dentro da minha realidade, porque esse lampejo de interesse maternal não durará mais do que um momento para ela. Não posso confiar na fresta entre as nuvens de sua agitada vida interior, e não é porque ela seja abusiva. Ela está muito longe de ser cruel; é apenas egocêntrica. Então aprendi da forma mais dura que sou a única salvadora de mim mesma neste mundo.

— Vai dar tudo certo — ela diz, exalando a fumaça.

Ela precisa acreditar nisso, pois vislumbrar a alternativa de que tudo não dará certo, e ainda assim me largar aqui, significaria que ela é uma mãe negligente. E ela não é. Fui alimentada, hidratada, vestida e abrigada desde o nascimento. Os danos que ela causa nunca são intencionais e, além disso, sua necessidade desesperada, ávida, cobiçosa de se distinguir entre seus iguais nesta vida a tortura muito mais do que a mim.

Sempre senti pena dela.

— Vou ligar todos os domingos às 14h — ela avisa.

— Tá.

— Você está com o dinheiro que te dei?

— Sim.

Há uma longa pausa, o clima fica desconfortável, e ela volta a olhar para o *gramado*. A visão da grama de que ela tanto gosta parece acalmá-la, porque ela assente uma vez, em um gesto de cabeça afiado, como um martelo batido ao final de um julgamento quando se dá o veredito. Ela então acena para mim com seu cigarro e dou um passo para trás, para observar o Mercury se afastando. Ao vê-la partir, abraço meu próprio corpo. Pisco à luz de um sol de quase outono. Aspiro o ar puro.

As folhas das árvores continuam verdes. Não vai durar muito.

Viro-me e encaro o dormitório, vendo-o corretamente pela primeira vez. A porta preta lustrosa é mantida aberta por um peso de metal, e há aberturas em toda a fachada do edifício, janelas em guilhotina puxadas para cima, sem telas para amortecer os sons internos. Vozes, altas e baixas, compõem uma sinfonia que poderia ter sido escrita pelos ilustres integrantes do friso do telhado, e fecho meus olhos, tentando encontrar um refrão que resuma tudo isso. Não há nenhum.

Meu estômago dói quando entro no interior fresco do dormitório. Logo à frente está a escadaria principal e, atrás dela, para lá de uma ampla arcada, avisto uma grande área aberta, com janelas do chão ao teto e sem móveis. À esquerda há uma sala com várias mesas que não combinam, algumas cadeiras, e oito telefones com cabos longos que se cruzam sobre o tapete impecável.

Ok, então é ali que devo estar todo domingo às 14h.

À direita, na parede, há uma estante de madeira envernizada com caixas de correio, o topo de cada cubículo com um crachá inserido em um suporte de metal. Já há correspondências neles todos, uma variedade multicolorida de folhetos dobrados ao meio, formando fileiras e mais fileiras da letra *c*.

Deixo os meus papéis onde estão porque ninguém mais pegou os seus e, em meu desinteresse por comunicados, possivelmente me identifico com o restante das alunas pela primeira e talvez única vez. As escadas são da mesma madeira escura e envernizada das caixas de correio, cada degrau protegido contra o desgaste por um calço preto que também serve de proteção para quando as alunas entram com os tênis molhados de chuva ou com neve em suas botas de inverno. O corrimão torcido é da mesma madeira, e me pergunto qual será essa espécie de madeira quando passo minha mão pela superfície lustrosa.

Quando chego ao segundo andar, paro no alto da escada. À frente, há uma porta fechada com uma placa de metal onde se lê *Conselheiro Residencial*. Espio os longos corredores à esquerda e à direita. Os quartos das alunas são distribuídos em medidas equidistantes de ambos os lados do carpete marrom-claro que forra os corredores. Por um momento, entro em pânico porque não consigo me lembrar para que lado devo ir. Há muitas vozes empolgadas, muitas pessoas andando com malas e mochilas e muitos perfumes e colônias se misturando ao ar úmido e parado do verão, como um balcão de fragrâncias de uma loja de departamentos na época agitada do Natal.

Todas estão animadas com a sensação de recomeço que um novo ano letivo traz. Novos cadernos e estojos cheios de canetas, novos livros didáticos com capas ainda intocadas. Novos professores, novas disciplinas. Novos amigos, novos namorados. Reconheço esse fenômeno porque uma animação similar infectou todo mundo no primeiro dia de aula da escola pública, um ano atrás. Testemunhei tudo de longe, como aqui.

Direita. Preciso ir para a direita.

Ao caminhar para o meu quarto, percebo que sou mais como a minha mãe do que gostaria de admitir. Somos as duas excluídas, embora não me importe de ficar onde estou, nas margens longínquas da sociedade.

Meu quarto não fica tão longe, localizado logo após o banheiro da nossa ala, com seis divisórias com chuveiros, seis cabines com vasos sanitários e seis pias. Quando passo, dois homens de uniforme saem com baldes, ferramentas e um cano enrolado como uma cobra. Nem me olham. Estão suados e preparados para finalizar o trabalho para o qual foram contratados. A missão está cumprida, acho, porque parecem prontos para ir embora.

— Acabaram, garotos?

Ao som de uma voz masculina, eu me viro. Há um homem parado na intersecção dos corredores, perto da escada. Está com as mãos na cintura, como se estivesse no comando, e veste jeans e uma camiseta da turnê *Bleach* do Nirvana. Seu cabelo cresceu além do corte curtinho, as pontas espetadas como se estivessem fugindo, o castanho realçado pela umidade e iluminado por alguns fios cor de cobre. Não tem barba. Seu rosto é lindo de tirar o fôlego. Ele usa uma aliança de casamento.

Fico feliz por minha mãe ter ido embora antes de vê-lo. E curiosa para saber como ele pode chamar de "garotos" dois homens na casa dos cinquenta anos. Ele deve ter metade da idade eles, é um homem já crescido, mas longe de ter cara de pai.

Os encanadores passam e falam com ele sobre canos. Ele faz perguntas. Eu não escuto nada.

Quanto mais olho para ele, mais me sinto estranhamente inquieta e um pouco nauseada. Minhas palmas suam e uma risadinha parece se formar entre os meus pulmões, embora não tenha ouvido nenhuma piada.

Ele não percebe a minha presença, o que faz sentido. Para começar, de fato parece haver um problema no encanamento — algo nada desejável ao ter vinte quartos ocupados por moças. Mas também não sou o tipo de garota que as pessoas notam pelo motivo que eu gostaria que ele me notasse.

A caminho do meu quarto, sinto um resíduo daquele homem em mim, minhas moléculas hipercarregadas, vibrando, mesmo que não o esteja vendo mais.

O quarto que me foi atribuído é o 213 e, ao passar pela porta, quero logo fechá-la. Sou paranoica com portas abertas. Com pessoas me encarando. Com o meu segredo sendo descoberto. Minha colega de quarto não chegou ainda, porém, e parece mal-educado fechar a porta antes de sua chegada.

Nosso espaço tem dimensões generosas, sendo dividido ao meio por uma linha invisível. Uma moldura de *boiserie* recobre as paredes brancas do chão até um metro e meio de altura. Recostada na moldura, a cama é envernizada na mesma cor do piso, do corrimão, da escada, das caixinhas de correio. Um lado do quarto é como uma imagem espelhada do outro, uma cama em cada canto, as cômodas ao pé das camas, as escrivaninhas estreitas lado a lado junto à enorme janela de muitas vidraças que compõem toda a parede oposta à porta.

A mobília não é sofisticada. As camas são tradicionais, com colchões, e estes são forrados com uma prática capa de plástico costurada sobre o tecido. Os estrados são de metal e a cabeceira vai até o nível da moldura da parede, como se esta limitasse a altura de tudo ali dentro. As cômodas são de madeira velha, assim como as cadeiras das escrivaninhas.

Não escolhi o lado direito por nenhum motivo prático, mas por superstição. Quando entrei pela primeira vez com o cesto de roupas suspenso entre minhas mãos doloridas e com cãibras, ficou nítido que eu tinha de ficar no lado direito, no lado correto, ou tudo daria errado. Se acabasse à esquerda, os próximos nove meses seriam consumidos por testes acadêmicos nos quais eu não conseguiria passar, por garotas bonitas que me odiariam e por uma saudade intensa e sem fundamento, que nunca poderia ser curada, já que não gosto de morar com a minha mãe em nossa casa. Se estivesse à direita, porém, haveria uma chance de sobreviver até junho deste segundo ano do ensino médio, em uma experiência que talvez não fosse perfeita, mas ao menos tolerável.

Uma experiência que conseguiria enfrentar.

Olho por cima do ombro, para a porta. O 213 nela me incomoda demais. Vejo o quarto fechado à minha frente, do outro lado do corredor. Lá está o mais cobiçado 14 após o 2, e gostaria de poder mudar de quarto com aquela garota Greta, que não é minha melhor amiga. Eu não posso, é claro. Sou só uma peça nesta roda-viva de formação de pares e atribuição de quartos e, se a infância me ensinou alguma coisa, foi que é preciso ter resiliência.

Atrás da porta fechada do 214, há vozes. Altas, estridentes, borbulhantes. Há música também. Paula Abdul: radiante, alegre, dançante. Pais passam pela festinha exclusiva e ignoram os sons abafados. Cada garota que passa olha e se demora, como se estivesse tentando descobrir como entrar lá, o código daquele cofre cheio de tesouros.

Pego-me desejando ser bem-vinda no quarto 214 também, e odeio isso. Essa cobiça oca é o *passatempo* da minha mãe e, após vê-la querer coisas que ela não pode ter e nunca terá, não estou interessada em desejos impotentes. Se começar com isso agora, ficarei igual a ela quando adulta, com lábios gordurosos, fumando cigarros longos e finos, usando um vestido falsificado barato enquanto flerto com o pai de uma das colegas da minha filha. A boa notícia é que sei muito bem que meu guarda-roupa preto e cabelo também preto e fosco, entre outras coisas, já me impedem de acessar ao 214. Isso justifica minha estética. Prefiro tornar coisas como aquela festinha dançante ao som de Paula Abdul uma impossibilidade do que ser torturada com uma série de talvez-eu-possa que sempre acabam em derrota.

Vou até a janela, inclino-me sobre a escrivaninha e verifico o que há nos fundos do dormitório. Vejo um estacionamento com três vagas e um enorme carvalho que parece tão grande quanto o nosso prédio. Depois, há um trecho de grama bem aparada que desce até uma cerca-viva espessa, de vegetação mais selvagem, pronta para espetar ou envenenar alguém. Através das raras brechas do arbusto entrelaçado, consigo distinguir um riacho que corre bastante rápido.

Quanto mais encaro a pequena vista, mais minha mente se agita de maneiras que eu preciso observar, e me pergunto, não pela primeira vez, se vou conseguir lidar com isto aqui. E não do ponto de vista social ou acadêmico. Meus problemas são muito profundos e nem sempre consegui mantê-los neutralizados.

— Então somos colegas de quarto.

No momento que estou suspensa entre ouvir as palavras atrás de mim e ver quem as pronunciou, fico convencida, da mesma forma que sabia que deveria ocupar o lado direito, de que a garota que entrou é o mapa astral de como as coisas vão se desenrolar. Sua aparência, sua saia curta ou bermuda discreta, a barriga de fora ou a camiseta polo, tudo determinará se sairei daqui inteira.

Quando me viro, ouço um baque alto, sua grande bolsa caindo no chão, e fico instantaneamente aliviada. Ela não é como eu, mas também não é como a loira do outro lado do corredor. Ela é alta e sua bermuda revela os tornozelos grossos e as panturrilhas de jogadora de hóquei. Tem cabelos castanhos e apenas as mechas que escapam de seu rabo de cavalo são loiras. Está de camiseta azul lisa, sem nenhuma gracinha ou propaganda de show estampada, cobrindo a parte superior de seu corpo forte. Ela não usa óculos, tem um rosto quadrado e olhos azuis da cor do letreiro dos postos de gasolina Sunoco.

— Meu nome é Ellen. E o sobrenome é Strotsberry. Aqui me chamam de Strots.

Ela estende a mão. Não sorri, mas também não me olha com desdém. Ao avançar, quero lhe dizer que meu nome é Bo. Quero um apelido como o dela, enérgico, poderoso, uma declaração de que não vou me deixar abater por besteiras e de que posso lidar com qualquer coisa.

— Sarah Taylor — digo enquanto nos cumprimentamos. — Mas minha mãe me chama de Sally.

Ao dizer a segunda metade, sendo o que tenho feito toda a minha vida, percebo ser estranho que minha mãe tenha me dado um nome para rimar com Tera, mas me chame de algo que termina em *-ly*.

O aperto de mão da minha colega de quarto é seco e firme, não esmagador de ossos, mas não é nada que eu queira aguentar por muito tempo, porque não quero que ela sinta a umidade na minha palma. Ela acena com a cabeça quando abaixamos os braços, como se pudesse riscar aquela saudação ridícula de sua lista de afazeres, e não se demora antes de seguir em frente. Ela chuta a porta para fechá-la, vai até a cama do lado esquerdo e abre uma parte da janela. Largando uma mochila enorme, do tipo para acampamento, sobre o colchão revestido de plástico, ela fala um palavrão enquanto abre o zíper de um compartimento.

— Não acredito que esteja tão quente.

Ela pega um maço de Marlboro e um isqueiro Bic vermelho. Inclinando o maço para mim, ela pergunta:

— Quer um?

Abano a cabeça. Ela não me pergunta se pode fumar em nosso quarto, mas, mesmo que perguntasse, eu jamais diria a ela para não fumar. Posso já ter desempacotado as coisas e feito a cama do lado direito com meus lençóis finos e um cobertor, mas é Strots quem está no comando aqui. Fico aliviada com isso. Me imagino pedalando com dificuldade atrás dela em uma corrida de bicicletas, seu corpo maior e mais forte criando um vácuo do qual posso tirar proveito, graças aos deuses da atribuição de quartos.

Ela exala pela janela aberta.

— Então, qual é a das roupas pretas, Taylor?

Seus olhos são diretos ao se focarem sobre mim e, para não os encarar, porque adoro que ela esteja me chamando pelo meu sobrenome, concentro-me em suas mãos. Suas unhas são cortadas até o sabugo, seus dedos grossos e cheios de veias, antebraços fortes, mas não de modo viril. Ela tem sardas sob seu bronzeado, manchinhas mais escuras que denunciam sua ascendência do Leste Europeu. Sem dúvida, ela passa muito tempo ao sol, praticando esportes.

Minha colega de quarto não fuma como minha mãe, toda floreada e falsamente sofisticada. Ela inala, exala e descansa a mão que administra a nicotina sobre o joelho nu entre as tragadas. Quando a fumaça sai de sua boca, ela tenta dirigi-la para a janela aberta, mas não parece preocupada em ser pega e sua despreocupação me faz pensar se podemos fazer isso em nossos quartos. Imagino que não. Penso no Conselheiro Residencial gostoso com a camiseta do Nirvana e me pergunto o quanto ele faz vistas grossas.

Concluo que ele a deixaria fumar.

— Temos algum problema com o cigarro? — Strots me pergunta.

Percebo que meus olhos estão no isqueiro dela e no pacote de Marlboro e, no silêncio que se segue, sei que preciso dar uma explicação. Olho para o seu rosto, mas não passo do nariz, levemente queimado de sol. Seu olhar é como um raio de intimidação.

— Não — digo. — Só estou me perguntando se você combinou o isqueiro com o maço de propósito. É algo que eu faria.

Strots olha para onde colocou a dupla vermelha no colchão.

— Ah, nem havia notado.

Minha colega de quarto sorri, revelando dentes retos e brancos como uma cerca de estacas, embora não pareçam produto de odontologia cara. Assim como seus maneirismos e sua voz, cada parte dela é robusta, funcional e, no que diz respeito à confiabilidade, atraente.

— Então você usa preto porque não consegue não combinar?

Eu me olho da mesma forma que ela olhou para o maço e o isqueiro. Examino possíveis respostas e então decido, de novo, ser honesta.

— Estou com raiva do mundo.

É quase a verdade. Não consigo terminar a segunda parte. Estou brava, mas sou impotente. Tenho quinze anos, sou o produto de um homem que não se importa comigo e não está por perto, e uma mulher que se preocupa demais, mas não comigo. Além de ser meu mecanismo de defesa social, o preto parece ser a única forma de expressar a raiva interior que sinto por morar em uma casa cheia de revistas e fumaça de cigarro, sem ter para onde ir. Bem, exceto Ambrose, mas não fui eu que escolhi esta saída de emergência.

— Todo mundo tem raiva aos quinze anos — declara Strots. — Faz parte.

— Você não parece ter raiva.

— Você não me conhece ainda e as pessoas são estranhas. — Mas aí ela sorri. — Não se preocupe, descarrego tudo no campo.

— Em quê?

Ela ri.

— Nos adversários, bobinha. Já vi que você não joga nada.

— Não.

Ela arqueia uma sobrancelha, como se não pudesse imaginar como é ser eu. Respiro fundo, um suspiro de decepção com cheiro de fumaça, mas não me ressinto porque é da Strots. Não temos um problema com o cigarro dela. Pelo contrário, ali na frente dela, quero usar bermuda cáqui larga e camiseta azul lisa. Quero ter um conjunto combinando sem querer de maço e isqueiro, mas de outra marca, para não ficarmos "combinandinho" demais.

Quero arrancar a roupa preta e me proteger com a armadura de Strots.

Tudo isso é uma viagem da minha cabeça, claro. E preciso esconder esse tipo de pensamento maluco, assim como outras coisas, da Strots. Ela não tem como saber como a minha mente funciona, as conexões que faz, os lugares que visita sem a minha permissão. Se ela descobrir, vai pedir para mudar de quarto, e não quero viver sozinha onde todo mundo tem um par.

O som da descarga do outro lado da parede ao lado da cama dela faz Strots revirar os olhos.

— Este quarto é péssimo.

— Quer trocar? — pergunto apontando para a cama que já arrumei, rezando para ela não aceitar.

— Ah, não. Durmo em qualquer lugar. Mas o barulho de descarga é irritante.

— Você ficou neste quarto no ano passado?

— Não, fiquei no primeiro andar e mais adiante no corredor. Mas tenho uma amiga aqui e passo bastante tempo no quarto dela.

— Você gostava da sua colega de quarto?

Espero que sim, caso seja um sinal de que vai me tolerar.

— Não. — Strots fica em pé e coloca o maço e o isqueiro de volta no bolso da mochila. — Eu não gostava, não.

Agora, estou desesperada para que ela me fale que comigo é diferente. Quero que ela me dê um carimbo dourado de aprovação, um selo na minha testa que anuncie que passei pelo controle de qualidade.

Sou a minha mãe, dando poder a uma estranha em nome de um mito autocentrado de sua autoridade e posição superior à minha. Sou como uma sombra de roupas pretas, tentando me encaixar nos contornos desenhados no chão, seguindo os outros por onde vão.

A única vantagem que vejo em Ambrose é me livrar por um tempo de Tera Taylor, a estrela de cinema a ser descoberta. Agora parece que trouxe toda a minha bagagem comigo, além das duas malas.

Do outro lado da porta chutada por Strots há riso e conversa alta. Greta cortou o laço de sua privacidade, e pressinto que muitas garotas saem saltitando, sem o peso da pressão inicial, uma cascata de Benetton e Esprit como lantejoulas caindo do bolso de uma costureira.

Quando me volto de novo para Strots, ela está me encarando da mesma forma que examinei sua bagagem mais leve e macia. Estou acostumada a ver essa expressão nas pessoas. Atrás dos seus olhos, estão se perguntando sobre mim, ligando os pontos. Se eu pudesse ler suas mentes, suspeito de que ficaria triste, na defensiva, embora elas devam estar próximas da verdade.

— Vou te dar um conselho — Strots anuncia em voz baixa. — Não dê a elas o que elas querem.

— Quem são "elas"?

— Você vai saber do que estou falando — Strots murmura enquanto coloca o cigarro entre os dentes e abre a parte de trás da mochila. — Não dê o que elas querem e elas vão acabar cansando. Elas só gostam de mastigar os brinquedos que ainda fazem barulho.

capítulo
TRÊS

Duas noites depois, estou dormindo de costas na cama quando meus olhos se abrem de repente. O primeiro pensamento é de felicidade por ter entrado no sono REM. Adaptar-me aqui, em meio a todo o burburinho do dormitório, tem se provado um desafio e eu nunca dividi o quarto antes. E ainda tem o tráfego incessante no banheiro.

Viro a cabeça sobre o travesseiro fino. O luar está entrando pela janela do meio, como um árbitro que mantém os móveis de Strots do lado dela e os meus do meu lado. De ambos, o luar projeta sombras geométricas das molduras das vidraças cortando o piso de tábuas de pinho em pedaços de brownie de chocolate branco.

Strots está encolhida, virada para mim, com a cabeça enfiada entre os braços e as pernas puxadas para cima, mas de alguma forma afastadas do joelho para baixo. Não é uma posição fetal. É como se ela fosse uma bola atirada da luva de um jogador, voando em direção ao time adversário. Suas sobrancelhas franzidas confirmam essa impressão e, também, a impressão que tive de sua personalidade nas últimas quarenta e oito horas morando juntas: ela é uma atleta em tudo que faz. O mundo é a sua prorrogação.

Sentando-me, retiro os pés dos lençóis ásperos e coloco-os nas pantufas. Faço silêncio ao me dirigir até a porta, mas menos preocupada em acordar Strots do que na primeira noite. Pouca coisa a perturba e invejo como isso vale para as suas horas acordadas e para os seus sonhos.

Nossa porta não emite ruído ao ser aberta e, graças ao luar, não preciso ajustar a visão ao pisar no corredor. Olho para os dois lados, como se estivesse em um cruzamento movimentado, tentando atravessar sem semáforo para pedestres, chocada pela quantidade de meninas da minha idade que estão dormindo neste exato momento. A sonolência é um estado íntimo, marcado pela vulnerabilidade. Estar tão perto de tantas estranhas que se contorcem como cachorros no tapete, separadas apenas por portas sem trancas, me faz sentir como uma intrusa em todas as suas casas de uma só vez.

Não preciso andar muito para chegar ao banheiro, e esse é o problema apontado por Strots no primeiro dia. Ninguém está lá dentro quando entro e, em meu estado de sonolência, não processo os detalhes do cômodo amarelo-ouro, exceto o fato de, como sempre, me fazer lembrar daquele Mercedes. Uma coisa se destaca, porém. O ar de floricultura daqui, pesado com a umidade e a fragrância de tantos sabonetes, xampus e condicionadores, é o tipo de coisa que ainda não decidi se acho mágica ou nauseante.

Após usar o banheiro e lavar as mãos, paro em frente à lixeira, ao lado das pias, para me enxugar e esperar que consiga voltar a dormir. Ainda não sei o que me acordou.

Ouço vozes e ergo a cabeça. Sobre as pias, há uma fileira de espelhos alinhados com as cubas, como parceiros de dança que conduzem a porcelana estática. Os sons de uma discussão reverberam através da parede.

Em meu estado grogue, o primeiro pensamento é de que é minha mãe e um dos seus namorados. A ideia é descartada de imediato. Não é o banheiro certo para isso. Além disso, há apenas o som da voz masculina, grave e defensiva, enquanto o contraponto feminino, a gritaria, está ausente. Há muitas pausas, porém, o que sugere que a mulher tem muito a dizer e briga da mesma maneira bombardeadora de Tera Taylor.

Inclino-me na direção da parede para tentar distinguir as palavras. Espionar assim é errado e delicioso, um segundo pedaço de bolo roubado da geladeira depois da festa. De repente, estou muito mais acordada.

— ... por favor, não faça isso de novo com aquela Molly Jansen. — O tom parece exausto. — Já faz um ano, e as acusações já foram retiradas... Desculpe, o que foi? — Pausa. Depois, o clima fica mais tenso. — É você que está nesse caminho, Sandra. Você que escolheu o serviço... Olhe, preciso ir. — Há um curto silêncio. — Eu... Porque preciso clarear a cabeça, por isso. Te amo, mas... você anda bebendo de novo? Está enrolando a língua...

Com um calor, reconheço quem é. É meu conselheiro residencial e ele está brigando com a esposa.

— Vou desligar o telefone, Sandra. Eu... — Outra pausa. — Não tô a fim disso hoje. Não tô. Te amo. A gente conversa de manhã.

Quando ele desliga, minha consciência acende. Foi errado da minha parte ouvir, mas a vida dos adultos me fascina.

Quando me viro para sair, é a minha vez de fazer uma pausa. Entre os espelhos e as pias, há uma prateleira de vidro fosco. Na extremidade oposta, há um modelador de cachos sobre ela, como uma criança abandonada. Em um impulso, vou até ele. Não me surpreendo ao descobrir que continua conectado à tomada e ligado, mesmo após cinquenta garotas terem vindo aqui lavar o rosto e escovar os dentes antes de irem se deitar. Sem dúvida está ardendo e planejando cair em um cesto cheio de papel-toalha inflamável desde antes do jantar.

Tiro o cabo da tomada e penso em como garotas bonitas que se arrumam para jantar em uma escola só para meninas não se preocupam com perigos prosaicos, como incêndios. Possivelmente é porque, como ganharam a loteria genética da beleza, supõem que todas as consequências da teoria do caos as beneficiarão. Nada de tropeços, quedas, batidinhas no trânsito, nada de chaves de carro, óculos de sol ou livros da biblioteca perdidos. Todas as suas raspadinhas valem cem dólares, todas as filas em que entram andam mais rápido e responsabilidades negligenciadas nunca voltam para assombrá-las.

Toda essa presunção tem um efeito inesperado, porém. Pessoas atraentes são com frequência as condutoras daquilo que as abençoa, como aeromoças empurrando o carrinho de danos colaterais. Por exemplo, modeladores de cachos largados na tomada são perigosos e, mesmo que a minha hipótese esteja correta e o quarto delas não esteja em perigo, há outras tantas meninas medianas e menos que medianas tentando dormir neste dormitório centenário, que mais parece uma pilha de lenha pronta para queimar.

Ao menos esta noite, salvei minhas iguais e, quando saio para o corredor, sinto-me como uma inspetora de risco de incêndio que protegeu a vida das propensas à acne, das gorduchas, das esquisitas, das sem queixo. Quero uma medalha...

Alguém está saindo ao mesmo tempo que eu. À direita de onde estou, mas não consigo ver atrás da arcada entre o corredor e a escada. Ouço o ranger do piso de madeira, porém, assim como o ruído sutil de uma dobradiça de porta.

Seguindo adiante por curiosidade, congelo quando meu conselheiro residencial se vira para mim. Parado na porta de seu apartamento, ele está usando uma calça larga que era jeans, mas que, após ser lavada muitas, muitas vezes, agora parece ser de um algodão fininho. Sua camiseta cinza é de uma safra antiga como a calça, com uma estampa de Snoopy já bem gasta. Nos pés, as sandálias de couro deixam à mostra dedos bronzeados, e preciso admitir que, em qualquer outro, esse visual hippie não teria me atraído. Nele, é para lá de estiloso e muita areia para o meu caminhãozinho.

Seus olhos são muito, muito verdes sob o caimento do cabelo meio longo.

Não fico surpresa quando o meu corpo vibra com o calor. Nossos caminhos não se cruzaram de novo desde o primeiro dia, embora tenha aproveitado bem nossa reunião de orientação, pela única razão de poder encará-lo, já que foi ele quem falou mais sobre as regras e os regulamentos do Tellmer Hall.

— Hmm, olá — ele diz de forma descontraída, como se encontrar uma aluna no meio da noite fosse normal.

De fato, apesar do toque de recolher, não há regra contra usar o banheiro após 22h. No St. Ambrose nós somos vigiadas, não aprisionadas.

— Olá — respondo.

Minha voz sai baixa, nem eu sei se consegui ouvir. Mas fico com medo de ele concluir que pude ouvir pela parede, o que me deixa tímida.

— Não consegue dormir? — ele pergunta, puxando a porta para fechá-la.

As chaves do carro chacoalham enquanto ele tranca a porta, e me pergunto para onde ele está indo. Também quero perguntar se está tudo bem, um reflexo dos anos de espectadora dos amores da vida de Tera Taylor, a estrela de cinema a ser descoberta.

Mas, em vez disso, só digo:

— Ãh?

— Não consigo dormir também. — Ele passa uma mão pelo cabelo e a mecha caída se ajeita sobre um topete de lado. — Não sei por quê. Então decidi dar uma volta de carro. Você viu o luar? Está lindo hoje.

Seus olhos desviam-se para verificar o corredor atrás de mim, depois para a janela ornamentada do outro lado da escada e, por fim, para a passadeira sob suas sandálias hipongas. É isso que acontece quando alguém quer demonstrar compostura por fora, mas está estressado por dentro. Fico fascinada ao ver alguém tão lindo quanto ele com um problema na vida.

— Meu nome é Sarah — digo sem pensar.

— Prazer em conhecê-la. — Ele dirige o olhar novamente para mim e coloca a mão sobre o peito. — Sou seu CR, Nick, mas você já deve saber isso.

— Sim, sr. Hollis — digo, treinando para o meu brilhante futuro como oradora.

— Pode me chamar de Nick. Sr. Hollis é o meu pai.

Eu me sinto corar e olho para as sandálias dele. Ele tem dedos perfeitinhos, com unhas bem cortadas.

— Entendi.

— Preciso dar uma volta — ele diz, como se reconsiderasse. — Bem, espero que você consiga dormir.

— Obrigada. Você também.

— Obrigado. — E, ao começar a descer as escadas, ele fala sobre o ombro: — Me fale se precisar de algo, ok?

Nick Hollis, pode-me-chamar-de-Nick, acena e aperta o passo, leve como o ganhador da medalha de ouro em atletismo de descida. Continuo onde estou, como alguém que acabou de cruzar com um unicórnio na floresta, mas não teve como fotografar: memorizo o exato lugar onde estou e os sons dele lá embaixo, terminando de descer as escadas que o levarão ao porão, onde fica a saída para os fundos do Tellmer, tudo como uma sinfonia para os meus ouvidos.

Ou talvez como uma ópera trágica, com víboras e um final em que todo mundo morre.

Quando já não há mais nada a ouvir e as lembranças começam a se solidificar na minha cabeça, viro-me para voltar.

E vejo, pela segunda vez, que não estou sozinha.

Do outro lado do corredor, em frente ao meu quarto, Greta Stanhope está parada em sua porta e, apesar do horário, está vestida com jeans de cintura alta e uma jaqueta da cor da polpa de melão. Ela está me encarando como se tivesse invadido sua casa e me preparo para um confronto para o qual não estou pronta.

Tudo que ela faz é recuar como um monstro marinho, de volta às profundezas do pijama Ralph Lauren e da roupa de cama de grife.

Olho de volta para a escada e, em um instante, ignoro implicações que me deixam desconfortável.

Eu mesma recuo, então, para o abrigo do meu quarto. Vou até a cama, mas não me deito. Inclino-me sobre a janela, com as palmas abertas sobre a madeira fria da moldura e meu nariz colado contra o vidro ainda mais frio.

Não preciso esperar muito para o meu conselheiro aparecer lá embaixo.

Sabendo que já o espiei uma vez sem querer, e agora estou repetindo a violação de privacidade muito intencionalmente, logo me esquivo e acabo esbarrando nas coisas sobre a escrivaninha, derrubando cadernos e livros didáticos e fazendo com que uma caneta role e bata nas tábuas do assoalho como se tivesse quatro pernas e estivesse usando sapatilhas de sapateado.

— Minha nossa, Magda. Dá pra parar com a barulheira? — murmura Strots. — A vovó vai denunciar a gente para o mordomo.

Minha cabeça gira de uma só vez na sua direção. Ela continua de lado, em sua posição de corredora em descanso, e, embora ela reclame e me chame por outro nome, esse é o máximo de interrupção em seu sono. Deito-me e tento imitá-la. Parece que os atributos físicos da minha colega de quarto me impedem de remoer a reação da garota do outro lado do corredor, mesmo que ela tenha me encarado como se eu fosse um alvo.

Só consigo pensar em Nick Hollis.

capítulo
QUATRO

Estou sentada à minha escrivaninha, sozinha no quarto que divido com Strots. Já se passaram três noites e estou tentando não pensar na forma como Greta me olhou no corredor. Embora Nick Hollis tenha tomado a minha atenção naquele momento, o gosto residual é o da garota que mora do outro lado do corredor. Não consigo entender por que ela ficou tão ofendida com a minha presença. A menos que aquilo que suspeito estar acontecendo esteja de fato acontecendo.

Talvez os dois se conheçam de fora do Ambrose. Primos distantes? Sim, só pode ser isso. Primos dando uma volta de carro depois do toque de recolher. Logo após o lado casado e mais maduro do relacionamento ter brigado com a esposa, que está em outra cidade.

Ao tentar me concentrar na lição de casa de geometria e falhar, olho por cima do ombro. A porta está aberta. Preferiria que estivesse fechada, mas está quente e preciso da brisa que passa entre a porta e as vidraças abertas acima das camas. As vozes que invadem não são convidadas nem bem-vindas e estou, ao mesmo tempo, tentando me desligar delas e paranoica com a possibilidade de ouvir entre elas a de Greta.

Há também infinitos passos e um abre e fecha de portas.

Descarga. E depois outra.

É um dos horários de maior movimento. São 19h05 e a maioria de nós acaba de voltar do jantar. Os maiores dormitórios possuem cozinhas, como de restaurantes, e refeitórios do tamanho de campos de futebol. Nosso refeitório designado é o Wycliffe, no prédio vizinho. Não como com Strots. A mesa dela já está cheia, todas as cadeiras de encosto vazado ocupadas por meninas de moletom dos Ambrose Huskies mesmo quando faz 30°C lá fora.

Até onde vi, só há dois tipos de garotas neste colégio: as esportistas e as que se vestem como se ir a encontros fosse seu esporte, mesmo que não haja garotos para elas disputarem. As primeiras não usam modeladores de cachos nunca, e esse rígido sistema bipartite é estranho para mim. Na escola pública, havia muitas divisões e estratos. Mas não no Ambrose.

Nas últimas três noites, Strots não voltou logo depois do jantar porque ficou papeando com as amigas no *gramado* em frente ao dormitório. Volto para cá assim que acabo o que estiver no prato, desesperada para escapar do caos do refeitório e do fato de não conhecer ninguém para me acompanhar na refeição e sentar-me à mesa sozinha, fingindo ler um livro.

Olhando para as anotações que fiz na aula, contemplo a ideia de trazer comida para o quarto. Prometo tentar no café da manhã.

Outra descarga. No corredor, alguém ri.

É quando ouço a voz que estava temendo.

Olho por cima do ombro. Pela porta aberta, vejo Greta em frente ao quarto dela com duas meninas de cabelo escuro. Ela está no meio e chama atenção não só por ser loira como também por seus atributos físicos superiores. Posicionadas dessa forma, elas me lembram de um anel de noivado, em que pequenos brilhantes só estão ali para realçar o diamante maior e mais valioso no centro.

O modo como elas olham para o outro lado do corredor faz a minha garganta apertar de medo. Pergunto-me se ela contou às amigas sobre o nosso encontro noturno, depois decido que, caso sim, ela com certeza me culpou por interromper algo privado, que atrapalhei a sua vida em algum sentido: as meninas têm um ar de vingança coletiva, de proteção dos interesses de sua amiga. Não importa que conselheiros residenciais e alunas sejam compostos químicos explosivos caso se misturem.

Bom, pode ser que esteja construindo uma realidade que não existe, como a minha mãe, agindo de forma possessiva com coisas que nunca, nunca terei, independentemente da idade.

— Oi, Sal — Greta me cumprimenta com um sorriso. — Como está? Adaptando-se bem?

Ela é a única que me chama de Sal, um resquício da apresentação da minha mãe no primeiro dia. Ao perguntar sobre o meu bem-estar, a menina bonita assume um semblante de preocupação. Os olhos dela brilham como se pudessem me queimar, porém, e a escova e pasta de dente em sua mão transformam-se em armas que exterminariam mais do que cáries.

— O gato comeu sua língua? — ela insiste. — Brincadeirinha. Me fale se precisar de alguma ajuda, tá?

— Sim — respondo. — Obrigada.

— De nada.

A dupla de cabelo escuro — Stacia e Francesca, possivelmente são seus nomes — parece rir por dentro, cobrindo a boca com as mãos em concha. As duas usam pulseiras coloridas, e imagino que Greta também deve usar uma. Ela usa. Assim como uma de ouro fina e delicada.

Greta ignora o que as meninas estão cochichando para ela. Está me encarando, me gravando, preenchendo algum tipo de relatório avaliativo em sua mente. Ela então se vira, e as meninas a seguem, guiando-se pela bandeira fincada na popa de sua nave-mãe. A porta é fechada.

— Ei! E aí, Taylor? — Strots entra no quarto.

Sua presença é um grande alívio, arrancando-me da minha cabeça; por outro lado, também fico triste ao vê-la. Cinco dias após conhecer minha colega de quarto, percebo que, por mais que ela seja legal comigo, não há como eu ser sua amiga. Ela está sempre cercada das amigas atletas, ou praticando esportes, ocupada com suas coisas. Ainda quero ser ela, mas não estou mais sofrendo por não usar bermuda cáqui e camiseta azul.

— Posso fechar? — ela pergunta sobre a porta.

— Claro.

Ela fecha a porta a empurrando com o pé e vai fumar perto de sua janela aberta. Como sempre, ela resolve a falta de cinzeiro com uma Coca-Cola, que ela bebe o tempo todo. Deixa uns quatro dedos de líquido no fundo da garrafa plástica e resolve a questão, as cinzas e bitucas afogadas no açúcar e na cafeína gaseificada.

— Você pegou a Crenshaw em geometria? — Strots pergunta.

Olho para o livro didático.

— Sim.

— Ela é *molezinha*. Minha amiga fez com ela no ano passado. Peguei Thomas.

Sinto-me impelida a compartilhar uma opinião sobre o sr. Thomas.

— Mas ouvi dizer que ele é bom.

— Ela. Sra. Thomas.

Eu coro e fico calada. Durante o silêncio, tento pensar em alguma coisa, qualquer coisa que seria normal dizer.

— Você precisa conhecer gente nova, Taylor — Strots me diz. — Precisa sair mais.

Uma imagem do refeitório me vem à mente e a minha memória das duzentas garotas, todas falando ao mesmo tempo, comendo, bebendo, arrastando suas cadeiras e erguendo suas bandejas, é como um choque elétrico na minha coluna.

— Eu te convidaria para se sentar na minha mesa, mas não temos lugar — Strots diz como se lesse a minha mente. — Eles não deixam a gente colocar mais cadeiras.

Não é verdade. Já vi mesas com cadeiras colocadas nas quinas. A da Greta é uma delas. Mas sou grata por Strots tentar não me magoar e suponho que ela tenha um senso de responsabilidade que não escolheu ter, mas que não consegue evitar.

— Tudo bem — digo.

— Você não fala muito.

— Não tenho muito a dizer. — Olho para ela. — Desculpe.

— Não me incomoda, não. — Ela bate as cinzas na garrafa de refrigerante. — Mas você precisa ter amigas.

— Greta e as Morenas? — pergunto em tom sarcástico.

Strots ri.

— Ai, meu Deus, parece o nome de uma banda, e as duas são os vocais de apoio. Perfeito pra cacete.

A ideia de que Strots achou engraçado algo que eu disse me faz formigar de felicidade e percebo que quero ser minha colega de quarto não porque ela é atlética. Quero ser Greta, mas não porque ela é popular ou bonita.

Só quero ser algo, qualquer coisa, diferente dessa categoria "outra" que habito. Quero uma mesa cheia de pessoas iguais a mim, cujas vozes reconheça, cujos ouvidos queiram ouvir o que tenho a dizer, cujos olhos procurem os meus para confirmar piadinhas internas.

Não há ninguém em minha órbita e há outra razão para manter minha boca fechada. Tenho um segredo do qual me envergonho e o orgulho é a única coisa que os pobres têm de sobra em suas carteiras e armários. Sou miserável não só do ponto de vista financeiro; sou pobre de tudo, de todas as maneiras, sou pobre de marré, a deficiente ao pé da lareira, a faminta na noite de Natal, implorando por...

Paro meus pensamentos quando uma onda de frio atinge o topo da minha cabeça.

É tarde demais. Na minha mente aparecem agora inúmeras imagens daquele conto da menina dos fósforos, um dilúvio de lombadas dos romances de Dickens, um filme antigo que minha mãe me fez ver na TV, um peru descongelado no micro-ondas...

Aperto meus olhos.

Respiro fundo e faço o que o dr. Warten me ensinou a fazer. Dou um nome a esse comportamento. Este é um sintoma prodrômico que devo controlar. Não sou a menininha dos fósforos. Não sou Charles Dickens. Não sou uma criança faminta de pernas de pau em um banquinho diante do fogo crepitante, com a barriga vazia, roupas sujas, uma mancha de fuligem no meu rosto muito magro de bebê...

O coração dispara. Minha boca fica seca. Acho interessante que possa estar assim, à beira de um precipício, enquanto minha colega de quarto está ali bem relaxada, na cama, com as costas contra a parede, abrindo um livro, pegando um caderno e uma caneta Bic azul...

É uma Bic. Assim como o seu isqueiro. Um Bic. Dois Bics.

Isqueiro e caneta. Uma caneta que acende. Uma caneta-isqueiro. Bic. Bic, Bic, Bic...

Dois Bics, um Bic, um Bic, um BicumBicumBic...

Fico em pé de repente e derrubo minha cadeira. Em sua cama, Strots parece surpresa. Viro-me para tranquilizá-la, mas não consigo ouvir o que digo a ela ou o que ela me responde. Seus lábios estão se movendo, assim como os meus, mas não consigo...

— BicBicBic. Vermelha. Azul. Vermelha-Azul. Caneta. Caneta. Isqueiroazulisqueirovermelho-azul...

A próxima coisa de que me dou conta é que estou no chuveiro, debaixo da água fria.

Não faço ideia de como vim parar aqui. Estou nua, então claramente tive presença de espírito suficiente para tirar as roupas em algum lugar ao longo do caminho — por favor, Deus, não fora do quarto, não no corredor — e meus dentes estão batendo. Estou com os braços cruzados sobre meus seios sem graça, do tamanho de formigueiros, e meu cabelo preto falso cai sobre as minhas clavículas, como se petróleo corresse por cima da minha pele pálida...

Perco o controle dos pensamentos. O que quer que fossem.

Respirando fundo, fecho os olhos e me concentro mais nos meus pulmões. Inspiro, expiro. Inspiro, expiro. Lido da melhor forma que posso com os tremores decrescentes do terremoto cognitivo, aqueles saltinhos pensantes que me levarão de volta a um caminho que não quero percorrer de novo, de novo...

Mais respirações, enquanto luto contra os filamentos de loucura que estão se prendendo a mim e tentando me puxar e atravessar a cerca da realidade rumo a um parquinho com facas afiadas e lixas, cacos de vidro e pregos enferrujados.

Desesperada para me salvar, imagino Strots sentada em sua cama em nosso quarto, soprando fumaça pela janela aberta, as pernas nuas cruzadas, a outra mão segurando o maço de cigarros e o isqueiro sobre um de seus joelhos. Vejo a nova contusão em sua canela, fruto da prática de hóquei de grama. Vejo o arranhão na parte externa de sua coxa. Vejo o machucado em seu cotovelo.

Isso ajuda. A imagem da minha colega de quarto, em toda a sua precisão, detalhes da memória de curto prazo, é isso que desliga a corrente elétrica.

À medida que pouso com mais firmeza em meu corpo, vejo que esta é a principal razão de não falar muito: é preciso tanto esforço para me manter conectada com a realidade que sobra pouco para um bate-papo casual. Estou em um eterno circuito interno, minha doença mental como uma centrífuga que tenta me puxar para dentro de mim, o mundo exterior e outras pessoas como que tentando me encontrar em um jogo de esconde-esconde, que, na melhor das hipóteses, pode me trazer de volta.

Enquanto estiver medindo meu ambiente e as pessoas nele, sou como um balão de ar bem preso.

E volto a funcionar. Desta vez.

À medida que minha consciência física ressurge, a temperatura do banho torna-se dolorosa, e tremo. Estendo o braço e me atrapalho com a torneira, virando-a até o Q, depois regulo e, enfim, sinto-me confortável. Fico aliviada porque parece não haver ninguém mais no banheiro. Não ouço vozes no cômodo — e as meninas aqui são incapazes de ir a qualquer lugar sozinhas ou em silêncio —, a infinita expulsão de sílabas é como parte de sua função respiratória. Não há também nenhum aroma frutado ou floral emanando dos chuveiros de ambos os lados, nem descarga dada seguida por um suspiro sufocado, sem o frescor de hortelã nas pias.

Tenho medo do que Strots possa estar pensando sobre mim e espero que ninguém mais tenha me visto cambalear até o banheiro. Também fico surpresa ao descobrir que me lembrei de pegar meu xampu e sabonete do armário e trazê-los comigo. Eles estão aos meus pés, no azulejo, solitários em um deserto úmido. Ao contrário das outras garotas, não tenho um balde vermelho com alça para guardar frascos da Herbal Essences junto às lâminas para depilar, hidratantes e o onipresente sabonete facial da Clinique, que vem naquele recipiente de plástico verde-claro.

Não sabia que precisaria de um balde.

Curvando-me, pego o frasco de xampu. Assim como o perfume Primo da minha mãe — quase um Giorgio Armani —, meu xampu deve ser alguma imitação do das outras meninas.

Quando inclino o recipiente de plástico canelado sobre a palma da mão, um jato de produto sai de uma vez e a tampa cai sobre o ralo, dançando na chuva em ritmo cada vez menor. Olho para a cortina, mas, como ela não responde a nenhuma pergunta, volto a olhar para a palma da minha mão. A maioria do xampu totalmente diluído escorre pelos meus dedos, mas ainda há um pouquinho no fundo. Levo a mão ao nariz e meu coração bate forte. Pode-se adulterar um pote de xampu com tantas coisas, mas temo que seja urina.

Fungo, tentando identificar o cheiro acastanhado e ácido do xixi.

Não há nenhum. É apenas água.

Vou te dar um conselho. Não dê a elas o que elas querem.

Enquanto ouço a voz da minha colega de quarto na minha cabeça, penso na expressão de Greta no corredor e estou disposta a apostar que foi ela que fez isso... Ou talvez tenha mandado uma das capangas fazer o trabalho sujo em retaliação à minha interrupção noturna não intencional do que quer que ela estivesse fazendo. Ou talvez ela apenas tenha me odiado à primeira vista.

Não vou usar nada que saia desse pote.

Em vez disso, esfrego meu péssimo sabonete em barra na cabeça, ciente de que provavelmente tirarei ainda mais o preto da tinta do cabelo. Depois ensaboo o corpo, e é isso. Não tenho lâmina para depilar. Nunca depilo minhas axilas, nem minhas pernas, nem minha privacidade, como minha mãe chama. Não posso ter acesso a lâminas. Facas. Tesouras.

Desligo a água. Puxo a cortina de plástico. Permaneço mentalmente presente para me secar e vestir a camiseta de mangas compridas e a calça de pijama. Fico maravilhada com a maneira como, mesmo na fuga do quarto, tive a presença de espírito de trazer a muda de roupa.

Fico obcecada com quando foi feita a adulteração. Na escovação de dentes após o jantar, talvez? Percebi que as três vão ao banheiro com suas Colgates e Crests logo após o jantar. Não é porque estejam preocupadas com a saúde bucal, mas porque têm de vomitar tudo o que comeram e os artefatos dentários devem ser limpos após o expurgo. Elas não são as únicas a fazerem isso no meu andar.

Ao examinar pensamentos, fico aliviada. Onde meu cérebro está agora, não mais no mundo da menina dos fósforos, dos livros de Dickens, do peru descongelado no micro-ondas? Se quiser sobreviver aqui em Ambrose, é aqui que devo ficar e, em uma estranha reviravolta do destino — ou talvez tivesse de ser assim, dados os princípios da teoria do caos —, devo agradecer à Greta pelo retorno ao mundo real. A ameaça dela me trouxe de volta à minha pele, de volta ao mundo das outras pessoas.

Quando saio da cabine com minhas coisas, olho em volta. O balcão de pias está do outro lado e há cestos de lixo entre cada uma das cubas. Jogo fora o frasco de xampu na mais próxima e miro para a saída. Assim como no andar de baixo, com os cubículos de correio, há uma parede inteira de cubículos perto da porta. Eles não estão marcados com nossos nomes aqui, mas sim com nossos números de quarto, e um A ou um B para indicar a moradora do quarto.

Posso adivinhar o de Greta. Sem dúvida, ela pegou o A, o 214A.

Em um acesso de paranoia, vou até o 213B e pego minha escova de dentes. As cerdas estão secas e, após uma inspeção minuciosa, não encontro nenhuma evidência de sujeira de privada. Após colocar minha escova quase- -Oral-B e a pasta genérica sobre o que já estou carregando, saio do banheiro.

No corredor, meço as manchas marrons e cinza no carpete resistente sobre o qual caminho. E as manchas nas paredes pintadas. E observo como o teto é irregular, porque foi rebocado nos anos 1920 e teve de ser consertado nos últimos setenta anos.

Minha cabeça continua no mundo que os outros habitam, aquele do qual saí involuntariamente e, por honra e cortesia de Greta, para o qual voltei. O dr. Warten, meu psiquiatra, me avisou antes de assinar a permissão para eu frequentar o Ambrose que interrupções no sono e na programação podem criar um terreno fértil para o lado ruim do meu cérebro. Disse para eu ficar atenta a sinais de que estou ficando sintomática de novo. Para ser honesta, fiquei surpresa por ele concordar com a minha vinda para cá. Mas possivelmente ele sabe que, com um cérebro como o meu, toda a vida é um experimento com baixa probabilidade de sucesso. Não importa onde esteja, então nada me impede de pelo menos adquirir uma boa educação.

Aquela história de menina dos fósforos e Bic-Bic foi só um soluço. Nada com que se desesperar.

Quando chego ao 213, percebo que a porta de Greta está de novo aberta e, com a minha visão periférica, registro como ela está sentada em sua cama branca e rosa. Está penteando seu longo cabelo loiro e exuberante, bem lavado e condicionado. Veste um pijama de seda rosa e um robe vermelho por cima, aberto na frente, revelando suas pernas bem-feitas. Um rádio portátil tão grande quanto uma escrivaninha toca Boyz II Men.

Não preciso olhar para ela para saber que ela está me encarando e se sentindo triunfante com a minha ruína.

Mas ela está errada. Não estou intimidada por suas ações. Quando se trata dela, minha eterna vigilância vai ajudar a me manter onde preciso ficar. E, a esse respeito, devo ser grata.

— Foi bom o banho, Sal? — ela pergunta com um sorriso.

Eu a encaro bem nos olhos.

— Sim, obrigada.

capítulo
CINCO

Duas semanas depois, estou na aula de geometria. A sra. Crenshaw, que também é a conselheira residencial do primeiro andar do Tellmer, está na lousa. Ela é como minha mãe porque tem quarenta anos, mas, fora isso, elas têm pouco em comum. A sra. Crenshaw não usa vestido envelope. Nem cabelo oxigenado. Nem maquiagem. É como se ela fosse a guia turística de um zoológico, toda de cor cáqui e sapatos resistentes, seu cabelo acinzentado em um corte tigelinha que consegue, ainda assim, parecer despontado.

A sala em que estamos fica no andar térreo, no canto da frente do Palmer Hall, um grande prédio antigo de tijolinhos, perfeito para estampar a capa de um livro sobre o ensino superior. Todas as janelas estão abertas, mas isso não ajuda com o calor. O último pico térmico do verão chegou a esta parte da Nova Inglaterra. Está parecendo agosto, com um ar sólido e sufocante, que você quebra em pedaços suados ao inalar.

— Vamos, pessoal — diz a sra. Crenshaw. — Sei que está abafado, mas vamos prestar atenção. Esta é uma revisão para a prova de sexta-feira. Quem pode me dizer qual é a diferença entre uma linha e um raio?

Mudo de posição para tentar despertar, pois a escrivaninha não me acomoda nem um pouco.

— Você, Sarah?

Ergo os olhos do livro. A sra. Crenshaw está olhando por cima da cabeça dos outros doze alunos que também se derreteram em suas escrivaninhas. Nos olhos castanhos e comuns da minha professora, vejo o estresse se inflamar e tenho a sensação de que, se ela não obtiver uma resposta, sua cabeça vai vibrar e explodir como o *cara* daquele filme *Scanners*.

O apartamento dela no Tellmer fica logo abaixo do de Nick Hollis e, no instante em que essa conexão mental é feita, minha mente desliza para um terreno conhecido. Como os de todas as outras que moram onde moro, meus olhos seguem o CR gostoso pelo nosso andar, pelo dormitório, pelo campus. Toda vez que o vejo, é como se estivesse em um conversível com a capota abaixada e a música bem alta. É uma emoção secreta e privada, e, por isso, fico feliz.

A sra. Crenshaw, por outro lado, não deve ter feito ninguém vibrar ao longo de sua vida e não é surpreendente que não use aliança de casamento.

— Qual é a diferença entre uma linha e um raio? — ela repete a pergunta.

— Uma linha tem dois pontos fixos — respondo. — Um raio tem um ponto fixo, mas se estende infinitamente na outra direção.

— Exato. — Ela exala como se tivesse sido resgatada das garras de um urso. — Obrigada, Sarah.

Aceno com a cabeça para ela e então volto a focar no meu livro. Ou fingir que foco. Uma das morenas de Greta está sentada na minha frente, seus longos cabelos cobrindo suas costas como seda escura. Francesca é invejavelmente magra, com uma cintura fina e pernas muito, muito longas, e tenho a sensação de que ela tem enchimento no sutiã porque, com aquele peso corporal, não consigo imaginar que seus seios sejam tão grandes quanto parecem.

Eu a tenho perseguido à noite e me pergunto se ela sabe disso.

Na verdade, não, é Greta que tenho seguido. Francesca e Stacia são focos colaterais.

Todas as noites, cerca de uma hora antes do toque de recolher, Greta e suas Morenas saem pelos fundos do dormitório. Há uma semana, decidi segui-las. Em determinado horário, me escondi no gramado e, quando elas apareceram, pus-me a acompanhá-las escondida atrás delas, nas sombras, certificando-me de ficar fora do alcance de seus ouvidos. Eles foram para o rio atrás do Tellmer e do Wycliffe, passando pela cerca-viva e pegando uma trilha bem marcada que desconhecia. O destino delas era um conjunto de pedras largas e planas dentro do canal. Ali elas se sentaram em círculo e fumaram.

Era uma janela para outro mundo, a tradição noturna delas tornou-se a minha. Eu descobri o esconderijo perfeito, de onde conseguia escutar. Bem ao lado de seu poleiro, há uma grande árvore de bordo com um tronco bifurcado e, enquanto elas falam e gesticulam teatralmente, observo por trás da cobertura escarpada as pontas acesas de cigarros dançantes, como vaga- -lumes no ar, e ouço suas conversas. Elas falam, sobretudo, dos namorados com os quais ficam quando voltam para casa nos feriados ou nas férias de verão. Eles também vão para escolas só para meninos, as cartas e telefo- nemas são dissecados no grupo, analisados em seus significados ocultos e qualquer evidência de que alguma outra garota possa ter entrado em cena. Elas também falam sobre dar amassos, passar a mão e ir até o fim, algo que as três já fizeram mais de uma vez.

Na escuridão, com cigarros acesos, Greta e as Morenas soltam fumaça com extravagância, sempre prontas para *close-ups*, embora não haja câmeras por perto. Eu me perguntava, no começo, se elas notavam a falta de público. Agora, percebo que o narcisismo fornece um público permanente.

De volta à sala de aula, o sinal toca e há uma corrida instantânea de garotas, batendo os pés no chão enquanto fecham os livros, pegam as mo- chilas e se esforçam para escapar das escrivaninhas individuais.

— Prova na sexta-feira — grita a sra. Crenshaw. — Não esqueçam!

Em outras aulas, sou mais lenta para sair da sala, preferindo deixar mi- nhas colegas enfrentarem o engarrafamento na porta. Na da sra. Crenshaw, saio com o grande êxodo, certificando-me de que haja um borrão de alunas entre nós. Tenho medo de ela me segurar para uma conversa franca, duas desajustadas se atualizando sobre como é ser excluída.

Não quero criar vínculos com uma adulta se for para usar aquilo que eu mais gostaria de mudar em mim.

A entrada da frente do Palmer está escancarada, as alunas segurando de modo distraído as pesadas portas de madeira para as meninas atrás delas, a torrente liberada pelo sino como um riacho borbulhante fluindo por degraus de pedra já gastos graças aos incontáveis anos de repetição desse fenômeno. Sou empurrada para o lado porque não luto por uma posição no meio, mas devo manter o ritmo ou serei pisoteada.

Assim que chego à calçada, o tsunami se dispersa em filetes, alunas indo em todas as direções, para os seus respectivos refeitórios. É hora de vaguear. Lá em cima, o sol está ardendo por trás de um véu translúcido de nuvens finas. Examino as árvores de bordo, com suas folhas pesadas, em busca de sinais de mudança de cor. Fico decepcionada.

É a hora do almoço, mas não sinto nenhuma urgência a esse respeito. Meu apetite diminuiu por vários motivos e o tédio gastronômico piorou quando fui informada, na semana anterior, de que não poderia retirar comida, talheres ou pratos do refeitório. É um problema, mas o que posso fazer?

Estou condenada a comer o mais rápido que posso, sentada à minha mesa sozinha e tentando ignorar a sobrecarga sensorial. Se tivesse alguém com quem conversar, talvez ficasse mais fácil, mas ninguém me ofereceu uma chance e não vou me arriscar com ninguém. Sempre me sento à mesa mais próxima do amplo arco à esquerda da entrada do refeitório. Há uma lixeira raramente usada bem atrás de mim e, se for eficiente, consigo entrar e sair em cerca de quinze minutos.

No geral, estou bem com o meu cérebro. O sono é crítico para alguém como eu, e me tornei disciplinada com a hora de dormir. Temos o toque de recolher às 22h, e todas as luzes têm de ser apagadas às 23h. Quando termina seu dever de casa, em geral, Strots vai até o terceiro andar, onde moram duas de suas companheiras de hóquei. Ela fica lá das 22h até 23h, e, assim que volto da minha espionagem, aproveito esse tempo de silêncio no quarto para me acomodar na cama e fechar os olhos. Na maioria das noites, quando ela volta para apagar as luzes, continuo acordada, mas já entrei na preparação para o sono REM, em vigília.

Hoje, porém, com todo esse calor, estou exausta. Simplesmente não tenho coragem de me aventurar no refeitório. Volto para o Tellmer.

— Não vai almoçar?

Quando chego ao dormitório, Greta está saindo, rebolando um pouco ao andar, o cabelo preso em um rabo frouxo no alto da cabeça, como uma bola de seda clara. Seu perfume muda diariamente, algo que ela escolhe como acessórios para suas roupas, presumo, e hoje suas peças de alfaiataria são miniblusa, saia curta e uma meia-calça que Francesca estava usando na aula de geometria, só que em azul brilhante e rosa, sem dúvida para detonar o bronzeado que ela mantém deitando-se no *gramado* de que minha mãe tanto gostou.

— Sabe — Greta me diz, fazendo uma pausa ao meu lado —, você não é do tipo que precisa se preocupar com uma dieta. Sorte sua!

Continuando seu caminho, seu sorriso, assim como seu comentário, é como mostrar casualmente um dedo do meio, um dane-se que ela sente necessidade de compartilhar, mas não está disposta a se esforçar muito para isso. Não respondo porque minha mente ficou em branco e, portanto, fico grata por ela parecer distraída com um assunto urgente qualquer que a espera no almoço.

Em seu rastro perfumado, fico ainda mais cansada.

Não era para me sentir grata por essa distração intimidadora? Mas hoje ela me derrota.

Arrastando os pés, subo até o quarto. Como não temos como trancar a porta, fico paranoica de imediato, pois Greta esteve ali, no dormitório vazio, com acesso a todas as minhas coisas. Pegando a maçaneta na palma da mão suada, abro a porta devagar, como se ela pudesse ter feito uma daquelas gambiarras sobre as quais lemos em Stephen King.

Nada acontece, mas ainda assim sou cuidadosa ao entrar. Estou ansiosa por outro motivo também. Com o coração na garganta, vou até a minha cômoda. Embora não queira que mexam em nenhuma das minhas coisinhas, há um objeto que não pode ser violado por ninguém. Abro a gaveta de cima, tiro as calcinhas de algodão da frente e enfio a mão até o fundo. Quando sinto o potinho cilíndrico, tremo de alívio, e o retiro para verificar se o conteúdo está no lugar.

O frasco de medicamentos sai da gaveta com a etiqueta virada para mim. Vejo meu nome, minha data de nascimento, o endereço da casa da minha mãe e o nome do fármaco, lítio. Vejo a dosagem e a recomendação para que eu tome um comprimido de 300 mg duas vezes ao dia. Nos dias ruins do passado, cheguei a tomar mais miligramas três vezes por dia. Estamos na fase de manutenção agora.

Pressionando a tampa branca com uma mão, uso a outra para girar o recipiente. Dentro, há um número reconfortante de comprimidos brancos como giz, círculos perfeitos com um carimbo de um lado e uma linha do outro. Levo-o ao nariz e inspiro. O buquê químico é fraco e desagradável, mas, como nunca cheirei a embalagem antes, não sei se é normal ou não. Coloco alguns comprimidos na mão. Parecem normais. De qualquer forma, não tenho escolha além de tomá-los.

Observo ao redor no quarto. Escondê-los na gaveta de cima parece estúpido agora. Todo mundo esconde coisas na gaveta de roupa íntima, não? Decido colocá-los em outro lugar. Escolho o canto inferior esquerdo da escrivaninha, sob pastas e cadernos ainda não utilizados. Muito melhor. Se alguém vier atrás do meu remédio, terá que caçar e vasculhar agora, e talvez isso me dê tempo para voltar de onde quer que esteja.

Enquanto fecho a gaveta do novo esconderijo, esperando que seja melhor, afasto o cabelo do rosto com dedos trêmulos. Não gosto de ser tratada com lítio e com certeza não gosto de tomar comprimidos aqui na escola. Estou sempre com medo de que alguém, mesmo Strots, irrompa pela porta bem quando os estiver levando à boca. Em geral, entro no closet e fecho a porta, abrindo a tampa na escuridão e engolindo-os a seco. Os comprimidos ficam presos no fundo da garganta, então tenho de engolir várias vezes para descerem.

Mesmo que alguém não tenha uma opinião ruim sobre mim, como Strots, a notícia de que há uma garota neste dormitório tomando uma droga psicotrópica é tentadora demais para não compartilhar, compartilhar e compartilhar.

O som de alguém conversando no corredor me faz levantar a cabeça e fico surpresa ao ver que estou de novo com o remédio na mão, reexaminando a embalagem, com a minha porta aberta. O lítio que me ajuda a permanecer no planeta pode parecer uma aspirina, mas, pelo frasco laranja, não é preciso ser um gênio para concluir que se trata de um medicamento controlado, portanto, de algo muito, muito mais sério do que um resfriado comum, uma dor comum.

Jesus, espero que quem estava falando não tenha me visto.

Um momento depois, ouço a porta dos fundos do dormitório abrir e fechar. Vou até a janela e olho lá embaixo. O CR gostoso está caminhando em direção ao seu carro modelo esportivo, cabelo brilhando na luz quente e pesada do sol, jeans antes azul tão gasto a ponto de empalidecer, camiseta de mangas compridas branca e transparente, como um véu sobre seu torso. Ele está limpo e sexy, e, enquanto meus sentidos dançam, percebo que, mesmo ele sendo casado, vivo pelos momentos em que o vejo de relance.

E sofro ao pensar que não sou a única a fazer isso.

O impacto de sua presença é tão grande que sua intensidade parece exigir uma divisão especial só para mim. Sinto que deveria ser a única a ter permissão para notá-lo. Mas isso está longe de ser realista, já que várias outras cobiçam nosso conselheiro residencial. Minha teoria é de que parte do fascínio se deve à impossibilidade de realizar qualquer coisa. Nick Hollis é totalmente inalcançável para qualquer uma de nós, devido à sua idade e ao seu emprego, e ainda há o casamento. Além de tudo, ouvi dizer que a esposa dele faz parte de uma força-tarefa federal para educar sobre a AIDS, dando palestras nas cidades e em hospitais. Já decidi que ela é uma rainha da beleza, a Miss América, pois não só é uma gigante intelectual como um ser humano maravilhoso.

Mesmo que ela possa se afogar em uns copos ocasionalmente e discutir com o marido em ligações de longa distância.

Observo pode-me-chamar-de-Nick destrancar a porta do lado do motorista de seu carro de dois lugares e inserir o corpo esguio no assento atrás do volante. O carro dele é ainda mais velho que o da minha mãe, mas não é nenhum Mercury Marquis. Parece ser um tipo de Porsche antigo e está em perfeitas condições. É azul-claro, com faróis parecidos com olhos no capô plano e a traseira arredondada como um cachorro com o rabo enfiado entre as pernas. Quando ele liga o motor, o barulho é alto e áspero, e, quando ele o dirige em frente com confiança — porque ele sempre estaciona de frente —, tenho a sensação de que o carro fora antes de seu pai. Do que tenho ouvido no banheiro, sei que o CR gostoso se formou na Universidade de Yale com mestrado em inglês e que está aqui apenas por um ano antes de voltar para a cidade de New Haven com a esposa viajante e ingressar no doutorado.

Um dia, ele será professor de uma universidade da prestigiosa Ivy League. Vai escrever livros importantes sobre livros importantes.

O fato de ele ser inteligente e rico, além de bonito demais para ser olhado, parece sorte demais para uma só pessoa possuir. Ele me lembra de Greta.

Devolvendo o medicamento ao novo lugar, decido me motivar. Comecei a lavar roupas no porão e deveria colocar na secadora antes que tudo cheirasse a roupa de ginástica, embora não faça academia. Tiro meu livro de geometria e caderno da mochila e coloco a roupa íntima lá dentro. Penduro a mochila em um dos ombros e saio.

A lavanderia do dormitório fica no porão. Quando desço ao nível mais baixo do nosso prédio, sou atingida por uma frieza penetrante que parece um alívio agora, mas que logo me dará vontade de colocar uma blusa. Junto às instalações com lavadoras e secadoras, há uma sala de recreação que ninguém usa e algumas áreas de armazenamento com portas não apenas trancadas como acorrentadas com cadeados. Há também a sala da caldeira, que emana um cheiro de óleo sujo de oficina mecânica.

Quando entro na lavanderia, o cheiro do ar está muito doce, como um prado de aromas florais criados em laboratório que fazem meus olhos lacrimejarem, porque não há ventilação. Também está quentinho, porque alguém está usando uma das suas secadoras. Lembro-me daquela tirinha do Snoopy: *Felicidade é um cobertor quente.*

Foi o Schroeder quem disse isso sobre seu cobertorzinho? Pergunto-me ao passar pelas seis secadoras.

Há uma prateleira acima das lavadoras e, sobre ela, vários sabões em pó, todos marcados com os nomes das alunas. Ao lado, a mesa gasta com tampo de fórmica ostenta uma frota secundária de produtos. Ainda há uma máquina automática de venda, com caixinhas de sabão em pó por vinte e cinco centavos. As lavadoras e secadoras são gratuitas.

Como é de se esperar, tenho uma máquina da sorte. Aquela que devo usar é a última da fileira à esquerda, uma escolha aleatória que é absoluta…

Ao abrir a tampa, paro onde estou, meus pensamentos sem rumo cessando em harmonia com meu corpo.

De dentro da minha máquina, sobe um cheiro forte, pungente, como uma poça.

Inclino-me e puxo algo. O que chega à superfície é a torção exausta de uma das minhas camisetas de manga comprida. O preto do tecido está salpicado de manchas e respingos marrom-claros e, ao alisá-lo sobre a tampa fechada da máquina ao lado, não entendo o que está acontecendo. O que aconteceu. Para o que estou olhando.

Pego mais roupas e a autópsia revela uma possível explicação. Parece que um alvejante não diluído foi adicionado após o término do ciclo de centrifugação. A água sanitária ficou em contato com a roupa por tempo suficiente para manchar, mas não para furar o tecido.

Olho ao redor da lavanderia, como se as respostas fossem se apresentar em balõezinhos no ar. Há dois frascos diferentes de água sanitária entre os detergentes e amaciantes, e tenho uma ideia passageira de que preciso verificar os nomes nas etiquetas. Mas estou exausta.

Examino as secadoras, sobretudo a que está funcionando. Antes que desvie o olhar, há um clique e o carrossel lá dentro para de girar. Meu coração bate mais forte quando vou até ela e abro a tampa. Sentindo o ar quente e suave saindo lá de dentro, retiro o que quer que minha mão toque primeiro. E já sei a resposta. Meu corpo treme quando viro a camiseta e puxo a gola canoa para ver a etiqueta de tecido que foi costurada na...

Karen Bronwin.

Nem a conheço.

Olho ao redor da lavanderia de novo, como se isso fosse explicar como o nome não é Margaret Stanhope. Colocando a camiseta de volta de onde a peguei, certifico-me de que a porta está bem fechada.

Volto para a minha máquina de lavar. Não coloco minhas roupas na secadora. Tenho uma ideia, expressa na voz da minha mãe, de que preciso enxaguar tudo primeiro em outro ciclo de lavagem. Se colocar minhas coisas na secadora ainda molhadas, o alvejante causará ainda mais danos.

Meu primeiro instinto é ignorar o conselho. Quero enfiar tudo no forno de roupas, girar o botão "Quente/Algodão" e deixar assar na fogueira química.

Mas o que vou usar para ir à aula, uma toalha?

Uma a uma, tiro minhas roupas manchadas da máquina de lavar escolhida e passo a outra, a duas unidades de distância na fileira. Não as enxaguaria na máquina adulterada. Minhas mãos continuam a tremer quando coloco as camisetas, três calças pesadas de sarja, sete calcinhas e uma porção de meias pretas para tomar um novo banho.

Talvez não tenha sido Greta. Talvez tenha sido um erro, alguém adicionando um pouco de alvejante para tirar manchas de sua roupa na metade do ciclo da máquina errada.

Ao testar essa hipótese, cada célula em mim se revolta diante da falácia e considero as implicações práticas do que tem se revelado claramente como um padrão. Para Greta e sua dupla de bajuladoras, essas pegadinhas mesquinhas são ferimentos leves infligidos por diversão. Para mim, são bombas que causam danos estruturais, abrindo crateras em minha capacidade de funcionamento que não tenho recursos para tapar. Não tenho como ir ao centro estudantil e tirar alegremente novos frascos de xampu das prateleiras para substituir o que foi derramado na pia do banheiro, porque a conta irá para a minha mãe, e ela está falida. Não posso ir a uma loja de roupas e comprar um novo guarda-roupa de camisas e calças de manga comprida pelo mesmo motivo.

E não posso acreditar que estou presa com o meu eu não confiável, com mais ninguém para cuidar de mim, algo que, aliás, independe da localização geográfica.

Mesmo que minha mãe estivesse na mesma cidade, seria igual. Na periferia da minha visão, observo o relógio na parede, seu mostrador branco e números e ponteiros pretos proclamando que tenho doze minutos antes do início da quarta aula.

Quero ficar para garantir que ninguém mais mexa nas minhas roupas, mas não posso. Tenho prova de francês.

Antes de sair, olho para a prateleira acima das lavadoras. Há três frascos de alvejante, todos quase cheios. Nenhum deles tem o nome de Greta. Nem de Francesca, nem de Stacia. Mas, quando verifico a lixeira, vejo um recipiente vazio de água sanitária em cima dos emaranhados de fiapos, orgulhoso como um paxá em meio à sua cama acolchoada. Pego-o e inspeciono o corpo branco e a etiqueta azul do produto. Está sem nome. Jogo-o fora mais uma vez.

Vou até a secadora e coloco a mão em cada uma das que estão silenciosas e imóveis desde que entrei. A da extremidade continua quente. Quando abro a porta, o hálito quente e cheiroso da máquina atinge meu rosto. As roupas, que estão em desordem após suas muitas cambalhotas, são brilhantes e alegres, minúsculas e bonitas. Enfio a mão e pego uma camiseta laranja clara, tão pequena que parece servir em uma criança.

A etiqueta diz *Margaret Stanhope*.

— Vaca — sussurro.

Requer disciplina da minha parte não fazer nada, não me vingar. Resisto à tentação. E não tem como reportar isso aos CRS. Imagino que ninguém a tenha visto adulterar a minha máquina ou, se houve testemunhas, eram cúmplices às risadinhas. E daí se minhas roupas fossem destruídas enquanto as dela estão aqui? As roupas da tal Karen também estão na secadora, e a lavanderia nunca fica fechada. Poderia ser qualquer um.

Mas não foi.

Ao me virar para sair, espio minha nova máquina favorita e rezo para que ela salve as roupas. Imagino a alegria de Greta ao dizer para as Morenas e outras pessoas para só esperarem, esperarem e verem como a esquisitinha vai aparecer vestida.

A ideia de que elas consomem o meu sofrimento como se fosse um lanche me faz querer uma mãe — não a minha mãe de verdade, de cigarro aceso e perfume barato, mas uma daquelas mães que via no parquinho quando era pequena. Aquelas que saem correndo ao som de um joelho arranhado, que pegam seus filhos no colo e os apertam contra o peito bem coberto por uma roupa modesta, que os embalam, consolam, paparicam. Quero uma mão gentil, cheirando a hidratante, passando em meu rosto e cabelo. Quero uma voz suave me dizendo que tudo irá ficar bem.

Quero alguém para me defender.

Qualquer um.

capítulo
SEIS

Não darei a Greta o que ela quer.

Faz um dia que encontrei minha roupa estragada. Quarta-feira. Nas quartas-feiras só temos aula pela manhã, porque as tardes são reservadas a jogos contra os times de outros colégios preparatórios — ou, caso você não jogue em nenhum time da escola, seu tempo é livre. Fui ao Wycliffe para almoçar e estou caminhando para o centro estudantil com a última camiseta intacta e limpa que tenho e uma calça de que não gosto porque uma perna é um pouco mais curta do que a outra. Estou levando comigo uma nota de cinco dólares.

O calor opressor com o qual temos lidado está prestes a passar, mas o clima abafado e úmido resiste à expulsão imposta por uma frente fria vinda do norte. A zona de conflito entre os dois extremos forma nuvens pesadas que derramam cachoeiras de chuva. A pior das tempestades continua longe, mas os alertas estão por toda parte, as folhas verdes das árvores balançando, exibindo seu verso prateado às rajadas de ventos quentes, os pássaros piando como nunca, como se estivessem energizados pela agitação de íons no ar. Sinto um formigamento na minha nuca me avisando que é melhor eu ser rápida no que estou fazendo se não quiser ficar encharcada.

Meu destino é o Auditório Petersen, que fica no meio do campus. O edifício é um gótico vitoriano com um telhado de ardósia vermelho e cinza, paredes de pedra cinza e pretas e uma entrada ornamentada de degraus cinza-escuro vigiados por gárgulas. É o meu prédio favorito, uma estranha e maravilhosa manifestação do Halloween em meio aos dormitórios e aos edifícios de salas de aula de tijolinhos à vista recatados e certinhos.

A livraria estudantil fica no porão. Ao entrar, fico hesitante, à procura de tons de rosa e tons pastel, cabelos compridos e frufrus, mas parece não haver ninguém lá dentro, exceto eu e a atendente, que nem se dá conta de que estou ali. Ela está sentada em um banquinho atrás do balcão da caixa registradora, folheando uma das revistas da minha mãe. Está em idade universitária, mas claramente não frequenta uma universidade. Tem um corte de cabelo desgrenhado que suspeito ser uma tentativa de elevar suas roupas baratas e pouco inspiradoras. Está mascando chiclete e fazendo bolas entre os molares, os estouros criando um som irregular, mas repetitivo, que passa pelo meu corpo como um volt de eletricidade.

Tenho a impressão de que ela é minha mãe por meio de uma máquina do tempo, vinte anos atrás, no início de tudo, quando um futuro estampado na capa da revista *People* não era apenas possível, mas inevitável. Todo o relacionamento dos meus pais foi baseado no desejo inato dela por prestígio, elevando a banda de garagem dele a uma posição de neo-Bruce Springsteen. A fantasia funcionou bem para os dois.

Infelizmente, a banda não saiu da garagem, e a única recompensa por seus sonhos utópicos fui eu.

Sigo em frente, passando pela seção de livros didáticos quase vazia da loja. Nos fundos, encontro a parte de mercearia/drogaria, com artigos de higiene, remédios básicos de primeiros socorros e produtos de beleza rudimentares sobre prateleiras ao lado de embalagens de balas, salgadinhos e cereais. Há pouca variedade e quantidade, mas até que fazem um bom negócio em se tratando de alimentos não nutritivos e ricos em calorias, além de maquiagem e produtos para cabelo que não têm substitutos razoáveis.

Faço uma pausa em frente aos remédios porque os frascos de analgésicos chamam a minha atenção. No fim, sigo para o destino planejado, trazendo alívio. Remédios comuns para outras pessoas são como objetos pontiagudos para mim. São as facas de carne dos produtos farmacêuticos, fáceis de conseguir e inofensivos nas mãos da maioria. No meu caso, podem levar a coisas ruins, não confio no chiado mórbido que sinto sempre que estou perto deles.

Paro na seção de produtos de limpeza. Vejo três garrafas de um litro de água sanitária, as versões mais magras, perfeitas para o biquíni, dos galões gordos de meia-idade que minha mãe compra. Revisito brevemente a ideia de vingança e até penso em comprar uma garrafa de vingança. Mas sei que nunca vou executar tal agressão e, com certeza, nunca precisarei de água sanitária para as minhas roupas, mesmo que Greta tenha contribuído para o primeiro passo rumo ao clareamento das peças.

Decepcionada com a minha covardia, sigo atrás do que vim buscar. Não fico surpresa por não conseguir encontrar corante para tecido na única seção em que um produto assim poderia estar.

A caminho da saída, paro em frente à atendente para ter certeza de que não me esqueci de nada. Está quente lá fora e gostaria de me poupar de uma caminhada até a cidade. Ela me informa, sem levantar os olhos de uma matéria sobre o bebê milagroso da atriz Ann Jillian, que preciso ir a uma dessas grandes farmácias. Ela não dá bola para o meu agradecimento nem para a minha partida.

De volta à calçada, franzo a testa ao sentir a temperatura sufocante e penso em adiar minha ida. São três quilômetros por trecho, e vai cair uma tempestade. Mas estou ficando sem roupas limpas e me recuso a revelar que descobri o que fizeram. Começo a andar. Pela primeira vez na vida, vou arregaçar minhas mangas compridas, mas só após sair do Ambrose.

Na extremidade mais distante do campus, uma nova construção acaba de ser iniciada. Quando me aproximo da escavação para o andar subterrâneo daquele que com certeza será o maior prédio da escola, sinto uma afinidade com os operários. Estão todos com roupas pesadas, como eu, e também parecem suar ao sol.

Uma placa chique, fixada em frente ao local, me surpreende: CENTRO ATLÉTICO STROTSBERRY.

Engraçado, Strots nunca mencionou isso. Como fui dispensada da educação física devido ao lítio, nunca tinha me aproximado dali.

Pela primeira vez, me pergunto exatamente quanto dinheiro a família da minha colega de quarto tem. Ela é tão pé no chão, mas nem mesmo Greta tem um Stanhope Hall para se gabar.

Talvez haja um nível de riqueza ainda maior do que o de Greta, e não é que isso me faz sorrir um pouco?

Ao passar pelos portões do Ambrose, arregaço as mangas e exponho as cicatrizes nos meus pulsos. Por muito tempo, os vergões deixados pelos cortes que fiz exibiram um tom de vermelho raivoso. Agora formam um emaranhado de linhas claras, costuradas pelos pontos que recebi no pronto-socorro. Conheço-as de cor e minha obsessão com o quão perceptíveis são me faz sentir como se fossem de neon brilhante.

Assim que piso na calçada que leva à cidade, um dos ônibus escolares passa. Aceno quando reconheço Strots na fila de janelas meio erguidas e vejo que ela levanta a mão para mim em resposta. O canto entoado pelas meninas, a fumaça adocicada de diesel que sai do escapamento e o ronco do motor vão desaparecendo à medida que o time e seu transporte somem na estrada, as guerreiras a caminho das linhas de frente do hóquei sobre grama.

Passar bem, bela Atenas, penso.

A cidadezinha de Greensboro Falls não vai muito além da rua principal, um posto de gasolina e uma biblioteca pública maior do que a delegacia que fica ao lado. Um anel de casas residenciais repousa em torno da anêmica espinha dorsal suburbana, a maioria de um ou dois andares pequenos e, em muitos casos, sem garagens. Enquanto passo por elas sob o calor escaldante, penso que minha mãe e eu moramos no mesmo tipo de lugar, um conjunto de teto e paredes para proteger do frio no inverno e do calor no verão.

Lá em cima, um trovão reverbera pelo céu. Acelero meus passos e levanto o cabelo da nuca suada. Mesmo que esteja nublado, sinto como se o sol estivesse me procurando através do cobertor cinza que nos separa. Pergunto-me se, caso tivesse um guarda-roupa da cor do de Greta, ela teria deixado minhas roupas em paz, como uma espécie de cortesia cromática. É uma hipótese inútil. Além disso, cores brilhantes me deixam nervosa e duvido que a solidariedade indumentária teria me salvado.

Há dois semáforos na rua principal, um no início dos dez quarteirões de lojas e firmas e outro no final. Dez quarteirões parecem muita coisa, mas não são quando se considera que não há grandes comércios atrás das vitrines, nada a se comprar para além dos estacionamentos que contornam os fundos de cada estabelecimento. Há dois escritórios de advocacia, três restaurantes, um consultório odontológico e outro médico, um cinema com apenas duas telas, uma loja de discos e um contador. De resto, são lojinhas locais de roupas de tecidos naturais, presentes feitos à mão, livros sobre a região, fotografia e arte amadora. Há apenas uma loja de rede em meio a tudo isso, uma grande farmácia cvs na esquina, uma televangelista entre os párocos.

Dentro de seu interior convidativo, o ar cheira a morango e papel--manteiga, embalado pela música ambiente e pelas luzes fluorescentes que fazem chover sol falso sobre os milhares de produtos disponíveis para compra. Pergunto-me: se alguém roubar algo, será que as duas mulheres de meia-idade uniformizadas, sentadas atrás das longas prateleiras de doces, terão disposição suficiente para saírem correndo pela calçada atrás do ladrão? Provavelmente, não. Talvez elas tenham acesso a botões de pânico, que ligam automaticamente para a polícia, que fica ao lado da biblioteca, logo atrás da loja, embora pareça improvável que as caixas tenham sido treinadas para tais emergências. Greensboro Falls parece o tipo de cidade onde todo mundo se conhece e, por isso, você tem de ser honesto, quer você queira, quer não.

Mas, até aí, forasteiros maus podem passar por aqui, não podem?

As caixas me observam enquanto passo pelo corredor de produtos de limpeza. Aposto que estão querendo ver se sou uma ladra com bolsos grandes em minhas calças pretas e a cabeça baixa. Se contasse a elas o motivo pelo qual estou aqui, seriam mais gentis com a minha presença?

Encontro as prateleiras com produtos de lavanderia na parte de trás. Estão ao lado da seção de medicamentos, um homem de jaleco branco espia de trás do balcão alto. Espia de novo, volta a contar comprimidos. Atrás dele ficam os remédios que só podem ser prescritos por médicos, como soldados prontos para serem recrutados para a batalha, os rótulos enfileirados em seus frascos opacos quase sempre brancos, distantes demais para que possa ler os nomes. É ali que buscarei a minha reposição e sei que ele me olhará como se não estivesse surpreso com o tipo de comprimido que contará para mim.

Parada diante dos amaciantes, encontro o corante para tecido ao lado da água sanitária e essa proximidade parece um mau agouro. As caixas estão alinhadas como lápis de cor de cores primárias e alegres. Há três caixas de corante preto disponíveis, e me pergunto de quantas preciso. Olho ao redor. Algumas pessoas passeiam pelos corredores da loja, uma com uma cestinha cheia, outra carregando os itens nos braços, nenhuma com cara de especialista em tingimento. Vou até o farmacêutico. Ele ergue os olhos como se pressentisse a minha presença — ou, o que é provável, está me esperando furtar algo e sair correndo da loja.

Após checar o preço, vejo que posso comprar até quatro caixas e ainda conseguir pagar a taxa cobrada à parte, então levo as três caixas disponíveis. Imagino que as atendentes comentarão sobre mim, talvez com o farmacêutico ou até mesmo com a gerente, seja lá quem for. Esta é uma loja movimentada, mas este é um termo relativo em uma cidadezinha sonolenta. Com certeza os funcionários da loja têm tempo de sobra para fofocar sobre clientes estranhos. Como uma garota de preto comprando corante preto.

Esperem só eu voltar para pegar o lítio.

Ao me desviar da prateleira, sinto o farmacêutico me olhando de novo e quero lhe dirigir um tchauzinho e dizer que logo nos veremos de novo. Ele e eu estamos em um relacionamento. Só que ele ainda não sabe.

Lá na frente, nos caixas entre os doces e chocolates, espero na fila atrás de uma mulher que está comprando escovas e fixador de cabelo, máscara para cílios, lápis de olho e batom. Ela diz à atendente que vai ao casamento de sua prima. É desleixada e deve ter trinta e poucos anos, sem aliança de casamento. Fica claro por sua conversa que ela espera atrair a atenção de um padrinho específico, por isso está apostando na maquiagem e no novo penteado. Sinto pena dela e quase lhe desejo sorte enquanto a observo colocar o troco na carteira, levando embora sacolas plásticas brancas com letras vermelhas em sua tentativa de desencalhar.

Quando os olhos da atendente do caixa pousam sobre mim, o sorriso que ela deu à convidada do casamento é trocado por uma máscara profissional de atendimento ao cliente.

— Encontrou tudo de que precisava?

— Sim — respondo ao colocar as três caixas sobre a esteira.

— Você sabe que isso não é para o cabelo, certo?

Então ela viu as minhas raízes crescidas. Do jeito que estão grandes, nem é preciso enxergar tão bem para ver.

— Sim, eu sei.

Quando ela não passa as caixinhas, olho para a outra atendente. Ela está me encarando também, e sinto que não me sairei melhor se passar as coisas de uma esteira para a outra. Sei o que ambas estão pensando.

Suas roupas já não são pretas o suficiente, garota? Você precisa fingir que é especial? Coitadinha da sua mãe.

Quero ignorar os pensamentos passando pela cabeça delas, mas são tão palpáveis que posso ouvi-los nas suas vozes, com tons e sotaques diferentes. É quando sou tomada por um tremor de alerta.

Uma simples transação comercial torna-se uma corrida contra o tempo. Coloco a nota de cinco dólares ao lado das caixas. É o que era preciso para desencadear o processo de venda.

— Você vai usar sal, certo? — a atendente pergunta enquanto bate no teclado da caixa registradora.

— O quê? — murmuro em meio ao concerto de vozes que acaba de se iniciar em minha mente.

— Você precisa adicionar uma xícara de sal à água na máquina de lavar.

É muito prestativo da parte dela, não porque tenha algo a ver com o processo de tingimento. Seu conselho permite que eu volte ao presente.

— Não sabia disso — comento.

Ela fita minhas roupas.

— Já usou esse corante antes?

— Não. O que devo fazer?

— Quantas peças você vai tingir?

— Uma máquina cheia. Tenho de tirar manchas causadas por alvejante.

— Então use as três caixas. Mal não vai fazer — ela diz, continuando a registrar os preços, caixa por caixa. Mesmo que sejam iguais. — O melhor é pré-lavar as roupas. Deixe-as de molho em água quente. Antes de adicionar o corante, dissolva-o em duas xícaras de água quente e faça o mesmo com uma xícara de sal. Ah, e acrescente uma colherzinha de sabão em pó também. Retire a gaveta distribuidora de sabão e ligue a máquina. Você deve colocar o corante no lugar do sabão, depois o sal, depois enxágue a gaveta com duas xícaras de água fria. É bom bater a roupa pelo menos por meia hora, até mais, se puder. Onde está o seu fixador?

— Fixador?

Ela olha para mim com impaciência, como se eu não soubesse amarrar os tênis com essa idade.

— Vá pegar uma caixa de fixador. Você precisa bater junto, senão o corante sai todo na próxima lavagem.

— Certo. Obrigada.

De modo obediente, vou buscar e cruzo de novo com o farmacêutico. Voltando ao caixa, encontro-me em um dilema de cinco dólares. Mas continuo neste planeta. Ou, pelo menos, parece que estou.

— É melhor ter mais corante ou fixador? — pergunto. — Não tenho dinheiro para os dois.

As duas atendentes inclinam-se e cochicham uma para a outra com seriedade, como se estivessem debatendo a corrida armamentista nuclear — embora não entenda de corante o suficiente para saber quem representa a União Soviética e quem representa os Estados Unidos.

— Aqui. — Minha atendente empurra um pires de plástico na minha direção, daqueles em que comemos salada de atum na rotisseria. — Vamos ver o que você tem. Você também, Margie.

As duas mulheres contam as moedas em um jogo de tira e põe centavos. Margie colabora com vinte e cinco centavos do próprio dinheiro e minha atendente, Roni, como indica seu crachá, faz o mesmo. Pegam a minha nota de cinco dólares, e assim é vencida a distância entre o que posso e o que preciso pagar.

Abaixo a cabeça e os olhos, murmuro um agradecimento e saio rapidamente, antes que vejam que estou chorando. Para me manter inteira, informo a meu emocional que o motivo de sua ajuda não tem nada a ver comigo. Não tem a ver com uma garota de classe média baixa que precisa de sua caridade porque uma garota de classe alta está agindo como uma vadia; mas com a integridade do processo de tingimento. Sim, é por isso.

Elas financiaram o processo porque levam o tingimento de tecidos muito a sério e não ficariam felizes caso o projeto falhasse.

Lá fora, a chuva chegou e, quando saio do interior frio e seco da cvs, sou atingida não apenas por gotas de chuva, mas por uma umidade com a qual demorei cinco dias para me acostumar e da qual tinha me esquecido em apenas dez minutos na loja.

Viro meu rosto para o céu furioso e deixo a chuva cair em meu rosto para camuflar as lágrimas.

Não tenho sal e estou sem dinheiro.

Talvez fique em pé ao lado da máquina de lavar aberta e chore.

capítulo
SETE

Enquanto trovões e relâmpagos abalam os céus, sei que devo voltar para o campus com pressa, mas me sinto muito pequena e fraca, minha capa protetora arrancada pela bondade relutante de estranhas com crachás, minha ferida agora exposta. Penso que preciso endurecer e este pensamento é repetido em minha cabeça na voz de um homem mais velho, aquele que se identifica como meu pai, embora eu não tenha nenhuma lembrança da voz do meu pai.

Você precisa endurecer, repete.

Paro de andar cerca de três lojas à frente. Meus pés simplesmente se recusam a continuar. Estacionada ali na chuva, não sei como religar meu "motor de pedestre" e gostaria que houvesse um tipo de posto de gasolina para abastecer a energia de que preciso. Infelizmente, coragem não é algo que se possa injetar em alguém e, além disso, não importa o preço do litro, não tenho mais nenhum dinheiro comigo.

Um carro passa saindo da cidade. Um carro passa entrando na cidade. Imagino os donos das lojas do outro lado da rua olhando para suas escassas mercadorias, apontando para a garota vestida de preto que se transformou em uma estátua.

Imagino-me ainda aqui na época do Halloween, com cachorros passando e levantando as patas para fazer xixi nas minhas canelas, pássaros pousando na minha cabeça e fazendo cocô nas minhas costas. Estarei aqui no Dia de Ação de Graças. No Natal. No Ano-Novo. A neve se acumulará sobre minhas partes retas e angulosas, concentrando-se em meus ombros, onde os pássaros vão pousar, e no cano das minhas botas, sobre os dedos dos pés. Ainda estarei aqui na primavera, quando a neve derreterá e os pássaros e os cachorros voltarão, os primeiros livres para voar para onde quiserem, mas sujeitos às crueldades da natureza, os últimos acorrentados e devotos a mestres que os alimentam e cuidam deles, vidas estendidas em uma prisão benevolente.

Como tudo isso se desenrola não como uma hipótese, mas como uma história prestes a se desenrolar, percebo que meus alicerces estão tremendo de novo, e isso me assusta, sobretudo quando sinto que saio do corpo e caminho para a frente, virando-me depois para trás para inspecionar a estátua de mim mesma. Sobretudo porque não imagino nada na minha postura ou expressão mudando ao longo das décadas, pois nessa outra realidade permaneço em estado inalterável, mas o cabelo continua a crescer.

Observo as raízes castanhas empurrando para baixo as densas pontas pretas, o comprimento se estendendo a partir da minha cabeça como um carretel em velocidade acelerada, com pedestres e tráfego passando ao redor em borrões. As pontas se enrolam, as raízes ficam retas e as vejo alcançando meus quadris, meus joelhos, a calçada, a falsa cor preta, agora uma nota de rodapé secundária do castanho que domina tudo. Observo um funcionário municipal com uma mangueira me lavando, e minha cabeleira molhada pesa. Observo a água secar. O comprimento continua a se estender, mesmo quando minhas roupas já apodreceram sobre o meu corpo, esfarrapadas, caindo em tiras como a carne de um zumbi.

Meu cabelo cresce na calçada, seguindo a suave ondulação das vitrines. Chega ao semáforo e ignora o sinal vermelho. Cresce como um tsunami, enchendo o vale criado pelos dois lados da rua e depois transbordando os dez quarteirões do comércio para submergir as casinhas com seus carros velhos e anões de jardim baratos. Corre em direção à fronteira de New Hampshire. Torna-se uma emergência nacional. Deve ser eliminado pelo governo antes que pese tanto que rache a massa de terra desta Divisão Continental, esta parte do país afundando no oceano, nas profundezas da água salgada…

Que ironia. Estava imersa na água salgada, precisando apenas de quatro xícaras.

Com o estalo de um elástico, a força tensionada das alucinações falha e volto ao meu corpo, minha consciência retornando para casa com o som e a sensação de uma porta sendo batida.

Minha cabeça chicoteia para voltar ao lugar, os músculos do pescoço se esforçando para suportar o peso do crânio. Balanço dentro das minhas botas e levo mão à cabeça. Respiro de modo superficial pela boca aberta, meu coração tocando castanholas no peito.

É quando ouço as risadas, é quando vejo as cores vivas e o cabelo loiro ladeado por duas cabeleiras escuras.

À minha frente, Greta, Francesca e Stacia saíram de uma loja. Da loja de discos. E, por um golpe de sorte, estão indo embora para o outro lado sem saberem que estou aqui.

As três estão rindo na chuva enquanto carregam suas sacolinhas plásticas com os CDs recém-comprados sobre sua cabeça, guarda-chuvas improvisados que não servem de muita coisa. Quando se põem a correr, suas pernas levantam a barra curta de suas saias, deixando à mostra coxas bronzeadas e reluzentes, e seus cabelos, que nunca, jamais ameaçarão a segurança nacional deste país, oscilam de um lado para outro sobre suas costas esbeltas.

A partida delas foi perfeitamente cronometrada e as agradeço por isso. Foi o burburinho delas que me trouxe de volta à realidade e tenho de dar crédito à minha loucura. É como um parasita autoconsciente. Se eu for destruída, a insanidade carecerá de um novo hospedeiro e, portanto, precisa de mim viva e requer a ajuda do meu lado racional para isso, pelo menos neste momento da minha vida.

Puxo a sola de uma bota dos parafusos que me mantiveram presa no lugar e, com cuidado, ignoro o som suave dos parafusos que sei que não existem caindo na calçada e quicando. Repito a operação do outro lado. Quando começo a me mover, ruídos enferrujados e trituradores percorrem as minhas articulações. Sou o Homem de Lata de *O Mágico de Oz*, precisando de óleo após a chuva me paralisar. Sou a estátua que não deveria conseguir perambular. Eu sou…

Muitas coisas que não fazem sentido.

E por isso mantenho bastante distância entre mim e Greta e as Morenas. Também tomo cuidado para que, à medida que prossigo, minha sacola com o corante e o fixador balance em relativo silêncio ao meu lado. Não quero atrair nenhuma atenção e meu medo de ser pega no rastro daquelas garotas significa que cada som que faço é alto como o de uma banda marcial.

Um carro passa por mim, bate em um buraco e atira água com cheiro de óleo de motor para todo lado, respingando do meu lado esquerdo. Quando olho para o que parece ser um carro azul-claro de dois lugares, reconheço o som alto e claudicante do motor, a cor encantadora, a traseira arredondada. Não preciso de confirmação sobre quem é que está dirigindo o antigo Porsche.

E, de alguma forma, não fico surpresa quando desacelera três quarteirões à frente e buzina para Greta e as Morenas.

Quando o carro de dois lugares para, Francesca e Stacia riem e correm para a frente, inclinando-se juntas sobre a janela baixada. Greta não está mais rindo e fica para trás, com o queixo erguido. Imagino o CR gostoso recostado sobre o freio de mão e os assentos de couro cor de camelo, um braço bronzeado apoiado em cima do volante e os dentes brancos à mostra, enquanto ele repreende as meninas por não terem se lembrado de trazer guarda-chuvas. Pergunto-me se ele está notando suas camisetas molhadas e medindo as curvas de seus sutiãs com bojo. Decido que não. Ele tem como esposa a Miss América que está salvando o mundo.

Quando Greta enfim caminha até a janela, as Morenas perdem seu entusiasmo e seus sorrisos desmoronam. Agora Greta sorri, mas não é uma expressão de menina. É muito mais madura. Expressa muito mais conhecimento.

É o tipo de coisa sobre a qual me recuso a pensar.

A porta do passageiro abre por dentro.

Ela deixa suas duas melhores amigas na chuva.

Enquanto o Porsche decola, Greta acena para as Morenas do interior seco do Porsche, sua mão como uma bandeira de vitória.

Sou forçada a parar de andar. Mesmo que Greta seja minha predadora, Francesca e Stacia estão logo abaixo dela na pirâmide de carnívoras sociais. Não quero chamar a atenção delas. Felizmente, não preciso esperar muito.

As duas retomam a caminhada, agora mais devagar e sem risadinhas nem sacolinhas na cabeça. Imagino que estejam xingando Greta baixinho. Mas é assim que as coisas são, concluo. Para manter sua posição, Greta precisa de tempos em tempos lembrar as outras duas que ela sempre será superior a elas. E largá-las para trás sob a chuva enquanto sai voando com o CR gostoso é um ótimo primeiro passo rumo ao cume da montanha.

Sigo as Morenas até os portões do Ambrose, mantendo entre nós uma zona de descontaminação de quatro a cinco quarteirões sob a chuva. Observo a cabeça delas virando-se uma para a outra quando gesticulam com raiva, suas sacolinhas de CDs — tenho certeza de que os mesmos comprados por Greta — sacudindo para frente e para trás. Penso que essa será a minha única identificação com Francesca e Stacia.

Também não gosto de Greta. E também a invejo.

Para me divertir e passar o tempo, crio fantasias sobre o futuro e, em todas, Greta é submetida a mim: sou a médica dando-lhe um diagnóstico terminal sem nenhum tipo de esperança, nem mesmo tratamentos experimentais. Sou a juíza batendo o martelo que a condena à pena de morte por dirigir bêbada e matar uma família de quatro pessoas, que estava a caminho de casa depois da formatura do ensino médio de seu filho mais velho. Sou a chefe que a despede de seu emprego dos sonhos, depois a banqueira que executa a hipoteca de sua casa quando ela deixa de pagar as parcelas e, por fim, a agente funerária que faz uma maquiagem horrível em seu cadáver de propósito, após o suicídio dela devido à decadência financeira.

Eu sou o carma. Sou a vingança. Sou as cem toneladas de acerto de contas que caem sobre sua cabeça e a esmagam.

Pela primeira vez, sou grata por haver um véu tão fino entre a minha imaginação e a realidade. Experimento todos esses cenários como se estivessem de fato acontecendo, e gosto especialmente de observar o cadáver frio de Greta de batom vermelho borrado, para que ela pareça um palhaço que limpou a boca com as costas da mão. Mesmo que minhas roupas já estejam molhadas e grudadas no meu corpo, fico chateada quando o Tellmer Hall aparece, porque tenho de fechar o Livro do Rancor e devolvê-lo à seção Nunca Acontecerá da biblioteca. Esses voos fantasiosos me parecem voluntários e altamente satisfatórios e gostaria de poder fazer esse tipo de parceria com a minha loucura com mais frequência.

Ao entrar no dormitório, tenho o reflexo de verificar minha caixa de correio. Há um folheto lembrando-nos de que o Dia da Montanha está chegando. Pelo que entendi, esse Dia da Montanha é um dia de folga para toda a escola, convocado pelo diretor de forma aleatória. Saberemos quando for o dia porque o sinal tocará logo de manhã, mas, em vez de irmos para a aula, escalaremos uma montanha, portanto precisamos estar devidamente calçadas e vestidas. Fico grata pelas dicas, embora a ideia de subir o Pennhold Rise, seja lá onde isso for, me encha de pavor. Preferiria seguir com a programação de sempre, mas devo ser a minoria quanto a isso.

Estou prestes a seguir os passos úmidos das Morenas até o segundo andar quando me lembro das instruções que me foram dadas sobre o processo de tingimento. Preciso de sal. Olho por cima do meu ombro e vejo o Wycliffe através do vidro ondulado das janelas da sala dos telefones. Duvido que a cozinha me dê o tanto de que preciso. Poderia ir até lá roubar alguns saleiros, mas não tenho certeza de como medir a quantidade correta e, após a séria deliberação de Roni e Margie sobre a doação de tintura em relação ao fixador e o dinheiro que me deram, sinto-me compelida a fazer as coisas da maneira certa, não apenas para ressuscitar minhas roupas, mas para homenagear as duas mulheres que foram tão compreensivas com as necessidades que eu não sabia que possuía.

Olho além do corrimão da escada, para uma porta fechada. A solução óbvia se apresenta, e gemo, mas parece não haver alternativa. Sou tímida demais para abordar o CR gostoso sobre qualquer assunto que seja, em especial depois de ele bancar o motorista de Greta, mas não tenho nenhum vínculo com o casal do terceiro andar. Preciso de alguém que possa me ajudar e, assim, me arrasto até o apartamento da sra. Crenshaw.

Batendo com suavidade, espero que ela não esteja em casa, embora também não queira isso.

A porta se abre com rapidez, e há uma expectativa animada no rosto sem maquiagem da sra. Crenshaw, como se ela estivesse feliz por ser enfim chamada para cumprir sua tarefa de conselheira residencial.

— Sarah! Como vai você?

O odor que exala lá de dentro é almiscarado e pesado, como se ela consumisse muita comida para viagem e nunca abrisse as janelas.

— O que posso fazer por você? — ela pergunta casualmente, como se tentasse ser acolhedora.

— Será que poderia emprestar uma xícara de sal? — Seguindo o mesmo princípio, mas, ao contrário, uso um tom formal para manter a maior distância possível entre nós.

— Claro! Entre! Está com fome? Sede?

Atravesso a soleira e fico impressionada com a quantidade de tecido pendurado por toda parte. Nas paredes, no sofá, na poltrona, nas janelas. Só se vê *batik* ou *tie-dye*, as cores contrastantes, as estampas se sobrepondo e, como se já não bastasse, há bandeiras de oração budistas estão penduradas no teto.

E um estranho aroma de incenso no ar.

— Bom — ela começa. — O que posso te oferecer de lanche?

Ela está de pé ao lado da cozinha americana, o corpo inclinado para a frente como se fosse empurrado por um vento forte. A expectativa em seu rosto me faz desejar ter roubado saleiros do refeitório no jantar.

— Não precisa — digo. — Obrigada. Só o sal mesmo, por favor.

— Tenho suco de romã.

— Sou alérgica — respondo, embora nunca tenha provado na vida.

— Ah, que pena. — Ela se vira para o balcão com uma expressão triste. — É tão saudável. E estava acabando de fazer.

Na direção oposta de sua toca de coisas incomestíveis, há um conjunto de prateleiras do chão ao teto, e olho para elas em desespero, como se fossem um cardume que eu pudesse usar para escalar as ondas violentas.

Atrás de mim, a sra. Crenshaw está abrindo seus armários, um após o outro, como se não conseguisse encontrar o que tinha certeza de ter. Parece que o sal está se escondendo dela. Não tenho ideia do que ela esteja dizendo, mas possivelmente é um monólogo sobre o papel da vitamina C quando se trata de fortalecer o sistema imunológico. Vou até a biblioteca dela e olho os títulos nas lombadas. Há muito sobre meditação. Mãe Natureza. Animais à beira da extinção.

— Pode pegar emprestado o que quiser — ela anuncia logo atrás de mim. — Você se interessa por meditação?

Quase rio na cara dela. Meu interesse é não alucinar na calçada. Que tal começarmos por aí.

— Obrigada pelo sal. — Estendo a mão.

Quando os olhos da sra. Crenshaw recaem sobre a minha manga encharcada, vejo que não a coloquei de volta no lugar. As cicatrizes em meu pulso são óbvias e, enquanto puxo as mangas para baixo, sinto como se tivesse acabado de desenhar um círculo simbólico ao redor delas.

A sra. Crenshaw ergue o saco de cristais brancos até o peito.

— Sarah, você pode contar comigo. Sabe disso, certo?

Pisco. Até este momento, não sabia se os crs haviam sido avisados sobre o meu "estado". Mas ela não faz perguntas e fica claro que está informada.

— Obrigada. — Estendo a minha mão de novo. — Pelo sal.

Ela abre a boca como se quisesse desesperadamente capturar a minha loucura e me salvar de mim mesma. É bondade da parte dela. Mas, sem querer ofender, se o dr. Warten não consegue fazer isso com todos os remédios e a terapia no hospital psiquiátrico, nenhuma professora de geometria de um colégio preparatório chegará longe com uma mente como a minha.

— Sempre pode contar comigo — ela declara ao colocar o saco de sal sobre a minha palma.

Conforme saio andando como se tivesse roubado o sal, aceno por sobre o ombro. Não quero ser mal-educada, não quero mesmo, e o fato de ela sem dúvida receber muitos acenos apressados me faz sentir mal por ela. Mas paciência.

Quando chego ao segundo andar, pego minha mochila de roupa limpa, porém manchada, e passo pela abertura deixada pelo cordão, o corante, o fixador e o saquinho de sal. Assim que a coloco no ombro, pego também a mochila azul-marinho gasta que contém meu material de geometria e o dever de inglês. Vou levar trabalho comigo porque prevejo que ficarei lá por um tempo e nunca mais deixarei nenhuma das minhas lavadoras e secadoras sem supervisão.

Luto para sair pela porta com os dois volumes e afasto meu cabelo úmido e pegajoso do rosto corado.

— Parece que todo mundo ficou molhada hoje.

Viro-me na direção da voz de Greta. Ela está sentada em sua cama, perfeitamente limpa e feliz como uma borboleta, com um livro de química fechado ao seu lado, um caderno aberto no colo e uma caixinha de CD desmontada para que ela possa ler as letras das músicas. Ela está com o robe de seda e apenas os cachos caindo ao redor de seu rosto sugerem que ela possa ter enfrentado o mau tempo. Ao fundo, ouve-se o novo álbum do Guns N' Roses, *Use Your Illusion I*, e um som como esse nunca fora ouvido naquele quarto dedicado a Bobby Brown. Greta comprou também o *Use Your Illusion II*. Está ao lado de seu livro de química. Não pensei que ela fosse uma fã de Guns N' Roses e aposto que Francesca e Stacia também compraram os mesmos álbuns. Elas odiarão a música, então fico feliz que as três tenham desperdiçado dinheiro à toa. De onde será que tiraram a ideia de comprar esse tipo de coisa?

Ao me virar sem responder a ela, me imagino como sua agente funerária, borrando o batom sobre sua boca rígida e sem cor.

Isso me faz sorrir.

capítulo
OITO

Na tarde seguinte, continuo surpresa com como o corante funcionou bem. Estou andando até o Tellmer após a primeira aula, de química, e continuo olhando minha calça, satisfeita e um tanto maravilhada. As manchas de alvejante sumiram quase que por completo. Sim, dá para ver algumas marquinhas aqui e ali à luz do sol, mas tenho segurança de que poucos irão perceber.

Tenho segurança de que Greta não irá perceber.

Ela, claro, é a que mais importa. E quando imagino sua confusão crescente com o passar dos dias, enquanto continuo a aparecer com roupas recém-lavadas e sem manchas, sorrio comigo mesma, depois acabo rindo alto.

É raro que eu experimente esse tipo de realização. Meu orgulho é do tipo fraco, um último esforço de caráter para proteger a frágil casca da minha dignidade e, em sua timidez, está sempre fugindo com desculpas variadas para se esconder.

Hoje, porém, com minhas roupas ressuscitadas, sinto que superei Greta e, portanto, estou brilhando por dentro. Estou radiante. Magnífica.

O belo dia combina com meu humor, como se controlasse o clima com minhas emoções. As tempestades que encharcaram Francesca, Stacia e eu levaram embora o calor e a umidade e, agora, chegou o outono clássico da Nova Inglaterra, com o céu de um azul penetrante e o sol como uma lâmpada brilhante, sem sombra de nuvem para encobri-lo. Com a chegada do ar seco, e as noites prestes a esfriar, as folhas logo começam a mudar de tom. Em breve começará o espetáculo de cores, e digo a mim mesma que este ano vou parar para aproveitar cada uma das estações.

Estimulada pelo meu atual sentimento de realização, sei que não vou perder a oportunidade. Na verdade, posso fazer qualquer coisa que quiser. Meu estado de espírito é como uma mudança interna de clima, expulsando de mim o tédio e o esforço constante. Sou o brilho que irradia através deste campus, através da própria terra. Sou tão resplandecente quanto o sol e todos sabem disso porque, como o sol, estou enviando ondas de energia em todas as direções, tocando e enriquecendo a vida de todos.

Quero me sentir assim para sempre. E sempre. E sempre. E vou. Esse é o meu novo estado de ser. A partir de agora, vou acordar todos os dias e viver neste amplo espaço de incrível inspiração e conhecimento. Não mais corredores escuros com portas fechadas para mim. Não há mais preocupações sombrias sobre seja lá o que for. Chega de insanidade. Aliás, vou parar de tomar o lítio, porque não preciso dele. Não sou mais louca. Estou redefinindo as configurações de fábrica. Portanto, decido que essas roupas pretas também devem desaparecer. Não quero usar tantas cores como Greta, mas chega desses farrapos sóbrios e deprimentes. Vou conseguir um emprego no mês de janeiro, quando houver recesso da escola e tiver de voltar para casa. Vou poupar o dinheiro e, logo antes de voltar ao Ambrose, o local do meu renascimento, vou ao shopping e vou comprar calças jeans e blusinhas amarelas, vermelhas e douradas, além de suéteres com estampas sutis. Vou trocar o coturno pesado por outra coisa mais razoável, talvez algo com um saltinho. Vou até pintar o cabelo para ficar todo do seu tom natural de mogno e, feito isso, talvez faça luzes em alguns fios, apenas ao redor do rosto.

Ao me imaginar com roupas novas e cabelos novos, posso me sentir me adequando pela primeira vez na vida, não mais em desalinho, trombando com aquelas que são bem protegidas. Serei uma delas. Elas me chamarão de Bo e se sentarão comigo na hora do almoço e, mesmo que eu nunca faça parte do grupo de Greta, ela ficará tão impressionada com a minha melhora que não apenas me deixará em paz como irá até sorrir um pouco para mim quando nos cruzarmos na escada.

Quando chegar o verão, até darei uma festa de aniversário decente pela primeira vez. Vou convidar amigos para a casa da minha mãe e faremos um churrasco. Serão as garotas e os garotos da minha idade que terei conhecido no meu emprego, não ainda no estágio, que farei na biblioteca jurídica de um escritório de advocacia em julho e agosto. Meus contemporâneos serão todos inteligentes, ingressando em boas faculdades. Não terei vergonha de onde moro. Minha mãe, inspirada por meu exemplo, jogará fora suas revistas e limpará bem a nossa casa, sem mais bagunça, sem mais compras frívolas. Ela vai pendurar cortinas novas e instalar novas bancadas na cozinha antes da minha festa. Começará a usar roupas apropriadas para a sua idade. E vai parar de fumar. Terá um relacionamento estável com um homem simpático e um pouco rechonchudo, com um sorriso amável e um bom coração. Ele será apenas um ano mais velho do que ela e eles ficarão de mãos dadas no sofá e não farão nada no quarto.

Minha mãe estava certa. Ambrose é o lugar perfeito para mim. Minhas dúvidas durante aquele primeiro dia e nas duas semanas seguintes foram dissipadas por essa descoberta do meu verdadeiro eu e, assim que for para casa no Dia de Ação de Graças, marcarei uma consulta para receber a alta do meu psiquiatra. Dr. Warten vai ficar em choque, pasmo, quando eu entrar em seu consultório com um sorriso confiante no rosto, um passo leve, nada de preto sobre o meu corpo, nem mesmo um cinto para prender o meu novo jeans. Vou me sentar na frente dele e colocar o frasco inacabado de lítio sobre a mesinha de centro entre nós. Direi a ele que quero que as dezessete pílulas deixadas dentro dele sejam dadas a algum outro paciente que precise delas, uma doação de uma antiga sofredora para alguém que ainda esteja nas trincheiras. Os olhos do dr. Warten ficarão marejados com o meu brilhante exemplo de recuperação completa e minha generosidade para com os necessitados. Vai pegar os comprimidos e me dizer que sou uma grande inspiração para ele e para muitos outros. Serei modesta, mas ficarei feliz com o elogio. Exterminei a besta, conquistei o inimigo e, agora, vencidas as minhas provações, desfrutarei de uma navegação tranquila ao calor do sol poente pelo resto dos meus dias.

E a minha grandiosidade não vai parar aí.

Mais tarde, após a faculdade, escreverei sobre os tempos difíceis que passei e sobre o momento, *este* momento, em que tudo clareou. Serei entrevistada na TV por Phil Donahue, Sally Jessy Raphael e Jenny Jones, e convidada para programas como *Today Show* e *Good Morning America*. Serei uma porta-voz para todo o país, uma mulher corajosa que enfrenta preconceitos e tabus ao falar de doenças mentais. Darei palestras. Discursarei na Casa Branca, em frente ao Congresso. Minha vida toda será dedicada aos outros e, quando estiver no leito de morte, não terei nada do que lamentar, nada do que me envergonhar. Morrerei velha, com uma ótima reputação, e meu velório acontecerá na Catedral Nacional de Washington, porque será a única igreja grande o suficiente para acolher todos os enlutados. O choro antecipado exigirá que caixas de Kleenex sejam distribuídas antes da cerimônia e, ainda assim, não haverá lenços suficientes.

É na onda desse certeiro sucesso futuro que navego até a frente do Tellmer Hall. De forma magnânima, seguro a porta para que uma das companheiras de time de Strots passe. O nome dela é Keisha. Ela é afro--americana e muito linda com suas tranças. É uma atleta habilidosa, mas sei que está aqui com uma bolsa de estudos acadêmica, porque também é muito inteligente, prova de que dá para ser as duas coisas ao mesmo tempo.

Quando ela me dirige um aceno de cabeça, tenho certeza de que, se fosse com ela a algum treino e a imitasse, logo conseguiria acompanhá-la. Não seria tão boa quanto ela, claro, porque atletismo não é meu forte. Mas não ficaria para trás e não me envergonharia. Depois, ela insistiria para eu entrar para o time de hóquei sobre grama. Strots concordaria. Eu hesitaria até que o resto da equipe começasse a entoar meu nome e só então, por um sentimento de obrigação porque não quero decepcioná-las ou negar-lhes o benefício da minha presença, colocaria a regata do time sob os aplausos. Eu usaria o número dois, não o um, porque não quero me achar demais. E me tornaria o coração da equipe, aquela que inspira a todos com trabalho árduo, dedicação e comportamento calmo mesmo sob pressão. E, quando estivermos perdendo por um gol faltando dois minutos para o final do jogo de decisão do título estadual, vou marcar e salvar o time, e elas vão tirar minha camiseta no vestiário, para que nunca mais seja usada de novo.

A porta se fecha e me viro para as caixas de correio, pronta para encontrar um bilhete de loteria premiado, uma carta do meu pai me contando onde ele mora e um convite para encontrar o presidente Bush. A correspondência foi entregue no prazo porque tudo isso precisa chegar a mim com urgência. Há panfletos coloridos em todas as caixas, uma bela exibição de tons rosa, laranja, brancos e amarelos que é aleatória, já que algumas correspondências todas nós recebemos e outras são específicas, como as que falam de nossas aulas particulares, nossas atividades extracurriculares, nossos clubes. No meu cubículo, tenho três avisos, mas tragicamente meus bilhetes de loteria, as cartas do meu pai e o convite do presidente Bush foram extraviados. Estarão aqui em breve, tenho certeza.

O memorando de cima está em rosa, tendo sido recebido por todas. É um lembrete para colocar roupas usadas com cuidado no cesto da sala de telefones, para serem doadas aos pobres por meio da parceria do colégio com a Igreja de São Francisco da cidade. Ao lê-lo, fico desapontada por não poder doar minhas roupas pretas ainda, e espero que haja um projeto semelhante no próximo semestre, após o recesso, depois que tiver refeito o meu guarda-roupa.

O segundo aviso é branco. É um lembrete severo de que nada deve ser jogado nos vasos sanitários do dormitório, exceto papel higiênico. Todos os artigos sanitários deverão ser descartados em pequenas lixeiras metálicas afixadas na parte interna das baias. Os encanadores tiveram de voltar e o serviço deles é caro. Decido, na mesma hora, que devemos convocar uma reunião de todo o dormitório sobre o assunto. Vou fazer os panfletos e trabalhar com a sra. Crenshaw, com o CR gostoso e o casal do terceiro andar para definir a data e me dirigir às alunas como uma colega. Após a reunião, ninguém jogará mais nada além de papel higiênico nos vasos e nunca mais precisaremos de encanadores. Vou economizar tanto dinheiro para a escola que serei convidada para falar ao Conselho de Administração sobre medidas de economia de custos em todo o campus e maneiras de fazer com que as adolescentes cumpram os regulamentos. Serei a catalisadora da melhoria institucional que impactará a todos, dos funcionários aos professores e administradores. E, quando me formar com honras, daqui a dois anos, entregarei o manto da liderança a uma aluna júnior que tiver escolhido como minha sucessora. Ela seguirá meus passos e será quase tão boa quanto eu.

O memorando final é azul. Leio-o duas vezes. É da sra. Crenshaw para os membros de sua turma de geometria I. Está datado de hoje. Ela explica que, devido a um problema pessoal, a aula do dia seguinte está cancelada e a prova do capítulo três, adiada para a aula de terça-feira da próxima semana.

Fico muito feliz com esse inesperado dia livre e sei que Strots vai ficar com inveja. Strots odeia geometria e, considerando sua luta com o dever de matemática, pelo jeito o assunto não é dos mais favoráveis para ela. Viro-me para as escadas, memorandos na mão, mochila pendurada no ombro, sorriso no rosto.

Eu paro.

Olho por cima do ombro para as caixas de correio. E não me movo.

Não fica claro de imediato o que me congelou no lugar. Olho para o memorando azul — e, quando o leio pela terceira vez, vejo o erro de digitação. Na frase final, logo acima do fechamento e da assinatura da sra. Crenshaw, percebo a questão gramatical: "Certifique de estudar muito, vai ser uma prova difícil".

Na verdade, são dois erros. Falta algo que conecte melhor as duas orações, como um "pois". E é "certifique-se de", pois esse verbo pronominal exige o uso da preposição.

Os sinos de alerta começam a ressoar e volto para as caixas. Não tenho certeza do que estou procurando, mas aquilo simplesmente não parece certo. A sra. Crenshaw, apesar de toda a sua estranheza, não comete erros gramaticais. Os avisos que ela manda, as folhas de tarefas, as listas de materiais, o calendário de provas, tudo sem um único erro.

Mas talvez ela estivesse com pressa desta vez.

Francesca está na minha turma. Procuro seu cubículo pelo sobrenome. Já está vazio. Tento me lembrar de outras colegas de classe que morem no dormitório. Há uma Bridget, não? Sim, o quarto dela fica no primeiro andar. Mas qual é o seu sobrenome?

Enfim, encontro a caixa de correio de Bridget, mas, antes de pegar seus folhetos para examiná-los, olho ao redor para ter certeza de que ninguém está na sala de telefones ou na área comum no fim do corredor, ou vindo da direção oposta.

A barra está limpa por este nanossegundo e me movo rapidamente antes de ser pega.

Bridget, de sobrenome irrelevante, recebeu o lembrete de doação e o aviso do banheiro, bem como um memorando sobre seu treino de futebol, uma carta do Serviço Postal dos Estados Unidos que deve ser de sua mãe e o panfleto azul da sra. Crenshaw. Coloquei tudo de volta, menos o panfleto azul. Olhando para as palavras impressas em forma de memorando, checo o remetente, o destinatário, a data e o assunto sobre a prova, e fico instantaneamente aliviada por não ser de novo o alvo de outra pegadinha, mas, ao mesmo tempo, preocupo-me com o retorno da paranoia.

Só que leio o conteúdo. Este memorando diz que a prova, que *será* realizada amanhã, incluirá uma oportunidade de bônus na nota e um problema é apresentado na metade inferior da folha. Quem chegar à resposta correta ganhará cinco pontos a mais.

Leio o memorando de Bridget mais duas vezes e depois o coloco de volta na caixa dela. Não há erros gramaticais e dar às alunas um problema extra antes da prova me parece condizente com o estilo da sra. Crenshaw. Ela quer que tiremos As. Ela precisa que tiremos As. Ela está manipulando seu próprio sistema para garantir esse resultado, ou quase isso.

Meu cérebro processa tudo enquanto meus olhos percorrem o restante das caixas de correio. Aproximo-me para poder ver a parte de baixo dos avisos inclinados para fora, de maneira preguiçosa. Encontro uma terceira moradora do dormitório que está na classe. O memorando de Savannah corresponde ao de Bridget.

Concentro-me na caixa vazia de Francesca. Pergunto-me quando ela retirou sua correspondência. Aposto que foi depois do almoço.

Francesca trabalha na comunicação. Sei disso porque vi a assinatura dela em avisos sobre a terça-feira mexicana, a importância da coleta de lixo e a próxima eleição estudantil. Ela também relatou que o Conselho de Curadores se reunirá na próxima semana para discutir aumentos nas mensalidades e deu ideias para entreter nossos familiares no Fim de Semana dos Pais. O boletim do campus é semanal, com cerca de dez páginas grampeadas no canto superior esquerdo, e seu conteúdo tem mais futilidade do que notícia.

É improvável que ela receba um Prêmio Pulitzer por sua investigação sobre a decisão do Ambrose de suspender indefinidamente o projeto "Domingo é Dia de Sorvete".

Nunca estive na sede da comunicação do campus. Mas estou disposta a apostar que eles têm resmas de papel colorido e fotocopiadoras, porque todas as oitocentas alunas recebem a correspondência semanal e o branco não é a única cor de página que usam. É claro que também têm computadores conectados às impressoras e cubículos nos quais as pessoas podem se concentrar em seu trabalho sem interrupção.

E longe da vigilância alheia.

Viro meu memorando azul. Não há etiqueta no verso, ao contrário do de Bridget e Savannah. Há uma lixeira embaixo do quadro de cortiça onde avisos de tutoria e convites do clube da escola são pregados com alfinetes de cabeça clara. Penso em vasculhar a lixeira, imagino-me tirando a tampa e despejando sua coleção de papéis coloridos amassados, caroços de maçã fermentada e latas de refrigerante vazias. Impulsiva que sou, quase sigo adiante, mas alguém abre a porta do dormitório e me desvia do plano.

Corro para as escadas e decido que Francesca não seria tão óbvia a ponto de rasgar meu memorando real e jogá-lo tão perto do marco zero.

À medida que subo, minha efervescência desaparece como se nunca tivesse existido. Agora meus coturnos pesam mil quilos cada e minhas roupas pretas são a única coisa que sinto vontade de usar. Lá se foram as fantasias aladas do meu futuro como alguém incluída, em oposição à minha exclusão atual. As mentiras criadas pelo meu cérebro hiperativo sopradas para fora do meu espaço aéreo, nada além de tufos de penas flutuando, um pássaro pego no ar pela explosão de uma espingarda de cano alto, não apenas morto, mas vaporizado.

Enquanto contemplo meu retorno ao meu terrível normal, tenho uma ideia nebulosa de que os pensamentos alucinados e confusos que surgiram de dentro do meu peito alegre eram os mesmos da alucinação do cabelo do dia anterior. Mais divertidos, com certeza, e sinto falta deles como de um familiar que se foi cedo demais. Mas a triste realidade é que a minha chance de afundar parte dos Estados Unidos com as minhas madeixas é a mesma de ser curada e tornar-me porta-voz dos que sofrem com doenças mentais.

Voltei a ser eu.

A ideia de que Greta e suas Morenas me pegaram de novo é como um chute no estômago. O fato de eu ter descoberto o truque delas antes que me machucasse não importa. Que elas tenham feito uma nova pegadinha, e de uma forma que eu não teria previsto, é o que me assusta, porque minha propensão à paranoia não precisa da confirmação de que meu mundo aqui em Ambrose é frágil e fácil de desmoronar.

Quando chego ao topo da escada, no segundo andar, ouço música saindo do quarto do CR gostoso. O que não é incomum. Ele gosta de *rock 'n' roll*, nada de *pop* para ele.

Enquanto ando pelo corredor, passando por nosso banheiro, meu coração dói, e piora quando vejo que a porta de Greta está aberta.

— Oi, Sally — ela fala devagar. — Tudo bem? Veja se você recebeu sua correspondência.

Enquanto abaixo minha cabeça e a ignoro, abro minha porta e estou cansada de novo quando entro.

— O que foi? — Strots me pergunta de sua cama.

— Nada — respondo, fechando a porta.

Vou até a minha cama, sento-me e olho para o chão, minha mochila ainda pendurada no ombro, o memorando falso na mão com os avisos verdadeiros que recebi.

— Jesus Cristo, Taylor, sua mãe morreu ou algo assim?

Olho para o outro lado do cômodo. Strots não está brincando. Está deixando de lado seu odiado livro de geometria e virando-se de frente, com as sobrancelhas bem franzidas. O fato de ela honestamente parecer se importar faz com que lágrimas ameacem meus olhos e eu odeio isso.

— Por que Greta é tão má? — desabafo sem querer. — Não entendo. Por que ela não pode simplesmente… ser Greta? Já não é o suficiente?

Strots fala um xingamento. Depois mergulha debaixo do travesseiro para pegar os cigarros e o isqueiro. O clique do Bic parece muito alto, me preocupo que o CR gostoso possa ouvi-lo e correr até aqui para prender nós duas. Mas, espere, ele está ouvindo rock e, além disso, é incerto se ele se importaria. Enquanto Greta não pressentir nada, estamos seguras.

Strots abre a janela e sopra a fumaça para fora do nosso quarto.

— O que ela fez com você?

Não é minha intenção, não quero, mas me pego contando a Strots sobre o xampu. A lavanderia. Estendo o memorando para que ela possa certificar--se da mentira — e não "certificar da mentira" — com seus próprios olhos. Viro a folha e mostro que não tem etiqueta. Relato as minhas provas, que devo admitir que são bastante frágeis, a menos que você já tenha olhado nos olhos de Greta como uma inimiga. Quando termino, caio para trás e bato a cabeça na parede.

Esfrego o ponto dolorido enquanto Strots coloca as cinzas na garrafa de refrigerante cheia de sujeira que ela vem usando nos últimos dois dias. Filtros de soldados mortos flutuam sobre o fluido marrom, vítimas de uma enchente.

— Você não acredita em mim — digo, em sinal de derrota.

— Não. Acredito, sim.

É um alívio tão grande que pisco rápido.

— Obrigada.

— Mas minha opinião não vai fazer a menor diferença.

Você está errada sobre isso, penso comigo. *Faz diferença para mim.*

Strots bate o cigarro no gargalo da garrafa. E, no silêncio, ocorre-me que requer habilidade derrubar as cinzas na Coca-Cola. Lembro-me de como a minha mãe queimou a mão enquanto gesticulava de modo frenético em torno do Mercedes dos pais de Greta.

É fácil esquecer que cigarros têm fogo.

— Quanto ao motivo de ela fazer isso — Strots murmura.

Quando minha colega de quarto não continua, digo:

— Ela tem tudo.

— É isso que ela quer que as pessoas pensem. — Strots faz outra pausa. — Já ouvi umas coisas sobre a família dela.

— Como assim? — pergunto quando há outro silêncio.

— Dizem que já não têm o dinheiro que costumavam ter. Parece que o pai dela teve de declarar falência alguns anos atrás e vendeu a mansão deles em Greenwich. Não sei nenhum detalhe.

— Eles vieram em um Mercedes.

— Sim, de quantos anos atrás?

Eu não sei, penso. O logotipo marcado naquele capô, como a mira de um rifle de condição, foi suficiente para mim. Afinal, vim em um Mercury que tem quase a minha idade.

— Foder com as pessoas é uma boa distração — diz Strots. — É um exercício de poder que disfarça seu segredinho sujo, e ela adora o caos que cria. O sofrimento. O constrangimento. Ela se alimenta dessa merda, aquela escrota doente. Fico feliz que o pai dela seja um péssimo homem de negócios.

Chego à conclusão de que minha colega de quarto é a Einstein do relacionamento interpessoal.

— Isso é foda — acrescento, tentando ser tão durona quanto ela.

Ela aponta para mim com o cigarro.

— E não pense que ela vai ser pega. Mesmo que o pai dela não tenha o dinheiro que costumava ter, ele ainda trabalha na administração do colégio e na porra do comitê de admissões. Ela é a quarta geração de sua família a vir para cá e seu tio ainda tem muito em um fundo fiduciário. A escola nunca repreenderá uma Stanhope e, de qualquer forma, seus poderes de persuasão não devem ser subestimados.

Ficamos quietas juntas e então Strots diz algo que captura a minha atenção.

— Você quer que eu cuide disso para você? — ela fala baixinho.

Quando meus olhos se voltam para os dela, ela não está olhando para mim. Ela está focada na ponta brilhante de seu cigarro.

Volto à minha ilusão de agente funerária. O batom borrado.

Greta morta na maca.

Tenho essa sensação estranha e emocionante de que Strots está falando sobre algo muito além de ir denunciar um assédio ao CR gostoso.

Caso esteja errada, ressalto:

— Mas você acabou de dizer que ela nunca terá problemas.

— Com os CRS e a reitoria, não. Mas existem maneiras de lidar com a coisa em particular.

— Você falaria com ela?

Um dos ombros de Strots encolhe.

— Algo do tipo.

Meu corpo fica quente e solto, como se minha pele não fosse mais pele, mas água do banho escorrendo sobre meus músculos e ossos, e avalio a óbvia força física de Strots. Então imagino o rosto de Greta preto e azul, inchado, longe de sua perfeição, aquele nariz retinho que ela herdou do pai todo torto.

Vejo sangue atrás dos nós dos dedos de Strots e um rubor em suas bochechas. Ouço uma respiração pesada e um coração batendo forte debaixo de seu moletom azul e dourado das Huskies.

Imagino um vira-lata sem dentes recebendo ajuda de um pastor-alemão.

— Você faria isso por mim? — pergunto com uma voz áspera.

— Sim. Poderia fazer.

— Você pode ter problemas.

Strots ainda não está olhando para mim, como se a conversa fosse confidencial, desde que não fizéssemos contato visual. Mas o sorrisinho secreto em seu rosto promete retribuição e isso sobe à minha cabeça como álcool.

— Você não precisa se preocupar comigo — garante a minha colega de quarto. — Estou ainda mais segura aqui do que ela.

— O centro esportivo — sussurro, como se fosse um santuário religioso.

— Meu pai tem sido generoso com o colégio.

E este é o máximo que Strots revela.

Luto com a minha compostura neste momento eletrizante, em que sinto como se estivéssemos juntas em uma batalha contra as injustiças do mundo. Strots é minha amazona de armadura brilhante, vindo para me proteger por nenhum outro motivo além de eu estar sofrendo uma injustiça. Ela é o altruísmo encarnado sobre um cavalo de guerra, galopando para resgatar os fracos e oprimidos. Em seu moletom e com o cabelo puxado para trás, batendo aquele cigarro na garrafa de Coca-Cola, ela exala o brilho da vingança.

É bom ter poder. Mesmo que indiretamente.

— Bem, me fale se mudar de ideia — Strots me diz enquanto joga a bituca de cigarro no líquido sujo. — A oferta está de pé.

Quando a ponta acesa de seu Marlboro atinge o líquido, ele chia como um minúsculo bife em uma minúscula grelha.

— Não disse não — digo.

— Sim, disse. Mas tudo bem.

Minha colega de quarto é realmente um gênio quando se trata de pessoas, não é?

Porque ela está certa. Por mais gloriosa que pareça minha ira, ela permanecerá apenas um potencial, a oferta da colega de quarto guardada no bolso de trás.

Não tenho estômago para conflitos reais.

Assim como Strots não parece nada incomodada com eles.

Olho para o livro de geometria dela e limpo a garganta.

— Você também tem prova amanhã?

— Todas nós. A agenda de provas é igual, mesmo para turmas diferentes.

Parece importante falar de outras coisas, coisas normais, como limpar a bancada da cozinha após fazer um sanduíche e deixar cair maionese sobre a fórmica.

Agradável e normal. Nada de mais.

Ela não se ofereceu para bater na garota do outro lado do corredor, assim como eu não considerei aceitar o gentil convite. Strots coloca o livro de volta em seu colo e afasta o cabelo de seu rosto.

— Odeio geometria.

Tento seguir seu exemplo, mas falho e não consigo me concentrar em minha própria preparação para a prova.

Minha insanidade e Greta têm muito em comum, concluo. Não desejei nenhuma das duas, e ambas têm a tendência de me pegar desprevenida, me derrubar.

Esfregando os olhos, estou decepcionada com a minha falta de coragem. Também sou grata por Strots não ter ideia de onde vou na minha cabeça quando fico em silêncio. Sentada à minha frente, ela está alegremente alheia à minha luta, em parte porque ela também está lutando com a perspectiva da prova, as sobrancelhas abaixadas, a caneta Bic batendo contra os dentes da frente. Ela parece imersa, e eu invejo que, aonde quer que sua mente tenha ido, com certeza não é uma alucinação que a transforma em uma estátua onde os pássaros fazem cocô.

Mas tenho a mais estranha suspeita de que, em sua mente, ela já pisou no cadáver de Greta Stanhope algumas vezes.

— Você quer ajuda? — pergunto, apontando para o livro dela. — Sou ótima em matemática.

capítulo NOVE

São 6h da manhã. Os sinos da igreja estão badalando. Chegou o Dia da Montanha.

Abro os olhos e tento me lembrar do dia da semana. Terça-feira.

É a semana seguinte à prova de geometria, que eu não perdi e na qual Strots tirou B. Ela está bem feliz com o resultado. Fico preocupada com toda comunicação interna que recebo, mas a boa notícia é que só houve avisos genéricos desde a última quinta-feira.

Não falei mais com minha colega de quarto sobre Greta. Mas, quando vejo a garota no dormitório ou no campus, penso no que Strots me contou. Vejo além do guarda-roupa caro e das pulseiras de ouro, dos planos para as férias que escutei de longe no riacho, da atitude de dona do mundo. Eu me pergunto se Greta esconde o tipo de medo de ser julgada que deixo transparecer... Se todo esse verniz não passa, assim como as minhas roupas pretas e meu cabelo tingido, de uma distração.

Talvez eu seja um alvo porque represento tudo que ela odeia em si. Talvez ela se sinta excluída porque não consegue mais acompanhar as garotas que ela domina socialmente do ponto de vista financeiro. E sou o símbolo vivo da exclusão.

Talvez ela ainda esteja com raiva da minha interrupção naquela noite, pouco depois de chegarmos ao Tellmer.

No fim das contas, suas motivações são menos importantes do que as ações. E é por isso que continuo em alerta.

Sento-me e olho pelas janelas. Já está claro, com o céu bem azul. Outro dia perfeito de outono. Preferiria mesmo passá-lo nas salas de aula. Diante da perspectiva de esforço físico que me aguarda, não quero escalar nada, mal quero sair da cama.

— Por que não começam essa merda às 9h? — Strots murmura. — Mas nãããão, temos de acordar essas garotas na porra do amanhecer.

Strots enfia os pés descalços nos chinelos pretos e sai do quarto arrastando os pés, a toalha sobre o ombro. Quando ela sai, olho suas pernas com inveja. São musculosas, saindo de baixo dos shorts soltos como pistões.

Ela não terá problemas para escalar nada. Até o Everest. Eu deveria ter tentado me livrar dessa atividade de escalada. No Ambrose, somos obrigadas a fazer educação física, mas fui dispensada por causa do lítio e da maneira como o esforço afeta meus níveis de sódio e, portanto, a intensidade da droga.

É tarde demais agora. Vou escalar uma montanha.

Troco-me com agilidade antes que Strots volte do banho e saio antes dela para que ela não tenha que lidar com o constrangimento de sair do nosso quarto comigo. Sempre que isso acontece, descemos as escadas lado a lado e seguimos juntas até o Wycliffe para comer ou até a sala de aula. Mas, da parte dela, é por obrigação. Eu sei que suas companheiras de time não me querem junto com elas.

Além disso, ultimamente, Keisha do terceiro andar tem sido a companheira de passeio de Strots. Strots e ela estão passando cada vez mais tempo juntas, uma esperando a outra ao pé da escada, perto das caixas de correio, para as refeições e as aulas. Pergunto-me se isso é pré-combinado ou um hábito que adquiriram. Talvez a segunda opção. Strots não perde muito tempo dissecando coisas.

Eu me sinto excluída, mas não é como se Strots andasse muito comigo, de qualquer forma. Não, é a proximidade que se desenvolveu entre as duas que invejo, quando tudo o que terei com Strots é a proximidade determinada por um sistema de distribuição de quartos.

Enquanto ando sozinha até o refeitório, imagino que Greta e as Morenas pensarão em alguma maneira fofa e feminina de evitar a marcha fúnebre dickensiana que o resto de nós deve enfrentar. Por mais magras que sejam, não parecem resistentes o suficiente para escalar montanhas e, como o pai de Greta esteve no campus para reuniões com o conselho nos últimos dias, imagino que ela vá apelar para ele, e ele vai fazer com que ela seja dispensada.

Se ela puder, aposto que livrará Francesca e Stacia também. Deserções sob a chuva em Porsches azuis à parte, Greta vai querer que suas amigas fiquem com ela. Elas vão pintar as unhas dos pés no quarto dela e ouvir Guns 'N' Roses enquanto nós lidamos com grampos, cordas e mosquetões. Elas vagarão por aí e nós arriscaremos nossas vidas sobre blocos de gelo e encostas de granito atreladas à rocha, contando apenas com nossa inteligência e nosso equipamento para evitar que despenquemos rumo à morte. Após o anoitecer, retornaremos a Tellmer Hall desidratadas, machucadas e abaladas, após termos nossos melhores esforços frustrados diante das belas, mas cruéis, artimanhas da natureza. As três não estarão aqui quando voltarmos. Estarão no Mercedes amarelo-ouro do pai de Greta com as calotas combinando, indo jantar na casa do diretor.

Estou certa de tudo isso como se tivesse lido uma matéria nos boletins informativos de Francesca.

No Wycliffe, como sozinha em minha mesa perto da saída e da lixeira pouco usada. Não sei quanto tempo ainda vou ter para fazer xixi, então tomo cuidado para não beber muito líquido. Só que, então, me preocupo com a desidratação. E com os níveis de sódio. E com a insanidade.

Invejo as outras garotas que estão apenas chateadas por terem saído da cama tão cedo. Reunimo-nos às sete horas em frente ao Tellmer Hall e as garotas do Wycliffe se juntam a nós. O CR gostoso está parado na frente dos grupos soltos de alunas. Ele sorri ao se dirigir a nós, charmoso e lindo, com o cabelo molhado do banho, os ombros largos sob um moletom turquesa com um mapa de Nantucket. Os outros CRs estão atrás dele, entre eles a sra. Crenshaw. O marido e a mulher encarregados do terceiro andar parecem irmão e irmã com a mesma coloração loira e reconheço alguns dos CRs do Wycliffe de vê-los no campus. Um deles é minha professora de francês, *mademoiselle* Liebert.

Somos direcionadas a quatro ônibus escolares alaranjados que estão estacionados na via principal do campus. Enquanto nos afunilamos para entrar, vejo Greta e as Morenas e fico surpresa por minha fantasia sobre o pai dela não ter se concretizado. Ela não parece feliz e me certifico de que não estou no mesmo ônibus que ela.

Quando partimos, os solavancos do nosso ônibus me fazem me arrepender de ter comido, mas, felizmente, nesta parte da Nova Inglaterra não se demora muito para encontrar uma montanha. É por isso que cada dormitório escalará um morro diferente.

Por pouco não me envergonho por ter vomitado. Fazemos uma curva larga e estacionamos sobre a terra batida e, então, vem o desembarque. Mesmo estando bem perto da porta, não há chance de eu ter uma vantagem inicial na descida do veículo. Outras já se levantaram de seus assentos antes mesmo do barulho do freio e as deixo passar na minha frente, contente, apesar da náusea, por não ser pisoteada pelo rebanho.

Conjecturo por que elas estão correndo. A montanha não vai a lugar nenhum.

— Vai descer?

Ouço. Minha motorista de ônibus se virou em seu assento, o braço grosso sobre o recosto. Ela não está irritada nem é simpática. É apenas factual. Ela só quer saber se vou descer do ônibus.

Olho pelas meias janelas. Tantas garotas. E ali, sob a luz do sol que se desvanece, passando por entre as folhas que finalmente mudaram de cor, estão Greta, Francesca e Stacia.

Quero ser honesta com a motorista e dizer que a última coisa que quero fazer é descer do ônibus.

Em vez disso, porém, aceno e me levanto. Enquanto desço os três degraus e coloco meus tênis na terra, desejo estar sentada em minha cama em um dormitório silencioso, lendo algo por prazer. Como Nietzsche.

Um som de palmas chama a minha atenção e a de todas as outras.

— Ok, pessoal, quem está pronta para escalar?

É o CR gostoso. Ele está animado para o que está por vir e seu vigor, mais uma vez, atrai as garotas ao redor, como um metal atrai ímãs. Enquanto ele faz outro discurso, que é uma repetição da nossa conversa pré-ônibus, encaro-o por entre as cabeças e ombros à minha frente. Não me surpreende que a luz do sol pareça focada sobre ele.

Quando termina seus lembretes — fique na trilha, almoce depois da subida, peça ajuda se precisar —, ele coloca os óculos escuros do tipo aviador, como os de Tom Cruise em *Top Gun*, e as lentes pretas com aros finos dourados e fones de ouvido se encaixam no rosto quadrado do CR gostoso como se sua estrutura óssea tivesse sido usada para criar o design. Os óculos Ray-Ban são como seu Porsche vintage, itens disponíveis nacionalmente que sua atratividade torna pessoal, como se feitos só para ele.

Ele lidera o bando. Duzentas meninas e dez outros conselheiros residenciais o seguem. Strots está na frente com Keisha e o time de hóquei. Greta, Francesca e Stacia estão no meio, deixando no ar uma concentração de moléculas perfumadas, como um Glade com pernas bronzeadas. Estou no fim da fila, assim como a sra. Crenshaw, mas ela e o casal do terceiro andar do Tellmer estão conversando. Fico aliviada. Se tivesse que caminhar com ela, a subida seria duas vezes mais longa.

Sinto o ar fresco sob a copa das árvores que ainda estão perdendo as folhas enquanto caminho pela terra bem compactada da trilha e agradeço por isso. Enquanto seguimos e todos conversam, passo o tempo olhando as folhas e medindo a mudança de cor. É uma boa distração, com meu cérebro consumindo as informações que meus olhos captam, observando todas as pequenas variações de tonalidade de vermelho e amarelo que começam nas pontas e vão subindo até drenarem todo o verde.

À medida que nos aproximamos do topo, as árvores folhosas desaparecem, são substituídas por sempre-vivas e a subida não é tão ruim quanto eu esperava. Isso é o que está passando pela minha cabeça quando faço uma curva final na trilha cada vez mais estreita e sou recompensada por minhas duas horas e meia de esforço com uma visão do vale lá embaixo. Esse vislumbre rápido do horizonte se expande até o infinito quando finalmente chego ao topo plano e sem vegetação da montanha. Visto que chego em último lugar, já há uma multidão lá em cima, mas espaço não falta. Escolho um ponto à esquerda e, enquanto fico parada com o vento nos cabelos, as mãos na cintura e os olhos fixos nas graciosas ondulações dos picos e vales diante de nós, percebo que escolhi o mesmo lugar em que me sento no refeitório do Wycliffe.

As vozes são audíveis e os temas das conversas são variados, embora quase nenhum deles diga respeito à vista magnífica diante de nós. Fico contente em ficar longe de todas elas e sou afetada pela visão de uma maneira que não poderia ter previsto. Tendo enfrentado com frequência, e contra minha vontade, a vasta paisagem que minha mente insiste em criar, fico estranhamente tranquilizada com uma grande vista como essa, que é física. Concreta. Experimentada por outros, mesmo que boa parte a ignore.

O CR gostoso está agora chamando nossa atenção. Está parado ao lado de uma torre de observação. E está nos dizendo que há bebidas ali, aos seus pés, e que começaremos nossa descida em cinco minutos. Como estou com sede, caminho pelas margens, e as rochas cobertas de líquen que atravesso são cinza e secas e estranhamente escorregadias, embora não haja umidade em lugar nenhum. Conforme o vento balança meu cabelo e minhas bochechas queimam com o ar frio, não consigo nem imaginar como é ali no inverno.

Sou grata por haver apenas um Dia da Montanha por ano e o próximo não estar programado para um mês frio.

Espero na fila das três caixas de isopor perto da torre de observação. Quando chega a minha vez, mergulho a mão no gelo derretido e pego uma garrafa de água. Sou rápida ao contornar a pessoa atrás de mim e recuo para o mesmo lugar em que estava antes. A tampa estala quando abro e então consigo matar a sede, minha garganta quente e seca como as raízes das plantas, como galhos que lutam para crescer neste lugar, aproveitando o mínimo de umidade. Meu estômago meio que equilibra a temperatura do meu corpo e, conforme bebo, uma bola de refrigeração se instala nele. Paro na metade da garrafa. Não quero ter de fazer xixi na mata durante a descida.

Dá para imaginar o que Greta faria se soubesse disso?

A vista mais uma vez chama minha atenção, mas continuo alerta à presença das outras garotas e logo ela prevalece sobre a Mãe Natureza. Olho para elas, embora possa vê-las todos os dias na escola, enquanto a oferenda da montanha só estará disponível por mais alguns minutos. Ainda assim, minhas colegas são fascinantes para mim, como formas de vida alienígenas que se parecem e soam como eu, mas cuja composição interna não é nada como a minha. Aqui em cima, ao vento e ao sol, estão tirando fotos em grupo, grudadas umas às outras em conjuntos de três ou quatro, todas sorrindo para a fotógrafa que então troca de lugar com alguém na escalação para que todas sejam devidamente representadas pela Kodak. São essas as imagens que serão reproduzidas no anuário e nos folhetos da escola. Serão transformadas em cartazes a serem pendurados na secretaria.

— Ok, hora de irmos! — o CR gostoso grita acima do burburinho. — Vamos!

Com seu moletom turquesa amarrado na cintura, ele inicia a descida parando no início da trilha e gesticulando para as meninas saírem do cume e seguirem pelas trilhas bem marcadas da montanha. As vozes das minhas colegas são altas, elas são jovens e cheias de energia, e, mesmo que não gostem de escalar nem de descer a montanha, ainda é melhor do que ficarem confinadas em uma sala de aula.

À medida que mais delas partem, o tititi diminui. Ouço o vento com ainda mais nitidez agora e me lembro de que somos breves aqui em cima, e que o clima, como a montanha, é permanente e não se impressiona com nossa existência de uma fração de segundo.

Dou uma última olhada na vista do vale intocado. É tão bonito, uma área de árvores quase incalculável, o céu azul-claro acima infinito. Sozinha, parece que estou sobre as palmas da terra. O momento não é uma fotografia planejada nem uma memória imperfeita e editada, mas um testamento imaculado do verdadeiro poder do agora, do presente, do instante imperial.

Entrego-me completamente a isso, liberando meu apego e desespero pela sanidade pela primeira vez, consciente de que, por este breve período, não preciso me preocupar em viajar para onde não desejo ir. Flutuo, mas permaneço onde estou, porque estou perfeitamente conectada com tudo o que está ao meu redor, mesmo com as garotas que, sendo tão diferentes de mim, já começaram sua descida barulhenta de volta ao nível do solo, o topo da montanha já esquecido.

Quando me viro para ir embora, percebo que estava errada.

Não estou sozinha.

Nas árvores, nas sombras, duas pessoas estão juntas. Um homem e uma mulher.

Na verdade, um homem… e uma adolescente.

O CR gostoso e Greta estão sozinhos.

Se não fosse por suas roupas brilhantes das cores do arco-íris, não os teria visto.

capítulo
DEZ

Minha descida, ao contrário da subida, é um borrão. Não me lembro de nada da trilha. Minha mente está consumida pelo que vi. Mas o que vi? Duas pessoas juntas entre galhos frondosos de pinheiros. Foi isso. Não estavam se beijando. Não estavam se tocando.

Talvez Greta estivesse fazendo uma pergunta sobre o almoço, onde seria e o que seria servido. Talvez ela tivesse uma bolha no pé. Talvez ela tenha visto Strots surrupiando um cigarro em algum lugar e estivesse dedurando minha colega de quarto.

Lembro-me de forma bem séria que, por mais erradas que estejam as pessoas que me julgam por ser pouco atraente, é igualmente errado supor, só porque o CR gostoso é bonito, que há algo sexual acontecendo sempre que ele está sozinho com alguém do sexo oposto. Ou que sempre que ele sai do dormitório à noite, ao mesmo tempo que uma garota aparece na porta de seu quarto, é sinal de algo nefasto. Ele é um homem casado, pelo amor de Deus. E Greta é uma criança quando comparada a ele.

Mesmo que use roupas insinuantes.

Não posso ser tão desconfiada. Procurando sombras na escuridão onde não há monstros, meu cérebro estabelecendo elos onde não há nenhum.

Estou seguindo os passos ciumentos de minha mãe, cujos relacionamentos quase sempre terminam porque ela acha que o homem a está traindo. E, no entanto, quando Greta entra no meu ônibus, forçando-me a escolher outro, me pego verificando se ela está se comportando de maneira diferente. Não está.

O CR gostoso e eu embarcamos no mesmo ônibus. Garotas o cercam de imediato, os bancos ao redor dele e do outro lado do corredor lotados de corpos convidativos — até ele lembrar a elas da questão da segurança: são permitidos apenas dois passageiros por banco. O fato de que ele não apenas segue essa regra como faz os outros a seguirem também parece um testemunho de seu caráter.

Sua virtude é importante para mim, mas não por uma razão virtuosa. Quero que Greta o deseje e nunca o tenha.

Ok, é possível que eu também queira que ele não ache nenhuma aluna atraente, nunca, porque isso torna minha paixão mais fácil de suportar.

Sento-me na frente de novo e, como ninguém se oferece para se sentar comigo, estico as pernas sobre o banco e fico de costas para a janela.

Não porque queira continuar observando nosso CR.

Ou, talvez, sim.

Enquanto seguimos para o próximo destino, ele conversa com as meninas e noto que Francesca está logo atrás dele. Ela fala mais alto do que as outras alunas. Ele não dá atenção especial a ela, o que me deixa mais convencida de que o que vi entre as árvores no alto da montanha não era mesmo nada de ruim e uma mera coincidência que, naquela noite, ele e Greta tivessem aparecido ao mesmo tempo no corredor. Afinal, tendo a ver coisas que não existem e não apenas de forma alucinante. Às vezes, vejo conexões entre pessoas e coisas que não existem; por outro lado, também enxergo com clareza algumas inter-relações, o que pode ser desorientador. Não há confusão neste caso, porém, e, quando desembarcamos, digo a mim mesma para esquecer tudo.

Além disso, preciso usar o banheiro e me concentrar em como me segurar. Felizmente, estamos em um parque municipal com banheiros de alvenaria. A fila se forma rápido e, quando enfim entro em uma das cabines de aço inoxidável, sinto o cheiro de fumaça de cigarro ao meu lado. Só pode ser Strots, penso, e fico tentada a chamar o seu nome. Mas não chamo. Em vez disso, checo o recipiente de papel higiênico à minha direita e fico aliviada ao ver que há um grande rolo preso ao suporte do tamanho de uma roda de carro. Há o suficiente para mim e para durar a nossa tarde toda.

Após lavar as mãos sem sabão na água fria como uma corrente de riacho, uso as laterais da calça para secar as palmas e saio para avaliar a situação do almoço. Há mesas de piquenique espalhadas lá dentro e no meio de um círculo de árvores que cerca um campinho. Dois bufês foram montados, um de cada lado, e as meninas já estão em fila, pegando pratos de papel e empilhando sanduíches, salada, batatas fritas e biscoitos, como se não comessem há três anos. Sob um toldo, as reposições de comida estão sendo organizadas pelos funcionários da cozinha com toucas brancas e uniformes azuis e dourados do Ambrose.

Deixo que as outras se sirvam primeiro, recostando-me contra um carro. Strots e seu grupo pegam a comida e escolhem uma mesa não muito longe do bufê, atacando seus pratos cheios sob a sombra. Greta e as Morenas exercitam sua dieta de pequenas porções em uma mesa sob o sol, brincando com sua salada sem molho no prato, dando mordidinhas nos sanduíches que não comerão inteiros. Os CRS sentam-se todos juntos, e o restante das meninas espalha-se pelos outros bancos.

Quando a maioria já se serviu, entro na fila, pego um sanduíche de presunto e outro de peru e encontro uma mesa de piquenique vazia na outra ponta. Tentando parecer descolada como Strots e sua turma, sento-me sobre a mesa rústica, não no banco. Quando começo a mastigar, percebo que, no campinho com a grama aparada, há hastes com bandeirinhas fixadas a distâncias bem medidas.

Que merda. Jogos. Vão mandar a gente fazer algo que envolve uma bola, corrida e, dada a distribuição das bandeirinhas, necessidade de acertar um alvo. Isso não é uma boa notícia. Minhas pernas já estão cansadas e odeio competições, mas ao menos é improvável que alguém me queira em seu time. Além disso, com tantas de nós aqui, é impossível que todas tenham de jogar. Não há tempo suficiente, a menos que seja um jogo de cem contra cem...

Atrás dos bufês, perto dos banheiros, vejo duas garotas discutindo e levo menos de um segundo para reconhecer Greta e Francesca. A dupla está inclinada para a frente e falando rápido, oscilando para a frente e para trás, para a frente e para trás. Pela primeira vez, não fica claro quem é a agressora, o que significa que Francesca ganhou confiança.

Problemas no paraíso?, penso comigo mesma enquanto olho para a mesa onde elas estavam sentadas. As outras garotas não estão prestando atenção nelas.

Quando espio de novo, as duas se foram.

Talvez estivessem discutindo sobre quem vomitaria o almoço primeiro. Mas por que haveria um debate sobre quem chega primeiro nesse quesito?

— Não posso ver você aqui sentada sozinha!

Dou um pulo e quase derrubo meu prato. Oh, Deus. É a sra. Crenshaw.

Minha professora de geometria se junta a mim em cima da mesa de piquenique com alegria messiânica, seu complexo de salvadora atiçado por meu isolamento. O fato de que eu possa estar contente por estar sozinha não ocorre a ela. Sou a nadadora que se afoga no lago porque a boia salva-vidas jogada em mim me deixa inconsciente.

É nesse clima de impotência que vejo o que ela pegou no bufê. Em seu prato, há uma quantidade desproporcional, bastante nojenta, de salada de repolho, e ela mergulha seu garfinho de plástico branco no monte de pedaços envoltos em molho. Aliás, espere. Ela só pegou salada.

Ouço a voz da minha colega de quarto na cabeça. *As pessoas são estranhas.*

Enquanto a sra. Crenshaw me bombardeia, falando sobre a caminhada até a trilha, a vista do topo, a facilidade da descida, sua presença ao meu lado, tão perto, tão empenhada na comunicação, uma luz brilha em nós, duas excêntricas amplificando as esquisitices uma da outra, uma o espelho da outra, um pingue-pongue *ad nauseam*, *ad infinitum* de identificações tristes. Somos como um desenho animado de Charles Addams, só que sem o charme da Família Addams.

— Você não acha, Sarah? Claro que sim. E é por isso que o Dia da Montanha é tão importante…

Minha cabeça gira sob a força do vendaval de sua fala e o ataque é um lembrete de que, embora me identifique como uma solitária, não fico de mau humor por minha falta de amigas. A solidão é um alívio, porque eu mesma sou o máximo que consigo suportar.

— … se saiu tão bem naquela prova, Sarah. Você devia ser tutora de matemática, devia mesmo.

Ah, ela mudou de assunto.

Conectando-me à sua nova linha de tagarelice, penso em Strots e em como trabalhei com ela na noite anterior à prova. Não vou compartilhar com a sra. Crenshaw que pilotei um programa de tutoria e obtive um resultado de sucesso no nível B.

— Obrigada — digo ao dar uma mordida no sanduíche de presunto.

Terminei meu sanduíche de peru e acho que, assim que acabar o de presunto, posso sair com a desculpa de ter de buscar alguma coisa, qualquer coisa. Mastigo como se estivesse em uma corrida.

— Precisa de ajuda para organizar?

A pergunta é tão sem sentido que olho para ela, mas ela está falando com outra pessoa. Com o CR gostoso. Ele está se aproximando de nós com uma rede de náilon cheia de bolas cor de carne crua e que parecem ser de futebol americano.

Ele tirou seu moletom de Nantucket e noto, não pela primeira vez, que sua camiseta do Nirvana está justa sobre seus peitorais, solta sobre seus músculos tensos e o abdome bem desenhado.

— Posso ajudá-lo? — repete a sra. Crenshaw.

O CR gostoso para e olha para nós, embora seus olhos não estejam focados.

— Ah, não, está tudo bem. Obrigado. Olá, Stephanie.

Viro-me para ver quem está atrás de nós. Mas não há ninguém.

Ele acha que meu nome é Stephanie.

— É um dia perfeito para isso — diz Crenshaw. — Não é?

Ela está forçando as palavras, como minha mãe faz, e seus olhos brilham quando ela encara o CR gostoso. Ela parece focada em seu rosto, mas tenho a sensação de que também está medindo-lhe o corpo. *Até ela*, penso. Bom, ele provoca isso em meninas e mulheres de qualquer idade, transformando-as em adoradoras distraídas e sonhadoras. Pergunto-me como sua esposa lida com isso. Então me lembro da briga e suspeito de que sei a resposta.

— Sim. — Ele sorri de forma distraída, como se não tivesse ideia do que está respondendo. — Bem, se me derem licença, eu só vou…

— Imaginem se o Dia da Montanha tivesse sido na semana passada!
— A sra. Crenshaw solta um som de "ufa" entre seus lábios finos e nada
sensuais. O fato de ela não perceber que tem molho de salada de repolho
em seu queixo me faz estremecer. — Que desastre teria sido. Aquele calor,
né? Já *imaginaram*?

Está vendo este gramado, *Sally?*, ouço em minha cabeça.

— Sim, estava mesmo escaldante. — Os olhos do CR gostoso vagam
pela multidão, como se procurasse pela guarda costeira em seu barco à
deriva. — Então, acho que vou preparar todo mundo para essa modalidade
de futebol americano…

— E aquela tempestade. Que tempestade foi aquela? Você se lembrou
de fechar as janelas do seu carro?

— Lembrei, sim.

Vejo que ele se irrita com a complacência maternal dela e quero dizer
à sra. Crenshaw para parar já com isso.

Ela mostra um dedo indicador em sinal de *tisk-tisk*.

— Já tive de lembrá-lo outras vezes.

— É verdade.

— Aqueles bancos de couro tão bonitos… — E ela faz o som de "ufa" de
novo. — Com certeza ficaria muito caro consertá-los se ficassem encharcados.

Como se as gotas de chuva fossem estourar as costuras e exigir substituição imediata.

— Pois é. Ok, é hora de começarmos o jogo.

— Vou continuar de olho nas suas janelas.

— Opa, claro. Obrigado.

A sra. Crenshaw abre a boca para continuar falando, mas, antes que eu
implore para que ela deixe o pobre homem em paz, o CR gostoso resolve o
problema virando as costas como se alguém do outro lado do campinho,
ou talvez do país, o estivesse chamando com urgência.

Conforme ele sai andando, os olhos da sra. Crenshaw focam no que
vem abaixo de sua cintura, embora não haja luxúria em seu rosto. Ela se
parece mais com alguém em um museu cobiçando uma obra de arte que
nunca poderá ter em sua casa.

— Vamos, Sarah — ela diz, dando um tapinha no meu joelho. — Vamos jogar. Você pode ficar no meu time, aí jogamos juntas.

Ela deixa o prato meio comido sobre a mesa, toda aquela poça fermentando ao sol. Ansiosa para aproveitar o momento, ela corre atrás do CR gostoso, pronta para se juntar a ele em um jogo que eu diria que ele prefere jogar com qualquer um, menos com ela. Quando vê que não fui atrás, ela faz um gesto para mim com a mesma insistência infeliz com que acena para que eu responda a uma pergunta na aula.

A última coisa que quero é correr atrás de uma bola, mas saio da mesa e me arrasto pela grama atrás dela. Não sou boa em recusar pedidos de pessoas.

Além disso, ser escolhida para qualquer coisa acontece tão raramente que estou sem prática quando se trata de recusar convites.

Com o CR gostoso envolvido, o interesse em qualquer jogo fica mais forte, tirando muitas garotas de suas mesas e levando-as para o campo. A sra. Crenshaw se insere na órbita dele como um asteroide tão grande que não pode ser ignorado, reivindicando a capitania do outro time. Embora seja duvidoso que ela tenha experiência com futebol americano.

Eu consigo ver, enquanto ele olha para ela com ar de exaustão, que ele gostaria de ter convidado um dos outros CRs para ser seu oponente — e deveria ter feito isso antes mesmo de sairmos do dormitório. Mas agora não tem mais jeito. E não importa o resultado do jogo, esta é mais uma situação de cuidado com a janela do carro, uma abertura para o diálogo. Da parte dela, pelo menos.

Eu os imagino no campus daqui a dez anos, com a sra. Crenshaw relembrando "aquele Dia da Montanha de 1991". Pela centésima vez.

— Tudo bem — ele diz, seu sorriso se iluminando enquanto ele olha para as garotas que se aproximam. — Vamos jogar futebol americano com cinco de cada lado.

— Sarah está no meu time — a sra. Crenshaw anuncia com um sorriso para mim.

Em sua mente, ela está compensando todas as vezes que ela imagina que não fui escolhida. E não está muito longe da verdade, mas gostaria que ela me deixasse de fora. Estou como o CR gostoso, manipulada e aprisionada.

— Estou aqui.

Quando Greta se afasta da multidão e fala, começo a pensar em uma desculpa para sair do jogo. Jogando do lado do CR gostoso, ela pode vir atrás de mim, me derrubar na grama, manchar minhas roupas pretas de verde desta vez...

Greta não vai ficar com o CR gostoso. Ela vem até mim e a sra. Crenshaw. Há um momento de confusão silenciosa na multidão.

Até mesmo o CR gostoso olha duas vezes, assim como a sra. Crenshaw. As únicas pessoas que não parecem chocadas são as Morenas, mas elas só se preocupam em seguir Greta, não com o destino específico para o qual serão levadas — não, não, estou errada. Porque Francesca entra no time do CR gostoso.

Ela não olha para Greta. Greta não olha para ela. E é então que vejo as duas garotas com joelhos arranhados e sujeira nos shorts. E o que diabos aconteceu com o olho de Francesca? Elas se atacaram atrás dos banheiros?

A imagem daquelas duas atarracadas em uma briga é um ponto alto inesperado de todo o dia para mim.

Com suas afiliações declaradas, o CR gostoso ri de forma descontraída, como se, para ele, não houvesse problema nenhum.

— Quem mais quer jogar?

Stacia se afasta em direção à mesa de piquenique das mais bonitas, como se não quisesse ter nada a ver com o que está acontecendo. Enquanto isso, as garotas clamam para serem lideradas pelo CR gostoso. Levantam as mãos e pulam para cima e para baixo enquanto ele escolhe, mas quase se escondem quando é a vez da sra. Crenshaw de escolher. Preenchemos os dois times e o resto se esvai para o lado de fora. Enquanto as regras estão sendo explicadas, me pego procurando na multidão, esperando que alguém insista em entrar no campo. Strots e Keisha permanecem em sua mesa na sombra e mentalmente as invoco a participar do tipo de competição que elas tanto adoram. Mas não. As verdadeiras atletas entre nós não participarão conosco, as amadoras de barriga cheia do almoço.

Mas vão, sem dúvida, apreciar o espetáculo das bobocas.

Agora nos reunimos em um montinho para debater as táticas. Quer dizer, na versão da sra. Crenshaw, é mais como um grupo de estranhas que se encontraram no transporte público, cada qual evitando pegar o vírus da gripe da outra. Ao contrário da equipe do CR gostoso, não abraçamos os ombros umas das outras. Nem entoamos nenhum grito de guerra. Nem esperamos iniciar com um aplauso de triunfo antecipado. Somos a equipe da sra. Crenshaw e nem a luminosidade de Greta pode nos elevar. Pelo jeito, jogar só será emocionante para quem estiver do lado do CR gostoso.

— Vamos nos divertir — declara a sra. Crenshaw olhando para nós. — Esse é o mais importante. Divirtam-se, meninas!

Ela bate uma palma, mas não da forma estilosa e desapegada do CR gostoso, que junta palma com palma, como se cumprimentasse a si mesmo. Ela bate uma palma de festa de aniversário e Greta a encara como se estivesse se perguntando como a sra. Crenshaw consegue se vestir sozinha, quanto mais dirigir um carro ou nos ensinar um Teorema de Pitágoras.

A sra. Crenshaw e o CR gostoso são os zagueiros e terão de alternar as posses de bola, ou sei lá como chamam isso. O resto de nós forma linhas e se enfrenta no centro do campo. Tocar sem atacar é a regra principal, mas não que isso seja relevante para mim, porque não pretendo chegar nem perto da ação. Há também um tal sistema de *downs*, mas não me preocupo em entender. Há também limite de tempo, mas não lembro qual é.

O CR gostoso tem posse de bola primeiro, então a sra. Crenshaw fica na linha lateral e, depois que todas se posicionam, ele recua e salta um pouco, procurando por um receptor. Enquanto isso, garotas chocam-se contra outras garotas e Greta parece surpreendentemente entusiasmada com os empurrões, embora ela evite Francesca — ou talvez seja o contrário. De minha parte, não estou nada entusiasmada. Nem faço o que devo fazer. Deixei uma garota que deveria bloquear passar direto por mim e, enquanto ela passava, a observei como uma admiradora no cais enquanto um barco parte para o mar — *bon voyage*, viajante.

A jogada foi incompleta. O jogo para. Nós voltamos às posições iniciais.

— Faça alguma coisa desta vez — alguém retruca. — Não fique aí parada.

Acho que a pessoa está se dirigindo a mim, mas não é Greta, então é fácil ignorá-la. Na próxima, o mesmo acontece. O CR gostoso consegue o *snap*, apesar da distância, e ele salta para trás como uma gazela, a bola engatilhada por cima do ombro. Recuso-me a me envolver. As pessoas passam por mim. Eu as deixo ir.

Espero ser expulsa do jogo. Mas, quando nos alinhamos de novo — nem sei o que aconteceu durante essa jogada —, a sra. Crenshaw coloca uma mão reconfortante no meu ombro.

— Você está indo muito bem.

Não estou fazendo nada, quero dizer. Mas a mulher parece não perceber isso. Ou talvez atribua minha incapacidade de me envolver a meus defeitos mentais.

Na terceira tentativa do CR gostoso de mover a bola, ele decide abaixar a cabeça e correr. Greta de alguma forma lê essa intenção e, enquanto ele ziguezagueia para a esquerda, desviando das garotas com as palmas das mãos estendidas, ela se concentra nele e o marca com seu gingado. Eles caem na grama, a saia curta dela voando para cima, seus braços e pernas emaranhados, ele rindo enquanto perde o controle da bola. Quando param, ela fica satisfeita ao se afastar dele, suas mãos empurrando o peito dele, forçando-o a se abaixar de forma que ele não consiga se levantar.

Quando Greta fica de pé acima dele, ela junta seus longos cabelos loiros e os joga por cima do ombro. Sua rótula arranhada está de fato sangrando desta vez, mas ela não parece notar.

— Bem, acho que você me pegou — diz o CR gostoso com um sorriso, enquanto fica em pé.

— Desculpe. Eu tropecei.

— Em mim.

— Acontece.

Ele a puxa para um abraço fraternal, ombro a ombro, não cara a cara, e despenteia o cabelo dela como se ela fosse uma criança. Greta diz algo que não consigo entender e eles se separam, voltando para os seus respectivos times. Todas, incluindo a sra. Crenshaw, estão olhando para eles, mas eles não ligam para isso. A interação é inocente, o tipo de coisa que passaria despercebida se eu fosse a marcadora e a sra. Crenshaw, a marcada. Mas ali há implicações diferentes, e pondero se mais alguém os viu na montanha, no meio da noite ou no centro da cidade. Há olhares de soslaio não tão casuais, como flechas atiradas pelo campo, e não apenas das participantes do jogo, mas também das espectadoras.

Por um momento, agitam-se em mim as conclusões que prefiro evitar. Só que então vejo como o CR gostoso e Greta parecem imperturbáveis. Digo a mim mesma que não posso ser a única a inventar histórias sobre eles.

Afinal, pessoas bonitas não podem simplesmente colocar sua atratividade em quarentena e, às vezes, isso irrita as outras pessoas.

O jogo continua e agora é a vez de o nosso time ficar com a bola. Em nossa primeira tentativa, por algum milagre inexplicável, a sra. Crenshaw arremessa, alguém pega e nós marcamos. Isso é tão inesperado que todas ficamos paradas por um momento, como se algum árbitro fosse se materializar diante de nós e contestar o gol. Quando isso não acontece — porque não há árbitro —, todas, exceto eu, comemoram a vitória, com as meninas pulando nos braços umas das outras. Enquanto isso, a sra. Crenshaw provoca o CR gostoso, mas o CR gostoso está muito ocupado de gracinha com Francesca, como se não percebesse que sua colega CR está tentando falar com ele.

O placar é logo igualado, e as equipes lutam por mais oportunidades de marcar — ou sei lá como se chama isso — até estarmos de novo ganhando por um gol. *Touchdown*, acho que é esse o termo. Em posse da bola de novo, o CR gostoso tenta outra corrida, puxando o rabo de cavalo de uma garota ao passar por ela e, em seguida, desviando de Greta com sua mão estendida para que ela caia de cara na grama enquanto ele marca.

Enquanto sua equipe fica em êxtase, os olhos de Greta estão frios e cheios de vingança, como se ele a tivesse passado para trás em uma espécie de negociação. Como se ele tivesse de ajudá-la a enfrentá-lo pela segunda vez. Como se fosse grosseiro da parte dele continuar até a linha de chegada. Postes. Sei lá.

Eu a vejo despertar do doce cochilo bucólico e a raiva com que faz isso me assusta. Este é o lado dela que evoco. É ele que me persegue, que vira meu frasco de xampu, mancha minhas roupas na máquina de lavar, insere memorandos falsificados na minha caixa de correio. Com sua mudança de humor, isto deixa de ser um jogo para ela e, por consequência, não é mais um jogo para mim. Estou assustada com sua malevolência e impressionada com o meu impulso de correr para o CR gostoso e avisá-lo para ter cuidado. Para apaziguá-la, se ele for capaz. Para refazer a jogada e deixar que ela o derrube no chão de novo. Ele não quer lidar com esse lado dela. Sei disso em primeira mão.

O CR gostoso está alegremente alheio à mudança que ele provocou. Ele troca de lugar com a sra. Crenshaw lá atrás, acenando para ela enquanto ela insiste em falar com ele. Ele desvia o olhar para as suas jogadoras e bate palmas de incentivo. A sra. Crenshaw, enfim desistindo de suas tentativas de diálogo, aproxima-se de nós para nos reunirmos no meio do campo. Seu sorriso parece forçado e fico maravilhada ao ver como até os adultos podem se magoar. Acredito que ela tenha finalmente notado a falta de reciprocidade do CR gostoso, uma porta que ela pensava ter sido apenas fechada, mas que na verdade estava trancada, se não barricada.

A sra. Crenshaw faz duas tentativas de marcar e ambas não levam a lugar nenhum, a bola quicando para fora de campo quando ela atira mal. Então, alguém é picada por uma abelha e há um atraso no jogo. Esperando debaixo do sol enquanto o socorro é prestado, com a menção de antialérgico injetável e anti-histamínico, parece que estamos em agosto, não outubro. Mesmo que não tenha feito muita coisa, estou ofegante, suada e cansada de tudo.

— Ei, Taylor.

Eu olho para cima. Strots vem para a beira do campo, uma Coca-Cola na mão, um olhar divertido no rosto.

— Qual é a graça que você vê em esportes?

Pergunto entre respirações tão profundas que é como se eu estivesse operando uma reanimação cardiorrespiratória em mim mesma. Mesmo que já tenham se passado uns bons cinco minutos desde que corri.

— Porque é divertido. — Ela levanta a mão. — Ok, tudo bem, quando nós jogamos, é divertido. Com vocês, é diferente.

— Não diga.

INTERNATO PARA MENINAS CRUÉIS

Minha colega de quarto se aproxima.

— Vou te dar uma dica, Taylor.

— É tarde demais para isso.

— Não se preocupe com os olhos e rostos dos adversários. Concentre-se no corpo à sua frente. Os braços e as pernas dirão para onde estão indo. O corpo nunca mente.

Ela inclina a cabeça, como se tivesse acabado de me dar informações secretas.

Enquanto ela caminha de volta para sua mesa na sombra, odeio ter de decepcioná-la, mas ela acabou de entregar uma bicicleta a um peixe.

Com o problema da picada de abelha resolvido, retomamos nossas escalações, um cansaço coletivo se estabelecendo de ambos os lados, o entusiasmo do conflito inicial há muito evaporado com os nossos esforços. Nossa obrigação de terminar é como uma vigília ao pé do leito que deu errado, nossa compaixão pelo paciente já perdida. Estamos impacientes para acabar com isso para que possamos continuar com nossa vida.

Nós nos arrastamos, patéticas e lentas, e a equipe de Nick Hollis acaba fazendo outro gol. Então é a quarta e última jogada. Quando somos chamadas para uma reunião, fico atrás das garotas do meu time e apenas uma de nós ainda está totalmente engajada. Greta está na frente do círculo solto que formamos, inclinada para a frente, como se quisesse arrancar a bola que a sra. Crenshaw está segurando e resolver a questão sozinha.

Independentemente de nossa perda geral de moral e interesse, a sra. Crenshaw nos dá algumas instruções para que possamos entrar na prorrogação. Estou muito ocupada observando o time adversário e seu capitão para me dar ao trabalho de ouvi-la.

Suspeito que o CR gostoso também esteja pronto para terminar o jogo, ganhando ou não, porque não acho que o resultado importe para ele. Não passou de uma maneira de evitar a sra. Crenshaw, mas que saiu pela culatra e o colocou onde ele não queria estar.

A sra. Crenshaw bate palmas daquele jeito de menininha dela e a minha equipe sai do amontoado, vagando em uma formação murcha na linha de cinquenta jardas. Estou indo para a minha posição quando a sra. Crenshaw aparece de repente bem na minha frente.

— Lembre-se, apenas corra o mais rápido que puder — diz ela. — Está me ouvindo? Ninguém está marcando você, então você pode correr por fora. Vou jogar para você.

Meu coração dispara.

— O quê?

— Vamos lá, meninas! — ela conclama. — Vamos ganhar!

— Espere, o quê?

Devia ter prestado mais atenção. Devia ter sugerido outra ideia para uma jogada, não que meu conhecimento de futebol seja suficiente. Devia ter interceptado a picada de abelha para poder tirar uma licença médica e evitado mais uma derrota iminente para a qual fui recrutada por uma adulta.

Enquanto nos preparamos, Greta olha para mim na linha, seu olhar passando por cima das costas curvadas de nossas companheiras de equipe.

— É bom você correr mesmo — ela decreta.

Desvio o olhar, em pânico. Se não igualarmos o placar e formos para a prorrogação, ela me vai considerar responsável pelo assassinato de sua ambição neste jogo. Se eu não fizer o que devo fazer, se não pegar a bola e lançá-la como nunca na vida, haverá retribuições ainda piores do que as pegadinhas casuais e improvisadas que ela preparou para mim até agora. Minha garganta fica seca e meu estômago revira-se com sua carga de presunto, peru e pão. Quero vomitar e quase vomito quando um rubor nauseante passa por mim. O sol parece mil vezes mais quente em minhas roupas pretas, e não consigo mais sentir minhas pernas, o que é um problema, porque me mandaram ser rápida.

Quando o *snap* acontece, todos os corpos no campo mudam de posição como um embaralhar desajeitado de bonecos de massinha. A sra. Crenshaw pega a bola como se estivesse usando um enorme par de luvas escorregadias, tão desajeitada que quase acaba em desastre logo de cara. Ela olha para mim, mas pela primeira vez não diz nada, um segredo guardado. Esta é a minha deixa para correr, que não aceito. Mas aceito a ordem de Greta, que parece concordar que aquela é a melhor estratégia. Talvez esta seja minha chance de cair nas boas graças dela. Se marcar, para que ela possa punir um homem casado que parece não estar nem aí com a raiva dela por ele, talvez minha vida no Ambrose atinja uma trajetória de voo com uma velocidade de cruzeiro melhor e uma altitude acima da turbulência atual.

Imploro para que as minhas pernas se movam, e elas se movem, esquerda, direita, esquerda, direita. Corro do mesmo jeito que a sra. Crenshaw pega a bola, como se houvesse algo impedindo a tarefa, como se as coisas fossem pesadas e me tirassem o equilíbrio. Vou meio cambaleando até os postes com as bandeirinhas vermelhas, e a avaliação feita pela sra. Crenshaw, de que ninguém vai me ver ou se importar comigo, provou ser correta. Eu me afasto enquanto as outras gesticulam e se empurram na linha.

Olho por cima do ombro. O cabelo cobre o meu rosto. Meus pulmões estão queimando, mas ainda consigo me mover, meus tênis pisoteando a grama. A sra. Crenshaw está recuando, não com o salto elegante do CR gostoso, mas como eu, quase tropeçando em nada. Ela está esperando que eu me posicione, como se pudesse arremessar tão longe, como se eu pudesse pegar qualquer coisa vindo em minha direção.

Este é um plano ruim. Vai resultar em calamidade.

A sra. Crenshaw recua e faz seu arremesso, atirando a bola pelos ares. A trajetória aérea é vacilante e feia. Sua incompetência contaminou a bola de futebol com o contato de sua palma, roubando-lhe o voo mágico e cadenciado que o aperto do CR gostoso imprimiu em sua composição molecular. Enquanto isso, contra todas as probabilidades, cruzo para a *end zone*. Uma bênção geométrica salvadora recai sobre mim, minha corrida terrível me levando inexplicavelmente ao exato ponto terminal de um lançamento horroroso.

Tudo o que tenho a fazer é estender minhas mãos para receber a bênção. As garotas de ambos os times estão olhando para mim do outro lado do campo com choque no rosto, os corpos contorcidos congelando no meio da luta, todas tortas, em posições desequilibradas. Elas não podem acreditar nisso mais do que eu. Lá atrás, a boca do CR gostoso está escancarada, mas não porque esteja torcendo por seu time. Ele está pasmo. A boca da sra.

Crenshaw também está aberta, mas ela está gritando de animação, com as mãos fechadas perto do queixo, o corpo pronto para pular de alegria.

No meio desse quadro que descreve o ponto de inflexão vitória/derrota entre as equipes, vejo apenas Greta com verdadeira clareza. O resto são esboços; ela é o desenho completo feito a caneta e tinta. Ela não está animada. Não está exibindo nada, nem mesmo um pouquinho de felicidade. Está furiosa. Estou prestes a dar a ela o que ela quer, esse placar para sobreviver em um jogo que não significa nada, mas está cheia de raiva porque preferiria ser aquela a pegar a bola.

Mas Greta nunca teria chegado tão longe porque ela não é incompetente como eu e teria sido marcada. É apenas por minha falta de coordenação e participação que estou nesta posição, e sem dúvida as contradições em tudo isso fazem parte do que a deixa furiosa. Ou talvez seja mais simples. Talvez seja apenas porque sou a única opção para conseguir o que ela quer.

A bola está se aproximando e, agora que estou segura na *end zone*, viro todo o meu corpo e me preparo para o impacto. Estendo as minhas mãos, juntando as palmas, meus antebraços dobrados como uma cesta de pouso, meu peito como uma parede de tijolos. Não há mais nada que possa fazer. Os caprichos do destino ditaram esse sucesso improvável, provando que, para todas as possibilidades que desejamos e não são concedidas, resta um determinado número de improbabilidades que se realizarão ao acaso, sem levar em conta nossas exaltações ou lamentações.

É a prova de que a teoria do caos é uma coisa muito melhor para se acreditar do que a existência de Deus.

Por sorte, Greta está na minha linha de visão, a trajetória de voo da bola cruzando na frente e bloqueando seu olhar sobre mim, por um momento. E, quando a visão dela é cortada, algo surge dentro de mim, algo fervilhando além do meu medo, minha preocupação, meu cansaço com suas pegadinhas. Com uma velocidade mental incalculável, imagino Greta errando a jogada que tanto a enfurece, o CR gostoso a driblando, esquivando-se de suas mãos e esfregando seu nariz perfeito na grama. Penso em sua mira a laser na reuniãozinha da sra. Crenshaw. Penso nela latindo para mim quando nos alinhamos no campo central e, em seguida, estreitando os olhos enquanto eu mancava até aqui sozinha, para me posicionar.

Penso nela abandonando suas duas melhores amigas na chuva, sem se importar.

Penso no meu xampu, nas minhas roupas, naquele memorando.

Penso nela na montanha com Nick Hollis.

A bola bate no meu peito, o impacto ardendo no meu esterno e emitindo um barulho agudo. Ao longe, ouço a torcida das minhas companheiras, e as vejo virarem-se umas para as outras, já comemorando, parabenizando-se por terem continuado vivas no jogo. A sra. Crenshaw também pula no ar, enquanto CR gostoso se encolhe em um exagero de frustração.

Do outro lado do campo, a expressão de Greta não muda. E é quando percebo que, se eu fizer isso por ela, as coisas só vão piorar, porque ela vai ficar chateada porque fui eu quem marcou e nos fiz ganhar. Mas, se não fizer, as coisas só vão piorar porque terei negado a ela o que ela exigiu de mim.

Sucesso ou fracasso, não tenho como vencer.

Então não fecho minhas mãos. Não fecho meus braços contra o meu peito magro, agarrando a bola. Deixo acontecer o que foi planejado por alguma força invisível e irracional para mim e apenas para mim, outro arco criado pela transferência de energia, que resulta na bola de futebol quicando no chão, até sair do campo.

Vá se foder, Greta.

Há um momento de confusão. Ninguém consegue entender o que aconteceu. E, então, o time adversário começa a pular e torcer, o CR gostoso correndo no meio delas, cercado por aquelas que escolheu desde o início. Francesca, em especial. Minha equipe fica em silêncio enquanto sua celebração evapora. Todas estão desapontadas, mas nenhuma parece surpresa. Suas expressões são de autocensura, como se soubessem que não deviam ter confiado a jogada a alguém como eu. Elas saem do campo em direção aos isopores cheios de refrigerantes gelados.

Greta não sai de campo. Ela está focada em mim, como se fosse botar fogo nos meus tênis baratos, se pudesse.

Não estou arrependida. Eu que preferi a derrota, fruto da minha liberdade de escolha, que não melhora a minha vida no Ambrose, mas alivia a dor da aleatoriedade. Greta poderia estar em outro dormitório. Eu poderia ter nascido mais normal. Poderia não ter saído no corredor naquela noite. Poderia haver alguém, qualquer um, no campus, no planeta, que ela preferisse torturar. Mas, assim como a bola que veio até mim sem nenhuma habilidade por parte da sra. Crenshaw e sem nenhuma receptividade da minha parte, estou condenada a ser o alvo de Greta pelo menos por este semestre, talvez por todo o segundo ano.

Mas fui eu quem escolhi a ira dela desta vez.

Enquanto volto para as mesas de piquenique, ninguém presta atenção em mim. As outras garotas que não estavam envolvidas em nosso jogo amador já mudaram de assunto. Ou talvez estejam me ignorando de forma deliberada, deixando-me fora da conversa que já não me incluía até o momento, de todo jeito.

Há um rosto que se volta para mim, no entanto, um par de olhos que encontra os meus.

Strots está sentada em sua mesa, suas colegas atletas ao seu redor, um punho não totalmente fechado. Ela está olhando diretamente para mim, e há uma luz sábia em seus olhos. Depois de tantos anos em *end zones* e marcando gols, ela sabe o que eu fiz. Ela sabe que eu poderia facilmente ter segurado aquela bola, conseguido os pontos e mantido meu time no jogo. Ela sabe que fiz uma escolha consciente, que não foi um erro. Strots sorri para mim. É um sorriso fechado, uma mera elevação de um dos cantos dos lábios. Mas eu reconheço.

E sorrio de volta, também em segredo.

Strots me dá um aceno de respeito e então volta a se concentrar em Keisha, que está debatendo com outra integrante do time de hóquei sobre grama. Continuo até a mesa em que eu estava, a mesa em que a salada de repolho da sra. Crenshaw já saiu do estágio de fermentação e agora está passando para a desidratação à luz do sol.

Quando retomo meu lugar, a sra. Crenshaw não se aproxima para me abraçar e lamentar. Ela recebeu uma bênção inesperada. O CR gostoso está falando com ela com sinceridade, uma mão sobre o seu ombro, os olhos gentis enquanto ele tenta, suponho, explicar a derrota de forma otimista. O que ele não consegue ver, ou ignora de propósito, é que sua atenção é a vitória da minha professora de geometria. O rosto dela está voltado para ele com o êxtase de um girassol aberto para o céu de verão. Ela está bebendo aquele elixir, a recompensa por todo seu esforço — monitorar as janelas do carro dele deve dar muito trabalho —, e ele envia em sua direção exatamente o que ela quer, a bola salvadora apanhada na única *end zone* que importa para ela.

Gostaria de beber algo gelado, mas Greta está perto dos isopores com os refrigerantes gelados e há uma pequena multidão de espectadoras ao seu redor. De vez em quando, uma ou duas das garotas espiam na minha direção e depois desviam o olhar rapidamente quando me veem encarando de volta. Tenho a sensação de que Greta não vai sair dali de perto até a hora de voltar para o ônibus. Ela sabe que devo estar com sede, mas também sabe que não entrarei em território inimigo.

Mas tudo bem. Está tudo bem. O ângulo do sol mudou e minha mesa agora está na sombra, como se a árvore ao meu lado aprovasse minhas ações e mostrasse isso ao me cobrir. A tarde fica fria longe dos raios solares e, conforme minha frequência cardíaca começa a voltar ao normal, minha temperatura corporal cai.

Lembro-me do momento em que a bola saiu do meu alcance e caiu no chão. Provoquei algo que Greta não queria para ela. Frustrei sua superioridade.

Mesmo que eu pague por isso, estou bem feliz. E essa versão de uma emoção positiva não é acompanhada pelo sucesso e maestria alucinatórios e estridentes que senti durante aquelas vinte e quatro horas depois de tingir minhas roupas, quando a mania ficou descontrolada e me levou até a Casa Branca, antes de ser frustrada com a mesma rapidez por um memorando destinado a me enganar.

Esta felicidade é de natureza mais calma. É satisfação.

E tenho a sensação de que vai durar por muito tempo.

capítulo
ONZE

Naquela noite, não consegui resistir. Vinte minutos antes do toque de recolher, saio do dormitório pela porta da frente do Tellmer. Enquanto caminho para a direita, coloco meu suéter e espio as janelas da sala de telefones. Há cinco garotas com receptores de cor bege pressionados contra os ouvidos. Duas estão com o quadril apoiado no parapeito da janela e as outras estão sentadas em cima das mesas, encostadas nas paredes, voltadas para dentro. Ver todas elas sentadas onde não deveriam, com os pés nas cadeiras ou em cima de aquecedores, me faz pensar na nossa distribuição sobre as mesas de piquenique no Dia da Montanha. Conjecturo se a incapacidade de usar móveis de modo adequado é uma marca registrada da nossa geração.

Há luzes de segurança enfiadas nos beirais do telhado do meu dormitório, logo acima do friso dos grandes compositores, e das luminárias flui uma luz quente, mas que não faz nada para aumentar a temperatura do ar.

A noite está mais fria do que esperava e gostaria de ter trazido minha jaqueta, mas uma vantagem das minhas roupas pretas é que desapareço nas sombras do caminho, e minhas botas não fazem barulho porque as folhas secas ainda não forram o chão.

Tenho o cuidado de desviar para longe do estacionamento, onde o Porsche do CR gostoso está estacionado, junto ao Toyota Camry da sra. Crenshaw e à caminhonete do casal do terceiro andar. Enquanto ando, faço parecer a qualquer observador casual que estou indo para o vizinho Wycliffe. Assim que tenho certeza de que estou longe o suficiente, dou meia-volta e passo pela barreira de arbustos e árvores, encontrando a trilha de terra que Greta e as Morenas me ensinaram a seguir.

A trilha fica próxima ao leito do rio que deve ficar alagado durante chuvas torrenciais como a que tivemos outro dia. Isso explica por que aparecem, de tempos em tempos, pedras do fundo do rio enterradas na terra, como transplantes feitos por uma força impetuosa com poder suficiente para carregá-las, mas sem força para levá-las de volta.

Os únicos outros obstáculos no meu caminho são os pinheiros muito espaçados, como se seus territórios tivessem sido negociados em virtude do alcance de seus braços maciços.

Quando chego ao meu tronco bifurcado, escondo o corpo e abro o ouvido ao mesmo tempo, o arranha-céu natural aceitando a inclinação do meu peso como se eu fosse apenas uma seção de jornal soprada pelo vento contra seu torso imponente. Sob o luar azul gelado, Greta, Francesca e Stacia estão no lugar de sempre, sentadas nas pedras cerca de dez metros à minha frente. As enormes pedras são lisas, assim como as outras rochas do rio, mas menores do que outras três ou quatro dignas de uma montanha, trazidas de modo inexplicável à beira do rio fundo e borbulhante.

As meninas estão fumando e jogando as cinzas na água, o que, como sempre, me deixa com raiva. Quando terminarem de fumar, também jogarão as bitucas imundas na correnteza, e imagino que, se estivessem bebendo cerveja, as garrafas seriam afundadas também. E, se estivessem comendo batatinha, lá iriam os sacos plásticos pela água. O mesmo aconteceria com as embalagens de doces e sanduíches e com as baterias descarregadas de seus walkmans. Não têm noção da natureza, não têm respeito pelos animais e pela vida aquática para os quais o rio é um sustento, não uma lixeira.

— … pode parar de ficar de mau humor quando quiser — diz Greta. — Afinal, você venceu. Não sei por que fica reclamando.

Stacia, então, fala:

— Está tudo bem. Já passou. Estamos juntas, que é o que importa.

Alguém dê a essa garota um Prêmio Nobel da Paz, penso comigo.

— Certo, Francesca? — ela pergunta.

Francesca dá de ombros e passa a mão no cabelo.

— Claro. Por que não? Tanto faz.

Na escuridão, o hematoma ao redor do olho não é muito perceptível. Ou talvez ela tenha passado corretivo sobre ele.

— Você é a rainha do drama. — Greta exala, deixando a cabeça cair para trás, a nuvem de fumaça espalhando-se pelo céu noturno, como se ela também estivesse determinada a jogar lixo no espaço. — Mas te perdoo.

— Obrigada.

Greta não parece notar o sarcasmo. Ou, o que é mais provável, ela não se importa.

— Então, vamos falar sobre o baile — sugere ela. — Você vai convidar o Daniel?

— Você sabe que não. — Francesca bate no cigarro como se seu dedo indicador fosse um martelo. — Você sabe que não posso. Mark estará lá.

— Vai ser divertido se eles se encontrarem.

— Para quem?

— Para mim.

É desses garotos que elas sempre falam. Daniel, Mark, Todd e Jonathon. Sei tudo sobre as caras-metades delas, exceto descrições físicas, mas algo me diz que eles são como os labradores entre os bons meninos, bem-nascidos, bem-educados e atléticos. E loiros.

O júri está deliberando sobre sua missão de trazer de volta varetas atiradas ao longe com habilidade e rapidez.

— E Todd? — Stacia pergunta. — Ele vem?

Greta lança a bituca no rio, a ponta acesa do toco soltando faíscas até que suas brasas se apaguem no mergulho.

— Não o convidei.

— Não?

A cabeça de Francesca se vira.

— Pensei que você fosse convidar.

— Não é um baile aberto a todos. É apenas para os alunos do St. Michael.

— Mas você ia dar um jeitinho de ele entrar.

— E agora não vou mais.

Greta abre um maço de cigarros de formato diferente. Dunhill vermelho. Chique, e não é o que ela costuma fumar.

— Ele não vale esse risco.

— Uau. — Francesca balança a cabeça. — Que mudança. Ele é muito gostoso.

— Assim como tantos outros.

Fecho meus olhos e encosto meu rosto queimando na casca fresca e áspera da árvore de bordo. Fico feliz que não estejam falando de mim, embora talvez seja porque Francesca tenha se beneficiado da minha façanha...

O estalo de um galho atrás de mim faz minha cabeça girar e meu coração vibrar. Penso em todos os filmes de terror aos quais já assisti: garota sozinha na floresta depois de escurecer, seu sangue espirrando no tronco de uma árvore, seu corpo desabando, sem vida, aos pés do assassino. E aqui está. Uma figura encoberta pelas sombras, grande e imponente.

Minha boca se abre para gritar. Pelo menos Greta e Francesca e Stacia estão perto...

— Shhh, sou só eu. — A voz de Strots é seca e suave como uma respiração. — Meu Deus, isso não é paranoia demais, não, Taylor?

O ar que suguei nos pulmões ameaça explodir em uma única expiração, mas consigo controlar a tempo e exalo aos poucos para não fazer barulho.

— O que você está fazendo aqui? — sussurro.

— Vi você sair. Resolvi descobrir para onde estava indo.

Na última semana, Strots passou menos tempo ainda em nosso quarto. Ela só fica lá quando ensino geometria a ela ou quando está dormindo. O resto do tempo ela passa lá em cima, no quarto de Keisha, e com algumas outras pessoas que se sentam à sua mesa na hora do almoço. Sinto falta dela, embora nunca falemos muito sobre nada, e não a culpo por me abandonar.

Strots coloca um cigarro entre os dentes e fala:

— Você não parece ser bisbilhoteira.

Quando ela levanta seu Bic, eu assobio:

— Não acenda!

— Por que não? O vento está soprando a nosso favor e, além do mais, o que é que elas estão fazendo? Fumando também. Não vão me entregar.

Como se ser pega com um cigarro fosse a única coisa com a qual ela deveria ter cuidado na companhia daquelas garotas. Como a invejo.

Volto-me para Greta e as Morenas. É a vez de Stacia rebater. Ela está confessando que seu namorado, Jonathon, não liga para ela há duas noites. Ela ainda diz que desceu para os telefones públicos no porão, os que ficam na lavanderia, e que tentou falar com ele depois do jantar, mas disseram que ele não estava em seu dormitório. Ela não acredita na história e Greta parece encantada com sua insegurança.

— É isso? — diz Strots, muito mais perto de mim agora. — Você fica aqui no meio dos mosquitos enquanto elas falam de namorados?

— Não há mosquito aqui.

— Só porque você está inteira coberta.

Ela dá um tapa em alguma coisa e, quando me viro para silenciá-la, ela revira os olhos.

— Relaxe. Estamos seguras.

Strots fica em silêncio, e eu também, enquanto ouvimos as vozes que as outras garotas não tentam esconder, embora estejam fumando. Afinal, suas pedras ficam bem longe dos dormitórios. Ao menos, longe o suficiente para que, caso um dos CRs olhe pela janela, não veja nada, não cheire nada e não ouça uma sílaba de seus draminhas pessoais. O mesmo valeria para caso um dos CRs fosse até o estacionamento e, por exemplo, verificasse as janelas do Porsche antigo de outra pessoa.

E Greta não precisa se preocupar com nenhuma colega. Todas são intimidadas demais por ela para denunciá-la.

Sem motivo aparente, decido contar a Strots sobre a sra. Crenshaw e o CR gostoso no jogo. Não sei por que me sinto compelida a compartilhar os detalhes sobre o desespero dela e as técnicas de evasão dele. Mas ainda estão em minha mente.

— Então, adivinhe o que aconteceu quando...

Estou falando baixinho enquanto viro minha cabeça para ela, mas não termino a frase. Não faço meu relatório. Strots está olhando através do V da árvore com um olhar intenso em seu rosto, que não tem nada a ver com a conversa sobre as falhas monogâmicas do namoradinho da cidade natal de Stacia. Strots está olhando para Greta, seu corpo atlético imóvel.

Nunca vi minha colega de quarto assim antes, mas já vi isso em outras pessoas. Vi hoje com a sra. Crenshaw, quando o CR gostoso estava conversando com ela depois do jogo. Eu mesma senti uma versão disso quando cruzei o caminho com Nick Hollis pela primeira vez, e todas as vezes desde então.

— Ela é uma idiota — diz Strots.

As palavras são ditas em voz alta, mas tenho a impressão de que não são para eu ouvir. São só o que está passando por sua cabeça. O que tem passado por sua cabeça por muito tempo.

— Vi o que você fez no jogo hoje — ela diz para mim. — Você deixou aquela bola cair de propósito.

— Sim.

— E foi boa a sensação? — ela pergunta sem olhar para mim. — Depois de toda a merda que ela fez com você?

— Sim.

Strots ri de forma rouca. Então, olha para mim.

— Fico feliz por você.

Seus olhos estão incrivelmente intensos, como se ela estivesse em algum lugar dentro de si mesma. Mesmo estando na frente dela, sei que ela não me vê claramente.

Talvez seja por isso que ela me beija.

A última coisa que espero é que sua mão livre pegue minha nuca e me puxe para ela. Estou tão chocada que não resisto quando ela coloca seus lábios nos meus. Não consigo me mover. Estou congelada, presa entre o corpo dela e a árvore que tem sido meu refúgio de espionagem. Sua boca acaricia a minha algumas vezes, mas ela para quando não respondo.

Strots recua. Xinga baixinho. Está agora a passos de distância.

— Desculpe — pede ela com uma pitada de amargura. — A culpa é minha.

Com isso, ela desaparece pelo caminho, um fantasma reabsorvido na noite.

Caio de volta contra a árvore. Estou trêmula.

Greta e as Morenas saem do rio antes que eu consiga fazê-lo, cortando pela vegetação rasteira e entrando no gramado da escola por alguma fresta adiante.

Por fim, tomo o caminho de volta até as luzes do Tellmer. Quando passo pela cerca-viva, olho para cima e vejo meu quarto. A lâmpada está acesa, mas Strots não está sentada em sua cama nem em pé no quarto. Paro um pouco onde estou, assistindo a todas as outras garotas em todos os outros quartos.

Ela voltou para o quarto de Keisha? Não saberia afirmar qual quarto é o dela. Há mais perfis do que rostos visíveis nas janelas.

Olho para o Porsche e o Camry. Para a perua que pertence ao casal. Mas é só para passar o tempo.

Estou convencida de que ninguém em nenhum dos quartos de nenhum dos dormitórios do Ambrose foi beijada por sua colega de quarto esta noite.

Ao longe, soa um sinal. É o aviso de cinco minutos para entrarmos, sob o risco de liberdade condicional em caso de violação do toque de recolher.

Corro pela porta dos fundos, que me leva ao porão ao lado da lavanderia, e recupero o fôlego no cômodo perfumado. Quando saio, Stacia está em um dos dois telefones públicos. Ela está discando de forma decidida e, quando sua ligação é atendida, ela pede para falar com Jonathon Renault. É melhor que o encontrem bem rápido, pois ela precisa falar com ele. Os CRs farão a inspeção quando o próximo sinal soar. Na verdade, a sra. Crenshaw anda pelo dormitório de maneira casual. Não sei se o dever que ela cumpre todas as noites é o de pegar alunas infratoras ou se está apenas tentando cruzar com o CR gostoso pelos corredores.

— E onde ele está? — Stacia fala ao telefone.

Ela olha por cima do ombro e me vê. Antes que ela possa reagir, afasto-me na direção oposta, como se tivesse para onde ir, e tenho. Subo os degraus do porão e continuo até a escada principal, em direção ao segundo andar. Quando chego ao meu quarto, a porta está fechada e, pela primeira vez, bato. Quando não há resposta, abro um pouco a porta. A lâmpada na ponta da minha escrivaninha, um presente deixado pela última aluna que dormiu na cama em que durmo agora, é a única fonte de luz, então sei que Strots acabou de sair e apagou a luz do teto. Uma das gavetas da escrivaninha de Strots está ligeiramente aberta. É aquela em que ela guarda os shorts de dormir. Suas gavetas nunca ficam abertas. Claramente, ela pegou o que precisava e partiu com pressa. Aproximo-me de sua cama com cautela e fico de pé sobre seus lençóis e edredons limpos, seus travesseiros empilhados. Ela faz a cama todas as manhãs, mesmo que não precise.

Meu coração está batendo rápido, embora suspeite que ela não voltará esta noite. No entanto, mesmo quando meus instintos me dizem isso, minha mão treme quando estendo a mão e levanto seu travesseiro. Seus cigarros e seu isqueiro sumiram.

Ela com certeza não voltará esta noite.

Eu me sento na minha cama. Aperto as mãos no colo, como se estivesse em uma reunião de adultos, embora não haja adultos presentes e não precise ter compostura. Nosso quarto, quando olho em volta, parece muito vazio, embora a quantidade de móveis não tenha mudado. Ainda há duas camas, duas cômodas e duas escrivaninhas com duas cadeiras. Mas metade se foi, e a sensação de vazio que se enraíza no centro do meu peito me lembra o que acontece sempre que penso em meu pai.

Gostaria que Strots não tivesse feito o que ela fez naquela árvore. Não porque tenha me ofendido. Não porque pense menos dela. Não porque me sinta ameaçada ou com medo dela.

Sou clinicamente louca. Como a julgaria por ser impulsiva?

Não, gostaria que ela não tivesse feito aquilo porque agora ela se foi, e se foi de uma forma que, mesmo quando estiver perto de mim de novo, ela ainda assim não estará lá. Algumas coisas que acontecem entre as pessoas não podem ser desfeitas, e me preocupo que não haja como consertar o que aconteceu no rio, não importa o que se diga depois.

E Strots era a minha única amiga no Ambrose.

capítulo
DOZE

Na manhã seguinte, acordo às sete com um sobressalto, sento-me e olho para o lado de Strots no quarto. A cama dela está intocada e a gaveta onde Strots guarda seu short de dormir continua aberta um centímetro. Não há como ela ter ido e vindo sem que eu soubesse. Meu sono foi agitado, pois fiquei esperando que ela voltasse, que pudéssemos conversar sobre o que aconteceu.

Eu me levanto e vou até a porta. Abro uma fresta e olho para fora. As meninas estão fazendo suas peregrinações até o banheiro, com as toalhas penduradas nos ombros ou arrastadas no tapete como faziam com seus cobertorezinhos quando eram crianças. Strots não está por perto.

Acompanhando o trânsito do corredor, entro no banheiro. Seu balde vermelho está em seu cubículo, então sei que ela não está em nenhum dos chuveiros. Uso o banheiro e lavo as mãos apenas para parecer que estou aqui pelos motivos apropriados. Também estou enrolando. Quero dar a Strots a oportunidade de descer de onde quer que ela esteja, para que o que aconteceu naquela árvore possa ser mutuamente esquecido, como seria uma bebedeira, minha boca como uma garrafa de tequila que nunca mais despertará vontade nenhuma de beber.

Enquanto enxugo bem as mãos sobre um dos cestos de lixo, decido ficar aliviada porque o balde de Strots está onde deveria estar. Não quero que ela arrume suas coisas e vá embora do andar, do dormitório, até mesmo do próprio Ambrose. De alguma forma, tudo será minha culpa e Keisha vai me culpar pela partida de sua melhor amiga. E, então, terei duas inimigas.

Volto para o nosso quarto. Bato de novo antes de entrar e não há resposta. Abrindo a porta, verifico a gaveta de sua escrivaninha mais uma vez. Está na mesma posição. Verifico debaixo do travesseiro. Ainda sem cigarros.

Checo a escrivaninha dela. E os livros? E o dever de casa? Ela não pode ir para a aula de shorts e camiseta sem sutiã, de chinelos nos pés e sem lição de casa para entregar.

Mas, se alguém pudesse se safar com tudo isso, seria Strots.

Sento-me na minha cama, dobrando as pernas para cima e envolvendo-as com os braços. Meu uniforme de dormir consiste em calças largas de pijama masculino e camisetas de mangas compridas macias e bem lavadas. A ideia de trocar essas roupas confortáveis e vestir a armadura escura que uso no campus me deixa exausta e, enquanto espero por minha colega de quarto, fico perplexa com a perspectiva de ter de juntar meus livros e ir para a aula.

Ir para o Wycliffe comer, nem pensar. Seria como me pedir para fazer supino com o peso do dormitório.

Enquanto contemplo as centenas de passos à minha frente, o peso da minha mochila, o brilho do sol nos meus olhos doloridos, sinto um peso dentro da minha pele que não é por falta de sono. Ossos e músculos latejam, assim como a base do meu crânio. É como se tivesse pegado uma gripe no período de um minuto e meio, meu sistema imunológico pego de surpresa, corpúsculos invadidos e derrotados por um invasor microscópico. Exceto que não se trata de nada físico. É uma infestação de arrependimento.

Só consigo pensar em como estraguei tudo e arruinei minha situação de vida. Na noite anterior, deveria ter corrido atrás de Strots e dito a ela na mesma hora que estava tudo bem, que não era grande coisa, não me incomodava, que só fiquei surpresa. E tudo isso é verdade, não algo em que me forço a acreditar. Não estou incomodada nem assustada. Tenho outras coisas com que me preocupar. Além disso, continuarei gostando de Strots.

Se ao menos a tivesse abordado antes que tudo se consolidasse durante a noite, eu teria tido uma chance de desfazer a má impressão. A princípio ela talvez não acreditasse em mim, mas eu poderia ter insistido no assunto e mostrado a ela o quão legal sou. Ela poderia ter ficado surpresa, aliviada, talvez déssemos um abraço curto e forte para virar a página, para nunca mais pensarmos a respeito ou nos preocuparmos com isso. E, então, poderíamos ter voltado para a árvore e ela poderia ter encarado Greta um pouco mais, eu poderia ter apoiado minha colega de quarto de alguma forma e nós duas poderíamos ter julgado juntas aquelas três pragas por maltratarem o rio com suas cinzas e suas bitucas. Depois que as garotas tivessem ido embora, Strots poderia ter feito uma piada, e poderíamos ter voltado para cá, nos sentindo superiores àquelas lindas vagabundas: Strots porque ela realmente é superior e eu porque estou com Strots. Poderíamos ter ficado mais próximas, mesmo que Strots continuasse a subir para ver Keisha todas as noites depois do jantar, porque, sempre que minha colega de quarto e eu nos encontrássemos, teríamos dois segredos que nos uniam, eu sendo caçada por Greta e ela tendo uma paixão pela garota.

Só que não foi isso que aconteceu.

Em vez de agir de forma esperta, deixei a bola cair e não de propósito.

Simplesmente não consigo me dar bem com pessoas da minha idade. Também não me dou bem com adultos, mas isso é normal quando se tem quinze anos. É o relacionamento com as nossas colegas que conta e sempre me dei mal. Sempre falhei. Eu fui a criança de três anos na caixa de areia do parquinho que não conseguia entender como os jogos eram jogados e o porquê. Fui a criança de seis anos na festa de aniversário do primo, ao lado da qual ninguém queria ficar sentado por causa de um boato de que fazia xixi na cama. Era a garotinha de dez anos na aula de educação física com meias que não combinavam e shorts cor de laranja porque era tudo o que eu tinha para vestir. E agora estou aqui, aos quinze anos, enfrentando a perspectiva de ficar sozinha neste quarto de dois lados, após afastar a garota mais carismática do campus.

Em retrospecto, fui estúpida em pensar que a experiência no Ambrose poderia ser diferente, mesmo que tivesse sido designada para o quarto 214.

Sempre vou falhar. Nunca terei amigas e, à medida que envelhecer, apenas aumentarei a amplitude e o escopo das categorias de pessoas com as quais não consigo me envolver. Serei uma velha de oitenta anos em uma casa de repouso e ao lado da qual ninguém gostaria de se sentar porque, embora estejamos todos fazendo xixi na cama, minha incontinência urinária é a única que é vista como um defeito de caráter.

Enquanto contemplo meu futuro sombrio e solitário, meus pensamentos se tornam tangíveis e aumentam de peso geometricamente, não apenas sujeitos à gravidade, mas conectados com a mesma força que mantém todos os objetos sobre o globo terrestre. Reúno toneladas de pensamentos em um ritmo incalculável, ultrapassando as leis da física, tornando-se quânticos, absorvendo energia densa que os torna infinitamente sólidos. Incapaz de sustentar a carga, eu me contorço, um buraco negro se formando aqui na minha cama, no segundo andar do Tellmer Hall, no Internato St. Ambrose para Meninas. A crise faz tudo acelerar ainda mais e, quanto mais escuridão acumulo dentro do funil ilimitado da minha mente, mais rápido aumento o círculo concêntrico no qual todas as coisas são sugadas e nunca liberadas.

Consumo luz e matéria. Eu consumo o próprio tempo. Desapareço em um cosmos de minha própria criação, levando tudo para o vazio que sou eu.

Sou tão densa, tão pesada, que sou o peso de toda a Terra com uma área de superfície de um décimo da cabeça de um alfinete e só posso ser medida, e ainda preservar parte da estrutura do universo, pela dor.

A dor é o que sou, não possuindo mais feições nem forma. Sou a emoção que todos procuramos evitar. E, porque esse é o meu alicerce, porque sou programada do jeito que sou, alimento essa dor como se fosse uma fornalha de caldeira, empurrando para o sofrimento intolerável e ardente carga após carga de carvão na forma de pensamentos: sou louca, sou doente. Não há chance de me tornar melhor. Nunca serei como as outras pessoas e elas sempre saberão disso. Sou fraturada, sou má, sou inútil.

Sou a razão pela qual meu pai foi embora. Eu o afastei com minha insanidade. Ele era um homem inteligente, então sabia onde eu iria parar bem antes de mim, bem antes da minha mãe. Ele sabia que eu seria um fracasso irremediável em todas as áreas da vida e que não valia o investimento de tempo e energia. Por isso, ele desceu na próxima parada do trem e nunca mais olhou para trás. Minha mãe, presa a uma aberração com defeito com quem ninguém mais se importaria, fez o melhor que pôde com o pouco que tinha e teve que recorrer às belas páginas das revistas para não perder a cabeça. Sou a razão pela qual todos os seus sonhos lhe foram negados. Sem mim, meus pais nunca teriam se separado. A banda do meu pai seria um sucesso e minha mãe teria ficado mais bonita com a idade, não menos. Sem mim, eles estariam morando em Bel Air e teriam uma piscina, minha mãe estaria na revista *People* não apenas porque se tornou atriz, escritora e apresentadora de um *talk show* de sucesso, mas porque a banda do meu pai é maior do que Rolling Stones, The Police e Genesis juntos. Ele estaria em turnê com seus clássicos por todo o mundo e ela seria uma versão menor de Joan Didion, eles seriam como Linda e Paul McCartney, só que com mais couro, um som mais pesado e ousado e, provavelmente, nenhum vegetarianismo.

Meu nascimento roubou deles tudo isso. Era a âncora que não os protegia contra a tempestade, mas os mantinha muito perto da costa rochosa, enquanto a maré subia e as ondas pioravam. Provoquei seu naufrágio.

E agora estou afundando Strots. Levando-a para fora de seu quarto. Deixando-a envergonhada por algo que não é vergonhoso…

De algum lugar do pântano, um pensamento vem de uma dimensão diferente, uma dimensão de flutuabilidade, não de peso.

É um pensamento que tive duas vezes antes.

É o que me traz de volta.

O pensamento, o pensamento puro e incandescente, me traz de volta ao verdadeiro presente, à minha cama, ao quarto, ao dormitório, ao campus, a esta pequena cidade de Massachusetts no meio das montanhas. Reseta tudo, devolve tudo ao lugar, recomeça tudo. E, à maneira do meu cérebro mal ajustado, o pensamento, que ao contrário dos outros não tem absolutamente nenhuma substância física, que é apenas o éter da mente, vem com o som de tigelas tibetanas, uma batida e depois um eco que me faz erguer a cabeça. Ou talvez não seja um pensamento real, talvez seja mesmo o som da tigela de canto e meu cérebro, que conhece sua linguagem melódica, traduz o tom, transformando-o em um propósito que se apresenta a mim como uma solução perfeita.

Ao olhar em volta, percebo que a luz do quarto está diferente e concluo que dei apenas meu passeio alucinatório pelo ventre do cosmos. Só que não. De acordo com o meu relógio, já passou de uma hora da tarde.

Estou nesta cama, nesta posição, abraçando os joelhos contra o peito, há seis horas.

Outras coisas mudaram, além do ângulo do sol: a gaveta da cômoda de Strots está fechada. Livros que estavam em sua escrivaninha não estão mais. Ela esteve aqui. Em algum momento durante o meu aprisionamento, ela veio e se foi.

O fato de ela ter me visto, encolhida como se ainda não tivesse nascido, em minha cama apenas em forma física, que é a forma de existência menos significativa para qualquer pessoa, confirma que devo agir.

Chega de tudo isso. Desta escola e desta colega de quarto. Minha mãe superpresente e meu pai ausente. Meu sofrimento que não pode ser aplacado, não importa quanto lítio eu tome, ou quantas reuniões de grupo frequente, ou em quantos hospitais fique internada.

Todo mundo ficará melhor sem mim. Exceto Greta, é claro, e, assim como deixei aquela bola de futebol cair das minhas mãos, sou incentivada pela ideia de privá-la do prazer que ela sente ao me torturar.

Foi o que Strots disse quando cheguei aqui.

Não dê a ela o que ela quer.

A ideia de libertar as pessoas do meu fardo, sobretudo minha mãe, tem sido um motivador há muito tempo e, além disso, a libertação da minha própria dor interior e das terríveis viagens que faço dentro de minha cabeça também é uma perspectiva feliz. Mas o que de fato me motiva a me levantar e a me vestir é a ideia de que posso atingir Greta.

Posso tirar o brinquedo dela. Posso quebrá-lo tanto que não funcionará mais, e ela terá de achar outro, encontrar outra coisa inferior a ela para brincar e colocar toda a sua vingança mesquinha para fora.

Não darei a ela o que ela quer.

Estimulada pela minha raiva e por uma necessidade crescente e maníaca de vingança, Greta torna-se o único foco da minha energia e os pensamentos sombrios em que mergulhei são transferidos para ela, como tentáculos me prendendo e me apertando. Estou me movendo mais rápido agora, ansiosa para aplicar uma punição naquela garota bonita, com seus cigarros apagados, seu sorriso desagradável e modos maliciosos, para a qual ela está totalmente despreparada. Esta perdedora, esta aberração da qual ela tanto desdenha, vai igualar o placar e arruiná-la com isso: colocarei nela a culpa da minha morte. Vou deixar um bilhete detalhando tudo, ressaltando que meu cadáver é o troféu dela.

Ela nunca vai se recuperar disso. Mesmo que não a incomode diretamente, os adultos desta instituição não deixarão passar. Já li revistas *People* o suficiente para saber que esse tipo de tragédia sensacionalista sustenta as notícias nacionais. A reputação do Ambrose estará em jogo e não haverá como deixar este colégio e seu longo e orgulhoso legado afundarem com o navio de uma assediadora loira de cinquenta quilos.

Mesmo que o sobrenome dela seja Stanhope.

Ela será punida à altura, e mal posso esperar.

Eu me movo cada vez mais rápido, tão faminta pelo resultado, tão impaciente, que não presto atenção ao vestir minhas roupas. Apenas descubro, minutos depois de me levantar da cama, ainda rígida, que estou usando meu casaco e enfiando a última nota de cinco dólares no bolso. Mesmo enquanto faço uma avaliação breve e inconclusiva sobre precisar ou não fazer xixi, permaneço quase que desconectada do meu corpo. Não tenho mais consciência do estado dos meus órgãos internos do que da constrição dos coturnos nos meus pés ou do peso das roupas em minhas costas.

Tudo o que vejo é a minha vingança e, ah, estou mais do que disposta a sacrificar minha vida patética em nome da queda de Greta.

capítulo
TREZE

A próxima coisa que sei é que estou de volta à CVS. Não me lembro de nada da caminhada até a cidade, porque passei o trajeto perdida em imagens de como tudo iria acontecer. A sala da caldeira no porão é o meu local de escolha e vejo meu corpo sendo encontrado por um trabalhador que conserta a fornalha. Vejo-o tropeçando nos próprios pés enquanto recua, horrorizado. Vejo-o ligando para o CR gostoso e é o meu lindo conselheiro que se ajoelha ao lado dos meus restos mortais e pega o bilhete manuscrito no qual declaro todos os meus motivos. Os administradores do colégio são chamados, os importantes, aqueles que têm escritórios do outro lado do campus. A polícia é chamada e vem com uma ambulância, embora seja tarde demais. Vejo meu bilhete sendo lido pelos adultos com crachás, com as sobrancelhas franzidas, ofendidos com as ações pessoais e profissionais de Greta.

Greta é chamada pelo diretor. Ela chega, confusa, porque a notícia do ocorrido foi abafada. Ela é sumariamente expulsa da escola e, quando protesta, afirmando ser uma Stanhope, é interrompida com o anúncio de que seu pai foi forçado a renunciar ao Conselho de Administração como resultado de suas ações. Enquanto as outras moradoras do meu dormitório se reúnem na área comum para uma reunião especial, na qual são atendidas por conselheiros especializados em luto, ela está no andar de cima arrumando suas coisas sob o olhar furioso de seu pai, que não consegue entender como conseguiu trazer uma criança tão horrível para este mundo e sua falência já não é mais a pior coisa que aconteceu a ele.

No balanço final das coisas, as meninas do meu dormitório terão se afundado no papel de vítimas/espectadoras e todos os adultos em sua vida irão proteger seus corações ternos afetados pela minha tragédia; não porque os mais velhos se preocupem comigo, mas porque terão medo de que eu tenha dado início a uma nova tendência. O sofrimento das minhas colegas será honesto e desonesto. Em um nível superficial, elas se sentirão de fato tristes diante da perda e da fragilidade da vida, embora seja o oposto do que sentiam por mim enquanto caminhava entre elas. Viva, sou um fantasma. Morta, enfim ganharei substância. Finalmente serei aceita e me tornarei épica em minha ausência.

Greta, enquanto isso, será relegada a uma vida de vergonha na casa para a qual os seus pais tiveram que se mudar após sua própria queda. Ela terá de ir para uma escola pública, porque nenhuma outra instituição preparatória a aceitará por medo de um êxodo dos atuais matriculados e uma escassez de potenciais candidatos. As faculdades também fecharão suas portas para ela. Greta passará seus anos mortais na prisão invisível do receio dos outros, não mais alguém com um futuro, mas uma pessoa irrevogavelmente ligada a um único evento devastador que ocorreu quando ela tinha quinze anos.

Quando volto ao presente, descubro que estou diante da prateleira de remédios. Não sei se Roni e Margie, que me ajudaram com a tintura, estão atrás de suas caixas registradoras, e não pressinto o farmacêutico em nenhum lugar da loja. Também não conheço nenhum outro cliente. Sou só eu e a exibição de comprimidos.

Estou entrando no âmago da questão. Depois de escrever o bilhete em minha escrivaninha, vou até o porão e me sento no chão de concreto perto da caldeira.

Agora são 13h45, mas perdi o café da manhã ao me tornar um buraco negro e voltar ao início do universo.

Captei algumas informações úteis durante minhas estadas no hospital. Descobri quantos comprimidos seriam necessários e usei essa informação duas semanas depois de ter sido liberada pela primeira vez. Infelizmente, porém, por mais que tenha calculado em teoria, a realidade tende a ser mais confusa e desagradável e falhei porque vomitei. Isso não acontecerá agora.

Eu agradeceria à garota que me avisou sobre a quantidade de remédio que deveria tomar, mas ela se matou seis meses depois que eu a conheci. Não com comprimidos, porém.

Meu plano está pronto. Já escolhi o lugar, a sala da caldeira. O horário, que é assim que chegar de volta ao dormitório. Com essas duas coisas decididas, estendo a mão para pegar uma caixa de remédio e fico surpresa ao descobrir que já estou com uma lata de bebida nas mãos. Devo ter tido presença de espírito suficiente para pegá-la ao passar por uma das geladeiras a caminho da seção de medicamentos.

Passo a lata para a mão esquerda e pego uma caixa de remédios. Embora não precise de tantos comprimidos, tentarei tomar uma quantidade razoável. Essa me parece uma medida segura, pois está bem acima de quanto preciso, mas sem exagerar a ponto de o meu estômago ficar irritado demais. Enquanto contemplo o autocontrole que será necessário para não ceder ao reflexo da ânsia de vômito, tento me assegurar de que tudo é possível com disciplina...

Sem aviso, uma tristeza se apodera de mim e, como um estranho batendo no meu ombro para pedir informações, é o tipo de coisa que não posso ignorar. Mesmo quando estou antecipando tanto o ato que minhas glândulas salivares formigam, como se a náusea já estivesse começando a bater, mesmo enquanto contemplo com um senso de propósito sombrio e determinado meu objetivo final de mostrar a Greta que seu passatempo favorito de foder com as pessoas pode se virar contra ela, uma pequena parte de mim está ciente de que voltei ao mesmo lugar. Estou neste precipício, olhando para outro túmulo.

Como cheguei aqui de novo?, pergunto-me.

Mas essa é uma pergunta estúpida a se fazer. Sofro de transtorno bipolar com mania. Crises acontecem. Estou em crise agora.

Mas pelo menos estou resolvendo o problema, então nunca mais terei que me preocupar em fazer isso de novo — e Greta vai me ajudar. Afinal, as estatísticas não estão a meu favor. De acordo com um artigo que li depois da minha segunda tentativa, a taxa de sucesso de suicídios em adolescentes é de apenas um a dois por cento, então não é o tipo de estatística que você deseja quando já passou do estágio de querer chamar a atenção para um estágio muito mais sério. E talvez seja por causa dessa alta taxa de insucesso que armas e sufocamento são mais usados. Não há armas aqui no Ambrose, porém, e também não quero me enforcar. Gosto da ideia de simplesmente ir dormir e não acordar, embora saiba que terei convulsões antes que a calmaria do estágio dois comece…

Não acredito que estou aqui de novo.

Prometi a mim mesma que, por pior que estivesse a situação, não faria mais isso comigo.

Mas esse é o perigo da minha doença. Para pessoas normais, a depressão profunda é uma descida por uma trilha longa e lenta. Leva tempo para se instalar. Não é o meu caso. Com a minha doença, caio em depressão com um deslize, um tropeço, seus gatilhos frágeis são desproporcionais ao quão longe e quão rápido posso cair. Em questão de horas — às vezes minutos, ou mesmo instantes —, o cérebro pode me mergulhar em um território que outros levariam anos de sofrimento para alcançar. A mesma situação se passa com a mania. Além de chegar rápido aos dois extremos, quando estou neles, experimento as coisas como se fossem o ponto culminante de décadas de transformação emocional.

E cá estou de novo.

Penso em minha mãe, embora não queira. Penso nela sozinha naquela casa em que vivemos durante toda a minha vida consciente. Digo a mim mesma que suas revistas farão companhia a ela, que elas já são sua família, de qualquer maneira. Tento dar a partida no motor de um futuro feliz para ela, meu pai e ela retomando o relacionamento deles como se nada tivesse acontecido, os quinze anos da minha existência apagados pela limpeza do meu suicídio, a mancha sumiu, os ladrilhos do resto de seus dias e noites, bem como o rejunte de sua atração e de seus sentimentos um pelo outro brilhando sob a luz do recomeço. E, então, tento me reconectar com minha imagem de Greta na sala do diretor, a confusão em seu rosto quando ela ouve que deve deixar a escola e uma satisfação ardente em meu espírito, que assiste a tudo de um dos cantos do teto, uma sentinela flutuante desfrutando do sucesso do plano dela.

Não chego a lugar nenhum com nada disso. Apenas fico muito consciente de que estou segurando uma caixa de remédios em uma mão e uma bebida na outra e que vou me matar em um chão sujo que cheira a óleo de motor velho.

Penso em como fiquei sozinha no cume da montanha enquanto as garotas voltavam para a trilha, meus olhos assimilando a paisagem majestosa diante de mim, minha alma se unindo a tudo ao meu redor, até a Greta. Lembro-me do vento no rosto, do sol nas costas e da garrafa de água gelada na mão, todos os meus sentidos recebendo um presente inesperado, minha mente se acalmando pela primeira vez. Não esperava aquele momento. E quando fizer isso, e farei, nunca mais haverá a possibilidade de meu par de olhos, de meu par de orelhas, de minha pele e meu corpo se alimentarem da beleza ao meu redor. Vou acabar. Não serei nada.

Depois de anos à mercê das alucinações, sei com certeza que Deus não existe, mas já sinto falta de mim mesma. Todos e tudo mais continuarão, mas eu irei...

Uma mão me toca no ombro. Viro-me bruscamente e olho para cima.

Desta vez, não é uma metáfora.

O homem olhando para mim é o farmacêutico. Reconheço-o da minha primeira vez na loja. Ele tem cabelos grisalhos penteados para trás e uma testa reluzente. Está vestindo um jaleco branco sobre uma camisa com gravata. Seus lábios estão se movendo. Ele está falando comigo.

Tanto de mim está dedicado ao plano que não consigo decifrar suas palavras. Imagino que ele esteja me alertando para eu não furtar nada. Enfio a mão no bolso, tiro os últimos cinco dólares e estendo a nota amassada para ele.

— O que é isso? — ele pergunta enquanto olha para o que estou empurrando em sua direção.

É estranho ter sua voz registrada, minha audição voltando sem aviso. Abro a boca para dizer que é uma nota de cinco dólares, a última que tenho e a última de que preciso, e não é uma feliz coincidência? Exceto que, quando olho para baixo, vejo que não estou segurando uma nota com o rosto de Abraham Lincoln estampado nela. Estou oferecendo ao farmacêutico um pedaço de papel. Ele pega e lê o que quer que seja. Ele então me olha nos olhos mais uma vez.

— Venha comigo — chama ele, pegando os frascos de remédio da minha mão e colocando a lata no chão, embora esteja a dois corredores de distância da geladeira onde a peguei.

— Margie! — ele chama. — Vou fazer uma pausa de dez minutos!

— Sim, tudo bem, Phil — chega a resposta da frente da loja.

Phil, o farmacêutico, me leva para trás de seu balcão e atravessamos uma porta ao lado das prateleiras de onde ele tira os comprimidos e preparos mais perigosos do que o medicamento que estou tentando comprar. Que *irei* comprar. Assim que ele me falar sabe-se lá o que e me deixar ir embora.

Caso esteja tentando me prender, está sem sorte. Não coloquei nada nos meus bolsos. Ele pode me revistar. Não pode chamar a polícia só porque acha que alguém *pode* roubar alguma coisa.

Phil, o Farmacêutico, não passa de uma lombada na minha estrada, não é um beco sem saída que me impeça de chegar ao meu beco sem saída.

— Aqui — diz ele. — Vamos nos sentar.

Olho em volta e não vejo muito da sala de descanso com paredes ásperas. Ele nos levou a uma mesinha com quatro cadeiras dobráveis, e me sento porque, de repente, estou exausta. Ele se junta a mim e me oferece algo. É um papel-toalha dobrado em quatro.

Quando olho para ele confusa, ele diz:

— Você está chorando.

Atrapalho-me ao passar o papel-toalha no rosto. Estou envergonhada. Uma coisa é derreter por dentro. Mostrar esse tipo de emoção externamente é como se estivesse nua na frente de um estranho.

Enquanto nos sentamos em silêncio, eu fungo. Não quero olhar para ele, mas tenho que verificar se estou sendo julgada.

Não estou. Seus olhos são gentis. E tristes.

Sua voz também.

— Você é do Ambrose, não é?

Assinto. Não respondo verbalmente porque não tenho certeza da minha voz.

— Já vi você aqui antes.

Assinto de novo.

— Pode me dizer o que está acontecendo com você?

Quando balanço a cabeça, ele diz baixinho:

— Para que você precisa de tanto remédio?

Nós dois sabemos exatamente para que servem. Ele também deve saber o porquê da bebida, deve ter aprendido em algum programa de educação continuada pago pelo Estado, para ficar em alerta toda vez que meninas de quinze anos vestidas de preto compram uma lata de refrigerante acompanhada de um monte de remédios, em especial se estão em lágrimas.

— Você ia tomar isso de uma vez? — Ele pergunta.

Encaro-o sem expressão. Ele está segurando o pedaço de papel que pensei ser uma nota de cinco dólares e, quando não respondo, ele vira o papel para mim. É minha receita de lítio. Aquela que pretendia trazer para ele daqui a quanto tempo? Enquanto minha mente faz uma rápida checagem no calendário, fico chocada com quantos dias se passaram desde que meu estoque de comprimidos acabou. Como perdi a noção do tempo?

— Para quem posso ligar por você?

— Ninguém.

Limpo a garganta quando as consequências da interrupção da medicação começam a surgir e devo rejeitá-las uma a uma para manter meu plano da sala da caldeira em pé. Também tenho de sair desta conversa.

— Estou bem. Minha colega de quarto está no time de hóquei sobre grama. Ela precisa de analgésicos. Não são para mim.

A mentira flui com suavidade pela minha língua e estou impressionada com a capacidade do meu lado destrutivo de se disfarçar.

Do outro lado da mesa, Phil, o Farmacêutico, parece desconfiado. Talvez a mentira não seja tão convincente quanto desejo que ela seja.

— Quer que eu ligue para o seu médico? — Ele aponta para o topo da receita, onde estão impressos o endereço e o telefone do dr. Warten. — Estamos em horário comercial.

— Não, estou bem. — Claro que estou. Mesmo que eu ainda esteja chorando no papel-toalha que ele me deu. — Acabei de ter um dia ruim.

Não sou suicida, se é isso que o preocupa. Juro por Deus que não vou me machucar.

É fácil reforçar uma mentira com esse tipo de juramento quando você é ateia, mas jogar um pouco de religião na situação parece aliviar Phil. Ele se recosta em sua cadeira dobrável.

— Há quanto tempo você está sem seus remédios? — ele pergunta.

— Não sei.

Isso porque, em vez de contar os dias no calendário, tento calcular o que vai agradá-lo mais: a ideia de que perdi apenas alguns dias ou de que perdi algumas semanas. A primeira sugere que posso estar muito doente, mas talvez ele sinta que posso voltar rapidamente aos trilhos. A segunda significaria que estou menos doente, mas pode ser um caminho mais difícil retornar ao ponto de estase, que me permite estar no mundo sob meus próprios auspícios. Não consigo decidir qual é melhor.

— Você precisa tomar seus comprimidos todos os dias.

— Eu sei. Não vou mais esquecer.

Não tenho ideia do que estou dizendo. Só estou tentando concordar com tudo que sai de sua boca porque espero que ele aceite como um sinal de que estou aberta aos seus conselhos e que os seguirei. Isso é o que os adultos querem ouvir de garotas como eu que estão em crise. Querem acreditar que tiveram um impacto positivo e efetuaram uma mudança de curso, desviando-nos de um desastre iminente — e, se você não conseguir transmitir essa ilusão a eles com suas palavras, seu tom e seu jeito, eles só lutarão mais e convocarão esforços. É preciso garantir que eles se sintam ouvidos e dar a impressão de que sua lógica bem-intencionada é o tipo de coisa que nos impressiona, que sua combinação de sílabas derruba a barreira que nos separa da recuperação. É a maneira como eles lidam consigo mesmos depois de um mau resultado, o consolo que encontram quando vão para casa à noite para estar com seus cônjuges e filhos, hipotecas e cestas básicas.

Pelo menos eu tentei, eles dizem a si mesmos.

— Se o senhor puder preencher a minha receita agora, seria ótimo. Agradeço muito. Vou até tomar um dos comprimidos aqui e agora.

Phil faz um bom e minucioso exame do meu rosto, me certifico de que minhas feições exibem uma máscara agradável, como se não houvesse nada acontecendo atrás dos meus olhos e entre as minhas orelhas que devesse preocupá-lo: não tenho nenhum plano de suicídio. Gosto de refrigerante em lata. O remédio é para a minha colega de quarto. E as lágrimas são porque sou uma adolescente cheia de hormônios e prestes a menstruar.

— O suicídio não é a resposta — diz ele. — Realmente não é. É uma solução permanente para um estado de espírito temporário.

Bingo.

Quase sorrio porque já ouvi esse preâmbulo na saída do hospital psiquiátrico, mas me certifico de fingir uma expressão aberta e receptiva. *Estado de espírito temporário, hein?*, eu quero dizer. Tive dois anos de inferno, precedidos por uma década de uma versão um pouco menor de tortura e, agora, estou encarando um cano duplo carregado apenas com mais do mesmo. Com ou sem lítio, minha doença está ficando mais forte e, se não colocar o plano da caldeira em ação hoje, acabará acontecendo em algum momento no futuro próximo.

Esta inevitabilidade é típica de pacientes como eu. O que tenho, ouvi o dr. Warten dizer uma vez para minha mãe, é como um câncer infantil. Mais cedo ou mais tarde, as drogas não funcionarão mais e morrerei.

— A questão é — arrisca Phil, o Farmacêutico — que você tem que pensar no que deixa para trás. Como as pessoas que você ama vão se sentir.

Belo conselho, Phil, digo a mim mesma. *Mas, do jeito que as coisas estão indo, não tenho espaço em meu cérebro para considerar as ramificações de meus propósitos fúnebres, exceto aquelas que atingem Margaret Stanhope.*

— Como sua mãe vai se sentir? Seu pai?

Eles vão ficar bem, Phil. Vão voltar a ficar juntos e se mudar para Bel Air — ei, posso te chamar de Phil? Tudo bem? Acho que, considerando o que estamos discutindo, é melhor nos tratarmos pelo primeiro nome, mesmo que você seja um adulto, e eu, uma adolescente.

— E quanto à sua colega de quarto? Como ela vai se sentir?

Minha colega de quarto vai...

Abruptamente, franzo a testa.

— Desculpe, o que o senhor falou?

Estou tão ocupada conversando com ele em minha cabeça que é difícil ouvir o que ele está de fato dizendo.

— Sua colega de quarto. Como ela vai se sentir?

Um pavor gelado toma conta de mim, atingindo minha cabeça e fluindo por todo o meu corpo quente e entorpecido. A mudança de temperatura me acorda, a sensação da cadeira dura embaixo do meu traseiro, o interior decadente da salinha, o vago cheiro da loção pós-barba de Phil, tudo isso me invadindo, como se as sensações tivessem atravessado uma porta.

Meu propósito de ferro e a clareza da minha missão são abalados.

Strots. E Strots.

Levo a mão à boca, horrorizada.

Estive tão concentrada em tirar o brinquedo de Greta que me esqueci de Strots. Se sair desta loja e comprar dois frascos de remédio em algum outro lugar, voltar para o dormitório e tomar os comprimidos naquela sala da caldeira; se for sortuda o bastante para me enquadrar naquele um ou dois por centro de sucesso, Strots vai pensar que a culpa é dela. Vai pensar que seu beijo foi a razão. E vai se culpar pelo resto da vida.

Com uma ultraclareza, vejo o rosto da minha colega de quarto enquanto ela se afasta quando não correspondi ao seu beijo. Revivo a vergonha e a culpa em seus olhos. Jesus. Se ela não conseguir lidar com as repercussões do que ela percebe como uma violação relativamente menor dos limites pessoais, ela nunca conseguirá superar o meu cadáver e nada do que eu possa dizer em meu bilhete de suicídio irá arrancá-la desse senso de responsabilidade. Além do mais, ela sentirá essa culpa mesmo se eu cair nos noventa e oito por cento de insucesso. Se eu for encontrada inconsciente na sala da caldeira, em uma poça do meu próprio vômito, e conseguir sobreviver, acordando em uma cama de hospital com carvão no estômago e bolsas de soro alimentando minhas veias, ela ainda assim se sentirá responsável. Com o senso de honra de Strots, ela verá uma tentativa fracassada como algo tão ruim quanto um sucesso real.

Afinal, a garota se ofereceu para bater em Greta por mim. Ela tem princípios.

— Então, para quem posso ligar para você? — Phil diz, como se tivesse repetido a pergunta algumas vezes.

Percebo que ele está falando comigo de novo e não estou respondendo, e, como resultado, o pouco terreno que ganhei em defesa do eu-não-sou-louca provavelmente foi perdido. Mas isso não importa agora. Meu plano mudou, e mudou por causa de algo que ele disse, embora não da maneira como eu imagino que ele pretendia. Esta não é uma alteração permanente no meu objetivo. Apenas um atraso para que eu possa estabelecer um contexto melhor para as minhas ações.

— Não vou me matar — digo-lhe. — Não é isso que vai acontecer.

Ao encarar o farmacêutico bem nos olhos, não estou mentindo.

Não vou me matar — não agora.

O que tenho de fazer no momento é falar com Strots. Imediatamente. Não sei quanto tempo tenho antes que a escuridão volte em mim. Tenho de encontrar minha colega de quarto antes que meu humor se embaralhe de novo.

Phil assente devagar.

— Ok. Acredito em você.

capítulo
CATORZE

Saio correndo pela rua principal, rumo ao campus, minha recarga de lítio no bolso da jaqueta, nenhum remédio e nenhuma bebida enlatada comigo, porque Phil não é tão burro quanto eu pensava. Tenho auxílio do governo para comprar os remédios por causa da baixa renda da minha mãe e do meu diagnóstico e, assim, consegui cobrir a coparticipação da recarga da receita com meus cinco dólares. Ao sair da farmácia, coloquei meus quarenta e três centavos de troco no balcão em frente a Margie, a caixa. Ela pareceu surpresa. É uma pena não poder prometer que voltaria para reembolsar o restante do que me foi dado para cobrir o custo do corante e do fixador e, também, que não tive tempo de relatar o sucesso dos conselhos que ela e Roni me deram.

Não tenho ideia de quanto tempo conseguirei manter os lobos longe do meu cérebro, então me precaver fazendo as pazes com a minha colega de quarto é meu propósito primordial.

Enquanto outras palavras que começam com a letra *p* circulam pela minha cabeça como um bando de pássaros, todos batendo asas e grasnando, subo a colina até o Ambrose, avançando com minhas botas pesadas, indo rápido, mas parecendo lenta. São 14h15. Quero esconder meus comprimidos e me posicionar na minha cama bem antes de Strots voltar para deixar seus livros e fumar um cigarro antes de seu jogo. Ela faz isso porque não pode fumar perto dos campos. E os cigarros dela estavam embaixo do travesseiro quando saí, sinal de que ela precisará voltar.

Quando passo pelo prédio do teatro e me concentro no Tellmer, não há alunas andando por ali. Faz sentido, porque me sinto totalmente sozinha.

Estou no pêndulo oscilante entre os vivos e os mortos e esta não é uma experiência que acredito estar compartilhando com muitas alunas daqui. Também não é exagero. Quando se começa com a ideia de tirar a própria vida, a testar vários planos e não falar com ninguém sobre eles, quando você, de fato, já tentou se matar algumas vezes, quando está mentalmente doente e mexendo com a química do seu cérebro com estabilizadores de humor, porque é o melhor do grupo de soluções fracas que os médicos podem lhe dar, você está muito ciente de que aquilo que a levou à farmácia uma hora atrás foi um botão que pode ser acionado com a maior facilidade. A primeira manivela está enferrujada e há alguma resistência; você pode ter que colocar as duas mãos nela para girá-la. Mas, dali em diante, a engrenagem fica suave e até sedutora.

É onde estou agora.

A percepção de que estou em uma classe separada de indivíduos me faz me sentir importante. Sou um problema crítico, não apenas uma garota alienada com bolsa de estudos em uma escola preparatória chique que usa roupas pretas e está deixando o cabelo castanho crescer com uma tintura de farmácia nas pontas. Ainda assim, sob esse verniz de status especial, estou absolutamente apavorada.

Perdi todo o controle. E, apesar de saber disso, não tenho certeza se gostaria de assumir o volante, se pudesse.

Chegando ao Tellmer, subo os degraus até a entrada da frente do meu dormitório e, ao abrir a porta com força, penso na sra. Crenshaw. Merda, rezo para que ela não esteja me esperando ao pé da escada, ou na porta aberta de seu apartamento, ou, pior ainda, encostada na parede ao lado do meu quarto no andar de cima, tudo por causa de alguma chatinha simpática que a informou sobre minha ida até a cidade.

Não há ninguém na escada e a porta dela está fechada. Não perco tempo. Não checo minha caixa de correio. Subo a escada dois degraus de cada vez, os comprimidos chacoalhando dentro do frasco rígido no meu bolso, como se estivessem batendo palmas para mim, torcendo por mim. No segundo andar, acelero pelo corredor. Ninguém está por perto. Paro no banheiro porque não quero ser incomodada por um chamado da natureza assim que chegar ao meu quarto.

Ainda estou secando as mãos quando chego à minha porta. Bato. Não há resposta. Um lampejo de pânico percorre meu corpo quando entro e me fecho. A cama dela ainda está feita, o travesseiro ainda está no lugar. Abro o armário dela. As jaquetas e camisetas do time e o único vestido que ela trouxe estão onde sempre estiveram. Ufa. E sua escrivaninha ainda está cheia. Por fim, revisito seus cigarros, que estão exatamente onde deveriam estar.

Aliviada, caio na minha cama, deixando meus membros descansarem. Deveria tirar minha jaqueta, mas estou respirando com dificuldade e zonza por não ter comido. Também está quente em nosso quarto — aquela caldeira na qual pretendo morrer está fazendo bem o seu trabalho. Mas então o funcionário da manutenção vai demorar a me encontrar; ele já ligou o aquecimento para a temporada de inverno. Ao menos, quando executar meu plano, estarei aquecida.

Os comprimidos. Preciso esconder o lítio.

Sentando-me, tiro minha jaqueta e abro a última gaveta da escrivaninha. Coloco o frasco cheio ao lado do que terminei sem perceber e fico aliviada por não haver nenhuma sacolinha branca amassada para jogar fora. Recusei uma quando Phil, o Farmacêutico, entregou a receita para mim. Já é esforço demais ficar deitada na cama. Fico na beira do colchão, apoiando minha cabeça em minhas mãos.

Supõe-se que o lítio controle a mania, então parece bobagem tomar um comprimido agora, já que estou para baixo. Mas para baixo de onde, exatamente? Se vou me matar mais tarde, por que me importar com as trajetórias do meu humor? Mas uma voz calma e racional está falando comigo e me obriga a me lembrar do que o dr. Warten disse sobre os altos e baixos. Tenho sido superestimulada com a mudança e com Greta desde que vim para o Ambrose e meus esforços para manter um horário de sono semirregular não foram suficientes para a minha adaptação ao novo ambiente. Vejo, agora, que estou acendendo, meus pensamentos fluindo, minha vida interior muito mais envolvente do que qualquer coisa que encontro na realidade externa.

Cercada por rostos novos em um território desconhecido, recorri à única amiga que nunca me abandonou nem me julgou. Pena que ela seja tão destrutiva.

E o fato de eu ter me esquecido de reabastecer meus comprimidos e cumprir meu cronograma de medicamentos permitiu que minha loucura se apoderasse de mim.

Esta conclusão devia ser o fim da análise. Deveria parar aqui mesmo, tomar minha medicação e ligar para o dr. Warten, que foi o acordo que fizemos quando ele autorizou a minha vinda para o Ambrose. Minha doença, porém, gosta de discutir com os fatos e é uma especialista em debate que sempre vence. Mesmo quando sua lógica é ridícula, a cadência de seu raciocínio defeituoso é como uma música irresistível para mim e nem tenho certeza do que ela está me dizendo agora. Só sei que retomar a medicação não é uma boa ideia. Não vai me ajudar. Não oferece nada além de efeitos colaterais, enquanto meu plano da caldeira é um golaço, uma pontuação certeira, uma vitória bem calculada. Desde que eu faça as coisas certas desta vez.

Olho para a gaveta que acabei de fechar. Penso no frasco de remédios vazio que já está lá dentro e me lembro da minha ansiedade ao pensar em descartá-lo. Decidi que iria levá-lo para casa comigo por precaução. Não no próximo fim de semana, do Dia de Colombo, porém. Já combinei com minha mãe que vou ficar aqui e trabalhar no dormitório para ganhar algum dinheiro. Não, vou esperar até o feriado de Ação de Graças para jogá-lo fora e tento encontrar otimismo no fato de realizar qualquer coisa em novembro, mesmo que de forma hipotética. No entanto, o pensamento sobre a minha casa traz à tona a futilidade de eu considerar qualquer tipo de futuro. Mesmo tomando lítio, só consegui viver por um ano e um mês sem ter grandes pensamentos suicidas.

E você terá mais deles esta noite, alguém em minha cabeça lembra. E amanhã. *E todos os dias até você resolver esse problema...*

Minha mão bate na gaveta da escrivaninha e pego o frasco de lítio como se tivesse uma data de validade medida em segundos, não em anos. Abro a pequena tampa, verifico se são os corretos — não que Phil tenha cometido um erro — e pego um, engolindo a seco. Quando emperra na garganta, vou até o armário de Strots e pego emprestada uma das garrafas de Coca que ela guarda lá. Giro a tampa, dou alguns goles que soam altos na sala silenciosa e estou tremendo quando me sento de novo.

Não tenho certeza de onde veio o impulso de tomar o comprimido, mas parece um salvador frágil em comparação com a força gritante dos pensamentos suicidas e com sua lógica robusta e persuasiva.

Bebo um pouco mais, a garrafa vibrando em minhas mãos devido aos tremores que me atormentam. O açúcar me anima e limpa minha mente e me agarro ao renascimento do corpo e da consciência, dizendo a mim mesma que é o comprimido que já está funcionando. O que é mentira. Não há nada terapêutico acontecendo, pelo menos não no sentido medicinal. Levará tempo para reconstruir os níveis da droga em meu corpo, para chegar a um ponto de saturação em que meu humor seja quimicamente alterado para melhor. Mas o efeito placebo é real. Sinto como se tivesse tomado um tratamento instantâneo para o suicídio. Desde que essa substância esteja no meu sistema, não vou entrar na sala da caldeira.

Olhando ao redor, acho que talvez seja melhor eu partir do St. Ambrose. Por um lado, Strots não sabe de que cidade sou. Ela nunca perguntou, nunca contei. Se voltar para casa para executar meu plano, ela pode nunca saber da minha morte. E, mesmo que ela saiba, vou esperar tempo suficiente para que ela atribua a tragédia a outra coisa. Além disso, será um alívio para ela não ter que ser aquela que sai do quarto. Ela pode ficar aqui sozinha até alguém se transferir no próximo semestre ou até o ano letivo acabar.

Problema resolvido sem que precise revelar nada. Este é um bom resultado por vários motivos. Dr. Warten diz que tanto a falta de autoconsciência quanto o impedimento de tomada de decisão são inerentes ao bipolar com mania. Ele com frequência afirma, pelo menos para os pais dos pacientes que trata, que deve sempre convencer os doentes de que eles estão, de fato, doentes. Pois digo que tenho muita consciência sobre mim mesma. Digo que, neste momento, minha doença é tudo o que vejo, uma mortalha entre mim e todos os outros. E já faz uma vida desde vinte e quatro horas atrás, quando estava na beira do rio vendo aquelas garotas jogarem cinzas na correnteza, indignada com sua falta de consciência ecológica.

Sentada aqui no dormitório, em um poço profundo da minha loucura, desejo ficar confusa ao ver nosso CR parado com Greta atrás das árvores. Ou ficar irritada com o almoço só de salada de repolho da minha professora de geometria.

Mas não há nada que eu possa fazer. Estou onde estou. Pelo menos tenho um novo plano e, a qualquer momento, Strots entrará por aquela porta.

A qualquer minuto...

Quando a ouço bater, endireito-me e penso em esconder a garrafa de Coca-Cola, mas acho que ela não vai se importar. Espero que ela não se importe.

— Strots — eu digo. — Estou aqui.

A porta se abre e uma cabeça escura de cabelo exuberante se inclina para dentro.

Não é Strots.

Os olhos verdes brilhantes do CR gostoso me procuram e seu sorriso é hesitante.

— Ei. Você tem um minuto para conversar?

Levanto-me com um só pulo, embora ele não seja o sargento e eu não tenha levado uma bronca.

— Strots não está aqui.

— Não a estou procurando. Estou procurando você.

Meu coração acelera, estimulado pelo açúcar e a cafeína que atingem meu estômago vazio. E talvez a presença desse homem casado mais velho. No fundo da minha mente, penso: *Você quer falar sobre bons remédios?*

De repente, estou muito conectada às pessoas ao meu redor. À pessoa. Tanto faz.

— Strots está bem? — pergunto. — Aconteceu alguma coisa com ela?

Não seria uma reviravolta do destino se minha colega de quarto realizasse o que eu planejava fazer? E tudo por ela estar preocupada por ter me magoado ou ofendido?

— Não tem nada a ver com ela. Venha, vamos conversar no meu apartamento.

Olho ao redor do meu quarto com desconfiança, como se alguém pudesse ter plantado contrabando, como dois barris de bebiba alcoólica, quatro garrafas de vodca e algum tipo de substância ilegal como cocaína ou heroína, em algum lugar óbvio que acabei não vendo em toda a minha distração.

— Fiz algo errado?

Uma vantagem de não ter amigos é que não conto a ninguém sobre o que os outros estão fazendo. Também não discuti sobre os pequenos passeios mentais que tenho feito em minha bicicleta bipolar. Mas é por isso que me pergunto o que fiz de errado.

E, então, me dou conta.

— Só faltei às aulas hoje porque estava com problemas estomacais. Estou me sentindo melhor agora. Deveria ter ido à enfermaria, não deveria? Com certeza irei lá agora. Vou buscar meu caderno ou o que eu precisar...

— Você não está em apuros. Eu prometo. — Seu sorriso, aquele sorriso incrivelmente lindo, me faz sentir como se estivesse tomando banho de sol. — Venha, vamos fazer uma pequena caminhada até minha casa.

Bem. Quando ele coloca nesses termos, sinto que fui convidada para um encontro. Concordo com a cabeça e sigo-o para fora da minha porta. Enquanto a fecho, olho para o quarto de Greta e desejo que ela esteja vendo isso. Embora, dado o conflito em que já nos encontramos, não preciso deixá-la ainda mais irritada.

— Belo dia, não é? — o CR gostoso diz por cima do ombro. — Gosto do contraste do sol com o ar fresco. E você?

Sua porta está aberta e, embora ele entre, diminuo a velocidade, como se estivesse entrando em uma capela. E quem poderia imaginar que todos os meus problemas são sublimados quando olho dentro de seu apartamento? Ele tem o mesmo pôster do Nirvana que eu tenho, aquele que está pendurado em cima da minha cama em casa, que minha mãe não me deixou trazer para o Ambrose porque "daria a impressão errada". Se ao menos eu soubesse que o CR gostoso também o teria... Há também dois do Guns N' Roses, o que explica os CDs que Greta comprou. Além dos pôsteres, há um sofá desleixado, uma cadeira, uma escrivaninha e uma cozinha igual à da sra. Crenshaw.

Suas janelas dão para o rio, assim como as minhas, mas não as de Greta.

Tudo isso parece muito… mais jovem… do que seu título de Homem Casado.

— Aqui, sente-se.

Ele fecha a porta e aponta para a cadeira ao lado do sofá.

Onde está sua esposa agora?, me pergunto. Em Washington, imagino. Reunião com o presidente Bush. Cuja carta para mim, exaltando minhas virtudes como defensora da saúde mental, acho que não receberei mais.

Obedeço ao CR gostoso e me sento como a Rainha da Inglaterra, joelhos juntos, costas retas, tornozelos cruzados. Ele se senta no sofá e se inclina para a frente, as mãos entrelaçadas frouxamente, os cotovelos nos joelhos.

— Sinto muito por ter chamado você de Stephanie — diz ele. — Fora de campo, ontem.

Estou tão surpresa com o pedido de desculpas, de que ele se lembre do que falou, que não sei o que fazer comigo mesma.

— E foi especialmente grosseiro depois que você se apresentou quando nós dois não conseguimos dormir naquela noite. — Ele sorri um pouco mais. — Sou péssimo com nomes. Herdei isso do meu pai.

Olhando para seu belo rosto, com seus planos e ângulos bronzeados, imagino que ele tenha herdado do homem muito além de um lapso de memória. Esses olhos verdes… são diferentes de tudo que já vi e são ainda mais atraentes de perto. Na verdade, ele todo fica ainda mais atraente de perto, algo que nem sempre acontece com pessoas bonitas. Algumas são como telas de pontilhismo, mais bem vistas de longe. Ele, não.

— Está tudo bem, sr. Hollis.

— Pode me chamar de Nick. — Mais sorrisos. — Como eu disse a você, essa coisa de senhor é estranha.

— Mas você é casado. — Espere, isso não faz o menor sentido… — Quero dizer…

— Sou. — Ele levanta a mão e exibe sua aliança de ouro. — Acho que você ainda não conheceu a Sandra, não é?

Mal conheci você, quero dizer.

— Não, ainda não.

Embora tenha ouvido você discutindo com ela.

E estou do seu lado, penso comigo.

— Ela é uma mulher incrível. Eu a amo muito.

— O que ela faz? — Vejam só, uma conversa adulta. E eu pergunto isso só para mantê-lo falando, pois já conheço pelo menos partes do currículo dela. — Acho que ela viaja muito, não é?

— Ela é uma das principais pesquisadoras de AIDS na Yale. Ela faz muito contato com os governos municipais, sobretudo aqueles com populações carentes maiores. Portanto, requer viagens.

— Uau.

Sim. Brilhante e humanitária. Começo a olhar em volta disfarçadamente, procurando uma fotografia que confirme minha teoria de Miss América.

— Que impressionante.

— Ela é.

Quando ele sorri, quero sorrir de volta, mas tenho medo de ter algo nos meus dentes, embora não tenha comido hoje. Também não vou sorrir porque não escovei os dentes e não posso fazer uma avaliação do meu hálito depois do lítio com Coca-Cola. As raízes no cabelo e as roupas pretas de garota desesperada, como capas góticas no meu corpo miúdo, já são mais que suficientes. O mau hálito na presença dele só me afundaria mais em meu episódio depressivo.

Especialmente dada a singularidade de sua esposa.

Nick faz uma pausa. Como se ele estivesse esperando por algo de mim. Enquanto isso, fico congelada. Quero dizer a coisa certa, dar a ele tudo o que ele precisa de mim, como se essa interação fosse decidir o valor da minha existência, meu único e solitário segundo de avaliação que determinará o curso não apenas do resto deste ano no Ambrose como de todas as décadas que se seguirão.

Se houver alguma.

— Sarah — diz ele —, só quero que saiba que estou aqui para ajudar.

— Sim… Obrigada? — respondo, em forma de pergunta.

Porque não tenho ideia do que ele queira dizer.

Quando ele fica quieto de novo, decido que me contento em ficar sentada aqui pelo tempo que ele quiser. Estou no *sanctum sanctorum*, onde também tenho permissão para encará-lo, e é tudo tão deliciosamente perturbador que decido que até Strots pode esperar.

Inferno, até o suicídio pode esperar.

— Então, o farmacêutico da cvs ligou para a enfermaria da escola — ele conclui, afinal.

Endureço e esqueço tudo sobre sua aparência e sua voz e que tipo de pôsteres estão em suas paredes e a salvadora que ele tem como esposa. Agora, estamos indo direto ao assunto e, enquanto xingo Phil, o Farmacêutico, por ser muito mais esperto do que eu pensava, sei que estou de volta ao território onde devo refletir sobre as minhas respostas com cuidado.

Do ponto de vista clínico, não existencial.

Embora, no meu caso, suponho que sejam a mesma coisa.

— Não roubei nada — inicio a argumentação com isso, embora saiba que é um truque que não vai colar. — Eu não…

— Não era com isso que ele estava preocupado.

Nick está falando baixinho e não sei se é porque ele não quer me assustar, como se eu fosse um animal selvagem, ou se ele sabe que o ruído atravessou a parede naquela noite, quando estava brigando com sua esposa.

— Sarah, eu sei que você tem… circunstâncias especiais… em seu passado.

Com isso, pulo e começo a andar pelo apartamento dele, minha mente correndo a mil quilômetros por hora. Eu me imagino desfilando na frente de todo o dormitório na sala comunal, exibida como um exemplo de como o Ambrose cuida dos menos afortunados, menos sãos, meu segredo não apenas revelado como promovido oficialmente a uma virtude da instituição.

— A administração quer ter certeza de que você está bem.

Nick se levanta também e casualmente vai até a porta. Há uma longa prateleira diretamente à esquerda dela e ele mexe em alguns livros, mas não me engano. Ele vai me impedir se eu tentar fugir.

— Nós ligamos para a sua mãe e ela está a caminho.

— O quê? — grito. — Vocês não podem fazer isso.

Ok, essa é uma coisa estúpida a se dizer. Eles podem fazer o que quiserem.

— Precisamos ter certeza de que você está bem.

Coloco minhas mãos na cabeça. Não, não, não, isso está errado. Chega de olhos verdes e da porcaria do Guns N' Roses.

— Tenho que ir. Tenho que encontrar a minha colega de quarto.

— Sarah, o que você estava pensando em fazer... — Ele limpa a garganta e, quando se vira e olha para mim, seus olhos estão um pouco assustados. Como se estivesse fora do aspecto profissional e de fato quisesse me ajudar. — Essa não é a resposta. Confie em mim. Não é.

Fazendo as contas na minha cabeça, imagino que a escola deve ter ligado para Tera Taylor, a estrela de cinema a ser descoberta, cerca de quarenta e cinco minutos atrás, porque foi quando saí da farmácia. Levará pelo menos esse tempo para ela se organizar para sair de casa. Ela terá que colocar um de seus vestidos e fazer o cabelo e a maquiagem. Ela não saberá onde estão suas chaves. Ela vai precisar colocar gasolina no Mercury Marquis porque ela dirige pela nossa pequena cidade com o tanque sempre na reserva. Tenho cerca de três horas.

Se eles forem me mandar embora, o que provavelmente não é uma má ideia para o meu bem-estar, preciso chegar a Strots antes que ela vá para o jogo e tenho cerca de dez minutos para isso, talvez quinze.

— Posso voltar para o meu quarto agora? — pergunto.

— Eu só... — Enquanto o sr. Hollis, pode-me-chamar-de-Nick, luta para encontrar as palavras, fica claro que qualquer treinamento que ele tenha recebido antes de se tornar conselheiro residencial foi insuficiente para lidar com o problema que represento. — Foi só um jogo. Não importa quem ganhou ou perdeu. Ninguém culpa você, ok? Você fez o melhor que pôde e quase pegou a bola.

Eu pisco, suas palavras não fazendo nenhum sentido para mim. E então eu processo as sílabas. Ele acha que é por causa da derrota de ontem? Ele e a administração acham que vou me matar por causa de um jogo?

Quero rir e quase abro a boca para esclarecer as coisas, para dizer que larguei a bola de propósito, e que, dada a expressão de Greta ao perder, estou bastante satisfeita com as minhas escolhas. Inferno, talvez a confissão me tire da berlinda. Só que não. Ainda sou condenada pelo fato de que Phil, o Farmacêutico, foi um gênio e não se deixou convencer pela minha fachada de boazinha, então ligou para o equivalente da polícia no Ambrose. Não importa o que diga sobre o jogo, eu fui pega tentando comprar muito remédio de uma vez só. E ainda estava chorando em frente às prateleiras. E apresentei a Phil uma receita válida para um estabilizador de humor altamente potente, do tipo que só se receita a pessoas jovens que de fato precisam muito e é preciso que seja tomado todos os dias para funcionar de acordo.

E tem ainda o fato de eu ser louca.

Então, uma ideia me ocorre. Se não aceitar a conclusão que os adultos inventaram sobre ter perdido um jogo de futebol, terei que explicar a verdade e não vou trair Strots assim. Além disso, nada disso tem a ver com ela ter me beijado. É a maneira ruim como lidei com o momento e as implicações do meu fracasso total como ser humano.

Há uma batida suave e meus olhos disparam em sua direção, focando no ombro de cr gostoso... Nick. Como minha mãe chegou aqui tão rápido? Perdi de novo a noção do tempo?

Enquanto Nick abre a porta, meus olhos viram-se para o relógio em seu fogão, aquele que fica no centro dos mostradores, com os quatro elementos em círculo, como um pingente acima da gola ornamentada de uma blusa. Não, não perdi a noção do tempo. Esta não pode ser a minha mãe, então talvez seja algo pior. Talvez sejam alguns homens de jaleco branco de algum hospital psiquiátrico local que desconheço vindo me colocar em uma camisa de força e carregar meu corpo amarrado para fora do Tellmer como um pedaço de carne.

Só que, então, sinto um perfume doce. A rainha da beleza de Nick, esposa brilhante, chegando cedo para o fim de semana? Não, ela simplesmente entraria. Ele fala baixinho e depois fecha a porta. Voltando-se para mim, ele se recosta contra a porta que acabou de fechar.

— Desculpe por isso.

Há uma grande pena em seu rosto quando ele olha para mim, é sincera e nada paternalista. Ele sente pena de mim, e não no sentido de ser uma irremediável desajustada social. Ele sente pena de mim porque espiou sob minhas camadas externas, viu a bagunça fedorenta que há embaixo e ele não desejaria o que descobriu nem para o seu pior inimigo.

A ideia de que alguém, qualquer um, conheça meu segredo aqui no Ambrose e ainda assim fale comigo tira a força de todos os meus planos, tanto do tipo Strots quanto do tipo sala da caldeira. Não posso dizer que estou aliviada. Mas estou grata.

— Você não vai contar a ninguém, vai? — digo com uma voz trêmula.

Nick balança a cabeça.

— Ninguém.

Enquanto ele faz essa promessa, pergunto-me se ele sabe que é especificamente com Greta que estou preocupada. Mas isso não importa. Acredito nele.

Uma onda de tontura toma conta de mim e é tão pronunciada que preciso me agarrar a alguma coisa, qualquer coisa, ou vou cair na mesinha de centro dele.

Nick avança com a graça de um atleta e ampara meu corpo em seus braços fortes. Quando ele me puxa contra ele, sinto seus músculos. Sinto o frescor do seu sabonete. Suas roupas roçam na minha barriga nua quando minha camiseta é puxada para cima.

— É só o lítio — murmuro enquanto ele me guia até o sofá. — Tomei o comprimido há vinte minutos.

Este não é o pensamento mágico em torno do efeito placebo. Conheço bem esse tipo específico de tontura, a vertigem vindo forte porque não comi nada, fiquei tempos sem tomar o lítio e as emoções estão brincando com a minha pressão sanguínea.

Enquanto ele me deita em seu sofá, me entrego às almofadas e não consigo olhar para ele porque isso é muito íntimo para suportar sem corar. Olho para o teto. Há vigas pintadas de branco que cruzam toda a extensão. De vez em quando, há um gancho aparafusado nelas, como se um dos CRs que já moraram aqui gostasse de pendurar plantas. Só que não pode ser isso… Os ganchos dignos de açougue parecem robustos demais para plantas e minha mente brinca com hipóteses, como um gato indiferente com um brinquedo desinteressante.

Enquanto isso, Nick está se inclinando sobre mim como se desejasse ter formação médica, como se não tivesse certeza do que fazer, e fico surpresa com a demonstração de incompetência. Ele é tão atraente que atribuí a ele poderes de super-herói que ele evidentemente não possui.

Afinal, ele é apenas um professor de inglês em uma escola preparatória. Talvez, se já tivesse feito o doutorado, as coisas seriam mais fáceis para ele nesta situação.

Ou talvez ele lidasse melhor comigo se eu fosse a Virginia Woolf.

Agarro seu braço.

— Prometa para mim, antes que minha mãe ou um hospital me leve embora, prometa me deixar falar com Strots a sós. Prometa.

Há uma pausa. Então Nick assente uma vez.

— Tem a minha palavra. Mas você precisa ficar comigo agora.

Como se eu tivesse escolha, quero dizer enquanto fecho os olhos.

Parece estranho estar na posição que tantas garotas invejariam, desmaiada como uma mocinha vitoriana no sofá do CR gostoso, com ele agachado ao meu lado, ansioso.

Em uma ironia cruel, a gravidade e as implicações da minha doença me privam de desfrutar dessa fantasia. Por outro lado, se estivesse totalmente presente, explodiria.

Como um incêndio na sala da caldeira.

capítulo QUINZE

Tera Taylor, estrela de cinema a ser descoberta, chega quando todas as minhas colegas estão saindo para jantar no Wycliffe. Ela é levada ao apartamento do conselheiro residencial, Nick, por um administrador que não reconheço e fico surpresa com sua falta de floreios e fanfarra dramática. O papel da Mãe Fantasticamente Preocupada parece ter sido recusado, embora sem dúvida fosse contribuir para a sua fama de *femme fatale* e ajudá-la em uma possível conquista, visto que tanto Nick quanto o administrador são considerados homens maiores de idade no estado de Massachusetts.

Só aí me lembro de quando ela foi ao hospital depois da minha segunda tentativa de suicídio. Ela também estava curiosamente calma.

Também não se vestiu para chamar atenção. Não está de vestido colado, nem decote à mostra, e suas pernas bem torneadas não são realçadas por uma barra com babados. A barra de seu vestido é reta e bem abaixo dos joelhos. Ela não trocou de roupa, na verdade. Está com seu uniforme de merendeira, de xadrezinho azul e branco e por cima um avental branco estilo Mamãe Gansa. Ela ainda nem tirou o pequeno crachá de plástico, preso à sua modesta lapela, onde se lê *Sra. Taylor*. Está sem a rede no cabelo, porém.

E é aí que percebo que ela não estava em casa quando recebeu a ligação. Estava no trabalho. Como eu poderia ter esquecido? Ela não perdeu as chaves no meio da coleção de revistas nem parou para se pentear ou trocar de roupa. Ela veio direto até mim, sua filha, que está com problemas mais uma vez, e não é do tipo de problema facilmente *resolvível*, como matar aula, deixar de entregar as tarefas ou fumar no dormitório.

Eu trago o tipo de problema que interrompe o dia de trabalho e faz você dirigir acima do limite de velocidade até a sua filha, com o coração na garganta.

Sinto-me péssima com tudo isso.

— Oi, mãe — digo enquanto me sento no sofá de Nick.

— Oi — diz ela sem se mover da porta.

Está ocupada demais me examinando, sem dúvida procurando por sinais externos de catástrofe, como pulsos enfaixados. Marcas de esganadura. Soro na veia.

No silêncio tenso que se segue, que parece durar dias, penso na importância que atribuí à proteção de Strots de qualquer senso equivocado de responsabilidade por minha morte. Penso no foco que esse objetivo me deu, o propósito forte o suficiente para fundamentar os planos mais bem elaborados de uma paciente bipolar sozinha em um mundo grande e mau e cheio de medicamentos perigosos. Infelizmente, a necessidade de falar com Strots é apenas uma desculpa de curto prazo e, da mesma forma, o jeito de sempre da minha mãe — vestido colado, cigarros, flerte — é apenas temporariamente suspenso por mais uma crise minha. Contanto que fique tudo bem, ela retomará seus hábitos.

E, desde que não seja internada na ala psiquiátrica, também retomarei — há um número infinito de frascos Bayer disponíveis para compra e uma caldeira no porão deste dormitório que não vai sair do lugar.

Supondo que ela não me leve para casa agora.

Lembro-me do que Phil, o Farmacêutico, falou sobre como devo pensar naqueles deixados para trás e, de repente, torno-me protetora de todos os afetos e afetações da minha mãe, bem aqueles que tanto me incomodam. Tenho a sensação, com uma clareza repentina e chocante, de que, se tirar a própria vida, vou roubá-los dela. Ela não vai se recuperar e não conseguirá exercer mais os seus hábitos. Ficará arruinada.

Sei que isso é verdade quando olho em seus olhos. Ela está apavorada. E ela, como Strots, vai se culpar se eu fizer algo precipitado e irreversível. Foi escolha dela me enviar para cá, o resultado de sua engenhosidade, e o fato de que ela teve de sair correndo do refeitório da Escola de Ensino

Fundamental Lincoln, arriscando seu emprego e sem dúvida sua vida, enquanto dirigia para chegar aqui, me deixa envergonhada. Assim como Greta me atormenta, atormento minha mãe, embora, claro, haja limites para essa comparação. Greta gosta dos resultados. Eu estou submersa e me afogando nos meus, que desencadeio de forma involuntária.

Meus olhos lacrimejam quando Nick desliga a televisão à qual ele e eu estávamos assistindo para passar o tempo e ele e o administrador saem do apartamento.

— Sarah — minha mãe diz, como se estivesse esperando que fossem embora.

Ela nunca me chama de Sarah.

Ela corre, deixando cair a bolsa no chão como se não se importasse com o que tem dentro ou onde vai cair. No sofá, ela deixa seu corpo cair ao lado do meu da mesma maneira distraída. Pega minha mão e a puxa para o peito. Quando minha manga sobe em direção ao meu cotovelo, eu a coloco de volta no lugar para que as cicatrizes no meu pulso não fiquem à mostra. Ela não precisa de um lembrete das vezes em que estivemos aqui antes. Nem eu.

— Você está bem? — ela diz com urgência.

Três palavras. Como *Eu te amo.*

Quero dizer a verdade. Quero dizer a ela que acho que não estou lidando muito bem com essa coisa de Ambrose. Quero contar a ela sobre Greta e as Morenas, sobre Strots, com quem estou preocupada agora, assim como minha mãe se preocupa comigo. O problema com tamanha honestidade, porém, é que, assim como Phil, o Farmacêutico, pode chamar reforços — e fez isso —, eu não tenho como controlar as consequências de tais revelações. Não tenho como fazer minha mãe ficar neste modo conectado e preocupado. Não posso fazê-la ver esses acontecimentos como eu, como coisas que estão passando pela minha vida, e apenas pela minha vida. Por mais que minhas escolhas a afetem, não são emergências a serem resolvidas por ela e seu exército de adultos. Não são nevascas que exigem remoção mecânica da neve. Não são tempestades de vento que derrubam árvores que ela deve então cortar com a motosserra para limpar as estradas. Não são enchentes que a obriguem a tirar coisas do porão e das áreas baixas.

São os meus desastres, não dela, e quero lidar com eles do meu jeito. Mesmo que não esteja lidando bem com nenhum deles. Mesmo tentando comprar caixas de remédios e bebida enlatada. Mesmo que eu seja apenas uma criança ainda.

Fecho os olhos. Posto assim, eu deveria contar tudo a ela. Por mais desagradáveis, invasivas e dominadoras que as soluções adultas tenham provado ser, pelo menos nada do que a geração mais velha fez comigo envolveu minha morte no chão da sala da caldeira no porão do dormitório Tellmer.

— Você quer voltar para casa?

Fico tão surpresa por ela perguntar isso que viro o rosto para ela.

— O quê?

— Você quer apenas arrumar suas coisas e voltar para casa?

Penso na nossa casa cheia de revistas. E em seu novo namorado, sobre o qual ela me contou, animada, no nosso telefonema do último domingo. Imagino-a fumando lá dentro com as janelas todas fechadas porque o tempo está esfriando e temos que economizar mantendo o calor interno. Ouço a voz dela chamando por mim através dos pequenos cômodos, despejando palavras sobre a vida amorosa de Kevin Costner. Imagino qualquer homem de meia-idade com a tez rosada de um alcoólatra e o nariz inchado largado no sofá, fumando com ela em suas roupas de ficar em casa.

Prefiro apostar no meu destino com Greta.

Quando digo a ela que não, não quero ir embora, uma sensação de desamparo toma conta de mim. Não quero estar aqui. Mas também não há uma casa em que eu queira estar. E não importa a escola que eu frequente ou a colega que me agrida, ainda terei a mesma cabeça presa no topo da espinha dorsal. Levarei a doença comigo aonde quer que eu vá. Não há realocação que possa resolver o que há de errado comigo.

Além daquela mais definitiva.

— Você quer falar com o dr. Warten?

— Não — digo a ela. — E você não precisava vir.

Ela solta minha mão e se recosta um pouco. Eu não posso dizer o que ela está pensando, mas não estou surpresa com o que ela faz. Ela estende a mão até a bolsa, pegando uma das alças e arrastando-a pelo chão não porque pesa muito, mas porque suspeito que ela sinta o mesmo tipo de desamparo que sinto e a impotência, de fato, cansa uma pessoa. O fato de ela acender um cigarro neste apartamento que não é o dela provavelmente será perdoado, considerando as circunstâncias de sua filha, mas me pergunto se teria ocorrido a ela por um segundo pedir permissão. Eu me pergunto se Nick vai se ressentir da fumaça. Eu me pergunto todos os tipos de coisas que não devem ser nada relevantes para a minha situação, porque estou sobrecarregada com os reais problemas em jogo.

Ainda assim, "não" é a única resposta que darei a ela agora. Não, não quero ir para casa. Não, não quero ir para um hospital. Não, não quero sair deste dormitório.

— Não sei o que fazer com você — diz ela em uma exalação de fumaça.

A intrusão da substância que ela expele de seus pulmões faz meus olhos lacrimejarem e meu nariz coçar. Espirro e me sento com a postura reta, sem ficar escorregando.

— Você não precisa fazer nada comigo. — Balanço a cabeça, como se isso fosse varrer tudo: o telefonema de Phil, o Farmacêutico, para a enfermaria da escola, a ligação da enfermeira aqui para o dormitório e outros lugares do campus, a ligação do administrador para minha mãe no trabalho. — Foi só uma bobagem.

Tento parecer adulta. Tento soar segura. Repito em minha cabeça o mantra de que sou adulta, de que estou segura, de que me conheço melhor do que todos os outros. Digo a mim mesma para me concentrar nessas declarações e torná-las reais. Caso contrário, vou perder minha chance de falar com Strots, bem como minha oportunidade de fuga programada para o porão, que continua sendo meu objetivo final.

— Estou tomando o remédio. — Encolho os ombros. — Estou indo às aulas. Estou feliz aqui.

Não tenho tomado meu remédio, perdi a aula desta manhã porque caí no Big Bang enquanto estava sentada na minha cama, estou infeliz aqui.

— Você está? — ela pergunta, cobrindo todas as três mentiras de uma vez.

— Sim, estou.

Ela se deixa cair para trás, quase deitada no sofá de Nick. Enquanto ela fuma e olha para mim, sei que está revisando fitas antigas em sua cabeça, os filmes caseiros nada agradáveis. Lamento. Gostaria que ela tivesse mais do que sem dúvida esperava e sonhava de uma filha. Mas está presa comigo.

— Sarah — ela diz com suavidade —, você é muito mais do que aquela cidadezinha de merda em que vivemos.

Minha mãe não fala palavrão. Nunca. É a maneira mais barata e fácil de negar o quão barata e fácil ela pode ser às vezes. E, o que é tão chocante quanto, ela já usou meu nome de verdade duas vezes.

Ela exala a fumaça por entre os lábios sem batom.

— Sei que você ficou brava comigo por eu ter enviado aquele texto que encontrei em seu quarto para o comitê de admissão daqui. Eu entendo. E vou lhe dizer que sinto muito pela invasão da sua privacidade. Mas não vou me desculpar pela oportunidade que isso te deu. Este lugar. Estas pessoas…

Ela olha em volta e se inclina para a frente, pegando um livro que está na mesinha de centro de Nick.

Virando a capa para si, ela franze a testa.

— *Um artista do mundo flutuante*. Ka-kazuo Ishi… Quem é esse autor? É sobre o quê?

— Ishiguro — digo. — E é uma reflexão do Japão pós-guerra e do conflito intergeracional.

— E como você sabe de tudo isso?

— Eu li.

— Viu só? — ela diz enquanto joga o livro de volta na mesa, o estrondo com que ele cai como o ponto no final de seu argumento ganhador. — Você pertence a pessoas assim. Você pertence a livros como esse. Sua mente é de outro nível, Sarah.

Esta é uma conclusão que já ouvi antes, em geral de professores, e sempre falada no mesmo tom de admiração, como se eu tivesse feito algo notável para ganhar o QI com o qual por acaso nasci. Como se esse QI de alguma forma compensasse todos os problemas que acompanham a inteligência.

Não é a primeira vez que eu penso em trocar esses números altos por outros de funcionamento normal em um piscar de olhos, se pudesse escolher.

— E você até sabe sobre o que é o livro. — Ela exala até o teto desta vez. — Não apenas o enredo, mas o que isso *significa*.

Tenho que dar crédito a ela. Não há nenhum traço de inveja ou ciúme em sua voz. Suspeito que seja porque, como me deu à luz, ela tem um direito sobre o meu cérebro: embora não tenha herdado essa inteligência dela, não estaria aqui sem ela.

Ou talvez essa seja uma conclusão cruel. Ela não parece nem um pouco ambiciosa agora. Parece apenas exausta. Confusa, exausta… e com medo.

— Tem um narrador não confiável — continuo como uma forma de me desculpar pelos pensamentos que ela não sabe que estou tendo — e fala de como um artista traduz sua vida e suas ações com culpa, mas sem responsabilidade.

— Ahm?

Eu aponto para a mesinha.

— O livro.

— É bom?

— Algumas pessoas o consideram um grande romance, então é, sim.

— Viu? Eu te disse.

Minha mãe não parece ter percebido os paralelos e não fico surpresa quando ela não pergunta mais nada sobre o romance. Embora ela explore todos os tipos de detalhes sobre a elite de Hollywood e a vida amorosa agitada dos ricos e famosos, ela não se interessa por literatura nenhuma. O que é um pouco incongruente, dadas as suas aspirações artísticas. Seria de se supor que ela preferisse as capas duras às revistas grampeadas de fofocas, mas esse é um lembrete para mim de que as pessoas são incongruentes.

Nenhum de nós é uma coisa ou outra e, às vezes, temos contradições de base. Com exceção de Greta, é claro. Ela parece muito coesa naquilo que ela é.

Minha mãe procura um cinzeiro, como se todo mundo fumasse. Quando não encontra o que procura, pelo menos não bate as cinzas sobre a obra--prima de Ishiguro. Ela se levanta e vai até a pia da cozinha, apoiando o quadril no balcão e batendo o cigarro no ralo.

— Você é melhor do que eu — confessa ela em voz baixa. — Eu gostaria de ser como você, mas não sou e nunca serei. O que posso fazer, então, é levá-la onde você precisa estar, onde está a educação, onde estão as oportunidades. E é aqui.

Eu pisco. Nunca houve qualquer indício de que ela pensasse assim e não estou me referindo à parte educacional.

— Não sou melhor que você — respondo.

Porque sei que o que ela acabou de dizer é verdade e porque, de repente, ela se tornou tão vulnerável para mim. Nunca vou pisar em quem já está por baixo. Nem em minha mãe, nem em ninguém. Eu me sinto vulnerável o tempo todo, em todos os lugares, por causa do mau funcionamento do meu cérebro. Conheço bem a sensação de ter uma fraqueza exposta chutada.

— Nós duas sabemos que é mentira — afirma.

Ela dá outra tragada e bate o longo dedo indicador no comprimento cada vez menor do cigarro. Ao encarar o ralo da pia, imagino que talvez ela esteja se lembrando de sua juventude e de suas ambições, suas fantasias sobre quem e o que meu pai era, sua empolgação e seu otimismo, tudo isso há muito mastigado pelo tempo. Ela parece velha, parada sob a forte iluminação da lâmpada fria e direta do teto. Ela parece um fracasso.

— Vou ficar bem — eu digo de forma decidida. — Vou, sim.

Enquanto olho para ela do outro lado do apartamento de Nick e Sandra, tenho certeza de que, se alguma coisa acontecer comigo, a brilhante e problemática filha de Tera Taylor, não haverá mais assinaturas anuais de qualquer revista que possa a distrair e seu infinito suprimento de namorados abaixo da média não lhe garantirá um propósito, tanto quanto não garante agora.

Se eu cometer suicídio, também cometerei um assassinato.

Tera Taylor também morrerá.

Minha mãe balança a cabeça.

— Você tem de entender... que acreditei que aquilo aconteceu por causa da cidade em que moramos.

— Desculpe... O quê?

Então dá de ombros e continua a se concentrar na pia, no ralo. Quando abre um pouco a torneira, imagino suas cinzas derretendo e desaparecendo.

Ela limpa a garganta.

— Pensei que o que te levou a… Sabe…

— Enlouquecer — eu ajudo. — Pode falar.

— Eu não gosto. Dá muito poder a tudo. Você não é louca, você é apenas diferente.

Agora eu sei de onde eu tiro um pouco do meu pensamento mágico.

— Quando você teve de ir embora…

— Para o hospital psiquiátrico…

— Era uma clínica.

— Para pessoas loucas.

— *Pare com isso* — ela se irrita e me encara. — Você não tem que ser tão direta.

Um osso quebrado é um osso quebrado, eu quero dizer. Chamar de "dodói" não vai mudar a necessidade de usar gesso. Ou, quando gesso não conserta, a lesão continuará lá.

— Quando você teve de ir — ela repete com firmeza —, eu pensei que havia uma chance de que você precisasse de muito mais do que estava recebendo e que foi isso que a levou a… — Ela coloca o toco aceso sob a água da torneira, apagando o brilho. — Achei que você fez o que fez porque não suportava a monotonia. A falta de oportunidade. A falta de desafio e de envolvimento.

Não, penso comigo mesma com uma percepção arrepiante. *Você é que sente tudo isso sobre a cidade onde moramos.*

É o que desperta em você *a vontade de se matar.*

E você já pensou nisso, mãe, não pensou?

Eu não digo nada disso em voz alta. Estou profundamente abalada por minha mãe ter visitado os mesmos lugares desesperados e desolados que eu, onde a dor é a única coisa que você sente, onde você não consegue ver uma maneira de se livrar dela. Minha mãe deveria ser superficial. Deveria flutuar acima das profundezas da vida, em uma jangada feita de edições da *National Enquirer*. Deveria fazer julgamentos rápidos e bidimensionais sobre pessoas, lugares e coisas, fumar demais, flertar demais e trilhar um caminho que não tem absolutamente nada a ver com o meu sofrimento atroz.

— Uma cidade como a nossa pode tirar a vida de alguém. — Ela cruza os braços e se vira para mim, uma mulher de quarenta anos em uma roupa de merendeira com duzentos dólares no banco, um carro de dez anos e um novo namorado que ela passará a sustentar daqui a uma semana, quando ele se mudar para a nossa casinha. — Pode comer você viva e não posso permitir que isso aconteça com você. Você tem tantas coisas a seu favor e tenho de dar a você um apoio para que conquiste algo melhor. Você seria considerada inteligente no país inteiro, Sarah, não apenas em uma cidadezinha. Há tantos lugares que você pode conhecer, tantas coisas que pode aprender, porque você *é* especial.

Tudo o que posso fazer é olhar para ela. Não me lembro de ela já ter dito nada parecido.

E estou tão impressionada com sua sinceridade que sou compelida a sair do sofá e ir até ela, meu corpo se movendo por conta própria, sem comandos.

Quando coloco meus braços em volta dela, ela fica chocada, e percebo que nunca a abraço, pelo menos não de livre e espontânea vontade. Em geral, ela é que me toca e eu suporto por obrigação.

— Vai ficar tudo bem — digo enquanto a seguro firme. — Eu prometo.

Falo as palavras com convicção pois, de repente, preciso que elas sejam verdadeiras. Tanto pelo bem dela quanto pelo meu. O pêndulo balançou de volta para o meu desejo de ainda estar no planeta, nesse vaivém que caracteriza minha doença.

— Por favor — minha mãe diz com uma voz vacilante —, não me faça me arrepender de tê-la trazido ao Ambrose, nunca vou me perdoar. — Ela se afasta e agarra meus braços. — Mas você tem de saber que, se quiser voltar para casa, você pode. Por mais que eu queira que você tenha acesso a tudo isso, prefiro que você esteja viva. Qualquer outra coisa é tão aterrorizante para mim que não consigo nem pensar. Se as coisas estiverem ficando… fora de controle… você tem de me avisar. É muita coisa para você lidar sozinha, seria para qualquer um, mas em especial para alguém como você. Estar longe de casa, em um ambiente diferente, você tem de se lembrar do que disse o dr. Warten. Se você tiver alucinações, se tiver de se esforçar para se manter conectada com as pessoas e as coisas ao seu redor, se estiver tendo pensamentos suicidas ou que fogem do controle, precisamos levá-la de volta para casa. Este foi o nosso acordo, lembra?

Enquanto seus olhos parecem implorar para mim, ela revela, mais uma vez, sua impotência. E, diante da lista de todos os sintomas que tenho sentido, minha própria impotência se revela para mim.

Sinto-me tão frágil e antiga e desgastada quanto ela e, com esta comunhão, um cordão umbilical fantasmagórico nos une, substituindo de forma metafísica aquele que há muito foi rompido.

Tenho estado tão ocupada julgando-a que perdi a oportunidade de conhecer minha mãe. Tenho estado tão ocupada sendo louca e sendo cuidada por ela que não reconheci que ela também precisa de cuidados. Tenho estado tão focada em nossas diferenças que não enxerguei o fato de que ambas estamos fragilizadas e de que precisamos uma da outra.

À medida que essas coisas me são reveladas, reconheço que, das muitas percepções convincentes que já tive em relação a todos os tipos de pessoas até este momento, esta é a primeira de fato adulta.

— Combinado — digo. — Prometo avisar se precisar voltar para casa.

Ao fazer a promessa, estou falando sério, e não porque estou tentando engambelá-la como fiz com Phil, o Farmacêutico. Sinto que devo integridade a ela porque ela acabou de me mostrar um pouco de si — e ela deve ter sentido a minha determinação, porque seu alívio é tão grande que muda a temperatura do ar ao nosso redor, como se a fogueira da emoção que rugia fosse reduzida para baixo do ponto de fervura.

Eu acho, pelo menos. Não sei de fato. Mesmo estando na linha de frente dessa batalha invisível e potencialmente catastrófica, não sou a melhor pessoa para julgar a situação.

Mas redefini as coisas. E a vida vai continuar um pouco mais. Pelo menos… Assim espero, penso comigo mesma, quando minha mãe e eu saímos do apartamento de Nick pouco depois. Quando o administrador a chama de lado, fico ao lado do meu CR.

Ele está sorrindo para mim, como se acreditasse ter, de alguma forma, melhorado a minha situação. O fato de isso ser importante para ele me faz sorrir timidamente de volta.

Mas aí eu me lembro.

— Ah, meu Deus, ela fumou — comento baixinho. — Sinto muito, minha mãe fumou no seu apartamento. Ela faz isso quando está nervosa ou chateada.

E quando está feliz. Triste. Entediada. Cansada. Ansiosa. Mas sugiro a ele uma ligação específica com essa dificuldade pela qual estou passando, na esperança de que isso o predisponha ao perdão.

— Isso não me incomoda nem um pouco. Sandra fuma às vezes.

Como assim, ela não trabalha na saúde pública?, me pergunto. Mas não falo nada.

— Eu gostaria de ter você como meu professor de inglês — deixo escapar.

Estou horrorizada por ter falado em voz alta e fico preocupada que minha boca não pare por aí e acabe falando também sobre seus Ray-Bans e o tamanho de seus ombros e quanto eu gosto do cabelo dele.

— Eu também — concorda ele. — Mas podemos conversar sobre livros por conta própria.

— Podemos?

— Claro. Eu adoraria. Podemos começar nosso próprio clube do livro.

Quando começo a brilhar como uma luz noturna, pergunto-me como pude pensar em me matar. Se eu tivesse comprado aquelas caixas de remédio e aquele refrigerante enlatado e os levado para a sala da caldeira, teria perdido a chance de falar sobre livros com meu novo amigo Nick.

Bem que Phil, o Farmacêutico, poderia ter dado essa cartada. Mas, pensando no puro êxtase correndo em minhas veias, percebo, no fundo da minha mente, que esta euforia selvagem que toma o meu peito logo após uma preparação para o suicídio é, justamente, o critério diagnóstico para a palavra "bipolar" estampada na minha testa assim que nasci.

Para me distrair, tanto dessa confirmação da doença de que eu não precisava quanto de uma vontade estúpida de rir, observo as meninas subindo as escadas. Descendo as escadas.

Seus olhares curiosos são como um reencontro sombrio e não consigo decidir se houve um aumento no tráfego ou não, se minhas colegas de dormitório estão dando desculpas para verificar suas caixas de correio para que possam espionar a mim, minha mãe, o CR gostoso e o administrador, ou se estão, de fato, cuidando de seus afazeres.

Minha mãe e o administrador voltam. Ambos parecem calmos à maneira dos adultos quando uma crise envolvendo uma adolescente sob seus cuidados é resolvida. Um plano de ação, com o qual sou obrigada a concordar, é explicado: receberei uma ligação do dr. Warten amanhã de manhã no apartamento de Nick, para ter privacidade, depois irei a um laboratório amanhã à tarde para fazer exames de sangue para monitorar meus níveis de sódio e informarei Nick se tiver algum problema.

Depois de tudo isso, minha mãe sugere que nós duas jantemos na cidade e eu concordo na mesma hora, não porque esteja com fome, mas porque sinto vontade de passar algum tempo com ela. Estou interessada em explorar este novo e imprevisto território que se abriu entre nós duas. Também não confio nem um pouco no meu humor.

No restaurante que ela escolhe, estacionamos nos fundos e comemos comida italiana preparada com tanta pressa e falta de habilidade que quase não tem sabor. Minha mãe logo volta ao normal, contando as novidades sobre pessoas que nenhuma de nós conhece, pessoas que levam vidas glamorosas, pessoas que estão nas revistas.

A diferença agora é que a perdoo pela conversa banal. Escuto e concordo com a cabeça, contente em deixá-la continuar sem fazer nenhum tipo de julgamento.

É mais provável que você perdoe as pessoas quando as respeita, e a gente tende a respeitar as pessoas quando presenciamos sua força em um momento de luta. Após o autossacrifício que testemunhei dela, da minha parte, há agora uma nova base mais sólida para o nosso relacionamento.

Quer eu sobreviva ao restante do meu segundo ano aqui, quer não, essa terá sido uma coisa boa nascida no Ambrose.

Quando ela me leva de volta para o dormitório, parando perto de onde o Porsche azul de Nick está estacionado sozinho, minha mãe se vira para mim e alisa meu cabelo para trás.

— Gostaria que você voltasse a usar a cor natural — ela comenta.

— Talvez eu volte.

— Escute, não tenho certeza se posso vir para o Fim de Semana dos Pais. Acho que não consigo tirar folga do meu trabalho de faxina.

— Tudo bem.

— Você vai ficar aqui mesmo no fim de semana do Dia de Colombo?

— Vai ser bom ganhar um pouco de dinheiro.

— Então, acho que não vou ver você até o Dia de Ação de Graças.

Nas entrelinhas deste pronunciamento está sua esperança de que ela não terá motivos para me ver antes disso. De que eu não vou ter uma recaída e pedir para voltar para casa. Também está nas entrelinhas o fato de que ela pode vir me buscar a qualquer momento, sem perguntas nem censura, não importando seu trabalho ou o que ela já disse às pessoas em nossa cidadezinha sobre a escola chique de sua filha talentosa.

— Eu te amo — digo.

Seus olhos brilham, como quando eu a abracei. E então ficam chorosos. Enquanto ela me puxa para um abraço, descubro que gosto do cheiro de seu Primo. Eu não gostava quando achava que ela estivesse usando para se exibir e fingir que era outra pessoa. Agora reconheço que é o que ela consegue pagar, o mais próximo que ela pode chegar de Beverly Hills e que ela não tem escolha a não ser aceitar essa vasta distância entre onde está e onde gostaria de estar. Acho digna essa sua resignação. E confio nela, muito mais do que em sua postura superficial.

Saio do carro e fecho a porta. Ela faz algumas manobras para se virar no espaço apertado. Depois, olha para mim mais uma vez pela janela. Lembro-me de como ela olhou para mim quando partiu no primeiro dia.

Mesmo se tiver um colapso e tiver que sair do Ambrose, fico com a impressão muito clara de que esta escola tem sido boa para nós.

E sei, sem dúvida, que nunca, jamais, vou me referir a ela de novo em meus pensamentos como Tera Taylor, a estrela de cinema a ser descoberta.

— Tchau, mãe — despeço-me.

— Tchau, Sarah.

E, assim, ela se foi.

capítulo
DEZESSEIS

Desde que cheguei ao Ambrose, nunca subi ao terceiro andar do Tellmer. De vez em quando ouço as garotas se movimentando em cima do meu quarto, mas é raro, então ou elas são muito quietas, o que é improvável, ou o dormitório foi muito bem construído há setenta e cinco anos, algo que é mais provável, considerando-se os padrões daqui. Ao subir até o terceiro patamar da escadaria, sinto-me como uma invasora, sobretudo ao chegar em frente à porta dos conselheiros residenciais. Felizmente, eles não têm uma lista de controle de quem vem e vai pelo corredor. Pelo contrário, os CRs daqui de cima equiparam a entrada de sua suíte com um tapetinho de boas-vindas e uma coroa de flores em dourado e vermelho, celebrando o outono. Isso me parece algo que as pessoas casadas fazem. Tendem a ter estabilidade e renda dupla para pagar coisas como tapetes e guirlandas, além de morarem em lares, não casas, porque são uma família.

Mas Nick e Sandra são descolados demais para tudo isso. São intelectuais que analisam a literatura mundial e salvam o mundo. Quero ser como eles.

Que é, provavelmente, o que a minha mãe quis dizer.

Olho para a esquerda e para a direita. Não tenho ideia de qual quarto estou procurando, então sou forçada a esperar que alguém passe — acaba sendo uma garota indo tomar banho, com a toalha no ombro e chinelos nos pés. Sei que já a vi no campus e em reuniões do dormitório, mas não sei seu nome. Tenho certeza de que o sentimento é mútuo.

— Você sabe onde fica o quarto de Keisha? — pergunto quando ela me olha por um momento.

— Para lá. 317.

— Obrigada.

Sigo na direção de onde ela veio e posso senti-la olhando para minhas costas. Quero dizer que, se acha que minhas roupas estão fora de sintonia, ela não tem ideia da verdadeira estranheza, dada a maneira como passei minha manhã e minha tarde.

À medida que avanço, fico nervosa, com as palmas das mãos suadas. Estou me dirigindo a um número ruim, de acordo com o meu TOC, e não sei se Strots está lá. É um pouco antes das sete da noite, então ela já devia estar de volta ao dormitório depois do jantar, fumando um cigarro antes de começar a lição de casa. No início do semestre, ela realizava esse ritual em nosso quarto. Ultimamente, ela fez a transição para cá. Agora, por causa do que aconteceu ontem à noite, deduzo que ela moverá céu e terra para evitar nosso quarto.

317.

Estou em frente à porta da melhor amiga de Strots. Enquanto bato, minha depressão suicida bate em minha consciência, um posseiro que foi despejado, mas que acredita que pode voltar com protestos de falta de moradia e talvez a promessa de fazer trabalhos domésticos leves. Keisha abre a porta. Seu rosto está sério e seus olhos, raivosos, e ela bloqueia a entrada com seu corpo forte e atlético.

Antes que eu possa perguntar sobre Strots, e antes que Keisha possa me mandar dar o fora do terceiro andar, minha colega de quarto diz lá de dentro:

— Tudo bem, deixe ela entrar.

A voz de Strots está cansada e, quando sua companheira de equipe se afasta, não tenho certeza do quanto foi compartilhado entre elas. Strots contou o que aconteceu no rio? Ou Keisha está apenas adivinhando que algo de ruim aconteceu, com base nas mudanças de hábito de Strots?

Strots está sentada em uma das camas, embaixo de um pôster preto e branco de Muhammad Ali no ringue, o grande boxeador de pé sobre seu oponente, o outro homem esparramado a seus pés, nocauteado. Minha colega de quarto — ex-colega de quarto? — está de cabelo molhado e com o moletom do hóquei. Ela não vai me olhar nos olhos. Está brincando com a rodinha de seu isqueiro Bic vermelho e meu instinto é dizer a ela para não desperdiçar a pederneira. Só que Strots não precisa se preocupar com dinheiro como eu e, além disso, o isqueiro é dela. Ela pode fazer o que quiser com ele.

Keisha fecha a porta e se recosta contra ela, cruzando os braços. Mas não vou conseguir cumprir a minha missão na frente dela. Não dá. A garota é próxima a Strots, mas é uma estranha para mim — e, além disso, sinto que ela quer me jogar pela janela por ter feito algo com sua melhor amiga.

Mesmo que tenha sido o contrário. Ou, ao menos, começou assim.

— Podemos ir conversar lá embaixo? — pergunto.

Keisha balança a cabeça, mas Strots levanta a mão.

— Não, está tudo bem. Sim. Vamos acabar com isso…

— Você foi ao sr. Hollis — diz Keisha. — Você foi para a porra do CR…

— Está tudo bem, K — Strots interrompe. — Deixe que eu resolvo isso.

Eu começo a balançar a cabeça.

— Não, eu não fui ao sr. Hollis…

— Cala a boca…

— Parou, parou — Strots fala a Keisha. — Eu cuido disso.

Strots sai da cama e, embora o clima esteja péssimo, ela se dá ao trabalho de alisar o cobertor e arrumar o travesseiro.

Observo Keisha e percebo que a rede de fofoca já relatou tudo o que foi testemunhado no andar de baixo.

— Não conversei com o sr. Hollis nem com a administração sobre Strots. Não era isso que estava acontecendo.

— Sei. — Keisha me encara. — O que você estava fazendo naquele apartamento a tarde toda? Assistindo à TV?

Eu me pergunto se devo dizer a verdade. O peso de tudo que estou guardando é enorme e seria um alívio tirá-lo do meu peito. Mas não posso ir tão longe, não quando não sei o quanto Keisha ouviu sobre o beijo. Além disso, se tudo o que disser for que eu estava a caminho da sala da caldeira com remédio suficiente para provocar uma overdose em dez de mim, Strots não terá nenhum contexto para tal revelação e vai imaginar que o motivo foi o que ela fez no rio. Ao contrário dos administradores, ela sabe que larguei a bola de futebol de propósito.

— Tive que esperar minha mãe chegar — explico apenas.

— Ela vai levar você para casa? — Keisha interroga, como se dissesse que, a menos que esse seja o desfecho, ela não está interessada em saber nada sobre mim.

Strots coloca a mão no ombro dela, e Keisha fala um palavrão antes de ficar em silêncio.

— Logo estou de volta, K.

— Me fale se precisar de mim.

— Sim, pode deixar.

Strots lidera o caminho de volta ao segundo andar. Estou atrás dela e tenho flashbacks de crianças indo para a detenção, não que eu tenha ido alguma vez. Estive sempre ocupada demais tentando manter minha cabeça no lugar para ter tempo ou inclinação para quebrar as regras da escola. Mas já vi muitos outros fazerem essa caminhada da vergonha.

Quando Strots e eu entramos em nosso quarto, noto que a porta de Greta está aberta e aposto que ela está observando. Mas não olho naquela direção. Não preciso da imagem do rosto dela enquanto tento lidar com outra coisa.

Eu fecho a porta. Strots vai até a cama dela, senta-se e tira os cigarros do bolso de canguru do moletom. Ela abre a janela e acende.

Quando não diz nada, minha boca fica seca. Mas sei que ela não está me manipulando ou jogando. Strots não é assim. Ela é uma pessoa decente. Além disso, ela não tem paciência para enrolação.

— Eu... — O que quero dizer é: *Se eu me matar, não é porque você me beijou.* — Quero dizer, eu só...

Eu gostaria que ela tomasse o controle dessa conversa, me desse o gancho para eu falar o que preciso. Liderasse o caminho, como ela costuma fazer, não apenas comigo, mas com todos com quem ela entra em contato.

Em vez disso, ela respira fundo, seus pulmões esvaziando em um longo suspiro, e eu acho que sou bem familiarizada com o que ela está sentindo. Cá está ela mais uma vez. Onde quer que "cá" seja para ela. Reconheço o estado, embora não sua localização particular.

Enquanto experimento e descarto sequências de palavras, penso nos compositores no friso do telhado do dormitório. Aprecio sua luta para colocar no papel a música que imaginavam na mente, pois, no meu caso, nenhum dos acordes se encaixa. Mas minha colega de quarto e eu não podemos ficar sentadas aqui para sempre, em silêncio, à beira de um abismo no qual nenhuma das duas quer se jogar.

Antes de saber o que fazer, vou até a minha escrivaninha. Abro a última gaveta da esquerda. Depois, ando até Strots.

Estendo meu frasco de comprimidos prescritos. Quando percebo o que estou fazendo, meu primeiro instinto é puxar para trás e bater em minha própria mão por ter agido sem comando.

Ela olha para cima.

— O que é isso?

Quando agito os comprimidos, porque não confio na minha voz e preciso que falem por mim, ela pega o frasco e lê o rótulo.

— Lítio? Eu não entendo.

— Você sabe para que serve? — eu me ouço dizer. O que é estúpido. — Você sabe o que ele trata?

Enquanto ela balança a cabeça, levanto minhas duas mangas compridas e apresento meus pulsos com suas cicatrizes. Seus olhos se arregalam, e então ela olha para o meu rosto, seu olhar se movendo em torno de minhas feições como se estivéssemos sendo apresentadas pela primeira vez.

Quando vou pegar os comprimidos de volta, sua mão os solta. Meu coração está batendo forte quando os devolvo ao seu esconderijo e, depois de guardá-los, sento-me na cadeira. Estou horrorizada por estar fazendo isso, mas sou compelida a falar por razões que não consigo entender.

Ou talvez sejam tão simples que não consigo as encontrar na minha busca por complicações.

Strots pode não gostar de mim depois disso. Ela pode querer trocar de colega de quarto. Ela pode nunca mais falar comigo. Mas ela não vai me trair. Ela não vai usar isso contra mim. E ela nunca vai contar a ninguém. E essas convicções quanto ao caráter dela são a única razão pela qual consigo continuar.

— Preciso que você saiba — anuncio com clareza e calma — que não tem nada a ver com você. Não importa o que aconteça, nada disso é sua culpa e você não tem nenhuma responsabilidade. E não tem nada a ver com o que aconteceu no rio ontem à noite.

Strots dá uma tragada no cigarro e, ao exalar, o olhar cauteloso em seu rosto se dissipa junto com a fumaça.

— Do que você está falando, exatamente?

Não consigo dizer tudo. Mas tento dizer o suficiente.

— Não importa que você tenha me beijado. — Eu me encolho. — Sinto que não era a mim que você estava beijando. Fiquei surpresa e não soube o que fazer. Mas não estou chateada, não estou assustada e não disse nada sobre isso para o sr. Hollis.

Mantenho a parte do "pode-me-chamar-de-Nick" para mim, protegendo o espaço que ele e eu compartilhamos essa tarde.

— A última coisa que quero — prossigo — é que alguém saiba a verdade sobre mim. Eu quero mantê-la escondida. Tenho que escondê-la. As pessoas já acham que sou uma aberração. Se descobrirem que sou louca? Estará tudo acabado para mim.

Tenho de encarar o chão enquanto penso nas consequências de Greta descobrir esse segredo.

— Não sei se vou conseguir ficar nesta escola. — Eu balanço a cabeça. — É difícil para mim. Mas quero tentar.

Percebo que esta é a primeira vez que tenho uma opinião sobre o meu tempo no Ambrose e me surpreendo. Quero ficar, mas não porque tenha amigas. Não porque me divirta. Com certeza não porque ache que posso vencer meu lado autodestrutivo. Quero ficar porque minha mãe pode estar certa. A parte do meu cérebro que funciona bem pode precisar disso e farei qualquer coisa para estimular a atividade sã dentro do meu crânio. Desde que eu possa me manter minimamente equilibrada.

— Espere, então você é…

— Bipolar. O lítio me mantém… normal. Bem, quase normal.

Em teoria. E se eu tomar direitinho.

— Não sou perigosa para ninguém — apresso-me em acrescentar. — Com certeza não para você.

Embora isso seja outra coisa estúpida de se dizer. Forte como ela é, Strots pode me quebrar como uma varetinha se ela quiser.

— Então, por que sua mãe veio hoje? — Strots pergunta.

— Ela estava preocupada comigo.

— Vi você sentada na cama. De manhã. — Ela se abaixa e pega a garrafa de refrigerante que serve de cinzeiro debaixo da cama. — Achei que você não quisesse falar comigo. Achei que não quisesse me ver.

A dor no rosto de Strots é algo que ela esconde fazendo uma encenação ao abrir a Coca-Cola, jogar as cinzas nela e dar outra tragada.

Fico chocada que ela se importe com a minha atitude com relação a ela.

— Não foi nada disso. — Abano a cabeça, embora ela esteja olhando para os movimentos das próprias mãos. — Às vezes não estou aqui. Às vezes fico ausente.

Ela olha para cima.

— E isso faz parte da…

— Sim… É com isso que o lítio ajuda.

— Você tentou se matar? — ela pergunta, apontando para os meus pulsos.

Resisto à vontade de abaixar as mangas. Mas por que se preocupar? Agora ela já sabe a verdade. Ou uma parte dela, pelo menos.

— Sim. Duas vezes.

Seus olhos brilham.

— Duas vezes?

— Fui internada algumas vezes.

— Jesus Cristo. — Ela bate as cinzas na boca estreita da garrafa. — Isso é horrível pra caralho.

Olhando através da barreira invisível entre nossos dois lados do quarto, ela parece calma e interessada, mas não abalada. Ela também parece arrependida. Muito, muito arrependida.

Sinto a tensão deixar meu corpo. Fiz a coisa certa.

— Não quero te assustar com tudo isso. — Balanço de novo a cabeça. — É só que não sei como as coisas vão se desenrolar comigo e isso vale para qualquer lugar onde eu esteja. É importante para mim que você saiba que não tem nada a ver com você. Nem com ninguém. Nem comigo, na verdade. Embora não pareça só de olhar, sou doente, e o que tenho não é curável, apenas tratável. E às vezes o tratamento não funciona. E às vezes as coisas acontecem.

Ela franze a testa encarando a ponta do cigarro.

— Sinto muito por ter feito aquilo. No rio.

— Tudo bem. Só fiquei surpresa, de coração.

— Pensei que talvez você tivesse contado a eles. — Não é preciso definir "eles". — E sabe, se vazar, estou fora. Não importa quem seja minha família. As pessoas não querem gays aqui. Que inferno, está até no estatuto do colégio, ou sei lá como se diz isso. Valores cristãos, sabe?

— Mas as Gretas eles aceitam de bom grado. Que estupidez.

Ela ri sem sorrir.

— Esse é o mundo. E, caramba, meu pai ficaria *puto*.

— Então você contou à Keisha o que aconteceu?

— Não sobre o negócio do rio. Só disse que você descobriu o que sou. Que eu sou gay.

— Você pode contar a ela sobre mim. Se você quiser. — Puxo minhas mangas para baixo, cobrindo as cicatrizes. — Eu não quero apanhar dela.

— Ela não vai te bater. — Strots olha para mim. — E confio nela em todos os sentidos.

— E se a minha doença vazar? — Balanço a cabeça mais uma vez. — Não vou sobreviver.

Nós nos encaramos. E então ela acena com a cabeça.

— Não se preocupe. Você está segura.

As palavras são ditas com todas as letras e ela está me encarando bem nos olhos. Em resposta, esfrego meu rosto para cobrir minhas emoções. Ela vai me proteger e não apenas ficando em silêncio.

Ela é verdadeiramente minha amiga.

Strots volta a se concentrar no frasco na minha mão. Engraçado, eu não sabia que o tinha pegado de volta. Quando isso aconteceu? Devolvo-o uma segunda vez ao lugar a que pertence e, ao fechar a gaveta, penso em como terminar a conversa…

— Greta foi minha colega de quarto no ano passado — revela Strots baixinho.

Ergo a cabeça na mesma hora.

— Jura?

Strots assente.

— Morávamos juntas no primeiro andar.

— Não sabia disso.

Para mim, é sempre interessante observar outra pessoa recuando dentro de sua própria mente, como se me mostrasse o que acontece comigo quando desapareço. E, enquanto a vejo mergulhar fundo em suas próprias memórias, fico feliz que Strots não viaje para os lugares a que eu vou, as fantasias, as distorções, os mundos distantes. Ela está apenas em seu próprio passado, lembrando-se dos eventos do ano anterior.

Lembro-me dela encarando pela bifurcação da árvore na noite anterior, seus olhos em Greta, o desejo no rosto de minha colega de quarto nem um pouco sutil.

— Você se apaixonou por ela, né?

Strots dá de ombros e olha para o cigarro.

— É o que é.

— Ela sabia?

— Sim. — A risada é amarga. — Ela sabia.

— Aconteceu alguma coisa entre vocês? — A conversa está muito pessoal agora, mas fui eu que mergulhei primeiro e, embora Strots não seja obrigada a mergulhar também, sinto-me confortável o suficiente para convidá-la para o mergulho. — Não vou contar a ninguém.

Ela balança o cinzeiro de Coca-Cola, as bitucas flutuando no refrigerante escuro como cadáveres em uma lagoa.

— Sim — diz ela em voz baixa. — Aconteceram… coisas entre nós.

Um coração partido muda a aparência do rosto de uma pessoa, altera seus traços: o queixo de Strots desaparece e seus olhos são sugados para dentro do crânio, e aquela tez atlética saudável é substituída pela palidez.

— O fato é que — ela começa enquanto joga o que sobrou do cigarro no cemitério da garrafa de refrigerante —, como eu já te disse, Greta usa as pessoas como um exercício de poder. Ela tira prazer desses joguinhos. Pensei que eu seria uma exceção, mas na verdade eu era a regra.

— Você pensou que ela também estava apaixonada por você?

— Sim. Porque era assim que ela agia quando estávamos sozinhas. — Strots balança a cabeça. — As coisas que ela dizia... As coisas que ela fazia comigo quando nós...

Quando Strots para, é como se estivesse fechando as cortinas de uma janela, sem mais paisagem para eu ver — nem para ela. Abruptamente, seus olhos perdem o olhar distante, voltando ao seu normal, com o foco de um laser.

— Escondemos tudo muito bem, é claro — diz ela. — E, além disso, quem teria acreditado? Ela é como a representante de todas as namoradas de jogadores de futebol americano.

Penso no nosso manual escolar. Strots está certa sobre a coisa cristã. Está na parte que abrange a conduta da aluna e seus valores fundamentais. Lembro-me de ler a passagem e pensar que, de uma forma ou de outra, não se aplica a mim. Não faço sexo com ninguém. Provavelmente nunca farei.

Mas, de acordo com as regras, você pode ser expulsa por ser gay.

Já deveria ter me ocorrido que a regra é absurda. É engraçado como conhecer alguém muda a nossa visão das coisas. A justiça não é apenas relativa, mas relacional.

— Ela não pode fazer nada contra você — digo. — Ela teria que se entregar também, por violação de conduta.

— Exatamente. E está tudo bem. Sem problemas. Está tudo bem. — Strots acende outro cigarro. — No final do ano passado, seguimos caminhos separados. Ela voltou com o namorado, que ela nunca tinha deixado de namorar. Fui para casa. Tento não demonstrar nada quando estou perto dela. Não quero que ela saiba que me destruiu e que ainda estou destruída por dentro.

Naquele momento, sei que odeio Margaret Stanhope mais do que qualquer pessoa que já conheci. Também entendo por que Strots estava disposta a "cuidar" das coisas por mim. Dois coelhos com uma cajadada só, e não a culpo.

Strots exala uma nuvem de fumaça pela janela. Então aponta para mim com o cigarro.

— É exatamente o que te disse no começo. Não dê a ela o que ela quer. Não vou deixá-la ver a lésbica desmoronar e esse foi o objetivo dela do ano passado. Eu só não me toquei disso antes que fosse tarde demais. Não sabia até o dia que o namorado dela veio buscá-la. — Strots balança a cabeça devagar. — Nunca vou me esquecer disso. Tínhamos um quarto que dava para a frente. Ainda me lembro de observá-la da janela enquanto ela corria pelo gramado e pulava nele… Nos seus braços, sei lá. Ele era mais velho. Uns dezoito. Indo para a faculdade. Tinha carro. Um Range Rover. Ganhou dos pais, imagino. Ele era bonitão. Muito bonitão.

— Ah, Strots…

— Sabe o que foi pior? — Ela olha para a nossa porta como se estivesse aberta e pudesse ver Greta sentada em sua cama do outro lado do corredor. — É uma apunhalada mesmo, uma facada nas costas de quebrar o cabo, sabe?

Quando Strots não continua, eu digo:

— Ela o trouxe e o apresentou a você, não é?

Há uma pausa.

— Sim, foi o que ela fez. Permitiram que ele entrasse porque todo mundo estava lá com suas famílias fazendo as malas e indo embora, aquela coisa. Ela entrou direto em nosso quarto com ele, o braço em torno da cintura dele, o rosto iluminado ao olhar para o seu super-homem. "Esta é a minha colega de quarto". Jesus Cristo, eu queria vomitar. Não tinha tido coragem de perguntar a ela o que iria acontecer com a gente naquele verão, mas, na minha cabeça, eu iria visitá-la em Greenwich. Ficaria na casa dela como uma amiga. Ninguém perceberia. — Strots fala um palavrão e prossegue: — E, sabe, minha família tem umas casas também. Ela teria gostado muito da casa da minha avó em Newport. Mas me ver nas férias nunca esteve em seus planos. Nada do que pensei que tínhamos era real. O tempo todo ela se preparou para aquele momento: trazer o namorado para aquele que era o nosso quarto. Foi tudo de caso pensado. — Strots esfrega o polegar na sobrancelha. — Quando apertei a mão dele, vi a satisfação nos olhos dela e percebi que tudo havia sido planejado para aquele instante. Tudo o que havíamos dito uma à outra, tudo que tínhamos feito... Era para que ela pudesse se alimentar do meu choque, de toda aquela dor e vergonha que eu tinha que tentar esconder. Foi um jogo longo, jogado por uma mestra. Caso não estivesse me sentindo uma merda, bateria palmas para ela.

— Ela é má — sussurro. — Ela é má de verdade...

— Mas o que eu esperava, né? — Strots olha para baixo ao me interromper. — Quero dizer, como achava que aquilo iria acabar? O tempo todo, nós nos mantivemos separadas do lado de fora do nosso quarto, porque precisávamos fazer isso. Porque era mais seguro assim e mais fácil. Ela tinha aquelas duas idiotas dela e eu tenho os meus esportes. Como existe o código de conduta, parecia uma jogada inteligente ficar em segredo, mas isso era só para mim. Para ela? Ela estava vivendo sua vida real com aquelas bobocas, aquele namorado, com seu perfume e a porra da minissaia. Eu era a mentira. Então, o que honestamente pensei que iria acontecer?

— Não pode se culpar.

— Claro que posso. Ela pode ser uma vadia, mas a deixei entrar, sabendo o que ela era. Uma garota como ela? Você sabe quem ela é a quilômetros de distância.

Ficamos em silêncio. Não sei exatamente onde Strots está em sua mente, mas, na minha, estou imaginando outra rodada de cenários em que Greta enfrenta sua devida punição. Ela é casada, mas seu marido a está traindo. Ela é rica, mas alguém está roubando sua fortuna. Ela é bonita, mas é atingida por um incêndio em casa. Essas sequências hipotéticas passam como tirinhas animadas na minha cabeça.

— Não vou contar a ninguém — afirma Strots. — Sobre suas coisas.

Concentro-me novamente em minha colega de quarto. Ela está olhando para a gaveta da minha mesa.

— E eu não vou contar sobre as suas — respondo.

Strots acena com a cabeça.

— Ótimo. E Keisha não sabe da Greta, aliás.

Penso em como Keisha é protetora com a minha colega de quarto e aproveito para imaginá-la pegando Greta e jogando-a pela janela do terceiro andar. Ou do segundo andar.

Qualquer janela serve, na verdade.

— Qualquer dia desses, Greta vai ter o que merece — declara Strots. — Tenho que acreditar nisso ou Deus não existe.

Concordo com a cabeça, embora discorde do se-não-isto-então-aquilo: se uma pessoa tão má quanto Greta tiver o que merece, isso nos leva ao corolário de que suas vítimas também merecem o que ela faz com elas, e isso não é verdade. E, se assim fosse, pessoas inocentes só teriam coisas boas, e como isso explica eu ter nascido como nasci? Não sou má. Não gosto do sofrimento dos outros como Greta gosta. Mas estou presa para sempre em uma mente confusa. Enquanto isso, a garota do outro lado do corredor fode com a vida das pessoas enquanto exibe um bronzeado impecável entre suas fiéis capangas.

Ainda assim, seria bom pensar que Greta vai pagar pelo que faz, mesmo porque isso dá a Strots e a mim mais uma coisa em comum.

Quando minha colega de quarto sorri para mim, sorrio de volta.

É quando percebo que somos como semelhantes agora.

O que é muito mais profundo do que amigas.

capítulo
DEZESSETE

É sábado à noite. Estou no antigo ginásio do Fall Fling, um baile da escola que gera créditos de educação física para os que comparecem. Como fui dispensada da educação física, não sei por que estou aqui.

Não, isso não é verdade.

Minha vida interior se acalmou, graças ao fato de eu ter retomado o tratamento com o lítio e, como a cognição é como a natureza e abomina o vácuo, sinto-me mais extrovertida e curiosa sobre as minhas colegas — e, também, mais solitária com a perspectiva de todas no campus estarem em uma festa sem mim. Não gosto muito da minha versão excêntrica de extroversão, pois não gosto dos sentimentos de exclusão e abandono que a acompanham. Mas é melhor do que a sala da caldeira, suponho.

Estou de lado, encostada a uma parede de concreto que foi pintada tantas vezes que parece a cobertura lisa de um bolo. As luzes estão fracas, há música tocando e as arquibancadas que se afunilam até a pista cor de mel estão praticamente vazias. As garotas do Ambrose estão dançando umas com as outras enquanto os garotos de blazer azul que foram importados do St. Michael estão em grupinhos fechados, mas de olho no que se passa.

Pelo que Strots me explicou, bailes como esse acontecem duas vezes por ano, no outono e na primavera.

Enquanto Marky Mark e o Funky Bunch saem das caixas de som no teto, observo a estrita separação entre os sexos e concluo que as melodias alegres estão sendo desperdiçadas, caso seu objetivo seja promover a integração. Mas talvez isso mude com o passar da noite, embora, sem dúvida, a administração prefira que continue assim. Separados é sempre melhor, mesmo entre heterossexuais.

O DJ responsável pela música está atrás de uma mesa dobrável no canto oposto a mim e ele alterna entre CDs que entram e saem de um estéreo e discos de vinil que giram sobre o toca-discos. Ele é um robô, como se não fosse afetado pela batida, embora eu não ache que seja porque ele está sendo profissional. Parece estar entediado enquanto mantém a sucessão de faixas, tocando música pop para jovenzinhos ricos. Não há Nirvana. Nada de Guns N' Roses. Só Color Me Badd, Vanilla Ice, Madonna, C+C Music Factory, Mariah Carey. Tudo que você ouviu no rádio nos últimos doze meses, embora evidentemente não nas estações que o DJ gosta de sintonizar.

Não há tema para esta festa. Sem bandeirinhas. Sem arranjos de flores. Ninguém sendo coroado, nenhuma corte de princesas empunhando cetros e aceitando os braços firmes de seus príncipes para desfilar sua beleza adolescente. Nesse sentido, sou grata. Embora a minha separação dos outros seja ainda maior do que a que existe entre meninos e meninas no salão, me sentiria mais estranha se houvesse vestidos formais, um palco e algum tipo de concurso de meninas bonitas, outro padrão no qual não vou me encaixar.

Observando os dois campos separados, vejo como o comportamento de ambos não passa de um colossal desperdício de energia. Dançando na frente dos meninos, as meninas parecem desdenhosas, como se não quisessem chamar sua atenção. Movendo seus corpos no ritmo da música, estampam em seus rostos expressões altivas, como se recusassem ofertas que não estão sendo feitas. Os meninos, por outro lado, com corpos esguios, agem como se não soubessem que há algo acontecendo fora de suas rodinhas, mesmo que cotovelem uns aos outros de tempos em tempos. E, ainda assim, as meninas continuam dançando e os meninos continuam lançando olhares furtivos.

Pergunto-me em que pé terminará a noite. Ainda separados? Ou presos em amassos desesperados e fugazes sob as arquibancadas, onde os adultos não os verão? Sei como minha noite vai acabar e não estarei nem um pouco perto de um corpo quente que não seja o meu. À medida que assimilo essa previsão, eu me preocupo com minha falta de resposta ao beijo improvisado de Strots. Não senti nada. Nenhuma faísca. Nenhum interesse. Considerando que foi meu primeiro beijo, fico preocupada em nunca responder a ninguém, homem ou mulher.

INTERNATO PARA MENINAS CRUÉIS

Conforme essa perspectiva me enche de pavor de ser mesmo uma aberração, lembro a mim mesma que devo tirar proveito da minha introspecção. É normal se perguntar sobre sua sexualidade quando se tem quinze anos. Foi o que aprendi na aula de educação sexual, no ano passado. Além disso, qualquer coisa que não seja eu voltando ao início do universo, com cabelo crescendo e tomando conta de uma cidadezinha de Massachusetts, ou dentro de um caixão em um velório com falta crônica de Kleenex na Catedral Nacional em Washington, deve ser comemorada.

O lítio está, com certeza, funcionando.

Tento localizar Greta no meio da multidão. É difícil isolá-la entre todas as outras loiras, e, a julgar pela multidão diante de mim, questiono até que ponto o comitê de admissão favorece aquelas com coloração anglo-saxônica. Diria que esse conjunto genético específico deve ser quase um pré-requisito. Sem dúvida, minha mãe não deve ter revelado o que faço com meu cabelo castanho ou nunca teria passado pela porta, mesmo com a pontuação perfeita no exame de ingresso no ensino superior, que fiz no ano passado como treineira.

Ah, ali está ela. Greta está com suas duas melhores amigas e inicialmente fico surpresa por ela não estar dançando. Mas, depois, descubro por que ela não está na pista. Há meninos com ela. Três muito altos, muito bonitos. A conversa no grupo parece fluir com facilidade, como se todos se conhecessem bem, e me lembro do que Greta disse sobre não trazer Todd para o baile. Pensei que ela não fosse trazer o garoto porque não valia a pena. Mas talvez sejam outros, outros meninos que ela conhece de algum outro lugar, como um acampamento exclusivo, uma estação de esqui no Colorado ou casas de veraneio no Maine ou no interior do estado de Nova York... Lugares que ela não deve frequentar com sua família tanto quanto antes da falência.

Indago se ela se sente inferior a eles, tendo de pegar carona para destinos aos quais costumava ir sozinha. E todos eles devem saber sobre a sua decadência financeira. Como não saberiam? A comunidade rica e poderosa não pode ser tão diferente da cidadezinha onde cresci, onde todos sabem da vida de todos.

Mas, se ela se sente mesmo inferior, não está demonstrando. Greta está sorrindo. Acariciando o próprio cabelo, como se tentasse alisar os fios que não estão nada fora do lugar. E, então, ela toca o antebraço de um dos meninos, do mais alto. Outros meninos aproximam-se e se reúnem ali perto, provavelmente porque ela é muito bonita e, principalmente, porque o gelo foi quebrado. O propósito do baile é enfim alcançado.

Enquanto meus olhos acompanham seus movimentos, a imagino saindo correndo de nosso dormitório e se jogando nos braços de seu namoradinho de infância. Vejo Strots parada no centro de seu quarto, olhando pelas janelas, destruída por dentro enquanto a luz do sol da primavera cai como uma bênção sobre o casal de ouro no gramado.

Não consigo entender esse tipo de crueldade.

Algo ferve bem dentro de mim.

Não consigo ver Greta sem pensar no sofrimento de Strots e, embora antes fosse incapaz de reunir qualquer coisa além de autopiedade em meu papel de alvo daquela garota bonita, essa resistência passiva vai para o espaço quando se trata da minha colega de quarto. Sinto raiva.

Sinto ódio.

E sinto vontade de proteger Strots, da maneira visceral que ela ofereceu para me proteger…

— Ei, Sarah, não vai se jogar na pista?

Eu pulo de susto. E, depois, tento fingir que não.

— Ãh, oi, Nick. Tudo bem?

Fico feliz que as luzes estejam fracas, porque não quero que ele veja que estou corando. Parte da razão de eu corar é porque estou feliz em vê-lo, mas também estou envergonhada por meus pensamentos pouco caridosos sobre Greta, apesar do que ela fez. Tenho quase certeza de que Nick Hollis nunca odiou nada nem ninguém. As coisas desenrolam-se sem grandes obstáculos para pessoas como ele, e é preciso ter sofrido muito para entender o que estou sentindo em relação à minha algoz.

— Estou bem. — Ele sorri. — Então, não quer dançar?

— Não. E você?

O que estou dizendo?

— Só estou aqui fazendo meu trabalho de vigia da noite. — Nick se inclina para cochichar: — Além disso, não sei dançar.

Fico chocada como se ele me dissesse que perdeu um rim.

— Tenho certeza de que não é verdade.

— É, sim. Também herdei a falta de habilidade do meu pai.

Ele e eu ficamos juntos observando a pista de dança e tento não notar a fragrância sutil de sua loção pós-barba. Ele está vestindo uma camisa azul-clara dentro de uma calça cor de creme e com as mangas arregaçadas. Parece sofisticado e polido, o cabelo alisado deixando à mostra a testa alta, os antebraços fortes à mostra.

Quando volto desses pensamentos, lembro-me do que aconteceu entre mim e Strots no rio, exceto que agora imagino Nick Hollis me beijando — como uma pura construção hipotética para testar a minha libido. Sinto-me pegar fogo instantaneamente e quase desmaio, tão dominada por uma resposta de corpo inteiro que me pergunto se não estou tendo uma intoxicação alimentar. E quando a pressão sanguínea e a frequência cardíaca se estabilizam um pouco, decido que, se um homem como Nick Hollis fizesse o que Strots fez comigo — ou vice-versa: se eu um dia, em algum universo paralelo, fizesse com ele o que Strots fez —, fico convencida de que a falta de resposta sexual da minha parte não seria um problema.

Não fica claro se essa é uma boa ou má notícia.

— Então, o que você acha de *Psicopata americano*? — ele me pergunta.

Olho para ele e tento formar um raciocínio convincente.

— É cru. Irado. Estou adorando.

Nick joga a cabeça para trás e ri.

— Eu também.

— Estou quase acabando.

Nosso clube de leitura particular é o ponto alto dos meus dias agora. O livro que peguei emprestado e a perspectiva de explorar mais sua biblioteca iluminam-me por dentro de uma maneira ainda melhor do que quando só o avistava pelos corredores. Essa mesma sensação também vale para quando vou ao apartamento dele a fim de fazer minhas consultas três vezes por semana com o dr. Warten.

É um contato confiável que é profundo e significativo para mim.

— Levo de volta quando terminar — acrescento.

— Sem pressa. Também estou gostando de *The Kitchen God's Wife*, da Amy Tan. Durante este ano sem estudar, vou ler o máximo de ficção contemporânea que puder antes de mergulhar de volta nas coisas antigas.

O comportamento de Nick é tão fácil, tão confortável, que me pergunto como pensei que ele pudesse ser reservado. Mas ele parece… solitário. Deve sentir falta de Sandra.

— Você vai ensinar inglês em nível universitário quando terminar seu doutorado? — pergunto, sentindo como se ele e eu estivéssemos em um coquetel enquanto o restante das minhas colegas e os meninos importados estivessem brincando com guache.

— Não sei. O velho está pagando a conta do meu doutorado, então não estou com pressa. Claro, ele só quer que eu termine o que comecei, então vou precisar terminar a tese. — O rosto de Nick fica de repente remoto, mas logo volta. — Uma alternativa é ir para Nova York e trabalhar no meio editorial, se decidir que não quero ficar lendo trabalho de aluno.

— Uau. Nova York.

Ele olha e sorri aquele sorriso dele antes de retornar à sua observação da pista de dança.

— Só porque é grande, não significa que seja grande coisa.

— Como você pode dizer isso? Nova York é tão cheia de… tudo.

— Quando você esteve lá pela última vez?

— Nunca estive. Apenas li sobre a cidade e vi na TV e no cinema.

Nick assente enquanto seus olhos errantes fixam-se em algo.

— Não acredite tanto na fama — ele murmura. — Brilha só de longe, como tantas outras coisas.

A música fica lenta. "Rush, Rush", de Paula Abdul. Enquanto letras sobre brisas de verão e beijos ardentes deixam as almas mais à vontade no ginásio e me atingem também, vejo Nick encarando a pista de dança. Nossa diferença de foco é um lembrete da realidade para o meu coração. Mas quando foi que a distância entre o que vejo e o que de fato se apresenta à minha volta mudou algo no meu cérebro?

Como invejo a esposa dele.

— Bem, vou dar uma volta. — Ele põe a mão no meu ombro, como o conselheiro residencial que é. Como um amigo. — Vejo você mais tarde.

— Obrigada. Desculpe, quero dizer, vejo você mais tarde.

Enquanto ele se afasta, imagino-me voltando após o próximo verão, para o terceiro ano, quando ele já não mais estará no segundo andar do Tellmer, mas em Yale, com seus livros antigos, seu doutorado e sua bela esposa viajante. Sua ausência iminente e inevitável ofusca meu futuro. Gostei de ler o livro dele na minha cama na noite anterior, sabendo que minhas mãos tocaram onde ele tocou, meus olhos leram as palavras que ele leu. O que Bret Easton Ellis escreveu é muito menos importante do que a identidade do dono do livro, apesar de que, ao colocar o romance debaixo do travesseiro e fechar meus olhos, fico preocupada que seu enredo sobre um psicopata diga respeito a mim também. Penso se é por isso que, de toda a coleção de Nick, foi o volume que escolhi após meu primeiro telefonema com o dr. Warten.

Tenho certeza de que o meu próximo livro será o de Amy Tan, o romance que ele está lendo agora. Gosto da ideia de que estou seguindo seus passos de alguma forma. Greta pode pegar quantas caronas quiser. Prefiro subir aquela colina da cidade mil vezes se isso significar que posso segurar os livros de Nick Hollis em minhas mãos.

São estranhas as conexões que as emoções criam do nada.

E experimento um sentimento de isolamento por ser a única que as vê. Penso, então, na sra. Crenshaw.

Enquanto o baile continua, noto uma mudança no ginásio. É como se Greta tivesse aberto caminho para os outros. Grupos mistos vão se formando por todo o salão, as meninas não mais exibem seu ar altivo, os olhos dos meninos são mais diretos. Há menos dança também, como se as meninas só estivessem trabalhando para aliviar sua ansiedade dessa maneira; e há mais passeios, como se os meninos estivessem ficando menos congelados de medo.

As perspectivas não melhoram para Nick, porém.

Ele agora está ao lado da sra. Crenshaw na frente das arquibancadas e é uma repetição do cenário do piquenique do Dia da Montanha, só que com uma multidão maior, uma trilha sonora e um filme de namoro adolescente se desenrolando ao redor deles. Posso imaginar a conversa e aposto que começou com outra entrada sobre janelas de carros e clima. Com o inverno chegando, ela terá um problema. Vai estar frio o suficiente para que ele queira conservar o calor interior enquanto dirige. O que ela vai monitorar, e o que terá a dizer a ele, alguma novidade que ela precise compartilhar? Ela vai precisar de algo mais atual do que a bola que derrubei no jogo que perdi em nome de Greta. Talvez este baile?

Enquanto a sra. Crenshaw conversa com ele, o foco de Nick está de novo na multidão e suas mãos estão nos bolsos. Ele é como o jazz, penso: descolado, suave e sexual. Já a sra. Crenshaw é o tema de uma *sitcom*, uma trilha sonora entrecortada, desesperada e falsamente alegre. Não entendo por que ela insiste em abordá-lo, apesar de seu claro desinteresse. Então me lembro de seu livro em minhas mãos e meus olhos cobrindo aquelas palavras que talvez não tivesse escolhido ler se não fosse por ele. Percebo, agora, que não escolhi o livro de Ellis, ele o escolheu para mim, de maneira indireta. Eu estava saindo de seu apartamento, depois de falar com o dr. Warten, e me pus a observar as prateleiras de Nick, porque queria uma desculpa para ficar mais um pouco. Ele me mostrou o que andou lendo nos últimos seis meses, indicando várias lombadas com seu longo e adorável dedo indicador. E parou no livro de Ellis. Disse que tinha saído em março e que ele o devorou, embora tivesse que se dedicar ao seu mestrado. Fiquei motivada por seu entusiasmo, pela expressão em seus olhos quando ele o tirou da prateleira e folheou suas páginas. Queria me sentir assim quando o lesse para poder senti-lo dentro de mim. Assim, eu poderia ter uma parte dele mesmo que ele não soubesse que foi emprestada.

Os livros de Nick para mim são as janelas de seu carro para a sra. Crenshaw.

Pelo menos ainda terei essa desculpa mesmo que a temperatura mude.

Não estou mais olhando para meninas e meninos se misturando na pista de dança, grupos agora se dividindo em pares que se movem juntos ao som da música. Estou olhando para Nick e para a sra. Crenshaw e quero dizer para ela parar, como naquela mesa de piquenique. Mas também quero outro livro dele emprestado, e outro, e outro, moldando um espaço que só exista entre nós dois, sem outras garotas. Nessa loucura patética, entendo completamente a atitude da sra. Crenshaw e fico triste por nós duas. Estamos olhando vitrines sem dinheiro no bolso, sem esperança de sequer experimentar qualquer coisa, já que está tão fora do nosso poder de compra.

Quando Nick se despede da sra. Crenshaw, sua partida me lembra a de alguém tirando um crachá da lapela. A resistência é grande e o que sai é jogado fora e esquecido.

Eu também estou chegando aos meus limites com o baile, tanto em termos de tempo investido quanto de sobrecarga sensorial. Aprendi da maneira mais difícil que há um limite de música alta que aguento, apenas alguns flashes em uma tela de cinema ou cheiros fortes em uma cozinha, e meu cérebro começa a pensar de forma independente. Estou surpresa por ter demorado tanto desta vez. Acho que estava esperando para ver Nick e falar com ele. Agora que fiz as duas coisas, minha razão de estar aqui foi cumprida.

— Oi.

Quando a saudação é dita à minha esquerda, não presto atenção. Em seguida, repete-se:

— Oi.

Olho. Tem um garoto parado do meu lado. Ele é alto e está usando o blazer azul-marinho com o brasão do St. Michael. Por baixo, uma camisa branca — a escolha deve ser sempre entre branco e azul-claro — e calças cáqui bem passadas. Sua gravata é preta/azul com listras brancas na diagonal. Seus sapatos são mocassins engraxados e há um toque de cor vermelha em suas meias. Concentro-me em suas roupas porque não quero me deparar com seu rosto.

— Sim? — indago.

Se ele me pedir para mudar de lugar, direi que estou indo embora, de qualquer maneira, embora não possa imaginar qual espaço pessoal esteja infringindo neste canto distante.

— Meu nome é Reynolds. — Ele estende a mão e sorri. — E o seu?

Encaro a pista de dança. Versões desta interação introdutória foram repetidas pela multidão cerca de vinte minutos atrás, os meninos indo até as meninas e estendendo as mãos, ganhando uma confiança forçada porque perceberam que estavam ficando sem tempo se quisessem beijar alguém hoje à noite.

Reynolds está atrasado para este estágio das coisas. Mas a falta de opções melhores não é porque ele se aproxima de mim.

No meio da multidão, vejo Greta de costas para mim em um novo grupo misto do qual ela é, naturalmente, a líder. Mas as Morenas estão olhando na minha direção, e seus rostos parecem extasiados. Estão me observando, observando o menino.

Ele abaixa a mão.

— Então, em que ano você está?

Olho direito para ele. Ele é muito bonito, com mechas de sol nos cabelos que foram provavelmente ganhas em passeios de veleiro por Cape Cod. Seus olhos são azuis como um céu de verão e suas bochechas, brilhantes e marcadas, com algumas sardas.

— Estou no segundo ano. — Ele faz uma pausa. — No St. Michael.

Meus olhos se estreitam quando penso em Strots. Quando penso em mim.

— Mande a Greta se foder. Ela acha que não vi *Carrie, a Estranha*?

Saio do baile, virando as costas para ele e para muito mais.

capítulo
DEZOITO

É sábado do fim de semana do Dia de Colombo, no final da tarde. Estou sozinha no meu dormitório, que está estranhamente quieto. Faço parte da minoria de estudantes que ficaram no Tellmer durante o feriado de três dias, a maioria das meninas tendo sido apanhada para ir para casa ou para uma última viagem de férias em uma casa de campo em algum lugar. Strots levou Keisha com ela e suponho que tenham ido para Newport, em Rhode Island.

Antes de partir, ela me disse, daquele jeitinho de Strots, que as duas tinham decidido "sabe, ficar juntas".

Portanto, este é um fim de semana romântico, não apenas para amigos, e fico feliz porque assim não me sinto abandonada pela minha colega de quarto. Concluo que me contar sobre Greta libertou o coração de Strots para K. Não sei se isso é verdade, mas faz com que me sinta útil. Elas vão ficar na casa da avó de Strots. Como ela achou que Greta ficaria impressionada com o lugar, imagino que seja grande como um campo de futebol e tenha mais colunas do que a Casa Branca. Strots disse que só gosta de ir para lá fora da temporada. Na temporada, há festas demais.

Uau é tudo em que consigo pensar.

E há outro lembrete da riqueza da minha colega de quarto, além do ginásio em gestação à margem do campus: uma longa limusine preta foi vista no canteiro de obras e ao redor dos prédios da administração. Ouvi dizer que pertence ao pai de Strots. Ela não mencionou nada sobre isso e, também, não falou sobre ver o pai. Mas como ela não iria vê-lo, se ele estivesse aqui na escola? Pais e filhas... veem uns aos outros, não?

Como se eu soubesse.

O que tenho certeza é que, assim como guardei o segredo de Strots, ela guardou o meu. Posso dizer que ela honrou nossa promessa uma à outra porque nenhuma das outras garotas no dormitório, mesmo Keisha, está me tratando de maneira diferente — o que não quer dizer que elas estejam me recebendo de braços abertos em suas panelinhas, mas que não me rejeitam como se eu fosse uma bomba-relógio prestes a explodir.

Estou bem familiarizada com o olhar que as pessoas me lançam quando sabem da verdade. Virei alvo de muitos olhares arregalados e cochichos na minha antiga escola, depois dos colapsos que tive. Na minha cidadezinha, a filha de Tera Taylor enlouquecendo era uma grande notícia. Foi por isso que acabei escrevendo o texto que minha mãe enviou para o comitê de admissão do Ambrose: "Como passei meu verão", de Sarah M. Taylor. Cansei-me da especulação e decidi esclarecer as coisas com honestidade brutal, embora nunca tivesse a intenção de que alguém o lesse.

Então, minha mãe o encontrou. E mandou para o Ambrose.

Voltando ao presente, olho para o meu colo. Sentada na cama, encostada na parede atrás de mim, tenho outro livro de Nick nas mãos. *Planície de passagem*, de Jean M. Auel. Faz parte de uma série e, pelo que entendi, vendeu muito bem. Estou interessada, mas não tão envolvida pelo conteúdo e pela prosa, e fico curiosa para saber por que Nick leu o romance e o guardou em sua estante. É um livro meio comum, mais para entretenimento do que para profundidade, e há outros livros em suas prateleiras que já cumprem esse papel de "literatura pop". Além do mais, e isso me surpreende, ele fez anotações nas margens, acompanhando o enredo, o que me parece bem desnecessário. Mas talvez ele esteja praticando suas habilidades como editor, aprimorando sua carreira alternativa, caso não queira ser professor.

Apesar de que, se você tem 20 e poucos anos e seu pai ainda paga seus estudos, de quantas alternativas você precisa?

A ideia de que Nick poderia ser qualquer coisa menos do que o titã intelectual que imagino me enche de um estranho pavor. Porque ele *é* maravilhoso e inteligente, e posso fazer essas declarações porque agora sinto que o conheço. Nas últimas duas semanas, tenho entrado e saído de seu apartamento regularmente e ele também vem até mim, por exemplo, parando para compartilhar comigo a lista dos mais vendidos do *The New York Times* no último domingo à tarde. E, na quarta, veio me perguntar o que tinha achado do trabalho de Auel até agora.

Graças a esse relacionamento — essa amizade, quero dizer —, reestruturei totalmente minha trajetória universitária. Antes era atraída por matemática e ciências, agora presto atenção extra em minhas aulas de inglês e decidi que vou estudar literatura na graduação, depois vou para Yale fazer o mestrado e o doutorado, terminando meus estudos no coração da Ivy League.

E, depois de tudo isso, serei professora onde ele for professor.

Ah, e não sou como a sra. Crenshaw, em uma missão solo monitorando as janelas de seu Porsche azul-claro. Essas obras de ficção que Nick e eu discutimos e dissecamos são uma via de mão dupla. Nós dois conversamos. Nós dois fazemos perguntas. Nós dois ouvimos as opiniões um do outro e prestamos atenção a elas. E as pessoas estão percebendo. As garotas no Tellmer ficaram confusas de início, lançando olhares curiosos em minha direção enquanto batia com confiança crescente em sua porta, e então, quando ele começou a me procurar, o ciúme brotou em seus olhos. Desajustadas não deveriam ascender. Deveriam ser sempre capachos, pisoteadas por diversão. Mas as impressões das minhas colegas não são problema meu, eu não penso muito a esse respeito. Só estou interessada em desenvolver meu relacionamento — minha amizade — com Nick.

Na verdade, sinto que ele se sente sozinho na ausência da esposa, assim como sinto que ele está perdido nesse mar de adolescentes que o acham atraente e o idolatram. Da parte dele, é como se tratasse todas como irmãs caçulas, criaturinhas cheias de energia e charme que ele precisa proteger. E, agora que o conheço melhor, tenho certeza de que, independentemente do que pareceu que ele tinha com Greta, nada de reprovável estava acontecendo. Em todas as nossas interações, nunca, nem uma vez, ele fez ou sugeriu algo inapropriado, e tenho a sólida sensação de que não se trata de quem sou. Ele é que não faria algo assim. É um alívio não ter de se preocupar com seu caráter.

Mas ele, sem dúvida, sente falta de conversas estimulantes e, deixando-se de lado sua coleção de obras medianas, ele tem bons insights. Realmente tem. E se preocupa de verdade com o que tenho a dizer. Minha capacidade de recordar as passagens palavra por palavra, de sintetizar o enredo e de defender minhas perspectivas parece cativá-lo. Às vezes, sinto que ele está me testando, mas não para me enganar. Ele quer descobrir até onde vai o meu intelecto e, quanto menos limites ele encontra, mais fascinante me torno para ele.

O fato de esse homem espetacular, adorado por tantos, escolher a mim me sustenta a tal ponto que minha loucura fica silenciosa, intimidada por meu foco nele. O feliz alívio da minha doença graças a Nick Hollis é o melhor presente que meu cérebro já me deu e sugere que o propósito da minha mãe ao me enviar aqui para o Ambrose está surtindo efeito. Essa conexão, essas conversas nunca teriam acontecido na minha cidadezinha.

E ele teve outro efeito mágico: Greta tem me deixado em paz. Na verdade, não a tenho visto muito no dormitório nem em qualquer outro lugar. Todo o tormento dela, assim como minhas fantasias de ser sua agente funerária, parece, agora, um passado distante.

Não dei a ela o que ela queria, então ela seguiu em frente.

Ou, talvez, Nick Hollis seja um talismã que recalibrou toda a minha vida.

Os sinos da igreja indicam 18h e fecho o livro. Estou cansada. Passei o dia de joelhos, lavando todo o piso do primeiro andar com água quente e sabão. Farei o mesmo amanhã no meu corredor e devo terminar lá em cima ao meio-dia de segunda-feira. Estou ganhando cinco dólares por hora e não consigo adivinhar se isso é caridade disfarçada de trabalho ou se o trabalho braçal é mesmo necessário para o funcionamento do dormitório e da escola. Seja qual for o caso, sou grata pelo dinheiro que estou ganhando. Cobrirá o copagamento do meu remédio, algo necessário, pois estou tomando o lítio direitinho, conforme as instruções.

Enquanto observo meu suprimento de comprimidos diminuir em seu pequeno frasco laranja, me pego ansiosa pela minha próxima interação com Phil, o Farmacêutico. Estou muito melhor agora. Não consigo imaginar um retorno àquelas profundezas que me levaram à cvs, ao plano da caldeira, ao meu quase túmulo. É como a agressão de Greta: toda a angústia que vivi de forma doentia parece uma paisagem de um sonho do qual acordei. Meu histórico já provou que não devo confiar nessa estabilidade mental atual, mas é difícil se lembrar disso agora que minha rotina é assim tão… normal.

E agora tenho de lavar roupa.

Levo o livro de Nick comigo, junto com a minha sacola de roupa suja e, ao me aproximar da escada principal, diminuo a velocidade para o caso de haver uma oportunidade de cruzar com ele. Em minha mente, vejo-o abrindo a porta assim que passo por seu apartamento. Ele sorri e diz que estava vindo mesmo me procurar. Ele cozinhou espaguete demais, pois sua esposa deveria voltar, mas ela se atrasou devido ao mau tempo em Minnesota. Ele gostaria de saber se posso jantar com ele. Digo que sim, claro, embora já tenha comido no Wycliffe há uma hora, fato que não compartilho com ele porque esta é uma fantasia realista, não uma alucinação, e mentiria assim na realidade só para passar um tempo com ele. Aviso-lhe que tenho de lavar minha roupa lá embaixo primeiro e ele me diz que vai pôr a mesa. Quando volto, a porta está aberta e há uma vela acesa sobre sua mesinha. Conversamos até 3h da manhã sobre livros e, antes de voltar para o meu quarto, há uma pausa significativa quando nossos olhares se encontram na porta antes de eu ir embora.

Naquele momento, ele comunica sem palavras que quer me beijar. Naquele momento, comunico sem palavras que quero que ele me beije. Ficamos ali parados como dois vitorianos, separados pelo decoro aluna/professor, por sua aliança de casamento e pela distância de nossas idades. Embora um desejo bem adulto ferva abaixo de nossa superfície, respeitamos os limites que não devemos e não iremos cruzar, porque somos duas pessoas de princípios que nunca violariam tais restrições.

E o reconhecimento desse autocontrole compartilhado e indelével faz parte de nossa atração.

Essa relação vital para mim, tão poderosa quanto silenciosa, altera tudo e nada. À medida que o outono se transforma em inverno e o inverno se transforma em primavera, continuamos nossa conexão em um plano intelectual. Quando ele vai para Yale para o doutorado, ele me escreve. Escrevo de volta para ele. Nossos laços se aprofundam quando entro na faculdade. Finalmente, sou maior de idade, e ele e Sandra se separaram porque ela está sempre viajando. Nosso relacionamento é consumado em uma explosão de paixão. Nós nos casamos em junho, depois de me formar em inglês em Yale. Vivemos uma vida cheia de livros e aprendizado, cultivando nossas conversas, sem crianças barulhentas interrompendo a literatura que nos uniu e ainda nos sustenta. Ele morre primeiro, de forma rápida. Mal consegue me dizer que me ama uma última vez antes de seu coração parar. Vivo por mais exatos três anos, mancando, pois metade de mim se foi, e, ainda assim, devo assumir o lugar dele para conduzir a última turma de calouros cujos trabalhos de conclusão de curso ele orientou. Após a formatura, meu trabalho feito, passo para o outro lado, onde o encontro de novo na companhia de anjos no céu...

Espere. Estou ficando religiosa?

Esse homem de fato me transformou.

De volta à realidade, encaro a porta fechada de Nick por mais um tempo, para ver se ele sai, para ver se podemos realizar a minha fantasia do jantar. Quando nada acontece e não ouço nenhum som dentro vindo de dentro do apartamento dele, fico arrasada, como se tivéssemos um encontro e ele tivesse me dado o bolo.

Forço-me a descer as escadas, porque quão embaraçoso seria ser pega parada em sua porta, com a sacola de roupas sujas, daqui a horas?

No subsolo, passo pela sala da caldeira e sigo para a lavanderia. Aciono o interruptor com o cotovelo ao entrar e fico surpresa ao ver que uma das lavadoras está girando. É a terceira a partir da esquerda, a que tenho usado desde a tragédia do alvejante. Sou forçada a usar a máquina da ponta direita, pois não quero ficar muito perto de ninguém e nunca mais vou usar a da outra extremidade.

Separo a roupa e, enquanto encho a máquina com uma única porção de peças escuras, reconheço, não pela primeira vez, a facilidade de se ter um guarda-roupa todo preto. Não há razão para se preocupar com peças manchando umas às outras.

Desde que ninguém jogue água sanitária lá dentro.

Enquanto vou até a máquina de venda e compro uma caixinha de Tide, com fragrância original, penso em Greta e me sinto mal por qualquer que seja seu novo alvo. Mas também tenho que reconhecer meu alívio. Não sabia o quanto seguia cada movimento dela, no dormitório, no refeitório, pelo campus. A paranoia, no entanto, tem uma meia-vida. Quando não é validada, sua potência diminui.

Mexo nos botões da máquina para programar o ciclo de lavagem normal com água fria, enxágue frio e centrifugação única e, então, vou me sentar em uma das cadeiras dobráveis de metal da mesinha, sobre a qual ficam os detergentes e amaciantes de roupas. Não me passa despercebido que, apesar de Greta ter se esquecido de mim, continuo incapaz de deixar minhas roupas aqui embaixo sozinhas. Mas é fácil ceder a um impulso protetor e, de qualquer maneira, já estava lendo sozinha lá em cima.

Reabro o livro de Nick no colo. Fico relutante em colocá-lo sobre a mesa por medo de danificar a lombada ou manchar a capa com algum detergente líquido de cheiro doce que não sei se foi derramado. Mesmo com todas as suas anotações nas margens, ele conseguiu não marcar a lombada. Vejo isso como um sinal de sua natureza sensível e de seu respeito pelas coisas pelas quais ele paga. É uma boa diferença com relação às meninas daqui, para as quais tudo é descartável.

Estou lendo e apreciando a agradável lufada da maré subindo dentro da minha máquina, quando alguém entra na sala.

— Oh, meu Deus, estamos fazendo a mesma coisa hoje à noite.

Olho para cima com surpresa e me atrapalho para manter o livro no meu colo. Nick está sorrindo e seu cabelo está ainda úmido do banho. Ele está usando aquele jeans desbotado que desce sobre seus quadris junto com um moletom do Ambrose que fica pendurado em seus ombros fortes como se fossem um cabide.

— Estamos — respondo com um tom coquete. Ou, ao menos, a minha versão, que não deve ser tão coquete assim. — Somos muito festeiros.

— Verdade.

Ele verifica sua máquina, a que está funcionando. Aquela que tenho usado regularmente. É como se ele conhecesse meus hábitos e quisesse que nossas roupas estivessem na mesma máquina de lavar. Fico inundada de felicidade.

Nick, por outro lado, parece frustrado, mas não de mau humor.

— Achava que já tinha acabado de bater.

— Você vai sair? — pergunto em tom casual, certificando-me de que meus olhos não se ergam do livro, para parecer moderadamente interessada. Na realidade, espero sua resposta como se fosse o resultado de um exame patológico.

Eu me lembro de que não é muito apropriado ter ciúme da mulher que ele levou ao altar.

— Meu pai está passando pela cidade.

Ergo os olhos.

— Seu pai?

O rosto de Nick contrai-se, e ele cruza os braços sobre o peito e recosta o quadril na nossa lavadora. Enquanto ele parece formular uma resposta cuidadosa, uma onda de pensamentos varre minha cabeça. Questiono-me se as roupas que ele está lavando são claras ou escuras. Se ele usa sabão com ou sem perfume. Se suas cuecas estão ali. Se ele usa samba-canção. O que ele está usando sob os jeans neste momento.

Este último pensamento aquece meu rosto e finjo espirrar para disfarçar.

— Saúde — ele diz, enquanto esfrego o nariz que não está coçando. — Ah, sim, meu pai vai passar por aqui e nós vamos jantar juntos.

— Vocês vão ao Luigi's?

Como se a espelunca onde minha mãe e eu jantamos fosse um restaurante com três estrelas Michelin. Como se eu pudesse tirar proveito da minha experiência e indicar a ele o frango à parmegiana com espaguete requentado no micro-ondas.

— Lá mesmo. Você conhece?

— Fui com a minha mãe. — Não menciono que foi depois da emergência, e espero que ele relacione nossa ida ao restaurante ao dia da chegada ao colégio.

— É horroroso, né? — ele comenta com uma risada. — Mas não temos onde comer aqui no meio do mato.

— Horrível.

Imito seu tom de exasperação benigna, como se eu, assim como ele, tivesse um paladar bem familiarizado com sushis de primeira linha, caviar importado e pratos franceses preparados pelos chefs da Le Cordon Bleu. Mas tudo bem. Em breve, estaremos de volta ao ambiente cosmopolita que nossos paladares preferem.

— Que bom que seu pai está vindo para uma visita.

— Ele ama Sandra. E o sentimento é mútuo. Ela está muito animada.

— Ela vai junto com vocês?

— Sim, ela está aqui neste fim de semana. — Ele acena para o meu colo. — Você está gostando mais do livro?

Fico nauseada na mesma hora em que reviso a cena do chuveiro para incluir nele uma mulher com uma mente brilhante, longos cabelos escuros e um hábito de fumar que não passa de um defeitinho necessário. Porque, sem ele, ela seria divina demais para existir fora das páginas da Bíblia.

— O livro é… — Luto para encontrar as palavras e espero que ele atribua o silêncio constrangedor à minha tentativa de organizar as ideias sobre o livro. E não sobre sua vida sexual com a esposa e a tensão com seu pai. — Acho que a autora tem um grande conhecimento do período pré-histórico e gosta de compartilhar com seus leitores o que pesquisou.

— Você acha as partes cheias de informação meio chatas também, então? — ele pergunta com um sorriso.

— Acho que tem um excesso, sim. Mas até que a trama avança.

— Mas não de maneira surpreendente. — Ah, como adoro ouvi-lo menosprezar o que considero menosprezável. — É interessante desconstruir coisas que funcionam do ponto de vista comercial, sabe?

Agora estou semicerrando os olhos para ele. Fecho o livro, marcando a página em que estava com o dedo indicador. Toco o nome da autora na capa.

— Quer escrever um desses, não é? — indago-lhe. — Você está lendo esses livros comerciais e analisando os enredos não para se tornar um editor, mas para se tornar um escritor. E está começando com esse tipo de ficção porque acha que é um espaço mais fácil de invadir.

Seu rosto fica vermelho e me sinto como Einstein, genial por ter adivinhado uma verdade interior dele — além do fato de minha bola dentro ter apagado qualquer pensamento sobre sua esposa. Sou especial mais uma vez. Estou no radar dele mais uma vez. Embora Sandra esteja na cidade e os dois provavelmente tenham feito sexo no chuveiro, tenho um conhecimento secreto sobre seu funcionamento interno. Seus pensamentos e medos. Seus objetivos. Sua motivação.

— Isso soa como se eu estivesse me vendendo, não é? — ele pergunta.

E também seu conflito.

— Não acho, não. — A não ser que ele se torne o assassino do machado, eu apoiaria qualquer escolha profissional sua. — Não se você acreditar no que escreve.

— Tentei publicar alguns contos, na verdade. Mas meu pai desaprovou, porque nenhum deles é o grande romance americano. Para ele, ou é de uma grande editora, ou não conta. Prosseguir para o doutorado é uma forma de não o decepcionar de novo.

De repente, quero desesperadamente ler o que Nick colocou em páginas.

— Tenho certeza de que seus contos são muito bons.

— Não são, não. Mas sinto que podem ser bons o suficiente para vender. Não vou ser sustentado pelo meu pai para sempre. Não sou uma criança.

Agora sua voz se torna amarga e acolho a demonstração honesta de emoção.

— Vai dar certo. Eu acredito em você.

— Você é um amor, Sarah. — Nick checa o relógio, que é dourado, com uma pulseira marrom. O fato de ele poder usar algo tão caro com um moletom me faz sentir como se ele fosse um homem com os pés no chão. — Droga. Tenho que vestir um terno.

— Posso colocar suas coisas na secadora, se você quiser. Vou ficar aqui embaixo esperando a minha roupa terminar.

— Você faria isso? Ai, meu Deus, seria ótimo. Uso detergente sem perfume e, se as roupas ficarem dentro da máquina, ficam com cheiro de cachorro molhado. É só escolher secá-las normalmente, por favor.

— Pode deixar, cuido disso para você.

Ele leva um momento olhando para mim. Então, inclinando a cabeça para o lado, como se estivesse vendo um novo ângulo no meu rosto e gostasse disso, ele diz:

— Você é a melhor, Sarah.

Meu corpo inteiro floresce com o elogio. E, mesmo quando ele vai embora, sua presença fica comigo na lavanderia perfumada.

Fito os detergentes. Nunca mais usarei algo com fragrância.

Fico tão distraída tocando e repetindo cada sílaba e cada olhar da interação que, antes que perceba, sua máquina de lavar parou de girar com um clique e uma desaceleração do tambor. Enquanto a minha continua a bater, apoio seu livro com cuidado e me levanto, enxugando as mãos nas calças para ter certeza de que estão limpas.

Enquanto abro a tampa da nossa máquina, olho em volta. Não há uma cesta de plástico que eu possa usar, e colocar na minha sacola parece íntimo demais, como se estivesse acariciando sua nuca. Decido que vou improvisar uma de suas camisetas como uma rede para levar suas roupas para as secadoras.

Antes de estender a mão para tocar as peças que ele usa em seu corpo, respiro fundo e tenho um momento nada caridoso de me sentir muito superior à sra. Crenshaw. Nick nunca permitiria que ela fizesse isso. Sem chance.

Até porque ela falaria disso para sempre.

Curvando-me, estendo minha mão dentro da máquina e puxo a primeira peça em que toco. É a camiseta do Nirvana que ele usou no primeiro dia em que chegamos. Enquanto estendo o embrulho molhado sobre a tampa fechada da máquina à direita, permito à mão o escandaloso prazer de patinar levemente sobre as fibras úmidas, sobre a estampa. O fato de eu saber onde ele assistiu ao show e em que circunstâncias — em uma de nossas conversas, ele me disse que foi com seu colega de quarto da faculdade — me dá outra emoção secreta. Sei de coisas pessoais sobre ele. Já entrei em sua privacidade, e não como invasora, mas como convidada.

Puxando outra peça de roupa dele, coro. Cuecas samba-canção. De cor escura. Não as inspeciono, pois seria indiscreto. Sou rápida ao pegar outra coisa, libertando-a da torção úmida formada pelo ciclo de centrifugação. Jeans. Como aqueles que ele vai trocar para poder vestir um terno que agrade ao seu pai tirano que não reconhece sua genialidade.

Enquanto transfiro a Levi's para a pilha que estou fazendo — e observo o quanto estou empolgada com o jeans incrivelmente sexy que cobre suas pernas longas e fortes —, algo sai do bolso de trás da calça e cai no chão.

Viro de imediato para pegar. Mas congelo.

A princípio, não consigo entender o que estou vendo.

Em contraste com as roupas escuras, o que estava naquele bolso é rosa. E é sedoso. E…

É uma calcinha.

Dou um passo brusco para trás, como se o formato delicado e feminino da lingerie fosse uma serpente sibilante.

Meu coração bate forte. Inspiro e expiro. Sinto minha cabeça girar como se fosse a namorada traída.

Mas então eu lembro… Ele tem uma esposa. A calcinha é de Sandra.

Preciso me acalmar. Mesmo quando a dor irracional atravessa o centro do meu peito, sei que esse balde de realidade fria e fedorenta sendo despejado na minha cabeça estúpida de garota de 15 anos é uma coisa boa. Minhas fantasias criaram uma vida dupla que é curada por um tapa na cara que não pode ser traduzido.

Nick Hollis não é meu namorado. Ele é um homem casado que é meu conselheiro residencial. Em vez de me sentir enganada, preciso fazer o que concordei em fazer, que é colocar suas roupas na secadora. E, então, quando minha roupa terminar de bater, preciso deixar a dele onde está, mesmo que fique amarrotada no bolo formado dentro da máquina.

Ele não fez nada de errado, isso não é da minha conta e estou passando dos limites com os meus sentimentos.

Essa conversa racional comigo mesma dura cerca de 90 segundos. Logo, estou me assegurando de que o nosso relacionamento continuará especial, apesar de sua esposa. Eu ainda sou importante para ele. Ainda sou mais importante na vida dele do que todas as outras garotas do dormitório que olham para ele o tempo todo.

Começo a me sentir um pouco melhor, mas decido parar de ser tão intrometida com as roupas dele. Puxo mais peças da máquina, pego-as em uma braçada e caminho até as secadoras. Faço isso mais duas vezes e me certifico de não olhar para nada. Então tiro a camisa do show de cima da outra máquina e atiro o Nirvana e a cueca pelo espaço, quase conseguindo fazer a cesta.

Depois, ainda há o jeans que deixei pendurado na borda da máquina de lavar. E a calcinha.

Não posso deixá-la no chão.

Por que não vim para cá com a lição de casa de francês? Eu teria uma caneta.

Respirando fundo, curvo-me pela cintura e, estendendo bem a mão, afasto o corpo como se estivesse tentando proteger meus órgãos internos de uma serra elétrica. Meu dedo indicador e polegar também estão totalmente estendidos e tensos, pinças que por acaso têm circulação sanguínea e sensibilidade. Ou, pelo menos, só circulação. Não consigo sentir nada em nenhum lugar do meu corpo…

Minha mão fica mole e sinto o mundo girar como se estivesse em um ciclo de enxágue.

A calcinha cai em uma posição aleatória de dobras cor-de-rosa criadas por um aperto de mão entre a gravidade e a sorte: a parte de trás do cós está voltada para mim e há uma etiqueta com um nome costurada nela, sem dúvida pela agulha e linha de uma empregada.

S   t   a   n   h   o   p   e   .

A calcinha é de Greta.

capítulo DEZENOVE

É segunda-feira à tarde. Acabei de lavar o terceiro andar e estou perguntando ao casal de conselheiros residenciais lá de cima se ainda precisam de alguma coisa. São eles que têm coordenado o meu trabalho e que me darão um cheque que poderei descontar no centro estudantil com a minha carteirinha da escola. Espero que me peçam para lavar o Wycliffe inteiro.

Mas eles não me presenteiam com essa distração. Dizem que fiz um ótimo trabalho. Recebo um cheque em meu nome no valor de 90 dólares. Pego o papel e me viro para a escadaria. Não quero descer. Não quero ir para o meu andar, nem para o meu quarto.

Decido andar até o fim do corredor em vez de usar a escadaria principal.

Passo pelo quarto de Keisha, número 317, e espero que elas estejam aproveitando muito seu fim de semana. Espero que comam coisas gostosas, descubram coisas novas uma sobre a outra e planejem um futuro de décadas. Quero que tenham um destino perfeito. Que sejam namoradas sob o sol do gramado deste colégio na primavera, embora não haja permissão para serem.

Penso no baile no ginásio e em como nenhuma das duas foi. Não há lugar para elas neste campus, o que é injusto.

No fim do corredor há uma porta corta-fogo com uma placa vermelha com a palavra SAÍDA acima dela e a abro para descer por ali. Passo pela porta do meu andar e, quando chego ao primeiro andar, empurro a porta reforçada com aço.

Ao sair do dormitório, sinto-me perseguida, mesmo que não haja ninguém atrás de mim. Fico tensa ao pegar o caminho de concreto que costumo seguir à noite, aquele que me leva ao redor das janelas de nossa sala de telefones e depois contorna a parte de trás do Wycliffe para me levar até o rio. Antes de sair da calçada, olho em volta para ter certeza de que não estou sendo vista, o que é idiota. Mesmo que todos os CRs de ambos os dormitórios estivessem pressionados contra suas janelas, me espionando como se eu fosse uma criminosa pisando sobre a grama cortada e me dirigindo às árvores, o que poderiam fazer comigo? Não há nenhuma placa que nos proíba de ir para o rio e não está nem perto do horário do toque de recolher.

Mas tudo mudou. Mesmo que os prédios permaneçam em seus respectivos lugares no campus, e as árvores permaneçam conectadas por seus mesmos sistemas de raízes, e o céu ainda seja azul e a grama ainda seja verde, há uma coloração encardida em tudo isso, sujeira nos cantos e entre as tábuas do assoalho do mundo inteiro.

Não estou mais limpando o chão, tentando esfregar o que vejo pela frente.

Depois de passar pela brecha na folhagem, paro assim que estou fora da vista. Está muito mais frio aqui deste lado e noto a mudança de temperatura, bem como a intrusão dos cheiros terrosos que se congregam neste local onde a natureza não é aparada e podada. Olhando em volta, sinto ainda a tensão. Não encontro alívio no borbulhar do riacho, nem no abraço das folhas outonais.

Desço até a árvore bifurcada onde Strots me beijou, onde costumava me esconder e ouvir Greta falar com suas amigas noite após noite. Através do V no tronco, encaro as pedras em que as meninas se sentam enquanto fumam. Pego-me ressentida com cada bituca de cigarro que Greta atirou na água corrente e revisito minha indignação por ela não se importar com o destino daquilo que ela joga fora.

Tão descuidada. Apenas uma usuária que não dá a mínima para a bagunça que cria na vida das outras pessoas.

Nick Hollis deve ser muito, muito cuidadoso.

Saio de trás da árvore. Enquanto caminho para o conjunto de pedras, meu coração bate forte. Sinto como se tivesse atravessado as fronteiras de um país hostil sem passaporte. Como se Greta fosse dona dessas pedras.

Subo nelas. Olho para a pedra desgastada sob as minhas botas. Tento ver nas veias dos depósitos minerais as respostas para as perguntas que me mantiveram acordada nas últimas duas noites.

Por que ela tem de sempre estragar tudo? Esta primeira linha de investigação foi a mais explorada, embora isole metade dos participantes em questão. Mas é mais fácil se concentrar em Greta. As nuances que vão além dela me levam a um pântano que eu preferiria não atravessar.

Não que existam muitas nuances quando a calcinha de uma aluna menor de idade é encontrada no bolso de trás da calça jeans bem lavada de seu conselheiro residencial.

Sento-me exatamente no lugar de Greta. E olho para o céu. A luz do sol atravessando a copa multicolorida das árvores dança em meu rosto e ombros e me lembra do Dia da Montanha. Sou levada de volta para quando desembarcamos dos ônibus alaranjados sobre a terra batida do estacionamento, ouvindo o CR gostoso estabelecer as regras para a subida pela segunda vez. Lembro-me de notar a maneira como o sol da manhã, brilhante e preciso, recaía sobre ele, transformando a ele e seus Ray-Bans em uma pintura religiosa que ganhou vida, Deus abençoando o belo e jovem homem em seu papel de nosso protetor.

Quero voltar no tempo para aquele momento. Quero voltar exatamente ali, para aquele ponto dos acontecimentos, quando as coisas, apesar do tormento de Greta, eram tão mais fáceis do que depois se tornariam.

Nas últimas duas noites, trabalhei tanto para criar uma explicação inocente para tudo, juntando hipóteses na tentativa de construir uma representação tridimensional de uma realidade com a qual possa viver — e, mais uma vez, sou seduzida pelo canto da sereia da construção desse mito. Talvez a calcinha dela tenha sido deixada de alguma forma dentro da máquina de lavar e acabou se misturando com a roupa dele. Sim, mas então como foi parar dentro de um bolso? Como isso pode acontecer? Certo, tudo bem. Talvez ela a tenha deixado cair na escada enquanto levava roupa para a lavanderia e ele a pegou, como um bom samaritano. E, como não podia andar por aí com uma calcinha de seda rosa de uma aluna na mão, enfiou-a no bolso com a intenção de devolvê-la a ela...

Bobagem.

E a ideia de Greta seduzir um inocente homem casado, utilizando-se de artimanhas tão sedutoras que, apesar de todos os seus princípios, ele não pôde resistir?

Bobagem ainda maior.

Depois de quarenta e oito horas de dissecação insatisfatória, começo a ficar com raiva do papel que o CR gostoso desempenhou em tudo isso. Algo tão fundamental quanto um conselheiro residencial não dormir com uma menor sob sua supervisão é como a gravidade, uma lei da física que todos entendem, pois seu propósito e propriedades são vitais para o funcionamento do mundo.

E, apenas no caso de haver dúvida sobre o que isso significaria para o Internato Ambrose, verifiquei nosso manual estudantil. A Seção IV, parágrafo 13, explicita que nunca, de forma alguma, sob nenhuma circunstância, deve haver relacionamentos entre adultos e alunas.

Então, fico com a conclusão de que Nick Hollis fez uma coisa muito, muito ruim, que não pode ser desculpada de nenhuma forma, não importando quão intencional e manipuladora Greta tenha se apresentado a ele. Ele foi contra as regras, algo que não pode ser explicado pelo quão gostosa e sexy Greta possa ser, nem por seus desejos, nem por sua solidão por estar longe de sua mulher.

Ah, e dane-se o manual. Aos olhos da lei, não importa o quanto Greta tenha implorado por isso, ele cometeu estupro estatutário de menor. Enquanto era casado. E que se fodam as viagens de Sandra para salvar o mundo enquanto investe em um futuro câncer de pulmão.

As facetas dessa realidade que envolve nós três — sim, porque agora estou presa com os dois por causa daquela calcinha — são feias e eles me tornam hipócrita. Não havia um componente sexual em minhas próprias fantasias? Uma conexão física com a qual sonhei, me deliciei, mesmo ele sendo um adulto casado e eu, menor de idade?

A diferença é que minhas transgressões com ele não saíram da teoria, enquanto com Greta realizaram-se de fato.

Penso naquele dia na chuva, ela abandonando as Morenas para subir no Porsche com ele. Já tinha começado naquela época? E o Dia da Montanha, quando os dois estavam entre as árvores? E quando Greta escolheu o time de Crenshaw de modo desafiador e depois se chateou quando Nick a superou?

E quanto a ela e Francesca discutindo? Talvez a outra garota tenha descoberto.

Não, sei quando começou. Odeio ter de contaminar um momento que eu tive com ele… com a onipresença de Greta.

Mas, para ser sincera, acho que as coisas começaram na minha terceira noite no dormitório, quando acordei sem motivo, fui ao banheiro e ouvi meu conselheiro residencial discutindo com sua esposa ao telefone.

E, depois, quando saí e encontrei o CR saindo de seu apartamento com as chaves do carro na mão.

Lembro-me de seus olhos saltando ao redor, focando no corredor atrás de mim. Atribuí-lhe essa distração ao lutar contra suas emoções depois de uma ligação difícil com Sandra, mas não, não foi isso. Greta havia saído do quarto na hora marcada e ele não tinha certeza de como lidar com a situação.

Com a clareza de uma memória revisitada sob outra luz, vejo Greta completamente vestida em sua porta, como se estivesse agora diante de mim.

Também havia aquele modelador de cachos deixado no banheiro.

Tinha sido planejado. Os dois combinaram de se encontrar e dar um passeio ao luar — mas a esposa dele ligou inesperadamente e me tornei mais um obstáculo para eles com a minha aparição no corredor. Ele teve de sair sozinho, porque ambos sabiam que eu estava acordada e que meu quarto dava para o estacionamento. Seria muito arriscado, então tiveram de fazer um ajuste rápido em seu encontro.

Então, sim, acredito que eles tenham começado as coisas quase imediatamente. Talvez não com o sexo. Talvez tenha demorado para isso. Mas os trilhos foram traçados para esse destino desde o início.

Enquanto penso em como qualquer homem casado poderia pensar naquele dormitório de meninas como um mercado de possibilidades, o baile me vem à mente. Lembro-me de Nick examinando a multidão enquanto conversávamos, e seus olhos pareciam se concentrar em algo específico. Teria sido Greta? Aquele comentário sobre Nova York não ser tão boa quanto parece era, na verdade, sobre ela?

A capacidade da minha cabeça de extrapolar é adequada para esse tipo de reformulação persistente da lembrança. Tenho vasculhado sob cada pedra para sondar a verdade e o resultado é o equivalente mental de encontrar calcinhas cor-de-rosa por todos os cantos do dormitório, no corredor, nas salas de aula, nas refeições e nas interações com outras pessoas. É exatamente o tipo de caça ao tesouro de que não preciso.

Eu gostaria de ter alguém para conversar sobre isso. Gostaria que houvesse algum lugar para ir. Mas, enquanto estou sentada sobre a pedra de Greta e a odeio profundamente, não estou disposta a acabar com o casamento de Nick Hollis e toda a sua vida profissional com base em uma calcinha na máquina de lavar, não importa o que a presença dessa peça em seu bolso possa sugerir.

E fico arrasada ao reafirmar minha conclusão de que não agirei de acordo com meu conhecimento do caso. Esmagada e entristecida.

Depois de lutar com minhas alucinações por tantos anos, eu devia estar acostumada com a realidade mudando diante dos meus olhos, mas acho que todo o meu treinamento a esse respeito não me ajuda nem um pouco: meu conselheiro residencial não é quem pensei que ele era, e não há como voltar. Nem como mudar essa percepção.

E sinto falta das fantasias que tinha com ele, como se eu tivesse terminado um relacionamento real.

Como se fosse uma vantagem desagradável, me pego esperando que, nessa reviravolta no jogo de Greta, ela perca, e perca muito. Não consigo imaginar Nick Hollis trocando a esposa por uma estudante. Mas, talvez, Greta esteja apenas tentando fazer o que fez com Strots, desta vez com apostas mais altas. Não com uma lésbica, mas com um homem casado.

Ele precisa ser muito, muito cuidadoso.

Fico sentada por mais algum tempo nas pedras. Então me levanto e volto na direção dos dormitórios. Ao sair da beira do rio, olho para o estacionamento atrás do Tellmer. O Porsche azul-claro não está lá e me pergunto como ele consegue ficar perto da esposa. Como ele pode vestir um terno e sair para jantar com ela e seu pai e fingir que não sabe nada sobre a calcinha rosa de uma garota de 15 anos.

Dou a volta para a frente do dormitório, porque o carro da sra. Crenshaw também não está lá, e não quero ficar presa por uma confluência inoportuna de nossos horários.

As meninas estão começando a voltar depois do fim de semana prolongado, os carros parando em frente ao prédio, as alunas desembarcando com suas malas de viagem, os pais enrolando um pouco antes de pegarem a estrada de volta.

Estou ansiosa para ver Strots, embora não vá falar sobre nada relacionado à cor rosa ou roupas íntimas de qualquer variedade. Embora minha colega de quarto tenha guardado bem o segredo da minha doença, não posso contar a ela sobre o que encontrei na lavanderia e o que sei sobre Greta e o nosso CR.

Não é para proteger os culpados e odeio ser cúmplice do que quer que seja. Só não quero deixar ninguém entrar no mundo secreto que criei em minha cabeça entre mim e Nick Hollis, e sei que não posso contar a história sem que isso seja revelado. Foi tudo tão patético da minha parte e deveria estar aliviada com o fim da minha paixonite, mesmo que o luto doa.

Subindo a escada central de Tellmer, porque sei que não cruzarei com ele, vou para o meu quarto. *Planície de passagem*, de Jean M. Auel, está no chão, debaixo da minha cama, desde sábado à noite.

Tirando o livro de lá, removo de suas páginas o cartão que estava usando como marcador. Estou em três quartos da história, mas não vou terminá-la. Não agora. Não daqui a dez anos. Nunca. Com tristeza, volto a folhear o que li e sinto como se estivesse olhando as fotos de um casal que já se separou; o romance, outrora tão promissor, agora acabou como se nunca tivesse existido. Devolvo o livro ao seu dono, deixando-o encostado na porta do conselheiro residencial do segundo andar do Tellmer.

Não deixo recado porque não quero mais nenhum contato entre nós, mas há um padrão a ser quebrado. Quando ele vier até mim para perguntar o que achei do livro, e ele vai fazer isso, como vou olhar na cara dele e fingir que está tudo bem, que só estou ocupada com os trabalhos escolares?

É melhor eu pensar logo em como agir.

capítulo
VINTE

É a tarde seguinte, a terça-feira após o fim de semana do Dia de Colombo. São 15h30 e estou voltando para o dormitório do laboratório de química sozinha, porque ajudei meu professor a limpar as bancadas depois que a aula acabou. No alto, o céu está cinza, novembro chegando e aliviando o sol de outubro para uma mudança de clima, o vento frio varrendo as primeiras folhas caídas no gramado, no caminho de concreto sob os coturnos nos meus pés.

Todo mundo voltou depois das miniférias e, com isso, quero dizer Greta, é claro. O dormitório inteiro poderia ter esquecido as instruções do Ambrose ou sido expulso por qualquer motivo, mas, desde que ela voltasse, seria como se uma multidão estivesse mais uma vez sob o grande telhado de ardósia do Tellmer. E ela ainda voltou muito tagarela. Deduzi, pelo volume da voz que permeou minha porta fechada, que ela estava conversando no corredor, sentada contra a parede do lado de fora de seu quarto, as garotas circulando ao seu redor, como uma fogueira com um público cativo ao redor, fornecendo a ela uma trilha sonora com um tema musical de bajulação.

Ela parecia animada, feliz, satisfeita com o lugar para onde foi e com o que fez. Era o tipo de coisa que eu não teria notado, mas que reconsiderei à luz do que agora sei. Concluí que ela estava conversando próxima de seu quarto para que sua voz e os detalhes do feriado viajassem até o apartamento de Nick, como um pássaro cantando para o seu companheiro.

Não houve nenhuma menção a Todd, ao namoradinho em sua cidade, algo que, dada a crueldade de sua natureza, me pareceu uma oportunidade subutilizada de provocar ciúme em Nick. Mas quem sou eu para saber?

Ao fechar meu dormitório, reexamino a linha do tempo que venho construindo com toda a meticulosidade de um construtor de modelos de navios trabalhando na escala 1:50. Decidi que, depois de ter se iniciado naquela noite de luar, o caso deles se intensificou com a volta para casa na chuva, aquele momento de privacidade no Porsche abrindo a porta para a expressão física de seus desejos. E, então, apesar das provações do Dia da Montanha, incluindo o que quer que tenha acontecido com Francesca e depois do futebol, as coisas devem ter continuado em ritmo acelerado. A calcinha deve ter mudado de mãos há relativamente pouco tempo, porém. Dados os riscos de exposição, é difícil acreditar que ele andou por aí com a peça no bolso por um mês. Concluo que Greta entregou a ele um pouco antes do feriado de três dias, como um lembrete do que ele estaria perdendo enquanto ela estivesse fora e sua esposa, em casa.

Ou... talvez a calcinha tenha sido removida de seu corpo adolescente por suas mãos apaixonadas e guardada como lembrança, para quando ela estivesse fora por aquelas setenta e duas horas. Ou, talvez, tenham tido apenas um breve momento durante o qual se entrelaçaram da maneira mais básica e ele se esqueceu de devolvê-la? Será que ela sabe que a calcinha sumiu?

E se sua esposa a tivesse encontrado?

Meu Deus. Ele teve sorte de ter sido eu.

Você é a melhor, Sarah, ouço em minha cabeça.

— Vá se foder, Nick — digo baixinho.

Perdida em meu devaneio sobre a lingerie, mal percebo todas as garotas paradas ao redor da entrada do Tellmer. Estão dispersas em grupos aleatórios sobre os degraus de pedra e estão lendo o boletim que teria sido colocado em todas as nossas caixas por volta das 14h. Algumas deixaram as mochilas com livros aos seus pés, algumas as estão carregando no ombro, mas todas elas estão absortas a tal ponto que me pergunto que notícia estourou no *Ambrose Semanal.* Uma a uma, as garotas olham para mim. Uma por uma, elas olham duas vezes e depois encaram, parando no decorrer da leitura.

Olho para mim mesma, me perguntando se eu perdi minhas calças e não percebi.

Não, estou completamente vestida, nada está fora do lugar.

Quando olho para cima, vejo nas janelas centrais do segundo andar uma figura de branco. Não, são três figuras. E o trio está olhando para mim, espectros fantasmagóricos que me fazem perder o passo por um breve instante.

São reais?, me pergunto. Tenho tomado meu lítio.

Gelada, volto a me concentrar na entrada do dormitório. As garotas na escada ainda estão olhando para mim, mas isso muda quando meus olhos se voltam para elas. Elas dobram o jornal e se espalham em todas as direções, como folhas levadas por uma rajada de vento.

Na porta, seguro o puxador de metal onde todo mundo segura, essa parte em sua curva graciosa bem brilhante. Colocando meu ombro na gaveta, abro caminho e paro no meio da arcada, como uma fotografia emoldurada.

Há garotas perto das caixas de correio, na base da escada, na sala dos telefones. E estão todas lendo o boletim informativo, cabeças com cabelos principalmente loiros inclinadas para baixo, a primeira página puxada para trás, outras páginas puxadas para trás, uma página restante, dependendo do quanto avançaram, por quanto tempo estão lendo. Essas garotas não erguem os olhos quando entro, de tão absortas que estão.

Depois de tudo que vem ocupando minha mente desde sábado à noite, estou ansiosa por uma distração compartilhada por outras pessoas. E, como sou incapaz de produzir alucinações em massa, e as alunas ao meu redor são reais, posso ser tragada pela mesma coisa que está as deixando tão perplexas.

Quando vou à minha caixa de correio, olhos erguem-se sobre mim e há uma folheação generalizada de páginas da qual estou apenas vagamente ciente. Alcanço a pilha de papéis do meu compartimento e espero ver as manchetes já bem conhecidas...

Não é o boletim informativo.

De primeira, não sei o que é. Fico confusa. Meu nome está no topo: Sarah M. Taylor.

Há um pequeno título acima do meu nome, que eu só leio uma vez. Na segunda palavra, já sei do que se trata, embora ainda esteja confusa.

O que "Como passei meu verão", de Sarah M. Taylor, está fazendo na minha caixa de correio?

Olho para a fila nas caixinhas e o horror começa a se manifestar em minhas entranhas. Dois terços, talvez três quartos, dos cubículos estão vazios e meu cérebro conecta o que está na minha mão com o que todas no dormitório parecem estar lendo tão atentamente.

Pego outro conjunto de páginas de uma caixa aleatória. "Como passei meu verão", de Sarah M. Taylor. E outro. "Como passei meu verão", de Sarah M. Taylor.

Elas estão lendo sobre mim. Todas receberam em suas caixas de correio o ensaio que escrevi há pouco mais de um ano, o ensaio que detalha minhas duas tentativas de suicídio, minhas estadas no hospital psiquiátrico, meu psiquiatra, meus medicamentos, as enfermeiras — Deus, dediquei uma página inteira e meia para as enfermeiras.

Minha primeira vontade é vomitar e vou até a lixeira para fazer isso. Mas então alguém entra pela porta do dormitório e percebo que não há tempo a perder. Freneticamente, começo a puxar as cópias restantes das caixas que ainda não foram esvaziadas. Devo salvar o que resta da minha privacidade, resgatá-la, cobri-la sob o calor ofuscante e a luz de todos os olhos que estão sobre mim. Mas minhas mãos trêmulas não funcionam direito e as cópias do ensaio caem no chão como neve, cobrindo minhas botas. E ainda tento pegar, recuperar, salvaguardar...

Alguém pega meus braços.

É Strots.

Ela acabou de entrar. Foi ela quem entrou.

Ela está falando comigo, mas não consigo ouvi-la. Não consigo ouvir nem mesmo meu coração batendo ou minha respiração ofegante e, também, não consigo ver minha colega de quarto. Lágrimas estão caindo pelo meu rosto. O fato de eu não saber como o ensaio foi encontrado é secundário ao meu terror de que tenha sido e, agora, meu segredo é exposto da pior maneira, não apenas como palavras sussurradas em cochichos passados de orelha a orelha, mas com um megafone de minha própria autoria: essas garotas, nenhuma das quais se importa comigo, nenhuma das quais gosta de mim, têm acesso a tudo sobre mim, a detalhes sobre a minha vida, a toda a minha linha do tempo.

A atenção de Strots é repentinamente desviada para algo atrás do meu ombro e, mesmo através do caos dentro de mim, a mudança em sua expressão é registrada.

Em câmera lenta, me viro e olho para a escada.

Greta está descendo os degraus, com as Morenas atrás dela. As três estão todas vestidas de branco, das camisas às saias. Branco. Como as enfermeiras sobre as quais escrevi. Como aquelas que me torturaram quando eu estava mais doente. Que se vestiam inteiras de branco.

Claro que foi ela. Quem mais poderia ter feito isso?

Para selar a comprovação, há duas cúmplices atrás dela. Embora Greta esteja sorrindo, as duas Morenas não estão. Francesca e Stacia abaixam a cabeça e cruzam os braços. Elas estão claramente desconfortáveis com a situação. Não acham que isso seja certo e sabem que foram longe demais. Mas, como sempre, estão envolvidas no plano e não conseguem escapar. Estão tão envergonhadas quanto eu, só que por um motivo muito diferente.

Greta desce da escada e coloca a mão na cintura. Ela olha diretamente para mim:

— Algum problema? Parece que você está tendo alucinações ou algo assim.

Não consigo responder. Não tenho poder, nem voz, nem recurso. Ela ganhou, não por uma margem, mas pelo anel de devastação de uma bomba atômica. E sabe disso. Seus olhos estão iluminados com a vitória e seu sorriso é tão real que ela está mais bonita do que nunca. É o predador de barriga cheia. A competidora que ganhou todos os troféus. Em posse da autossatisfação que vem quando se passa por obstáculos e se conquista uma meta.

Enquanto permaneço em silêncio, Greta dá de ombros.

— Bem, me diga se eu puder ajudar com alguma coisa. Vamos agora jogar tênis…

Não tenho certeza do que acontece a seguir.

No momento seguinte, estou desmoronando… No outro, há um flash na minha frente, que se move tão rápido que meu cérebro confuso não consegue identificá-lo. E então minha visão de Greta é bloqueada por algo — não, por alguém. Logo depois disso, Greta não está mais parada triunfante diante de mim, mas ao pé da escada. Ela está sendo jogada contra a parede.

Suspiros das outras garotas. Pessoas pulando para trás. O cabelo loiro de Greta flutuando para cima e para baixo enquanto ela é atirada contra a parede pela segunda vez. E o ataque não para por aí.

É quando ela é lançada pela porta aberta da sala dos telefones que percebo que Strots está com as mãos em volta da garganta de Greta e, com seu corpo muito mais poderoso, está empurrando a garota, derrubando-a. Elas caem no chão duro, o tapete entre as mesas não oferecendo nenhum amortecimento. Strots está por cima, montando em Greta, dominando-a. As pernas de Greta estão estendidas sob sua adversária, chutando, abrindo-se, perdendo um tênis branco.

Ocorre-me um pensamento de que preciso parar com aquilo. Tropeço até a sala, mas não consigo ir mais longe. Strots está batendo a nuca de Greta no tapete com um olhar de fria intensidade. E Greta está agarrando o aperto de Strots em sua garganta enquanto seu crânio é pregado no chão repetidamente.

Minha colega de quarto vai matar a garota.

A boca bem-feita de Greta está aberta, escancarada, buscando o ar que não pode descer até seus pulmões. Seus olhos estão ainda mais abertos, o branco aparecendo ao redor do azul em um círculo completo. Seu cabelo dourado está emaranhado, formando um borrão. E aquele som, aquele som oco e horrível de uma cabeça batendo contra a madeira maciça, é a coisa mais estrondosa do universo.

— Pare — sussurro, com muito medo de gritar —, por favor... Pare...

Sou empurrada para fora do caminho, meu corpo ricocheteando para o lado e batendo em uma mesa, batendo com tanta força que desloco um dos receptores dos telefones.

É Keisha. Ela saltou para a briga e agora está forçando os braços ao redor da caixa torácica de Strots, seu corpo cheio de músculos enquanto ela a puxa para trás, usando suas coxas poderosas, colocando toda a sua força no movimento, sua construção atlética em batalha direta com a de Strots. Enquanto as garotas assistem em uma pequena multidão sob a arcada, apoio-me contra a mesa em que caí. Ninguém sabe se Keisha arrastará Strots a tempo.

Passa uma eternidade antes de termos nossa resposta.

Com a mesma brusquidão que o ataque começou, termina em um piscar de olhos. Em um momento, Strots ainda está tentando quebrar a parte de trás do crânio de Greta; no próximo, a determinação de Keisha substitui o desejo de Strots de matar. As duas voam para trás, a energia necessária para quebrar o vínculo com a coluna cervical de Greta é tão grande que elas saem girando pela sala e batem contra a parede oposta.

Keisha não desiste. Mesmo quando atinge o batente do gesso e um som agudo sugere que algo pode ter sido quebrado, e não necessariamente as ripas, seus antebraços escuros permanecem em volta do torso de Strots logo abaixo dos seios, os joelhos estendidos em ambos os lados das coxas de Strots, as pernas apoiadas para que seus pés ganhem o máximo de tração.

No meio da sala, Greta está deitada de lado no chão, as mãos agarradas ao seu pescoço como se ela não soubesse que a constrição tinha acabado. Enquanto suas longas pernas nuas balançam no chão, vejo a calcinha sob a barra de sua saia. Rosa. De seda. É um lembrete de que não preciso.

Strots aponta o dedo para Greta. Com uma voz estrondosa, ela grita:

— Você fique longe dela! Deixe-a em paz!

Conforme as palavras são registradas, olho para a minha colega de quarto. Há lágrimas em seu rosto. Está chorando de fúria e sei que é de uma dor que só nós três sabemos de onde vem. No entanto, tenho certeza de que ela atacou apenas para me defender. Assim como só pude de fato desprezar Greta depois que soube o que ela havia feito com Strots, minha colega de quarto.

É o ódio, não o amor não correspondido, que arde em seus olhos.

— Deixe-a em paz! — ela grita de novo.

Greta levanta a cabeça do tapete e me preparo para ver lágrimas naqueles olhos azuis. Mas não há nenhuma e ela não parece estar com medo. Está completamente irada, apesar de ainda estar tossindo, ainda sem ar.

Mesmo sabendo que, se Keisha não tivesse intercedido, ela não estaria viva agora.

Francesca e Stacia lutam em seus corpos compactos e correm para a sua amiga, sua líder despótica. Em suas roupas brancas, são como enfermeiras atendendo uma paciente, mas, quando estendem a mão, Greta dá um soco em suas mãos preocupadas.

— Não me *toquem*, porra — ela late para as garotas.

Enquanto recuam, Greta planta seu único pé calçado no tapete e se levanta sozinha. Suas mãos tremem, mas ela não parece notar enquanto puxa a saia branca para baixo, puxa a camiseta branca de volta ao lugar. Depois, junta os cabelos e os joga para trás com impaciência. A visão das marcas em seu pescoço faz meu estômago revirar. A faixa vermelha brilhante que circunda sua garganta é como neon em sua pele delicada, e há sangue em seu lábio inferior, onde ela deve ter mordido a si com os dentes da frente.

Mas ela não parece se importar.

Ela dá um passo em minha direção. E outro. E outro. Ao fundo, o receptor que desloquei quando bati na mesa começa a emitir um *bip-bip-bip-bip* de alarme. Mas não é como se precisássemos de mais avisos de que esta é uma emergência, esta é uma emergência terrível, esta é uma emergência muito, muito terrível.

Eu me encolho e protejo meu rosto com os braços, pensando que Greta está vindo me bater.

Ela não está vindo me bater.

Está indo na direção de Strots, que ainda está lutando para alcançá-la, e avalio os braços fortes de Keisha. Rezo para que ela continue segurando, porque, se minha colega de quarto se soltar, não haverá uma segunda chance de resgate.

Ela vai arrastar Margaret Stanhope até a mesa em que bati e vai usar a quina para arrancar a cabeça do alto de sua coluna. Depois, vai recolocar o telefone no lugar com a mesma firmeza que usa para fazer a cama todas as manhãs. Arrumando o que está bagunçado.

Posso ver isso acontecendo, claro como o dia. No entanto, nenhuma das ameaças ainda iminentes parece abalar Greta. Sua cabeça deve estar doendo, sua garganta deve estar pegando fogo, seu lábio deve estar latejando, mas nada disso parece importar.

Ela para bem na frente de Strots e coloca o dedo na cara da minha colega de quarto. Em voz baixa, ela diz:

— Você não devia ter feito isso. Você devia ter deixado passar.

Enquanto ela fala, uma única gota de sangue vermelho brilhante escorre por seu lábio inferior e cai na parte da frente de sua camiseta branquíssima.

Ela se vira. A multidão se abre para ela. Francesca e Stacia se entreolham e correm atrás de sua líder.

Olho para Strots, que finalmente olha para mim. Minha colega de quarto apenas balança a cabeça uma vez, como se não quisesse que eu diga nada.

Com a mão trêmula, sou eu quem recoloca o fone, cortando o bipe agudo e urgente que preenche o silêncio tenso como um grito.

Não haverá como remendar o que acabou de acontecer.

Nunca.

capítulo
VINTE E UM

É o dia seguinte. Passaram-se exatamente vinte e quatro horas desde o momento em que voltei ao dormitório depois do laboratório de química e descobri que meu ensaio havia sido xerocado e colocado em todas as caixas de correio. Um dia exato depois de tentar retirar as cópias que ainda não haviam sido lidas, como se isso fosse criar algum tipo de reversão mágica de tudo. Um dia desde que Strots quase matou Greta no meio da sala dos telefones, na frente da metade do Tellmer.

Estou sozinha em nosso quarto, sentada na minha cama, com as costas contra a parede, minhas pernas esticadas de modo perpendicular. Verifico o relógio que está no parapeito da janela, mesmo que seus números não possam fornecer nenhuma visão sobre as rodas que foram colocadas em movimento, nenhuma previsão sobre o que vai acontecer a seguir.

A verdade sobre adolescentes é que temos mais privacidade do que os adultos ao nosso redor imaginam. A grande maioria das nossas interações, diárias e noturnas, com colegas e outras pessoas, está fora do alcance da voz e da visão dos nossos responsáveis mais velhos. Somos entidades funcionando de forma independente, sob um guarda-chuva de supervisão que não pode monitorar cada nanossegundo de nossas vidas e essa zona de sigilo tende a ser protegida por todos da mesma faixa etária. Os fofoqueiros, quer eles se sentem à mesa mais popular, quer sejam perdedores como eu, são condenados ao ostracismo rapidamente e o ditado que diz que o silêncio é de ouro é mais verdadeiro quando se tem 15 anos.

Apesar disso, há circunstâncias dramáticas e perigosas — quando a discrição coletiva da juventude se estilhaça e a intervenção dos adultos é procurada — que equivalem a adultos ligando para o número de emergência depois de serem agredidos ou terem sua casa invadida: surge um evento com o qual não somos capazes de lidar sozinhos e devemos buscar ajuda de pessoas que tenham autoridade legal e, com frequência, treinamento médico ou psicológico, para prestar ajuda, orientação e oportunidade de corrigir a situação.

Strots e eu não dormimos ontem à noite. Ficamos apenas sentadas aqui neste quarto, em nossas camas separadas, olhando para o nada. A única coisa que ela me perguntou foi se eu precisava ligar para minha mãe. Disse que não. A única coisa que perguntei a ela foi se ela estava bem. Ela disse "não". Fora isso, ficamos em silêncio, e isso porque esperávamos que as consequências batessem à nossa porta. Até o momento em que o fizeram, não havia nada para discutir.

Sabia o que tinha sido feito contra mim e por quem. Ela sabia o que tinha feito e contra quem. Era o futuro que importava para nós duas, que nos assustava, e por uma parte das horas sombrias alimentei uma esperança secreta de que Greta não fosse fazer nada, dada sua cumplicidade no que havia ocorrido com o meu texto. Mas vi o olhar destemido em seus olhos quando ela falou com Strots. Claramente, ela escondia bem os seus rastros. E as Morenas não vão ser infiéis e traí-la.

Strots está em apuros.

A chegada do amanhecer banhou nossa vigília sombria com uma luz dourada e, como era de esperar, nosso conselheiro residencial veio até nós logo pela manhã. Embora o estivesse evitando desde sábado, olhei bem na cara de Nick Hollis, o imperativo sobre o que iria acontecer com a minha colega de quarto afastando até mesmo meu desgosto e sentimento infundado de traição pelo que ele fez e com quem.

Ele estava sério quando fechou a porta. Disse para nós em voz baixa que a administração tinha tomado conhecimento de um "acontecimento" — sua exata expressão — na sala dos telefones e que se esperava que nós duas relatássemos nosso lado das coisas. Ele então pediu a Strots para sair para que ele pudesse falar comigo a sós. Não queria que Strots fosse embora, mas percebi que ela precisava falar com Keisha, de qualquer maneira. Após sua partida, a máscara de reserva profissional de nosso conselheiro residencial se desfez. A compaixão de Nick veio à tona, oferecendo uma piscina para eu mergulhar, uma maneira de ser purificada do meu luto por nosso não relacionamento, mas resolvi permanecer forte. Estava no processo de trabalhar minha dor e não estava interessada em uma regressão que exigisse a reintrodução das minhas desilusões. O caminho para sair do que tínhamos, da maneira como era, estava se mostrando difícil o suficiente para trilhar apenas uma vez.

Ele me perguntou se eu queria ver minha mãe. Respondi que não, assim como eu falara para Strots. Ele me perguntou se eu queria tirar o dia de folga das aulas. Disse que não. Ele perguntou se eu gostaria de falar com o dr. Warten. Respondi que não.

Eu sabia que estava sendo um pé no saco. Mas não queria dar nada a ele, e isso significava que qualquer ideia postulada por ele, mesmo que fosse do meu interesse, seria rejeitada. Sua oferta final foi apresentada como uma alternativa ao resto: ele queria saber se eu queria ficar em seu apartamento e assistir à TV ou ler.

A oferta me levou de volta à noite de sábado e fiz uma breve viagem para a terra onde minha falta de roupas limpas não tivesse exigido uma ida à lavanderia apenas para que pudesse encontrar a calcinha de outra pessoa em seu jeans.

— Preciso ir para a aula.

Ele assentiu. Então, ele perguntou:

— Você vai ficar bem?

Eu estaria muito melhor se você não estivesse dormindo com Margaret Stanhope, pensei ao forçar meus ombros a se encolherem.

— Elas já me acham esquisita. Agora têm uma razão concreta para isso. Não faz diferença para mim.

Isso foi uma mentira descarada. Fazia toda a diferença do mundo para mim.

Mas pelo menos há algo de útil nesta catástrofe. Nick Hollis não vai se perguntar por que meu comportamento mudou perto dele. Ele atribuirá a mudança a esta crise, estou cansada o bastante e sobrecarregada o suficiente para usar qualquer coisa como escudo.

— Você é tão forte. E estou sempre aqui se você precisar de mim.

Nesse ponto, queria perguntar como estava sua esposa. Foi viajar de novo? Ou está fazendo perguntas sobre... Qual era mesmo o nome dela? Mollyjansen. Como se fosse uma só palavra.

Depois que ele fechou a porta, passei algum tempo olhando pela janela. Percebi então, e continuo a perceber agora, que teria pedido a ajuda dele antes de sábado à noite. Eu o teria usado como um recurso para lidar com as consequências de o meu texto ter sido distribuído para todas sem minha permissão ou conhecimento prévio, uma disseminação que, dado o uso ilícito de minha mãe para me colocar no Ambrose, parece ser o destino daquelas malditas palavras.

Então fui para as minhas aulas e não conseguia me concentrar. Fiz anotações sem fazer ideia do que estava escrito. Respondi a perguntas sem saber se fui chamada a responder. Prestei atenção especial, ao entrar e sair do meu dormitório, durante minhas aulas e na hora do almoço, em quantas meninas olhavam para mim e depois fingiam que não estavam olhando.

E, agora, estou aqui. Esperando. Não tenho ideia se Strots conseguiu ir para a aula, e me preocupo que ela esteja detida por desvio moral em uma cela trancada na delegacia. Como a sede da polícia em Greensboro está localizada ao lado da biblioteca, atrás da cvs, estou pensando em ir até a cidade e ver se Margie e Roni podem ajudar com sua fiança. Mas temo não cruzar com a minha colega de quarto voltando para cá.

Enquanto isso, não vi nem ouvi falar de Greta. A porta dela estava fechada quando saí e fechada quando deixei minha mochila antes do almoço. Ainda estava fechada quando voltei para cá, cerca de vinte minutos atrás. Ela saiu do campus? Está na enfermaria? Morreu por causa de alguma complicação rara, como resultado de quase ter sido estrangulada enquanto a parte de trás de sua cabeça era batida no chão dez vezes?

Penso na minha fantasia de agente funerária. Penso na oferta de Strots para machucá-la. Fico feliz que ninguém da administração consiga ler mentes.

Avistei Francesca e Stacia em um ponto do dia.

Elas estavam almoçando, inclinadas para o centro da mesa redonda de lindas garotas, conversando intensamente com as outras que estavam vestidas com cores de sorvete e prestando muita atenção a uma atualização crítica.

Tenho certeza de que Greta foi à administração e denunciou o ataque. E ela fez isso apesar do fato de ter colocado aqueles papéis nas caixas de correio, isso sem levar em conta seu histórico de me pregar peças.

Para qualquer outra pessoa, diria que é um movimento ousado bancar a vítima em uma situação em que você vestiu o manto de um touro em ataque, mas Greta me parece o tipo que pode fabricar lágrimas quando surge a necessidade. Além disso, no que me diz respeito, suas mãos sempre estiveram limpas, nenhum rastro deixado para trás, sua suposta culpa repousando apenas em inferências e conjecturas da minha parte, por mais precisas que eu ache que minhas conclusões sejam.

Por exemplo, não tenho ideia de como ela conseguiu meu manifesto involuntário, mas, assim como o memorando de geometria, suspeito que Francesca tenha feito a fotocópia, por causa de sua conexão com o boletim informativo do colégio e, também, por causa da expressão envergonhada em seu rosto quando ela desceu aquelas escadas atrás de Greta, vestida de branco como as enfermeiras que eu tanto odiava.

Francesca vai ceder ao ser questionada?, eu me pergunto. Ela vai virar as costas para a amiga e ser sincera? Certamente, ela será solicitada a fornecer algum tipo de testemunho…

A porta se abre e me levanto. É Strots.

— Ai, graças a Deus — comento à medida que ela se aproxima de nós e deixa cair sua mochila a seus pés. — O que aconteceu? Você está bem?

Strots se recosta contra a parede e cruza os braços sobre o peito. Ela fica completamente imóvel, como se nem estivesse respirando, e sei pela expressão em seu rosto que ela não está realmente no quarto comigo.

A máscara estática de suas feições tem apenas uma relação passageira com seu semblante normal, tudo tridimensional tornando-se bi por causa de sua estranha distração. Ela está em outro lugar.

Ela está me assustando.

Quando meu medo bate de verdade, ela se sacode e seus olhos encontram os meus. Não há luz em seu olhar. É como se ela tivesse morrido.

— Você só precisa ser honesta com eles — diz ela com uma voz oca.

— O quê? — Tento engolir, mas minha garganta está muito apertada. — Quem são "eles"?

— Não quero que você minta por mim.

— Com quem você falou?

— Com o reitor do corpo discente.

— Claro que vou ser honesta. Vou dizer a eles que Greta de alguma forma encontrou meu ensaio e mandou Francesca fazer cópias. Depois elas colocaram nas caixas de correio quando todo mundo estava fora… Ah, e Stacia também deve ter participado. Talvez ela estivesse de vigia quando eles…

— É tarde demais para isso. — Strots esfrega os olhos, mas não porque ela esteja chorando. — Nada disso importa.

Recuo.

— Claro que importa.

Quando ela não diz nada, saio da cama e vou até ela.

— Não podemos deixá-la escapar impune. Ela tirou muito de nós duas. Agora é a nossa chance. — Minha colega de quarto ainda não responde, e começo a ficar energizada de uma maneira que acho que nunca estive. — Só precisamos contar à administração o que aconteceu…

— Não vai colar.

— Vai, sim. Tem que colar. Eu sou inteligente. Vou encontrar uma maneira de provar a eles que foi ela. Vou consertar isso!

— Preciso ir falar com Keisha — Strots murmura. — Acabei de… Preciso ir falar com ela. A propósito, estão vindo buscar você. Agora mesmo.

— Strots, vou dizer a verdade. Sobre tudo que Greta fez comigo. Tudo. Então entenderão por que você fez o que fez.

— Acha mesmo que é tão simples, ou que essa é uma desculpa em que vão acreditar?

— Greta já ganhou muitas vezes — insisto —, mas não pode se safar com isso.

Strots olha para o meu rosto.

— Nada disso é culpa sua. Apenas lembre-se disso. Não quero que você se culpe nem faça nada idiota, ok?

— Não é culpa de nenhuma de nós duas, Strots. É tudo culpa de Greta, e é hora de as pessoas saberem quem ela é.

Strots estende a mão e a coloca no meu ombro.

— Prometa. Depois que a poeira baixar, me prometa que não fará nada idiota.

Meu corpo fica imóvel. Enquanto olhamos nos olhos uma da outra, me pego pensando em todas as vezes que menti para proteger minha realidade interna, tentando, e muitas vezes conseguindo, desviar a atenção da minha mãe, do médico, das enfermeiras, do que realmente está acontecendo dentro de mim. De Phil, o Farmacêutico. Do nosso CR. A divisão entre adultos e adolescentes sempre facilitou esse engano, fato que desconhecia até o momento.

Encontrando o olhar firme de Strots, me sinto vacilando para longe do tipo de mentira suave que sempre usei com os mais velhos. Nunca uma colega me tratou assim, como alguém da minha idade que se preocupa de verdade comigo e se preocupa com o meu futuro. Strots é a minha primeira amiga verdadeira. E, por isso, se eu não puder fazer esse voto e cumpri-lo, as consequências parecem muito reais, mais reais até do que a ruína que traria para minha mãe. Afinal, nós, como quase crianças, não somos responsáveis pelo bem-estar dos adultos — o sistema foi criado para ser o contrário. No entanto, amigas não são iguais aos adultos que amamos. Sei que não posso decepcionar Strots.

— Prometo.

Strots assente, aperta meu ombro e sai.

Após sua partida, fico onde estava na frente dela. Ouço descargas do outro lado da nossa parede. Ouço vozes distantes.

Lá embaixo, na área de estacionamento, alguém estaciona — não, alguém está saindo, o som do motor enfraquecendo em vez de ser cortado bruscamente.

Olho ao redor do nosso quarto. Então, vou até a cama de Strots. Levanto seu travesseiro. Cigarros e isqueiro estão exatamente onde ela os guarda.

Tenho um pensamento de que eu deveria correr atrás dela e levá-los para ela. Se há uma situação que exige nicotina, é agora e, além disso, quero fazer alguma coisa, qualquer coisa, para aliviar o fardo que ela carrega.

Ela diz que não é minha culpa, mas tenho certeza de que, se não tivesse sido unida aleatoriamente a mim como sua colega de quarto, ela não estaria nessa confusão.

Por fim, decido deixar seu maço de Marlboro e seu Bic vermelho onde estão, com medo de interromper um momento privado entre ela e Keisha no andar de cima. Como me sinto como um alvo parado enquanto espero pelo administrador vir me buscar, abro a porta e me inclino para o corredor. Franzo a testa. A porta de Greta está aberta e eu a vejo andando pelo quarto. Ela está falando com alguém, de costas para mim, cabelo loiro solto na altura da cintura, as pontas encaracoladas de uma forma bonita. Ela está usando roupão de seda rosa. Quando ela ri para quem quer que esteja falando, meu sangue gela e fecho a porta de imediato.

Meu coração acelera e minha boca fica seca.

Meu cérebro, que é o meu melhor e pior trunfo, faz um cálculo rápido de toda a situação. Há muitas maneiras pelas quais isso pode acontecer, e nenhuma delas é uma boa notícia para Strots.

Há uma batida na porta. Eu me preparo e a reabro. Há um homem que não reconheço parado no corredor e ele parece aborrecido.

— Sarah? — ele chama. — Sarah Taylor?

Como se esta fosse a porta da frente da minha casa e ele tivesse uma entrega para mim. Ou, considerando o terno que ele está usando e seu rosto franzido e cruel, uma intimação oficial de algum tipo.

— Sim — respondo

— Sou o sr. Anthony Pasture, o reitor do corpo discente. Preciso que venha falar comigo no meu escritório. Agora.

Sobre seu ombro esquerdo, vejo Greta. Ela se virou e está olhando para mim e para ele. Seu lábio está inchado e as marcas vermelhas em volta do pescoço estão mudando para um rosa arroxeado. As lesões não são o meu foco. É o olhar dela.

É o mesmo de quando ela desceu a escada e sorriu para mim na tarde anterior.

Ela está triunfante.

E, mais uma vez, quero vomitar.

— Só preciso me trocar — deixo escapar. — Pode aguardar um minuto?

— Esperarei você.

Isso é falado em um tom terrível, como um aviso caso decida tentar pular pela janela do segundo andar e fugir. Considero brevemente a ideia de que há uma arma em algum lugar sob seu traje, uma que ele apontará para mim e cujo gatilho puxará, talvez mesmo se eu não tentar escapar de sua autoridade. No entanto, não acredito que será ele quem me rastreará como fugitiva.

Apesar de sua função oficial, que incluiria, imagino, algum tipo de treinamento em relação a alunos com problemas mentais e emocionais, ele parece não querer estar perto de mim, como se fosse uma doença transmissível.

Depois de fechar a porta, olho em volta de modo frenético, reunindo ideias, tentando me orientar... Tento dar coragem a mim mesma, convencendo-me de que posso, sim, contar minha história sem desabar em frente a um homem que já parece não apenas despreparado para ouvir qualquer coisa de mim como também sem vontade de entrar em um espaço fechado comigo.

E é aí que percebo que ele está me culpando por alguma coisa. Não de estar mentalmente doente e escrever sobre isso, não. Isso não. É outra coisa.

Oh, Deus. Onde Greta foi com isso?

Concentro-me na porta fechada e vejo seu rosto triunfante. E, de repente, sei o que ela fez.

Com a mesma clareza e confiança que tive nas pegadinhas anteriores, sei exatamente o que ela disse ao reitor. Isso explica a maneira como ele olhou para mim. Como se eu estivesse contaminada.

Uma fração de segundo depois, sigo um impulso que nasce da capacidade superior do meu cérebro de ligar os pontos que, em alguns casos, me leva à loucura e à ruína, mas, neste caso, me permite abrir um caminho. Literalmente.

Corro até o travesseiro de Strots, pego seus cigarros e isqueiro e transfiro-os para a gaveta de cima da minha escrivaninha.

Depois, aliso a roupa que não troquei, visto o casaco e saio do meu quarto, segura de saber que o desaprovador homem de terno, que de fato está me esperando do lado de fora no corredor, não será capaz de dizer que os componentes da minha roupa preta não foram alterados.

— Vamos — eu o chamo. — Estou pronta para conversar.

VINTE E DOIS

O escritório do sr. Pasture fica no prédio administrativo, bem no limite do campus. É a única construção moderna dentro dos portões de ferro do Ambrose — além do embrionário complexo esportivo dos Strotsberry. A estrutura de dois andares parece ter sido punida pela temeridade de ter nascido nos anos 1970 e confinada na periferia. Com paredes de tijolos e janelas finas com acabamento em metal, não tem originalidade de estilo e é sem graça, mesmo quando remonta a uma era específica da arquitetura americana.

Os degraus de concreto nos levam para baixo de um toldo até um conjunto de portas de vidro nas quais o brasão do Ambrose foi gravado. Lá dentro, reconheço o piso de imediato. São os ladrilhos de cerâmica, bem comerciais, sobre os quais pisei nas minhas escolas públicas, de várias tonalidades de bege forçadas a se casar pelo resto da vida com os quadrados ao redor cimentados no lugar.

— É aqui, neste corredor.

Estas são as primeiras palavras que ele me diz desde que saímos do meu quarto, e seu ar de desaprovação, que pareceu se intensificar durante o caminho, é tão pronunciado que me pergunto se ele odeia seu trabalho.

Eu o sigo passando por portas de madeira falsa com placas de identificação em preto e branco identificando Tesouraria, Corpo Docente e Vice-Reitor.

Então há um substituto dele? Acho que sim. *Deve ser superdivertido.*

O escritório do sr. Pasture fica no fim do corredor, como ele disse, e sua entrada de vidro é embelezada pela bandeira do Ambrose de um lado e a bandeira americana do outro. Ambos os estandartes estão pendurados em hastes colocadas em bases pesadas e são tão grandes e desproporcionais que me fazem pensar em vestidos de baile. Lá dentro, há uma pequena área de espera de carpete azul-escuro e paredes com fotos de alunos. Sua secretária está atrás de sua mesa, datilografando algo. Quando o telefone toca, ela atende com uma voz morta.

— Escritório do reitor do corpo discente.

Girando a cadeira em direção ao bloco de notas, ela encaixa o fone entre o ombro e a orelha e faz sons de *mm-hmm* enquanto escreve. Não tenho certeza da idade dela; podem ser quarenta, podem ser sessenta anos. Talvez ela tenha vinte anos e a atmosfera pesada daqui a tenha deprimido a ponto de ela perder a vontade de viver.

— Por aqui — o sr. Pasture me informa.

Ele abre uma porta de madeira falsa com um floreio, como se estivesse revelando algo que considera com grande orgulho e espera que os outros também. É um grande escritório de esquina, é verdade, mas as janelas são pequenas e oferecem uma visão sem brilho para fora da cerca do campus, do tráfego esporádico do escasso centro da cidade de Greensboro Falls. Mas talvez ele esteja exibindo todos os seus diplomas emoldurados. Há muitos diplomas pendurados nas paredes. Ou, talvez, sejam os objetos em sua mesa que ele está agora arrumando?

Ele tem muitas fotos em molduras elegantes pelo cômodo e todas o mostram com pessoas que reconheço dos noticiários da televisão.

Onde estão as de sua família?, conjecturo. Devem estar em porta-retratos voltados para ele, para que ele olhe quando está sentado atrás da mesa — ah, espere. Não há nenhum.

O sr. Pasture fecha a porta atrás de mim e olho para um aglomerado de um sofá e cadeiras laterais, sua mesa de centro com um tomo sobre a história do Ambrose, o tapete como um prato servindo a refeição equilibrada do arranjo de móveis.

Mas ele não nos quer lá. Ele dá a volta atrás de sua mesa e indica a cadeira à sua frente, como se eu precisasse de orientação para acabar com qualquer confusão sobre onde devo estar. Quando me sento no lugar que ele indica, estamos separados por todos os seus objetos, além de um telefone, um abajur, uma caneca de café sobre um descanso para copos e uma pilha de relatórios em pastas. Ele não poderia estar mais separado, exceto se tivesse construído uma parede de concreto.

Ele não me dirige nem um sorriso profissional.

— Então, soube que ontem houve alguma coisa desagradável no Tellmer Hall.

Bem atrás dele, pendurada na parede, está uma pintura a óleo antiga de um homem envolto em uma túnica vermelha, com um cajado de pastor em uma mão e uma Bíblia na outra. Suas vestes e chapéu de bispo são marcados com símbolos da cruz e, ao fundo, há arcos góticos que recuam em perspectiva, bem como uma colmeia, o que sugere que sua catedral precisa de uma dedetização. Não preciso ler a plaquinha na moldura ornamentada para saber que é Santo Ambrósio, o homem cujo exemplo de vida de liderança cristã é a base desta escola e inspira seu nome.

Ao considerar o retrato sombrio que está nas costas do sr. Pasture como um guardião e um aviso para não violar a tradição, é quando me ocorre o que deve estar acontecendo. Este homem pretende se tornar o próximo diretor. Ele mal pode esperar para passar as rédeas deste cargo para o vice-reitor e deixar este prédio de baixa qualidade e trabalho de segundo nível, indo se instalar na casa do diretor, que é uma mansão em forma de bolo de casamento com seu próprio jardim, equipe de cozinha e instalações de escritório. Essa pintura venerável e sombria, essas fotografias voltadas para fora e os diplomas com os nomes das escolas de alto aprendizado não são para os alunos, mas para os pais dos alunos, bem como para a equipe que ele supervisiona.

Aposto que ele vai levar consigo seus amigos na moldura folheada a ouro.

Desviando o olhar dos olhos penetrantes do santo, limpo minha garganta.

— Uma cópia de um ensaio que escrevi foi…

— Isso não é relevante para o motivo de estarmos aqui.

Estou surpresa com seu comentário áspero.

— Mas é, sim. Essa foi a razão pela qual Strots… Ellen, quero dizer…

— Não estou interessado nos detalhes do que foi colocado nas caixas de correio. O que importa é o fato de que uma das minhas alunas foi agredida fisicamente em seu próprio dormitório.

Algo em seu tom quando ele enfatiza "minhas" antes de "alunas", juntamente com todas aquelas fotos dele com pessoas importantes, me faz pensar se ele teria um interesse tão pessoal nesse assunto se Greta não fosse filha de um curador da escola, desconsiderando-se aqui a falência do sr. Stanhope. Mas ele está errado sobre o que é relevante. Meu texto, espalhado como foi, com intenção maliciosa para todas as garotas no meu dormitório, é uma luta de boxe de mais de cinco mil golpes corporais em fonte Times New Roman, tamanho doze, espaço duplo, contra os quais não tinha, e não tenho, defesa.

— A provocação é o problema — eu digo. — Strots tinha uma razão para o que ela fez. Ela estava me protegendo.

— Não há desculpa no Internato St. Ambrose Para Meninas para resolver qualquer desacordo com danos corporais. — Suas sobrancelhas descem. — E vamos falar sobre Ellen Strotsberry. Chegou ao meu conhecimento que já houve dificuldades com ela no ano anterior. Entendo que a aluna afetada não se sentiu à vontade para falar sobre essas dificuldades até o ataque de ontem, momento em que ela acreditou que já não mais poderia lidar com o assunto em particular. Dada a natureza desviante dos detalhes da denúncia, não a culpo.

Maldita seja Greta, penso comigo mesma.

E odeio estar certa.

— Não tenho ideia do que o senhor esteja falando.

— Se você mentir, isso não refletirá favoravelmente em seu currículo aqui no Ambrose.

— Mas eu nem sei o que o senhor está perguntando.

Ele junta as mãos e seu desgosto por mim está fervendo sob a superfície de seu comportamento rápido e profissional. Considero tanto a repulsa quanto sua compostura como sinais de que sou uma visita irrelevante para ele. Ele já se decidiu sobre o assunto.

— Ouvi dizer que a porta do seu quarto fica muito fechada.

— Como é?

— Isso é incomum nos dormitórios, não é?

Talvez para as "suas" alunas seja.

— Não há regra contra a privacidade. E nem sempre é...

— Por que, exatamente, você e sua colega de quarto sentem a necessidade de fechar a porta o tempo todo?

Isto não é bem uma pergunta. Então, respondo à declaração com outra pergunta, apenas para manter a conversa equilibrada.

— O que o senhor está sugerindo, exatamente?

— Você e sua colega de quarto estão se comportando de forma inadequada por trás da porta fechada?

— Se estamos fazendo sexo, o senhor quer dizer?

Eu me parabenizo ao notar como seus olhos se desviam e um rubor feio colore seu rosto. É bom deixá-lo desconfortável.

— Você leu o manual estudantil? — questiona ele quando seu olhar retorna a mim.

— Sim, li. — Decido parar de jogar. — E não. Não estamos fazendo sexo. A porta fica fechada por outro motivo.

— E por quê?

— Do que Strots está sendo acusada?

— Por que sua porta fica fechada, se não há nada de inapropriado acontecendo?

— Diga-me do que Strots está sendo acusada.

Nós dois perdemos nossas inflexões questionadoras e voltamos às afirmações, porque saímos do território retórico, bem como de qualquer aparência de comportamento educado. Estamos discutindo e sei que preciso manter essa linha dura funcionando. Eu tenho que ser forte, por Strots.

O sr. Pasture se recosta em sua cadeira de couro acolchoada.

— Deseja ficar aqui no Ambrose?

— Sim. — A firmeza da minha resposta me surpreende. — Quero.

Não consigo imaginar ir para a escola em nenhum outro lugar neste momento, mesmo com Greta e tudo o que ela fez. Mesmo com Nick Hollis. Mesmo sem... Não, não vou pensar assim. Minha colega de quarto não pode ser expulsa.

— Se quer ficar, então me diga por que sua porta fica fechada.

— Eu fumo. Fica fechada porque eu fumo.

O sr. Pasture sorri um pouco, e quase, mas não completamente, consegue manter sua maldade fora disso.

— Você percebe que isso é uma violação das regras da escola?

— Sim, e sei que, por ser o primeiro delito, serei colocada em liberdade condicional. Não podem me expulsar. Está no manual.

— Se você fuma com frequência, não é o primeiro delito.

— Só estou admitindo que fiz isso uma vez, mas fique à vontade para provar que é um hábito. Nunca fui pega.

O reitor me estuda por um longo momento, e sinto uma mudança de postura sua, mas não é algo que vai me ajudar.

— Ellen Strotsberry já tentou algo com você?

— Claro que não. — Recuo de propósito. — Ela não é gay. Está falando sério?

Seus olhos se estreitam.

— Sim, estou falando muito sério.

— Bem, nunca vi nada que sugerisse isso, e ela certamente não fez nada de inapropriado comigo. Agora, vamos lá, do que ela está sendo de fato acusada? Porque o senhor não está me perguntando nada sobre o que aconteceu ontem na sala dos telefones.

O sr. Pasture continua a me encarar por um tempo. Então seu comportamento desdenhoso diminui, como se ele tivesse chegado à conclusão de que não só não sou atraente o suficiente para uma lésbica me desejar como também não tenho essas "tendências imorais". Isso me faz pensar no que ele pensaria das fantasias impuras que tinha com meu conselheiro residencial. Por outro lado, elas são, sem dúvida, preferíveis, na escala da maldade, porque pelo menos não vão contra a palavra de Deus.

Reflito sobre fazer uma revelação quanto a certos votos de casamento que foram quebrados em sua escola de elevados padrões cristãos. Mas a orientação sexual da minha colega de quarto está sendo questionada e entrar no caso Greta e Nick seria uma distração que eu teria dificuldade de sustentar com evidências sólidas. Devo apresentar meu caso apenas no que se refere a mim, e fazê-lo rapidamente, pois sinto que, agora que não sou um meio de condenar ainda mais o comportamento da minha colega de quarto, ele logo me expulsará de seu escritório.

— Greta Stanhope tem me agredido desde que cheguei aqui no campus.

Sr. Pasture franze a testa e se inclina para a frente em sua cadeira, como se eu tivesse falado com ele em uma língua estrangeira. Ele parece tentar colocar meus substantivos e verbos em algum lugar no contexto da tradição latina.

— Começou com o meu xampu — apresso-me em dizer. — Ela esvaziou e colocou água no pote. Depois, despejou alvejante na máquina de lavar com as minhas roupas. Colocou um memorando falsificado sobre uma prova de geometria em minha caixa de correio e tentou convencer um aluno do St. Michael a me convidar para dançar no baile, só para me envergonhar. Ela tem me perseguido o semestre inteiro, e ontem foi a gota d'água. Ela pegou minha redação, aquela que foi usada para meu ingresso no Ambrose, e pediu para alguém fazer cópias do texto. Ela encheu as caixas de correio do dormitório, todas elas. Todo mundo leu... — Quando o horror daquele momento volta, minha voz vacila, mas eu me forço a continuar. — Todo mundo leu. Todo mundo sabe que eu tenho bipolaridade, quero dizer, que sou bipolar.

Poderia ter feito esse discurso sem o soluço no final. Mas, exceto por isso, eu me saí bem, considerando-se o quanto estou assustada. Solitária. Triste. Esse homem, esse homem intrometido e desaprovador, conseguiu derrotar até mesmo Strots, então não é surpresa que eu esteja perdendo meu ímpeto. Mas tenho de me manter firme.

— Eu contei a Strots sobre o que Greta tem feito comigo um tempo atrás. Eu contei tudo a ela. Ela sabe como Greta é, e ela...

O sr. Pasture levanta a mão.

— Vou parar você bem aí.

— Mas é a verdade...

— É?

— Sim! Estou lhe dizendo, o senhor está culpando a pessoa errada pelo que aconteceu na sala dos telefones! O senhor está enganado. Greta mereceu o que recebeu e...

— Posso lembrá-la pela segunda vez de que, aqui no St. Ambrose, não promovemos a violência física como método de resolução de conflitos — delibera ele em tom entediado. — E, quanto às suas acusações, srta. Taylor, elas são muito sérias. Onde está sua prova?

— Sei o que aconteceu quando apertei meu frasco de xampu. Sei o que fizeram com as minhas roupas...

— Que frasco de xampu? Quais roupas?

— Posso mostrar as manchas.

Eu me coloco em pé e mostro minha camiseta preta abrindo um pouco a jaqueta, apontando para as áreas descoloridas que tive de tingir de preto.

— Viu? Estão bem aqui.

Inclino-me sobre sua mesa, empurrando alguns dos quadros, segurando a camisa para a frente, sabendo que é a pista vital que salvará Strots, que derrubará a nossa atormentadora.

O sr. Pasture olha para baixo.

— Não vejo nada.

Aponto meu dedo indicador para as variações sutis na cor.

— Estão bem aqui.

— Isto não parece uma mancha de alvejante para mim. E sente-se. Agora.

Minhas pernas ficam fracas e eu caio na cadeira. Baixando meus olhos para a camiseta, vejo o que ele quer dizer. Ou melhor, aquilo que ele não viu. A variação no preto é tão pequena que pode ser explicada pelo desgaste ou erro do fabricante.

Nunca, em um milhão de anos, pensei que minha solução para o problema criado por Greta, a destruição do meu guarda-roupa, provaria ser tão bem-sucedida.

— Sei que você apresenta... dificuldades. — A voz do sr. Pasture muda da desaprovação para um tipo frio de compaixão desapaixonada, como o que alguém pode sentir por um esquilo que acabou sob os pneus de seu Mercedes. — Percebo que você tem dificuldades que outras alunas não têm.

Eu o encaro de volta.

— Isso não tem nada a ver com o que Greta fez...

— Não? — Ele põe a mão sobre a pilha de pastas. — Você está sujeita a alucinações. Está no seu laudo médico.

Eu balanço a cabeça.

— Não. Sei o que aconteceu comigo. Sei o que Greta fez comigo, com minhas coisas.

— Sabe? Tem certeza? Ou é tudo coisa da sua cabeça?

— Não estou inventando nada — eu respiro.

Por um momento, estou nua novamente, assim como quando entrei no meu dormitório e percebi o que aquelas garotas estavam lendo. Estou além de desarmada. Estou desmontada, em pedaços aqui de frente para o sr. Pasture e sua posição de autoridade. Eu sou um vidro quebrado estilhaçando-me sobre seu tapete.

Porque...

A verdade é que tenho apenas 99% de certeza sobre a série de eventos que ocorreram desde meu primeiro dia aqui, desde o momento em que Greta estendeu a mão para mim perto do carro de nossos pais, quando minha mãe declarou que ela e eu seríamos melhores amigas e eu sabia que isso nunca iria acontecer. Tenho apenas 99% de certeza de que havia xampu naquele frasco, de que minhas roupas foram arruinadas, do que li naquele memorando de geometria, das motivações daquele menino do St. Michael.

Estou até mesmo usando o fato de estar neste escritório, falando com o reitor sobre um ataque que foi testemunhado por outras 20 meninas, como uma forma de me fundamentar no que acho que aconteceu na sala dos telefones.

Supondo que esteja realmente sentada aqui. Presumindo que esta é a realidade.

Com a mão trêmula, estendo a mão e toco a frente de sua mesa. Parece sólida. Parece mesmo.

— Srta. Taylor — diz o reitor em uma voz mais suave —, se você não está alucinando, então a única outra explicação é que você esteja inventando coisas para tentar salvar sua colega de quarto. Por que mais você não teria contado nada disso a ninguém? Por que não procurou o conselheiro residencial do seu andar e fez um relatório das ocorrências?

Porque ele está transando com a garota que está fazendo tudo comigo, sr. Pasture.

A verdade nua e crua sobe pela minha garganta, mas fica na minha boca. Se não posso ter certeza sobre o tormento, não posso confiar na existência da calcinha rosa. E neste campo minado de alegações de má conduta, jogar a reputação de Nick Hollis no rolo é algo que não posso fazer, dada a capacidade da minha mente de conjurar eventos do nada. Não seria justo com ele, no caso de a minha mente ter fabricado tudo.

Eu levanto meus olhos. A mudança de comportamento do reitor é pronunciada e devastadora para mim. Ele não está mais hostil porque não está mais lidando com uma aluna rebelde. Ele amoleceu porque está lidando com uma pessoa deficiente, alguém de quem seria cruel esperar um funcionamento normal.

De todas as coisas que minha doença pode tirar de mim, nunca esperei que a credibilidade seria uma delas.

E certamente não quando ela é tão importante.

capítulo
VINTE E TRÊS

Volto para o Tellmer sozinha e não me lembro do caminho de volta. O fato de que de repente estou na porta do nosso quarto apoia a opinião do reitor de que a confiabilidade do meu testemunho é suspeita. Abrindo caminho, encontro minha colega de quarto desfazendo sua cama. Ela está erguendo o colchão.

Ela olha para mim.

— Viu meus cigarros?

Não me ofende o fato de que esta seja a primeira coisa que ela pergunta. Nada mudou em sua situação como resultado da minha reunião com o sr. Pasture, e aposto que ela não tinha nenhuma esperança a esse respeito.

— Desculpe. Eu os peguei.

Enquanto seu rosto demonstra surpresa, fecho a porta e vou pegar o maço de Marlboro e seu isqueiro Bic vermelho combinando.

— Eu não fumei — explico enquanto os devolvo para ela. — Mudei-os de lugar para provar que estava fumando.

O que estou dizendo parece não fazer sentido, mas nenhuma de nós está com pressa para resolver tudo. Sento-me na minha cama. Ela se senta na dela e abre a janela.

— Você quer passar por fumante? — ela indaga em tom de conversa, como se estivéssemos esperando em um consultório médico ou talvez em um salão de beleza, como se ela não se importasse muito com a resposta, mas sentisse a necessidade de iniciar uma conversa com a pessoa ao lado.

— Descobri o que Greta lhes disse, como ela estava invertendo tudo. Achei que fossem perguntar sobre a porta fechada, então queria arranjar uma desculpa. Eu disse que estava fumando e que por isso ficava fechada. Não porque nós estivéssemos... fazendo alguma coisa.

Estou tão derrotada quanto ela, mas por um motivo diferente. No caso de Strots, a verdade foi usada contra ela. No meu caso, a verdade não existe.

Ela ergue os olhos da ponta acesa do cigarro. O sorriso que toca seu rosto é a luz do sol rompendo as nuvens escuras, um pouco de calor dourado que não dura muito.

— Você fez isso?

— Queria ajudar. Da maneira que eu pudesse. — Eu dou de ombros. — Mas não importa. Não acreditam em mim, nem na perseguição de Greta, nem em qualquer outra coisa.

Strots solta a fumaça em direção à janela.

— Querem me expulsar.

Fecho meus olhos. Vou chorar.

— Greta mereceu apanhar na sala dos telefones.

— Não por causa disso.

Eu olho para ela.

— Por que Greta disse a eles que você deu em cima dela no ano passado?

— Ela disse que eu a forcei. Chamaram de "agressão sexual".

Isso me faz congelar, mesmo quando digo a mim mesma que não deveria me surpreender. Presumi que Greta daria uma cartada do tipo, então por que eu a subestimei? Claro que ela iria mais longe.

— Que mentira — protesto.

Vi o coração partido nos olhos de Strots. Posso adivinhar a ilusão de amor mútuo que Greta criou, e ter que usar seu próprio corpo para criar isso seria totalmente irrelevante para ela.

— Achei que estivéssemos em um relacionamento — diz Strots ao se abaixar e abrir a tampa de seu cinzeiro de refrigerante. — Ela via as coisas de maneira muito diferente, pelo menos de acordo com o que ela lhes contou.

— Ai, meu Deus... Strots.

— A acusação contra mim... Como eles falaram? "Conduta imprópria para uma menina Ambrose". Acho que essa é a parte gay, mas também cobre a agressão sexual. — Ela ri de maneira forçada. — Mas, veja só, Greta se recusa a prestar queixa.

— É melhor ela não prestar mesmo. Ela teria de mentir para a polícia.

— Diz ela que está muito traumatizada e que a escola quer encobrir, de qualquer forma. Ah, e o ataque físico lá na sala dos telefones? Nem mencionaram. Afinal, já têm mais do que o suficiente contra mim. Jesus Cristo, de pensar que quase a matei, e isso não é grande coisa quando comparada à ofensa aos valores cristãos deste colégio. Inacreditável.

— Quando você vai embora?

Strots ri de novo sem sorrir.

— Veja bem, aí é que está a questão. Meu pai sendo quem ele é, e aquele centro esportivo apenas pela metade? Farão uma reunião com ele.

— Quem fará?

— O diretor. Não sei o que vai acontecer. Querem que eu vá embora, mas gostam daquela nova sala de musculação e do ginásio doados. Vão tentar negociar para manter o projeto.

— Então talvez você consiga ficar — sugiro, esperançosa.

— Duvido. Meu pai está *puto* comigo. Mesmo que a administração não me expulse, ele vai acabar me tirando do colégio.

Enquanto ela bate as cinzas no gargalo estreito da Coca-Cola, não consigo imaginar que nunca mais nos sentaremos assim. Começo a chorar.

— Eu tentei — eu digo enquanto olho para a camiseta tingida de forma tão completa e competente —, tentei mesmo. Talvez, se eu não tivesse comprado o fixador…

— O quê?

— Não importo. — Balanço a cabeça e me corrijo: — Não importa.

— Agora você está certa. — Strots olha pela janela, um braço na cintura, o outro apoiado no parapeito, de modo que a mão com o cigarro fica bem ao lado do rosto bronzeado. — Eu a odeio. Odeio Greta Stanhope, de verdade.

Strots joga a bituca na garrafa e exala de exaustão enquanto ela olha ao redor. Então ela se levanta, vai até o armário e pega a mochila de acampamento com a qual entrou naquele primeiro dia. Enquanto ela a joga sobre a cama, pergunto:

— Por que está fazendo as malas? Você não sabe se terá de ir.

Meu tom é de súplica. Sinto-me como uma criança pequena a fitar o rosto de um adulto que tem o poder de arruinar minha vida.

— É melhor me preparar. E não consigo ficar parada.

Vou arrumando os materiais escolares enquanto Strots limpa as gavetas de sua escrivaninha e tira a roupa de cama. Mesmo tomando cuidado para não a incomodar, participo da preparação para a sua partida: quem chora sou eu. Lágrimas estão rolando pelo meu rosto e pousando na camisa tingida que não serviu de prova de nada.

Estou chorando por Strots. Por Keisha. Por mim.

Está tudo tão errado. No entanto, acho que Strots quer sair. Não porque ela não goste de mim nem ame Keisha, mas porque ela já cansou de tudo aqui. Não posso culpá-la.

Quando minha colega de quarto termina de fazer as malas, ela as coloca na porta.

— Ouça, tenho um favor a pedir.

Fungo e arrasto minhas mãos pelos meus olhos e meu rosto.

— Qualquer coisa.

Ela aponta para um prato e uma faca de chef que tirou de debaixo da cama e deixou no canto da mesa.

— Você pode devolver isso para o Wycliffe amanhã? Eu me sinto mal por jogar fora. Não deveria ter pegado, para começar.

— Sim, claro.

— Obrigada. — Ela olha para o teto. — De qualquer forma, vou subir.

À medida que sua voz fica áspera, mais lágrimas caem de meus olhos e enxugo meu rosto de novo, desta vez na manga da jaqueta que esqueci de tirar.

— O que faço se alguém vier atrás de você? — pergunto.

Estou pensando no pai dela. Na minha opinião, o sr. Strotsberry se parece com Ronald Reagan, mas tem um temperamento de Hulk Hogan e, esteja eu certa ou errada sobre qualquer um dos dois, não quero ter que vê-lo ou falar com ele.

— É melhor você me trazer de volta aqui — diz ela. — Meu pai não sabe sobre Keisha.

Sei que ela está falando sobre o namoro, não sobre a amizade.

— Está bem.

Ela acena com a cabeça e sai, fechando a porta silenciosamente. Fico em pânico por não termos nos despedido direito, mas as coisas dela estão aqui. Ela voltará para pegar suas coisas.

Terei minha chance, digo a mim mesma.

Mas, conhecendo minha colega de quarto — minha ex-colega de quarto —, seu pedido para levar o prato e a faca de volta e minha concordância em fazê-lo serão a marca da nossa separação, a missão designada e aceita, um substituto para o abraço desconsolado que eu gostaria de dar.

Na ausência de Strots, olho para o lado agora vazio do cômodo. O final do ano parece daqui a décadas e não tenho ideia de como vou dar conta sozinha. Nós nos conhecemos há apenas seis semanas, mas, de muitas maneiras, ela tem sido minha parceira em um deserto contra o qual tivemos que nos proteger. Agora, estou sem apoio nenhum.

A perspectiva de seguir carreira solo me enche de um pavor frio que não é aliviado ao me lembrar do que minha mãe disse. Sim, posso ir para casa, mas, se sair assim, Greta terá sua vitória. Entregarei a ela o troféu em seu jogo contra mim, minha saída presenteando-lhe com algo em que ela pode inscrever seu nome. Ao considerar minhas escolhas, o conselho inicial de Strots continua excelente como sempre.

Não devo dar a Greta o que ela quer e, de agora em diante, vou negar a ela o prêmio não apenas por mim, mas por Strots...

Pela janela que Strots abriu, ouço um carro parando no estacionamento. Eu me inclino sobre o canto da minha escrivaninha e olho para baixo. É longo e preto, uma limusine e um motorista está saindo de trás do volante. Ele está vestindo um uniforme, como algo saído de uma novela de TV. Imagino que minha mãe adoraria ver isso. Como o *gramado*, é tudo o que ela mais admira no Ambrose.

Meu coração bate tão forte que provoca uma tosse.

O motorista não chega à porta traseira a tempo. Dá para entender, porque o flanco da limusine parece do comprimento de um campo de futebol. Do fundo, surge um homem vestido com um terno listrado azul-escuro.

Ele está de costas para mim, em direção à folhagem selvagem e ao rio. Ele é alto e seu cabelo é da mesma cor do de Strots.

Há um grito acima da minha janela. O homem se vira e olha para cima. O rosto dele tem os mesmos ângulos que o de Strots, como se as feições dela tivessem passado por um filtro transformador de masculinidade e meia-idade. E ele não é nada parecido com Hulk Hogan, em sua fúria óbvia. Ele é gélido.

Ele acena brevemente com a cabeça e aponta à sua frente.

Um minuto depois, Strots surge no estacionamento. O motorista volta ao volante e fecha a porta. Faço uma verificação rápida dos carros dos professores. Eles estão em seus devidos lugares, o de Nick Hollis, o do casal do terceiro andar e o da sra. Crenshaw. Rezo para que ninguém precise sair para comprar um litro de leite agora. Minha colega de quarto parece humilhada e não quero que ninguém chegue perto o suficiente para ouvir as palavras que estão sendo ditas. As muitas espiãs que, com certeza, estão agora em suas janelas do nosso dormitório já são mais que suficientes.

O sr. Strotsberry é o que mais fala e Strots, mesmo com toda a sua força atlética, parece diminuir, mesmo que permaneça com a mesma altura e peso. Quero descer e exigir que seu pai me ouça. Quero dizer a ele que sua filha é minha única amiga, minha única campeã, uma fonte de bondade em um lugar que tantas vezes parece hostil. Se ela for expulsa, o lado mau vence.

Mas não posso me mover. Testemunhei a coisa toda, uma visão panorâmica de uma discussão unilateral. Quando acaba, Strots se vira e desaparece dentro do dormitório. Espero que a limusine fique aguardando até que ela traga suas coisas. Mas não. Logo depois que seu pai entra em seus confins escuros, o Lincoln preto se afasta, fazendo curvas largas que quase acertam a grade frontal do Porsche de Nick Hollis e o canto traseiro do carro velho da sra. Crenshaw. Strots entra em nosso quarto momentos depois. Seus olhos estão vermelhos e suas bochechas, pálidas.

— Bem, aí estamos nós.

A porta ainda está aberta atrás dela e, quando ela evita meus olhos, sei que não quer se emocionar e mostrar sua vulnerabilidade aos outros, então precisa de ajuda para fortalecer seu autocontrole.

— Por que ele está indo embora? — questiono. — Ele quer que você volte para casa de ônibus?

Ou talvez forçá-la a voltar a pé para Boston?

Strots está de pé sobre sua mochila como se não soubesse o que fazer com ela. Como se ela nunca tivesse visto uma mochila antes.

— Vou ficar.

— Espere... O quê? Você vai? — Pulo ao mesmo tempo que minha voz sobe um tom. — Eles vão deixar você ficar?

— Meu pai disse a eles que, se me expulsarem por causa de um boato, ele cancelará toda a ajuda. O centro esportivo, as doações, as bolsas. No fim das contas, é a palavra dela contra a minha. Pessoalmente, acho que é uma questão de custo-benefício. Não há tanto dinheiro do lado Stanhope, não mais.

Fecho minhas mãos na frente do meu peito, como se estivesse em oração.

— Mas e o que houve na sala dos telefones?

— Estou em liberdade condicional por causa daquilo. A merda que Greta fez com o seu texto deixou a decisão mais fácil para eles.

Aparentemente, o sr. Pasture estava errado. Há uma justificativa para a violência no St. Ambrose e é o dinheiro.

Enquanto Strots fica em silêncio, espero uma reação mais feliz. Espero qualquer reação. Ela apenas olha para as suas roupas embaladas.

— O que há de errado? — pergunto.

— É difícil decepcionar alguém apenas por estar viva. — Strots balança a cabeça. — Em especial quando esse alguém é seu pai.

Penso em quantas vezes fiz minha mãe ir a um hospital psiquiátrico, uma vez até dentro de uma ambulância. Não estou surpresa com o preconceito do pai dela, mas também lamento muito.

Porque minha sobrevivência está em jogo, porém, sinto a necessidade de definir o que mais me afeta.

— Mas você vai ficar no colégio.

— Ele não me quer de volta em casa, então... sim. Vou.

À medida que as palavras flutuam, um cheiro familiar de perfume também flutua no quarto. Nós duas nos viramos para a porta aberta. No corredor, Greta emerge de seu covil cor-de-rosa, viçosa como uma margarida, o cabelo cacheado nas pontas, sua roupa Calvin Klein digna de um *outdoor* na Times Square.

Quando nos vê, ela se concentra apenas em Strots. Então ela olha para a mochila com satisfação.

— Isso é um pouco demais apenas para um jogo em outra cidade, não é? Strots apenas olha para ela.

Eu me aproximo e fico entre minha colega de quarto e Greta.

— Não funcionou. Ela não vai embora.

Quero pichar as palavras na parede acima da cama dessa vadia, para que a tinta pingue na porra da capa de edredom com monograma dela e estrague tudo.

— Bem, então ainda não terminamos... — conclui ela com suavidade. — Não é mesmo?

Há uma longa pausa e procuro no rosto de Greta qualquer tipo de dica sobre seu próximo passo. Ela está como uma estátua de mármore, porém. Digo a mim mesma que ela deve estar fervendo por dentro.

Olho para Strots. Ela também está imóvel, tão imóvel quanto um animal. Mas não porque esteja com medo. Seu olhar está fixo na outra garota como se estivesse encarando uma arma.

Acho que Greta deveria tomar cuidado com o que diz. E talvez para onde ela vá depois disso. O que não passa de uma brincadeira para ela... não parece bem um jogo de amarelinha para a minha colega de quarto.

Strots pega os cigarros que eu estava preparada para assumir para protegê-la e, quando atravessa e sai do nosso quarto, diz algo para mim, mas não ouço.

Greta sorri quando minha colega de quarto passa por ela.

— Subindo para ver sua namorada? Diga oi para Keisha por mim.

Strots já está fora do alcance da nossa porta, então não consigo ver a reação dela. Mas o olhar fingido de inocência de Greta, como se ela estivesse respondendo a um olhar furioso, me deixa furiosa. Também espero que ninguém a tenha ouvido.

Antes que eu saiba o que estou fazendo, estou parada na frente da garota.

— O que há de errado com você?

Aqueles lindos olhos azuis se movem na minha direção. E, então, ela ri.

— Isso vindo de alguém que é comprovadamente insana? Ei, eles dão um certificado dizendo que a pessoa é louca? Foi assim no início do semestre...

— Por que você tem de fazer isso com as pessoas? — Lágrimas fazem a minha visão ondular. — Por que tem de ser tão cruel? É porque seu pai gastou toda a sua herança?

Sua respiração ofegante sugere que o tiro barato acertou fundo.

— Você não sabe de nada sobre mim.

Penso na noite em que interrompi seu encontro com Nick.

— Eu sei, sim.

Enquanto seus olhos se estreitam, ela consegue parecer completamente feia, e eu me pergunto se ela também se lembrou da interrupção noturna, o fator desencadeador de tudo entre nós.

— Como o quê? — ela questiona.

Por um momento, eu quase falo. Mas, então, eu me afasto.

— Você é má pra cacete.

Não posso fazer isso em se tratando do nosso CR. Não confio nele. Não confio nela. Infelizmente, também não confio em mim.

— Não sou má — pontua ela. — Simplesmente gosto de jogar dominó. O efeito cascata é muito divertido de assistir.

Quando ela se vira, coloco força em minha voz.

— Deixe Strots em paz.

— Ou o quê?

— Eu vou te machucar.

Greta olha por cima do ombro.

— Sinto muito, sua zé-ninguém. Dominós não podem lutar contra a queda. Mas vá em frente e tente. Vamos ver o que acontece com isso.

Quero mesmo revelar o que sei sobre ela e nosso CR. Mas, de repente, minha mente se liberta do lugar-comum e me leva a uma viagem para uma versão alternativa de nosso corredor, onde o sangue flui, vermelho como os brincos de rubi nas orelhas de Greta, lustroso e grosso como xarope de bordo. Quando a garota se despede de mim, o cheiro de cobre inunda meu nariz, substituindo seu perfume floral, e olho para baixo para encontrar o carpete encharcado de sangue. Meus tênis fazem *schmuck-schmuck-schmuck* quando piso, à medida que me viro e volto para o quarto.

Bato a porta com tanta força que dou um pulo.

Quando olho em volta, vejo paredes com sangue. Há tanto sangue, há poças se formando no chão, lambendo os pés das nossas camas, inundando a bagagem ainda embalada de Strots, infiltrando-se em nossos armários.

Sinto o aperto enjoativo em torno de meus tornozelos conforme os níveis aumentam. Jogo-me sobre o meu colchão, procurando um terreno mais alto. Abro minha janela, para que ele escorra e não me afogue, o sangue de Greta equivalente a um rio fluindo livremente pelas costas do Tellmer, pousando sobre os carros, abrindo caminho até o ponto mais baixo do leito do riacho em um tsunami que bate sobre as árvores e consome todo o mato desgrenhado.

Meu último pensamento coerente é que aposto que a sra. Crenshaw nunca pensou que teria de fechar as janelas de Nick Hollis para o sangue não entrar.

VINTE E QUATRO

Quando enfim volto ao corpo e ao meu estado normal de consciência, estou sentada na minha cama e está escuro lá fora. Sob o brilho das luzes de segurança, posso dizer que as paredes do quarto estão mais uma vez brancas, o chão está seco e as coisas empacotadas da minha colega de quarto não são esponjas para serem espremidas em benefício da Cruz Vermelha. Levanto minhas mãos. Não há sangue nelas. Inspeciono meus tênis. Não têm manchas que levariam alguém a chamar a polícia. Minhas calças também estão limpas.

Quando vou fechar a janela, ainda assim tenho que verificar a área do estacionamento. Graças à iluminação externa, posso ver os carros dos professores. O gramado dos fundos. As árvores e a cobertura do solo que obscurecem a margem do rio. Tudo parece como sempre.

Estou tão aliviada que começo a tremer. Também estou desorientada e fraca, como se a alucinação exigisse calorias, embora meu corpo físico não tivesse ido a lugar algum.

Olho o horário no meu despertador. A hora do jantar está quase acabando. Fiquei fora de mim por quase duas horas. Em um esforço para me manter firme, forço meu cérebro a fazer uma avaliação elaborada dos prós e contras de uma viagem até o Wycliffe para comer. Não porque esteja com fome, mas porque estou com medo de onde minha mente me levou desta vez.

Tenho medo da violência.

Suicídio é uma coisa. Assassinato, outra.

Volto a inspecionar minhas mãos e me pergunto, como se pertencessem a outra pessoa, exatamente do que são capazes. Penso em usá-las para desempacotar a mochila de Strots para ela, mas parece intrusivo, mesmo que isso me forneça uma prova de que tenho controle sobre onde coloco minhas mãos e o que seguro com meus dedos.

Imagino Greta parada na porta aberta de seu quarto, toda embrulhada para presente, com sua superioridade e suas roupas da revista *Seventeen*. Passei pouco tempo pensando sobre suas motivações, suas origens, sua própria perspectiva sobre seu comportamento, sobretudo no que diz respeito a mim. Em tempos de guerra, você não se dedica a pensar se as balas que vêm em sua direção foram disparadas de algo feito pela Smith & Wesson ou pela Remington. E, de fato, a pergunta que fiz a ela não foi bem uma investigação sobre sua história. Ao perguntar a ela por que ela se comporta dessa maneira, estava implorando, com uma retórica patética, para que ela parasse.

Penso no meu encontro com o sr. Pasture e na dúvida sobre mim mesma que me fez calar.

Lembro-me de Nick Hollis naquela primeira noite, brigando com sua esposa por telefone.

Lembro-me das lágrimas não derramadas nos olhos da minha colega de quarto enquanto ela falava sobre a garota que não apenas partiu seu coração, mas enfiou um pedaço de dinamite aceso em sua cavidade torácica.

Por fim, ouço a voz de Greta na minha cabeça: *Bem, então ainda não terminamos... Não é verdade?*

Meus olhos vão para as janelas. Noto as vidraças finas. A folha velha e frágil feita de massa de vidraceiro. A queda para o asfalto duro e frio da área de estacionamento. Para reafirmar a altura em que estou acima do solo, inclino-me para a frente em busca de olhar por cima da borda da janela e então crio um problema de física para resolver. Se eu pegasse impulso suficiente, acredito que poderia pousar no Porsche de Nick Hollis.

A ideia de que a última missão terrena do meu corpo seria quebrar o capô do carro esportivo e estourar todos os vidros de segurança tem um apelo eletrizante.

O impulso permanece no coldre, no entanto. Porque, pela primeira vez, quero machucar alguém além de mim.

Quando enfim me levanto, não é para ir comer no Wycliffe. Vou até o meu armário, cruzando as casas fantasmagóricas do tabuleiro de xadrez formado pelo reflexo das vidraças no chão, e não fico surpresa com o meu destino. Suponho que seja meio inevitável.

Só há uma coisa que posso fazer nesta situação, só tenho uma vantagem contra Greta. Mas é uma ogiva que certamente causará danos colaterais consideráveis — e, seguindo essa metáfora nada original, ela possui um sistema de orientação pouco confiável.

Depois de soltá-la, não poderei controlar as consequências.

Mas não posso deixar isso de lado. Não posso me sentar à margem e assistir a Margaret Stanhope piorando ainda mais as coisas com a minha colega de quarto.

Quando a porta do armário se abre diante de mim, sou chamada por um propósito maior. Caio de joelhos, aterrissando em meu par de botas pretas de reserva, que tiro do caminho, embora o piso de madeira seja igualmente desconfortável para os joelhos. Começando a suar de nervoso, passo as palmas das mãos pelo chão empoeirado até chegar às minhas malas feias. E as tiro da frente também.

Por um momento meu coração para porque não vejo nada ali…

Presa no canto escuro… Uma coisa pequena e sedosa.

E rosa.

Exalando rapidamente, aperto a calcinha de Greta na palma da minha mão e fico tonta de alívio quando me retiro e me levanto. Fico onde estou, ofegante e trêmula, até que ouço uma voz do lado de fora da minha porta que se afasta no corredor. Isso me reorienta. Enfiando a calcinha no bolso da jaqueta que não tirei desde que fui até o escritório do sr. Pasture, saio cambaleando do meu quarto. É então que os limites do meu planejamento se tornam aparentes. Só tenho uma evidência relativa e sei como contornar isso. A calcinha não prova nada. O contexto é que faz a diferença, não a existência da calcinha.

E ainda tenho meu problema de credibilidade com a administração.

No corredor, sigo para a escada principal porque estou distraída e é um hábito, mas paro ao descer os degraus. Lá embaixo, ouço muitas vozes e o volume delas está dobrando e redobrando.

Esqueci. Há uma reunião obrigatória no dormitório agora. Discutir as expectativas e os padrões de comportamento da comunidade. Olho por cima do ombro para a porta de Nick Hollis e penso naquela pintura do Santo Ambrósio. Não transar com as alunas faz parte das regras da comunidade, mas, de alguma forma, duvido que isso aconteça.

Movendo-me mais rápido agora, sigo para o final do corredor, para as escadas que me levarão até o porão. Não tenho certeza do que estou fazendo, o que aumenta meu senso de urgência porque uma atitude *deve* ser tomada. Erros devem ser corrigidos, mas sou uma amazona branca fraca e não confiável neste jogo de xadrez. O reitor não vai acreditar em mim de repente, mesmo que eu jogue esta peça da Victoria's Secret com o nome Stanhope sobre as fotos emolduradas de sua mesa arrumada.

A próxima coisa que percebo é que estou no porão e, quando abro a porta dos fundos do dormitório, o frio bate em mim. O estacionamento está com dois carros agora: a caminhonete do casal do terceiro andar e o Porsche de Nick Hollis. Olho para os veículos como se eles pudessem me levar a algum lugar útil. O que é ridículo. Você não tem como dirigir para a terra de resolução dos problemas.

Algo atinge meu nariz, eu olho para cima. Chuva.

Lá dentro, ouço a cacofonia abafada da reunião do dormitório, a conversa das garotas enquanto elas se reúnem ecoando por todo o vasto espaço aberto da sala. Imagino que Nick trará todos à ordem quando chegar a hora e imagino Greta olhando para ele entre cabeças e ombros. Ela pensa em transar com ele nesses momentos?

Ando em direção ao gramado, cruzando os braços sobre a jaqueta para me aquecer, a chuva acumulando no alto da minha cabeça. Há aquele grande e lindo carvalho a cerca de dez metros do estacionamento, seus enormes galhos se desdobrando em uma copa que não alcança os carros dos CRs, o que é uma sorte, considerando todas as folhas que estão caindo. Escondo-me atrás do porta-malas porque não vou àquela reunião e meus olhos se erguem para a fileira de janelas do nosso CR no segundo andar. Eu o imagino andando pelo apartamento. Colocando um boné de beisebol. Aquele que eu já vi. Ele me disse que ganhou de seu primo, que é torcedor do Cincinnati Reds.

Quando sua esposa foi embora de novo?, pondero. *Logo depois daquele jantar com o pai? Ela suspeita de alguma coisa?*

Acho que sim. Acho que o telefonema bêbado teve a ver com isso.

Desvio o olhar, como se Nick Hollis pudesse sentir o que tenho no bolso, a calcinha que ele tirou de uma garota de quinze anos enquanto sua esposa estava fora, uma calcinha que é a minha vantagem — se eu soubesse o que fazer com ela.

A quem contar? Quem iria acreditar em mim?

Por alguma razão, noto que o carro da sra. Crenshaw não está no terceiro e último espaço, o mais distante da porta. As luzes do apartamento dela também estão apagadas. Visto que ela nunca se atrasa para nada, e esta é uma reunião obrigatória, ela deve estar voltando correndo ou já morta por ter batido em um poste de telefone em uma estrada escorregadia.

Provavelmente, não é um acidente. Ela me parece uma motorista muito cuidadosa, do tipo que causaria um acidente ao tentar evitá-lo. Tenho vergonha de mim mesma por não me importar se ela está morrendo ou apenas atrasada e, então, decido não pensar nela de jeito nenhum. Estou muito ocupada tentando encontrar uma maneira de usar o que sei que tenho. Eu bato nas portas de todas as hipóteses, mas todas elas estão trancadas, ou nenhuma das minhas batidas é respondida…

De repente, imagino a sra. Crenshaw no Dia da Montanha. Lembro-me da expressão em seu rosto quando ela se sentou na mesa de piquenique ao meu lado com seu monte de salada de repolho, forçando Nick Hollis a conversar.

Mesmo sendo casado. Mesmo que ele esteja fora de seu alcance. Mesmo que ele estivesse claramente desinteressado.

Meus olhos vão para o Porsche azul-claro. Como de costume, ele está na vaga central, sua extremidade inclinada voltada para mim. A sra. Crenshaw terá que colocar seu Toyota no ponto mais distante, aquele que está fora do alcance das luzes de segurança que brilham do teto.

Olho para o bloco de janelas do CR do segundo andar. Estão escuras agora. Ele saiu para ir à reunião.

Relanceio para o Porsche.

E é aí que o meu cérebro clica e me informa o que devo fazer. A linha indecifrável da álgebra em que estou, com apenas sua solução existente até agora, de repente revela seus valores, a resposta para a peça que falta é tão fácil que não posso acreditar que não a vi antes.

Enquanto sigo em direção ao Porsche de Nick Hollis, fico nas sombras, minhas roupas pretas me fazendo desaparecer, sobretudo quando puxo o capuz da jaqueta para cobrir meu rosto pálido. Quando abro a porta do lado do passageiro, abaixo-me para ficar fora das luzes de segurança e tenho que esticar o braço para colocar a calcinha no banco.

Pouco antes de fechá-la de volta, abro a janela dez centímetros e limpo minhas digitais da maçaneta.

Como se fosse uma cena de assassinato.

O toque de seda rosa brilha como uma joia no couro cor de caramelo.

Fechando a porta do carro, volto para a escuridão como um fantasma. Volto para a árvore. Prendo a respiração.

Enquanto a chuva continua, folhas douradas caem de galhos retorcidos como os dobrões de Willy Caolho, garantindo boa sorte no chão aos meus pés, em todos os lugares.

Este é o pensamento que está passando pela minha mente quando o brilho de um par de faróis perfura a noite, os feixes duplos cruzando o gramado dos fundos do meu dormitório e penetrando na folhagem selvagem do rio — antes de girar e iluminar a árvore atrás da qual estou escondida.

A sra. Crenshaw estaciona seu carro exatamente onde deve, na última vaga disponível. À sua maneira inimitável, ela sai de trás do volante com toda a elegância de um encanador, arrastando consigo um par de sacolas de supermercado que lhe dão um tapa na perna quando ela fecha a porta com um chute.

Ela contorna a frente de seu carro na calçada com pressa, mas dá uma olhada no Porsche azul-claro. Meu coração bate forte.

Faça, torço. *FAÇA. Você sempre faz...*

A sra. Crenshaw, com suas duas sacolas barulhentas, sua bolsa desleixada e seu cabelo liso, pegajoso e úmido, continua em frente.

Ela não para em busca de fechar a janela do Porsche. Ela está atrasada. Ela está distraída.

Ou ela não viu a abertura, ou decidiu que, em uma noite como esta, com tudo o mais que está acontecendo, ela não se importa em proteger os assentos de couro vintage de Nick Hollis. Ou, talvez, seu amor não correspondido tenha enfim acabado.

Ela vai para o dormitório.

Fecho meus olhos e caio contra o tronco da árvore. Meu humor afunda abruptamente, como se um plugue tivesse sido retirado e tudo de mim, saindo pelas solas dos meus tênis. O desespero que sinto não tem a ver apenas com Greta, Strots e Nick Hollis, mas comigo, da inundação de sangue no dormitório até o fracasso no escritório do sr. Pasture.

Mas não posso cair nessa armadilha familiar. Deixei minha única vantagem no banco do passageiro do carro de Nick. Se ele encontrar a calcinha lá, vai se livrar dela, e vou ficar sem nada.

Saio de trás do meu esconderijo. Enquanto atravesso até os carros, sou...

A porta do porão do dormitório se abre e é empurrada com tal força que o peso bate contra o tijolo.

Congelo bem no meio da grama, a meio caminho da árvore até o estacionamento.

A sra. Crenshaw marcha na chuva, murmurando palavrões e jogando o cabelo úmido para trás. Suas sacolas não estão com ela, nem sua bolsa. Ela deve tê-las deixado em algum lugar lá dentro.

Sua cabeça está abaixada e rezo para que continue assim, porque parte de mim está na luz, minha perna direita estendida sob a iluminação que cai sobre o solo desalinhado.

Ela contorna a traseira do Porsche até o lado do passageiro.

De costas para mim, ela puxa a porta como se fosse a última coisa na terra que ela quisesse fazer e se inclina para dentro do carro para acionar a maçaneta que opera a janela...

Agora ela também está congelada, nós duas imóveis sob a garoa fria.

Ela se abaixa ainda mais e então se endireita devagar, uma peça rosa em sua mão. Ela não está mais frustrada. Não está mais ciente da chuva.

A sra. Crenshaw vira a calcinha na mão.

E lê a etiqueta.

Depois de um momento que dura toda a minha vida, a sra. Crenshaw se afasta do Porsche e volta para o dormitório.

Assim que ela desaparece no porão, há um silenciamento das vozes lá em cima, onde está acontecendo a reunião sobre conduta e expectativas de comportamento, que já começou. Um momento depois, as luzes se acendem no apartamento da sra. Crenshaw no primeiro andar. Observo-a entrar na cozinha, colocar a bolsa e as compras no balcão e ficar parada ali, olhando para alguma coisa.

Imagino que seja a calcinha.

Quando algo pinga em meu nariz, percebo que estive na mesma posição por tempo suficiente para a chuva saturar o capuz de minha jaqueta, e suas fibras de algodão começam a pingar.

Olho de volta para o Porsche.

Posso ter baixado um pouco a janela, mas a sra. Crenshaw deixou a porta toda aberta. Parece-me que o pobre carro está suportando o peso das transgressões nas quais desempenhou um papel pouco ativo, presumindo que Nick Hollis não tenha feito sexo com Greta em seu interior — algo que não tenho certeza se é fisicamente possível, embora Greta seja magra como uma dançarina e sem dúvida tão flexível quanto.

Devido à sua idade e tudo mais.

É com base nessa análise de danos colaterais automotivos que vou na ponta dos pés até o Porsche. Não há tempo para enxugar a água do assento, que, percebo agora, é chamado com muita precisão de "balde". Também não tenho uma toalha comigo e, além disso, seria melhor que eu não fosse vista em nenhum lugar perto do carro.

Puxando minha manga sobre minha mão, eu fecho a porta.

Ah, Greta, penso comigo mesma enquanto saio correndo. *Os dominós estão enfim respondendo ao ataque.*

capítulo
VINTE E CINCO

Não consigo dormir esta noite, então ainda estou acordada quando Strots foge para o nosso quarto depois do toque de recolher. Quando ela fecha a porta, me sento na cama. No brilho fraco das luzes de segurança, ela é uma sombra que se move silenciosamente.

— Ei — digo.

— Ei — ela sussurra de volta para mim no escuro. — Você não foi à reunião.

— Não.

Estava ocupada demais plantando evidências para que uma professora de geometria pudesse desenhar linhas e raios em sua cabeça e arruinar a vida de um futuro professor de inglês. Ou romancista aclamado. Ou o que ele quiser ser.

Procurado pela polícia, corrijo na minha cabeça. E o que Sandra vai dizer sobre tudo isso? Meu Deus, a vida do homem está acabada e a culpa é minha...

Não, eu me lembro, ele escolheu o risco de exposição no momento em que cruzou a linha. Deve ter presumido que, como tudo sempre foi fácil para ele, sua boa sorte de filho de ouro continuaria, independentemente de suas ações.

E, mesmo assim, ainda me sinto mal, porque ele parecia tão sincero quando estava tentando me ajudar...

— O que aconteceu? — murmuro.

— Na reunião? Nada. Embora a merda tenha ficado estranha quando eu entrei, o que significa que valeu a pena ir.

Strots se troca no closet. Ela sempre faz isso, mas não porque tenha vergonha de sua nudez. É tudo uma questão de funcionalidade e, como ela pendura a maior parte de suas roupas em cabides, ela pode trocar para sua versão de pijama com a vivacidade de uma assistente de mágico entre os atos.

Conte para ela, digo a mim mesma enquanto ouço o arrastar de suas roupas sendo tiradas e colocadas. *Conte para ela o que você fez.*

Mesmo que esteja preocupada com o que vai acontecer com Nick Hollis, é difícil ser uma heroína anônima, uma supergarota que trabalha de forma oculta para vingar a honra de sua colega de quarto e reparar seu próprio tormento. Capas vermelhas voam dos ombros dos salvadores por uma razão, e não é para esconder a luz das boas ações que praticam. Nem são um véu de humildade.

Ainda assim, fico em silêncio do meu lado de Metrópolis. Ao contrário de Greta, não tenho experiência com efeitos cascata, sobretudo aqueles que envolvem roupas íntimas, Porsches e professoras de matemática. De súbito, penso na natureza excessivamente sincera e confusa da sra. Crenshaw e gostaria de ter podido contar com qualquer outra mensageira. Mas tive de trabalhar com o que eu tinha.

— Boa noite, Taylor.

Olho para a paisagem preta e cinza do nosso quarto. Em sua cama, Strots está de costas para mim, as curvas de seus ombros e quadris envoltas em uma roupa de cama sem monograma. Penso nas outras meninas aqui, em suas roupas e joias, bolsas e perfumes. E, no entanto, a família de Strots é quem está construindo o novo centro esportivo.

— Está apaixonada por Keisha? — pergunto.

No instante que as palavras saem da minha boca, quero pegá-las de volta.

— Sim — concorda Strots. — E ela também me ama. Certeza.

— Cuidado com ela.

Strots se vira e olha para mim.

— Do que diabos está falando?

— Não nesse sentido. — Penso em Greta, parada do lado de fora de seu quarto, inflexível. — Quis dizer que não quero que ela tenha que lidar com Greta como nós, só isso.

Há um longo silêncio.

— Se ela fizer alguma coisa com Keisha, eu a mato.

Com isso, Strots se afasta de novo e, logo depois, a ouço roncar. Como invejo sua capacidade de se isolar mesmo em meio ao caos em que estamos. Do meu lado do quarto, isso simplesmente não é possível.

Ainda estou olhando para o teto quando a luz do amanhecer chega com um rubor no horizonte, como se o céu se deliciasse timidamente com os avanços do sol. A falta de sono é perigosa para mim, exatamente do que nós, pacientes bipolares, não precisamos e, no entanto, não há nada a ser feito com a insônia. Minha mente ficou inflamada a noite toda, meu silêncio e imobilidade são apenas um comportamento exterior. Dentro do meu crânio, meus pensamentos são um show de *heavy metal*.

Quando chega a hora, sigo minha rotina matinal, assim como Strots. Seguimos para Wycliffe separadamente para comer e, quando entro no refeitório, recebo muitas surpresas e olhares demorados. Por um momento, não consigo entender o porquê. Então, o evento com todas aquelas caixas de correio me volta à mente. A boa notícia é que nada disso realmente importa agora. Há outra coisa que deveria estar acontecendo e passo muito tempo olhando na direção da mesa de Greta. Tudo parece normal por lá, mas não vai ficar assim.

Nick Hollis sofrerá as maiores consequências, sem dúvida. E, mesmo que Greta não seja expulsa, porque como menor ela não pode ser culpada pelas indiscrições de um adulto, garanto que ele não terá mais nada a ver com ela. Ficará preocupado demais com seus próprios problemas e as pessoas que escorregam e caem não querem voltar e pisar de novo na casca de banana.

Por falar em brinquedos arrancados da mão, me pergunto se Francesca ficará satisfeita. Sei que, no meu íntimo, ela não vai se surpreender.

Na aula de inglês do primeiro período, que mais uma vez agradeço por não ter com Nick Hollis, olho para a frente e não vejo nada. Escrevo coisas em meu caderno espiral que poderiam ser uma representação adequada do que é dito pelo professor, ou apenas rabiscos. Abro minha boca e respondo quando sou chamada, e não tenho ideia se estou falando em outras línguas ou não.

Na aula de geometria da sra. Crenshaw, que foi misteriosamente remarcada para um dia antes, eu de fato presto atenção. Mas não ao conteúdo. A ela. Ela está com olheiras? Sim. As mãos dela tremem quando ela passa o giz no quadro? Difícil dizer, mas acho que sim. A voz dela está ansiosa? Talvez.

Exceto que tudo isso já era verdade antes da noite passada na chuva, sua agitação é sempre um halo vibrante ao seu redor.

E há uma reviravolta irônica em tudo isso. Ela e eu estamos, de fato, no mesmo time agora, trabalhando juntas como ela sempre quis — exceto que ela não tem a menor ideia sobre a corrida de revezamento em que estamos, ou que fui eu que passei o bastão para ela. Para piorar as coisas, não consigo vê-la correndo pela pista, não consigo medir seu passo ou sua resistência.

Aliás, nem sei se concordamos com a linha de chegada.

E se sua paixão por Nick Hollis a deixar determinada a protegê-lo? Ela já cuida dos assentos do carro dele, e sem nenhum incentivo da parte dele, muito pelo contrário. Talvez ela o tenha confrontado e exigido uma noite de cinema em troca de seu silêncio?

Tenho de esperar que o ciúme corte esse cordão com rapidez.

No fim do dia, dou uma volta pelo campus em vez de voltar para o meu quarto. Espero dar mais uma chance para as coisas acontecerem, como se minha ausência no dormitório fosse necessária para que a situação se estabeleça da forma certa. A ideia de passar outra noite em contemplação tensa do teto é uma tortura. E se eu tiver insônia de novo? Não sei como passar por outro bloco de horas assustadoras.

Minha caminhada me leva pela superestrutura em desenvolvimento do Centro Atlético Strotsberry. Apesar da hora tardia, há trabalhadores rastejando-se como formigas pelo canteiro, soldando, martelando, usando equipamentos pesados. Há uma longa limusine preta estacionada paralelamente à construção, e deve ser o pai de Strots, ainda no campus depois de forçar a administração a manter sua filha na escola. Enquanto continuo a caminhar, desta vez fico feliz que os ricos sejam tratados de maneira diferente. Por causa desse privilégio, consegui manter minha colega de quarto, e meu desespero para não ficar sem Strots me faz abraçar o favoritismo que se reverte em meu benefício. E dela.

INTERNATO PARA MENINAS CRUÉIS

Não é de admirar que as pessoas nas revistas de minha mãe pareçam tão felizes e satisfeitas consigo mesmas. Não há terreno irregular para elas, não importa o calçamento.

Quando chego ao Tellmer, não tenho certeza do que esperar e uma estranha paranoia me faz subir as escadas correndo. É difícil ver como meu próprio joguinho de dominó pode dar errado para mim e minha colega de quarto, mas pode acontecer. Greta é muito melhor nesse tipo de jogo do que eu. Muito mais prática, para começar, e há o fato de que a carga que ela carrega é muito mais leve, já que ela se livrou do peso de uma consciência há muito tempo.

Chegando ao segundo andar, tenho um pressentimento de que algo mudou. A porta de Nick Hollis está aberta. O que não é incomum. Há, no entanto, um par de malas ao lado, como soldados em posição de sentido na presença de um oficial.

Ah, merda. Eles demitiram Nick e sua esposa o está deixando. Tropeço e tenho que me segurar na balaustrada…

— Você está bem?

Uma mulher sai rápido do apartamento, com os braços esticados para a frente, seu rosto preocupado. Ela é alta e esguia, com cabelos castanhos brilhantes, e cheira a perfume fraco e a uma leve fumaça de cigarro. Em seu conjunto profissional de blazer e saia, ela é linda à maneira de uma âncora de jornal, toda bem arrumada, com traços simétricos e uma elegância inata.

— Sra. Hollis?

Ela sorri, revelando dentes brancos perfeitamente retos.

— Me chame de Sandy. Você deve ser a Sarah.

Impressionada com o quão à vontade ela está, olho para as malas. Talvez ela esteja apenas voltando para casa, não saindo? Então, ela não sabe. Ou talvez nada tenha sido feito?

O vácuo de informações faz minha cabeça girar de maneiras perigosas.

— Como me conhece?

— Nick me contou sobre suas discussões sobre livros e mencionou que sua cor favorita é preto. Achei que tinha que ser você.

— Ah.

Toda vez que pisco, vejo minha mão coberta pela manga limpando minhas impressões digitais da manivela da janela da porta do Porsche do marido desta mulher.

— ... o surpreendi ao chegar em casa mais cedo — ela continua, com outro sorriso aberto e honesto. — É tão bom estar aqui. Sinto como se estivesse viajando o semestre inteiro, mas sei que você tem cuidado bem de Nick. Deus, você me fez um favor ao falar sobre todos aqueles livros com ele. Ficção não é a minha praia.

Assinto. Digo algo. Não tenho certeza do quê.

— De qualquer forma — ela prossegue com uma alegria palpável —, agora que a minha bolsa da Fundação MacArthur acabou, posso ficar em casa enquanto procuro outra rodada de financiamento. Não sei se Nick falou sobre o que faço, mas eu me concentro na programação municipal de divulgação do HIV positivo... — Ela gesticula com a mão para se conter e vejo que ela usa o mesmo tipo de aliança de ouro simples que o marido usa, só que menor. — Nada disso importa. Quero que venha jantar conosco. Sou uma péssima cozinheira, mas estou determinada a aprender a cozinhar agora que tenho um tempinho de folga. O que me diz?

Olho em seus olhos. São cor de mel, aquele termo genérico para íris castanhas demais para serem verdes e verdes demais para serem castanhas, e têm manchinhas que me fazem pensar na pimenta que salpico sobre as minhas batatas fritas.

— Ele te contou sobre mim, não foi? — Ouço-me dizer a ela.

O rosto de Sandra Hollis — *Sandy* — permanece calmo e composto, como uma assistente social que foi treinada para permanecer calma e composta, não importa o que seja revelado a ela. Isso me faz pensar no que aconteceria se eu contasse a ela sobre a calcinha de Greta. Sua expressão mudaria, então?

— Ele disse que você é superinteligente e que sem dúvida deveria estudar literatura na graduação. Ele me disse que vai manter contato com você depois que formos embora no final deste ano letivo e escrever uma carta de recomendação para Yale quando você for para a faculdade, caso você queira.

Ela está mentindo. Talvez não sobre a admissão na faculdade, mas pela omissão sobre a minha doença. Ela se mostra acolhedora demais, preparada demais com as palavras.

De repente, inclina a cabeça.

— Você está bem?

Enquanto apenas a encaro, ela olha por cima do ombro para dentro do apartamento.

— Nick? Você pode vir aqui…?

Sinto muito, penso comigo mesma.

— Por quê? — ela pergunta.

Quando ela faz a pergunta, percebo que falei em voz alta. Percebo o quão alto aumentei as apostas neste jogo que estou tentando jogar com Greta.

— Preciso ir — aviso assim que Nick aparece na porta aberta.

Ele está usando um suéter de caxemira vermelho-escuro, pelo menos acho que deve ser de caxemira, dada a qualidade da malha. E está sorrindo enquanto pousa um braço casual em torno de sua esposa. Ela olha para ele, sua boca se movendo enquanto ela aninha seu corpo no dele. Duvido que ela saiba como parece confortável com ele. Solta. Como que desenrolada. A maneira como ela é com o marido é de uma intimidade honesta e sou a única entre nós três que suspeita que isso não vai durar muito mais.

Olho para o jeans dele e tento adivinhar se são aqueles que tirei da máquina de lavar, aqueles em que estava a calcinha de Greta. São parecidos. Mas jeans não parecem todos iguais?

— Meu Deus, Sarah, sinto como se não a visse há uma eternidade. — Nick sorri.

— E você tem de vir jantar…

— Tenho que ir estudar — murmuro.

— Vamos marcar um dia — diz ele enquanto tropeço em meus pés de novo e saio andando.

Mal chego ao banheiro a tempo. Passando rápido pela porta, vou até a fileira de banheiros, entro em um cubículo e caio de joelhos. Eu nem me preocupo em levantar o assento quando vomito. Nada sai, porém, então eu vomito de novo. E de novo…

— Você está bem?

Quando ouço a voz lá em cima, penso que é Deus, e que Ele é uma mulher e está me acompanhando, e decido de imediato que devo me desculpar por duvidar de Sua existência durante todos esses anos.

Levanto meu rosto suado e corado para fora do vaso.

Francesca está de pé na porta aberta da cabine. Ela prendeu o cabelo com um elástico e está com a escova e a pasta de dentes na mão — e é aí que percebo que ela fez com sucesso o que eu falhei em executar: você sempre consegue dizer quando as garotas bonitas vomitam depois de comer porque elas têm de tirar seus longos e lindos cabelos da frente. É a única vez que essas madeixas não caem sobre seus ombros estreitos.

— E então? — ela insiste.

Mesmo que ela esteja perguntando sobre meu bem-estar, não é exatamente com generosidade. De sua posição superior e muito mais graciosa, ela está me considerando uma vira-lata para a qual ela pode ou não chamar a carrocinha. Considerando seus lábios franzidos, fica claro que ela prefere me descartar e seguir em frente. Ela não é como Greta, no entanto. Se ela deixar a vira-lata com a perna quebrada no meio da estrada, isso vai incomodá-la mais tarde. Não vai conseguir esquecer.

Assim como colocar o meu texto em todas aquelas caixas de correio e depois aparecer de branco acabou a afetando.

— Quando Greta deu um soco no seu olho no Dia da Montanha… — ouço-me dizer — … era porque você sabia o que ela estava fazendo com Nick Hollis?

A cor se esvai do rosto da menina, transformando seu sutil trabalho de maquiagem na versão do Bozo da Maybelline.

— Do que está falando? — ela sussurra.

Nem tento me levantar do chão do banheiro. Minhas pernas não aguentam o meu peso por tantos motivos e, além disso, estou abaixo dela e de sua espécie desde o dia em que entrei no campus em um Mercury de 10 anos. Ficar cara a cara não vai mudar nada.

— Não está certo — pontuo. — A coisa toda. Ele é casado, né?

Há momentos em que a rígida hierarquia do status social adolescente se desfaz, e este é um deles. O significado do que abordei é tão grande que destrói nossas distinções de menina bonita e louca excluída. Somos meramente humanas. E estamos, nós duas, chocadas.

— Como você descobriu? — ela pergunta em voz baixa.

— Não importa.

Francesca olha ao redor do banheiro vazio. Olho para ela. Percebi que ela, como Stacia, têm sido como um borrão para mim, o fundo desfocado atrás do objeto em que a lente da minha câmera é focada com tanta nitidez. Seu rosto não é tão bonito quanto sempre pensei que fosse, o nariz dela um pouco longo demais em seu rosto magro, seu perfil, portanto, de pássaro, pois seu queixo não acompanha a projeção do nariz. Imagino que ela vá consertar essa assimetria antes de ir para a faculdade, e é provável que também aumente os seios. A pele dela é perfeita, porém, tão lisa e imaculada que é como alabastro pelo qual circula sangue. E, claro, em cortesia às suas aventuras pelo banheiro depois do jantar, seu percentual de gordura corporal é imperceptível.

Sua silhueta é fina e alta como um graveto fincado na vertical.

— Eu os peguei no flagra no início de setembro — conta ela em uma corrida silenciosa, como se estivesse segurando o segredo por um tempo. — Eu estava no escritório do boletim de notícias sozinha bem tarde.

Fazendo cópias do meu texto?, conjecturo. Não, pela época tem cara de ter sido o falso memorando de geometria. Mas não estou mais zangada com as pegadinhas ou violações da minha privacidade. Pelo menos não estou com raiva dela.

— O escritório dele fica no mesmo andar da redação — continua ela. — Fica bem no final do corredor. Eu estava saindo e eles saíram juntos pela porta dele. O cabelo dele estava uma bagunça. O dela também. Ele estava enfiando a camisa para dentro da calça. — Francesca balança a cabeça. — Como se eu não soubesse o que eles estavam fazendo lá… Por favor.

— Não viram você?

— Não. Estavam muito ocupados flertando um com o outro. E, então, no Dia da Montanha, ela estava dando muito na cara. Falando com ele.

Tocando em seu braço ou ombro. Quando chegamos ao parque, disse a ela que era melhor ela relaxar se não quisesse que toda a escola... — Há o estrondo de uma porta no corredor e sua cabeça vira. Mas ela não para. Fala mais rápido, como se estivéssemos ficando sem tempo. — Eu disse que ela estava fazendo papel de boba e que precisava parar com isso. Ela ultrapassou os limites comigo.

— Mas você continuou sendo amiga dela?

Os olhos de Francesca voltaram-se para mim.

— O que deveria fazer? Sentar sozinha na hora do almoço? — Ela olha para baixo rapidamente. — Sem ofensas.

— Sem problemas.

— Então, como sabe?

— Encontrei a calcinha dela na roupa para lavar dele. É uma longa história, mas não há dúvida de que estava na calça jeans dele.

Os olhos de Francesca se arregalaram.

— Quando foi isso?

— No fim de semana do Dia de Colombo.

— Você vai para a administração?

Quanto a isso, posso ser totalmente verdadeira.

— Não. Eles não iriam acreditar em mim, de toda forma.

— É verdade. — Ela não se preocupa em se desculpar desta vez, mas, de novo, não me ofende. — Alguém precisa denunciá-los. E não é porque o queira para mim, nem nada do tipo. É simplesmente errado. Somos crianças, pelo amor de Deus. E ele é *casado*.

Concordo com a cabeça, embora não tenha certeza se acredito nela. Da forma como ela estava olhando para Nick Hollis naquele dia no ônibus? Acho que os limites também poderiam ter sido cruzados com ela, se ele quisesse. Algo me diz que Greta é a única com quem ele ficou aqui no Ambrose, não porque ele tenha alguma virtude em particular, mas porque ela não aceitaria nenhuma competição.

Exceto que houve aquele nome que o ouvi dizer ao telefone quando ele estava brigando com sua esposa.

A ideia de que existe um predador à solta em nosso meio embrulha meu estômago.

— A esposa dele não vai mais viajar. — declaro. — Acabei de falar com ela. Parece que ela ficará mais por aqui. Ela me disse que sua bolsa de estudos acabou. Ou algo assim.

Francesca olha para o lado. E, então, um sorriso duro brota em seu rosto.

— Isso vai ser divertido de assistir. — Ela olha de volta para mim. — Você está ficando doente? Porque tem de desinfetar com o Lysol se estiver.

Enquanto ela aponta para a lata de aerossol branca e amarela no fundo do vaso sanitário, balanço a cabeça:

— Não, não estou doente.

— Ah. — Suas sobrancelhas se erguem em curiosidade. E então ela dá de ombros. — Se estiver começando, você precisa trazer sua escova de dentes consigo. Use-a na garganta. Os dedos nem sempre vão longe o suficiente e, além disso, é nojento enfiar a mão na boca.

Enquanto ela imita o movimento na frente de seus lábios abertos com sua Oral-B, penso em aeromoças nos aviões mostrando às pessoas como usar o cinto de segurança e onde ficam as saídas. Então ela acena com a cabeça, como se tivesse feito o que podia com a vira-lata, e vai embora.

Eu me afundo contra o assento do vaso sanitário.

Uma fração de segundo depois, ela se recosta na cabine.

— Você contou para alguém?

— Não. — Estou aliviada por isso não ser uma mentira. — Ela já me odeia. Não quero mais problemas.

Francesca parece desapontada com isso. Em voz baixa, ela anuncia:

— Alguém precisa derrubar essa cadela.

— Pensei que ela fosse sua melhor amiga.

— Descobri no baile que ela transou com o Mark no feriado de 4 de julho. Só para provar que podia.

É engraçado como ela presume que eu saiba quem é Mark. Mas, porque costumava escutar os três no rio, de fato sei.

— E não é a primeira vez que ela me apunhala pelas costas. — Francesca cruza os braços sobre o peito e estreita os olhos. — Ela tenta transar com todos os meus namorados.

— Por que você é amiga dela?

— Às vezes acho que poderia matá-la, de verdade — a garota murmura distraidamente, como se não tivesse me ouvido.

Por um momento, os olhos de Francesca ficam opacos com uma raiva que me choca. Apesar da saia xadrez e da meia-calça azul-marinho, das sapatilhas em matelassê com o duplo C no topo... Ela de repente parece uma boxeadora usando soqueiras sob as luvas.

À medida que o silêncio se estende, estou disposta a apostar que ela está vendo sangue na fantasia criada em sua cabeça e, quando ela se vira para sair, não estou surpresa que ela não diga mais nada para mim. Ela parece não saber que estou ali, e não apenas porque sou uma pária social.

Sozinha de novo, me arrasto para fora do azulejo usando o assento do vaso sanitário como apoio. Então borrifo o Lysol, sem pensar no porquê, e vou até a pia para lavar as mãos.

Olhando para o meu reflexo no espelho, não vejo nada do meu rosto ou cabelo. Estou pensando no ódio mortal nos olhos de Francesca.

Greta tem mais inimigos do que eu imaginava. E alguns estão bem ao seu lado.

capítulo
VINTE E SEIS

— Você não vai acreditar na merda que vou te contar.

Strots abre nossa porta no meio desta frase e, enquanto me viro na cadeira da escrivaninha, meus pulmões se contraem como um punho. É a tarde seguinte, pouco antes do pôr do sol. Sei disso porque cada minuto das últimas vinte e quatro horas foram como um corte na minha pele, cicatrizes por todo o meu corpo, ardendo e coçando. Acompanhei a passagem do tempo com todas as minhas células.

Minha colega de quarto tem o cuidado de fechar a porta antes de falar, mas, ainda assim, ela se aproxima e abaixa a voz.

— Nick Hollis vai ser demitido.

Levanto as sobrancelhas e tento parecer surpresa. O que não é difícil. *Puta merda,* penso comigo mesmo. *Funcionou mesmo?*

— Ele vai?

— Ele estava transando com uma aluna.

Balanço a cabeça como se estivesse lutando para ouvi-la direito.

— Está falando sério?

Eu me sinto estranha por ter falado sobre isso com Francesca e não com a minha única amiga no St. Ambrose. Mas estou preocupada que, se Strots souber o que planejei, mais coisas ruins podem acontecer a ela.

Strots vai até a cama dela, inclina-se sobre o móvel e, de repente, abre a janela quase totalmente. Enquanto acende o cigarro, ela solta a fumaça no meio do quarto, animada demais para controlar a qualidade do ar.

— O trabalho de Keisha é na casa do diretor, certo? Então ela viu Hollis ir para o grande escritório junto com o reitor depois da aula de hoje. Hollis saiu uma hora depois e estava todo chateado.

— Mas como vocês sabem por que ele estava chateado?

Strots corta o cigarro no ar como se estivesse frustrada com perguntas estúpidas.

— Depois que ele saiu, Keisha ouviu o reitor e o diretor conversando. Eles não tinham fechado a porta completamente. Hollis está transando com uma aluna e vai ser demitido por causa desse relacionamento inadequado.

— Quem é a aluna?

— Eles não usaram um nome. Keisha disse que se referiam a ela como "a menor em questão".

— Uau. — Olho para minhas mãos, que estou torcendo no meu colo. — A esposa dele também acabou de chegar em casa.

Quando imagino Sandy tentando me impedir de cair na escada, me sinto muito, muito mal.

— Eu me pergunto quem diabos é a aluna. — Strots aponta seu cigarro fumegante para mim. — Confie em mim, o nome vai vazar. Essas coisas nunca ficam em segredo.

— O que a esposa dele vai fazer?

— Vai se divorciar, aposto. — Strots ri um pouco enquanto pega seu cinzeiro de Coca-Cola. — Quem teria pensado que a merda comigo seria colocada em banho-maria tão rápido? Ser gay não parece assim tão ruim quando comparado a estupro estatutário, certo? De qualquer forma, achei que você gostaria de saber das fofocas.

— Obrigada.

Há um silvo quando ela joga a bituca meio fumada na garrafa de plástico e, então, minha colega de quarto sai rápido do quarto, sem se despedir.

Não fico chateada com ela. Ela apenas provou que estava me levando em consideração ao relatar as notícias com entusiasmo oportuno.

Ouço, então, vozes lá embaixo, no estacionamento. Levanto-me um pouco da cadeira e olho pela beirada da grande janela. Nick Hollis e sua esposa estão discutindo entre si. O carro dela, um Honda hatch, está estacionado ao lado, na grama, porque não há vaga oficial para ele e sinto como se a presença dela no mundo do Ambrose parecesse paralela e desordenada, como seu carro mal acomodado.

INTERNATO PARA MENINAS CRUÉIS

Sua mala, que ela está colocando no porta-malas, é um comentário claro de que, independentemente de sua agenda de viagens ter terminado, ela vai embora de novo.

Ela é um dano colateral, penso comigo. Embora ela não esteja magoada. Está furiosa.

Ainda assim, os dois são bastante contidos em sua discórdia, sem dúvida porque sabem que estão sendo observados. Ambos os rostos estão vermelhos, no entanto, e seus olhos brilham, os dela com raiva, os dele com a súplica de coração partido. Tenho a impressão de que este não é o começo dessa luta em particular, mas sim o clímax de algo que vem acontecendo há algum tempo, provavelmente desde que ele voltou do escritório do diretor. Estou disposta a apostar que, quando as coisas estavam confinadas ao apartamento deles, havia mais volume e talvez alguns empurrões.

Estou extrapolando a história com base na maneira como eles se dirigem um ao outro, na expressão furiosa de Sandy, em como ela fica ainda mais corada à medida que a rajada silenciosa aumenta.

Quero colocar minha cabeça para fora da janela e dizer a eles para fazerem isso de outra forma, de modo a proteger sua privacidade. Assim que se espalhar a notícia de que Nick Hollis foi demitido por dormir com uma estudante, essa exibição pública de conflito conjugal se tornará parte da história e, embora nenhuma de suas palavras seja ouvida, pelo menos não da minha janela, um diálogo será dublado por roteiristas iniciantes com preferência por novelas televisivas.

E, então, algo atravessa a janela aberta de Strots e me atinge no estômago. Nick levanta a voz bruscamente para falar sobre sua esposa.

— Meu pai vai me arranjar um maldito advogado. Não vou deixar este campus e vou lutar contra isso até o fim. É difamação...

— Não se eles investigarem Molly Jansen. — A voz de Sandy fica esganiçada. — Como viemos parar aqui de novo, Nick? Apenas um ano depois. Com outra garota de quinze anos.

De repente, eles ficam em silêncio e, enquanto a mulher encara o marido, considero voltar correndo para o banheiro e me ajoelhar na frente do vaso. Não é necessária a escova de dentes, Francesca.

Outra garota de quinze anos?

Sua esposa é quem termina a discussão. Ela recua com um gesto desdenhoso, como se lavasse as mãos. Fechando o porta-malas com força, ela entra atrás do volante de seu Civic torto e dá ré de maneira brusca, como se sua raiva estivesse sendo canalizada por seu pé sobre o acelerador e o freio. Quando, enfim, pôde arrancar, há apenas um guincho anêmico dos pneus, a baixa potência do motor falhando em atender o que é sem dúvida um chamado à ação. Se ela estivesse no Porsche, aposto que teria feito muito barulho e queimado muita borracha em seu rastro.

Deixado sozinho, Nick Hollis vira as costas para o dormitório e fica parado olhando para a vegetação e o rio por um longo tempo. De vez em quando, ele passa a mão pelo cabelo grosso e sedoso. Tenho a impressão de que ele deve estar passando frio só com aquele suéter vermelho de caxemira, mas, quando o sol começa a se pôr, ele não parece notar a queda de temperatura.

Eu me pergunto se ele sabe de alguma coisa…

Ouço um estrondo atrás de mim, forte e insistente, como um tiro.

Giro tão rápido que derrubo minha cadeira.

Greta está parada na porta aberta do meu quarto e, pela primeira vez, ela está desfeita. A maquiagem dos olhos está borrada e o rosto, manchado.

Meu único pensamento é que Francesca me vendeu para proteger a si mesma dessa garota que não é na verdade sua amiga.

— Onde está aquela vadia do caralho? — diz Greta.

— Strots?

— Onde *diabos* ela está?

— E-eu não sei. Por quê?

Greta aponta um dedo para mim.

— Ela foi longe demais desta vez. Longe *pra caralho*.

Meu coração bate forte.

— Do que está falando?

— Diga a ela que vou resolver isso. Se ela foder a minha vida, vou foder a dela.

A porta se fecha e ouço Greta decolar. Para alguém que pesa menos do que eu, seus passos são como os de um homem adulto e sua fúria me assusta.

Corro para a porta, pensando em lhe dizer a verdade, que fui eu quem a delatou. Eu que fiz isso, não Strots. Encontrei o que encontrei e fiz tudo acontecer. E, então, se ela não acreditar em mim, porque ninguém nunca acredita, vou correr na frente e avisar minha colega de quarto, que deve estar lá em cima com Keisha…

Quando minha mão faz contato com a maçaneta fria, uma mudança elementar toma conta de mim. Não sou mais capaz de me mover. Confusa, olho para mim mesma.

Espero encontrar uma transformação ocorrendo, como meus pés virando pedra e sendo aparafusados às tábuas do assoalho, uma maré de íon de concreto mais uma vez subindo pelos meus tornozelos, pelos meus joelhos e por todo o meu tronco, enquanto me torno uma estátua, assim como fiquei na frente da farmácia.

Tenho a impressão de que, pelo menos aqui no meu quarto no Tellmer, estarei protegida do clima e do cocô de pássaros.

Só que não é isso que está acontecendo.

Levanto um dos meus pés. Depois o outro. Tiro minha mão da maçaneta e me retiro da minha inclinação para a frente.

Não sou uma estátua de mim mesma e, no entanto, não posso sair do meu quarto. Estou congelada, mas não inanimada.

Quando chega a explicação para a minha imobilidade, fico tão envergonhada que um redemoinho de ódio de mim mesma faz o papel do meu cabelo da alucinação que tive no centro da cidade. Fibras de inimizade saem da minha cabeça e se enrolam em volta do corpo, cobrindo-me em um envoltório mumificado de escuridão antes de invadirem o quarto.

Não posso ir porque sou fraca demais para enfrentar Greta.

Apesar de todas as minhas manobras de fundo, minha conivência com a trama da calcinha rosa, sou uma covarde. Quando realmente importa, como agora, não posso me levantar e admitir para a minha inimiga o que fiz e enfrentar sua ira. Não, devo recorrer à minha colega de quarto mais forte e robusta, preparando Strots para uma queda para quando ela for falsamente acusada.

Greta não vai acreditar quando ela disser que não foi ela. Acabei de pegar o conflito entre elas e encharcá-lo com o fluido do isqueiro.

E Keisha vai ser a próxima pessoa sugada pela fogueira.

Ainda que eu saiba disso, e mesmo que queira proteger Strots, não consigo me mexer e me odeio por tudo. Pela minha doença, pela minha fraqueza, pela minha covardia, de novo, quando devo fazer algo importante. Sou inútil. Sou fraca. Inútil. Eu sou fracaeusouinútilsoufracafracafraca...

Fora de seu período de hibernação, minha doença sela o cavalo das minhas recriminações, as esporas de suas botas cavando nos flancos da minha autoflagelação. Em um galope cheio de poder e elegância, ele me carrega para o abismo mais uma vez, e as faíscas saindo das ferraduras naqueles cascos barulhentos são a única luz na escuridão da minha versão da realidade.

Exceto que há uma diferença desta vez.

Da convicção de que sou uma louca covarde, algo diferente emerge e então se esvai em uma explosão de calor. É uma raiva que nunca senti antes. Não, isso não é verdade. Houve breves surtos dessa fúria ao longo do semestre e, como gravetos sob a madeira seca, o fogo enfim chegou a eles, embora não apenas em toras empilhadas em uma lareira, mas em toda a minha casa.

Foda-se Greta Stanhope.

Com base nesse referendo alucinado sobre meu caráter, me torno a própria fúria. Eu me torno vingança. Estou incendiada como a fúria de um crematório. É por causa do que a situação com Greta me mostrou sobre mim? Ou é porque cansei de cair silenciosamente na noite ruim da minha loucura?

Como muito do que aconteceu no Ambrose, as origens não importam.

O que acontece a seguir é o que conta. Ao sair do quarto, não me preocupo em opinar sobre onde vou. Por que eu deveria? Não estou no controle enquanto desço para o porão e saio pela porta dos fundos.

O último pensamento vago de que estou consciente é de que Nick Hollis não está mais parado no estacionamento.

A última coisa de que tenho consciência de ver são as janelas hermeticamente fechadas dos dois lados de seu carro.

O último som que ouço é o passo final que meu coturno direito dá antes de eu sair do concreto e caminhar pela grama úmida e fria.

E, então, já não tenho memória de mais nada.

capítulo
VINTE E SETE

Alguém está gritando.

Abro os olhos. Estou atordoada, desorientada, e não consigo entender para o que estou olhando ao deparar com tudo branco. Será que desmaiei e fui parar no pronto-socorro? Fui levada para um hospital psiquiátrico em Boston? Morri e estou...

É o teto. Acima da minha cama, no meu quarto.

A luz está passando pelas fileiras de janelas, criando sombras nas dobras das cobertas sobre mim. Manhã? Deve ser.

Ao me sentar devagar, levo a mão ao rosto. Minhas têmporas estão latejando, e é como se minha cabeça pesasse tanto quanto o restante do corpo. Movendo-me com cuidado, porque me preocupo que meu crânio possa cair de cima dos meus ombros e rolar para debaixo da cama, busco Strots na cama dela, esperando que esteja dormindo.

Não está. O lado dela está vazio.

E quem está gritando? Que horas são...

Algo cai sobre o meu colo, pesado e úmido, e dou um gritinho. É a toalha que estava envolvendo meu cabelo, que também está úmido e pesado. Devo ter tomado banho antes de me deitar. Não me lembro nem de uma coisa, nem de outra... Nem de me ensaboar e enxaguar, nem de me alongar e descansar.

Quem está gritando? As palavras estão abafadas, como se fossem pronunciadas ao longe. De primeira, acho que estão vindo do outro lado da parede, talvez lá do andar de baixo. Mas não. A origem é lá fora.

Eu me levanto e me inclino sobre a janela. Lá embaixo, no estacionamento, um homem de cabelo escuro usando uniforme de jardineiro da cor da vegetação está caminhando rumo ao rio com seu boné amarrotado de suor. Ele está falando com um policial vestido de azul e carregando uma credencial, uma arma e algemas no cinto.

O policial está assentindo e fazendo gestos para que ele se acalme, como se estivesse batendo de leve no solo que percorrem. Os três carros dos CRS estão onde deviam estar. Não há outras pessoas por perto.

Não, isso não é verdade.

Dois homens emergem por entre as árvores perto do rio e caminham até o policial e o jardineiro com as cabeças baixas. Um está com as mãos unidas atrás do corpo, o outro está folheando um caderninho. Ambos estão usando jaquetas esportivas surradas, não uniformes, mas a maneira como o policial passa a tratativa do jardineiro para eles deixa claro que eles é que estão no comando.

Eles se revezam na conversa com o homem de boné e as mãos do jardineiro tremem quando ele tira o boné e o retorce nas mãos como se fosse uma roupa recém-lavada.

Eu olho para as árvores e me pergunto sobre o que encontraram ali.

Sem conseguir observar por mais um segundo que seja, saio do quarto e dou de cara com a porta aberta de Greta. Sua cama está feita e, sobre ela, há algumas roupas coloridas como o arco-íris, como se ela não tivesse conseguido se decidir sobre qual vestir hoje. Sua colega de quarto não parece estar lá.

Sem dúvida Greta está no banheiro e vou para lá com passos pesados que ficam ainda mais pesados quando começo a me preocupar com a minha colega de quarto.

Lá dentro, o ar está espesso com o vapor e o aroma de xampu provenientes dos banhos matinais. Há duas garotas nas pias, escovando os dentes. Alguém ainda está tomando banho, a água escorrendo com pressa até o ralo.

Eu uso o banheiro e vou lavar as mãos. Ao secá-las, espio sobre o ombro. Na parede de armários, o balde de Greta não está lá, então é ela que deve estar tomando banho. O de Strots está no lugar, então, ela deve estar no andar de cima com Keisha.

O repouso da noite me fortaleceu. Quando Greta aparecer em seu quarto, direi a ela a verdade, para que ela fique furiosa com a pessoa certa.

Depois, tenho de ir lá em cima confessar o meu pecado do silêncio para a minha colega de quarto. E em frente à sua namorada, ainda por cima, para que a minha responsabilidade seja ainda maior. Talvez seja tarde demais; talvez Greta já esteja aprontando com Keisha. Mas a minha consciência precisa ficar limpa.

Quando volto ao quarto, a ordem da minha lista de afazeres se inverte, porque Strots já voltou. Ela está sentada em sua cama, com camiseta e shorts de dormir e chinelos nos pés. Seu cabelo está molhado e penteado para trás.

Ela não me nota.

— Strots? — pergunto enquanto fecho a porta rápido, para que ninguém a veja com seu cigarro. — Você está bem?

Talvez ela esteja brava comigo? Mas eu nunca contei a ela sobre a calcinha, então como ela poderia saber...

A cabeça dela balança quando ela dirige o olhar a mim.

— Ah, oi.

Não parece brava. Não parece... Nada, na verdade. É como se fosse um retrato de si mesma, pintado por um amador.

— Desculpe — peço. — Não quis te assustar.

Eu me aproximo dela com cuidado. Caso ela queira gritar comigo. Quando ela simplesmente volta a fumar, sou desarmada por seu jeito distraído.

— Você está bem? — pergunto.

— Ah, sim. — Ela bate o cigarro na boca da garrafa de Coca-Cola e erra, espalhando cinzas sobre sua perna. — Perfeita. E você?

Como este não parece ser o momento certo para a minha confissão, deveria prosseguir com o meu plano e interceptar Greta quando ela voltar do banho. Mas me sinto compelida a ficar com a minha colega de quarto.

— Hmm, você viu os policiais lá fora? — pergunto, incerta sobre como quebrar o silêncio.

— Lá fora? — ela pergunta, exalando.

— No estacionamento.

— Não. — Strots bate a cinza na garrafa e acerta desta vez. — Tinha um policial lá fora?

— Três, acho — respondo, indo até a janela. — Não estão mais lá.

— Estranho. — Strots esfrega o rosto com a mão livre. — Então...
Keisha terminou comigo ontem à noite.

— O quê? — Despenco na cadeira da minha escrivaninha. — Por quê?

— É meio demais, sabe? Aquela coisa de Greta comigo no ano passado.

— Mas está resolvido. Seu pai já resolveu tudo.

— Keisha tem bolsa de estudos. E se for retirada? Ela não terá mais
como estudar aqui. — Strots dá de ombros. — Mesmo que não tenha sido
expulsa, estou na condicional, então estou contaminada aos olhos da administração. Fica perigoso demais para ela andar comigo. Valores cristãos
e tudo mais, sabe? E o colégio não pode me sacrificar, então a mandariam
embora rapidinho. Ela está certa.

Sinto um frio por dentro.

— Greta foi atrás de você ontem à noite? — pergunto com pavor.

— Ahm?

— Acho que... Acho que ela estava atrás de você.

Strots parece distante ao olhar para mim e eu imagino todo tipo de
ideia passando por sua cabeça. O mesmo sentimento está se passando do
lado de cá do quarto.

— Sabe, acho que vou embora.

— O quê? — A respiração entope a minha garganta. — O que você
quer dizer com ir embora? Deste dormitório... ou do colégio?

— Do Ambrose. Sim. Não tenho mais interesse em ficar aqui.

— Mas você não pode... Quero dizer... — É muito egoísta da minha
parte pensar nos meus próprios interesses, mas é assim que me sinto. — Para
onde você vai? De volta para casa?

— Não. Tem uma rodoviária na cidade. Tenho um pouco de dinheiro.
Dinheiro vivo, quero dizer. O suficiente para durar um mês na estrada.

— Não. — Balanço a cabeça, embora ela não esteja olhando para mim.
— Você não vai embora. Simplesmente não vai.

Strots ri em um bufo curto.

— Então consegue prever o futuro, hein? Você sabe tudo o que vou fazer.

— Sei que você não desiste. E, se você sair, estará desistindo.

Strots olha para a ponta do cigarro e a natureza moderada de seu rosto, corpo e comportamento está ausente. Não é a minha colega de quarto que está sentada diante de mim.

— As coisas mudam uma pessoa — diz ela remotamente.

— Não você.

Ela fuma por um minuto em silêncio.

— Por que diabos me põe em tão alta conta, Taylor?

— Porque você é minha amiga e amigos acreditam no melhor um do outro. — Inclino-me tanto para a frente na cadeira que corro o risco de escorregar; estou implorando a ela com tudo o que tenho, até a minha postura. — E é por isso que eu sei que você não vai embora.

— Não colocaria tanta fé em mim se eu fosse você. Pode acabar se decepcionando.

Eu olho através da porta aberta de seu armário. Ela não desempacotou suas coisas de quando seu pai veio e negociou uma maneira de ela ficar.

Com exceção de arrumar a cama para ter onde dormir, ela deixou o resto de suas roupas e objetos na bolsa e na mochila, usando-as como escrivaninha.

— Você precisa de ajuda para desempacotar suas coisas? — pergunto enquanto observo a bagunça solta de moletons, calças e camisas meio dobradas.

— Não, eu vou embora — pontua ela com indiferença.

— Não, não vai, não. Vamos desfazer as malas.

Só que, como é típico de mim, sou tímida demais para começar sem a aprovação dela. Então nós duas ficamos onde estamos enquanto ela fuma a parte branca do cigarro até a parte amarela do filtro.

— Você não vai embora — repito.

Como se a minha opinião importasse. Como se pudesse ter algum impacto...

Agora, espere um minuto, eu lembro. Consegui fazer um professor ser despedido. Já é algo. Claro, eu também arruinei a vida de Strots, ao que parece.

E, se eu tivesse sido designada para outro dormitório, ou mesmo outro andar do Tellmer, nada disso estaria acontecendo.

— Não tome uma decisão permanente com base em uma emoção temporária — argumento, lembrando-me do mantra de Phil, o Farmacêutico. — Pelo menos dê um tempo. Pense nas coisas.

— Um dia — conclui. — Vou dar um dia.

Este é o máximo de progresso que farei sobre o assunto, mas digo a mim mesma que a minha colega de quarto vai se recuperar. Ela é assim. E não vou trazer à tona as coisas de Greta. Não agora. Não vou dar a ela outra razão para ela se aborrecer comigo.

Levanto-me e visto-me dentro no closet, como ela sempre faz, embora, ao contrário dela, tenha vergonha da aparência do meu corpo. Vestindo minhas roupas pretas, percebo que meus pensamentos são consumidos tanto pela possível separação de Strots quanto pelas mentiras de Greta sobre o ano anterior e, embora esteja triste por minha colega de quarto e preocupada por ter que procurar nossa inimiga comum, há uma medida de alívio no assunto em questão.

Estou conectada a uma versão comumente aceita da realidade.

É melhor estar conectada com o planeta, mesmo que tudo pareça uma gangorra evasiva e muito crua. Pelo menos estamos todas juntas nisso e, por "todas", quero dizer Strots e eu.

Digo a mim mesma que ela vai cair em si. Ela precisa cair.

capítulo
VINTE E OITO

Há ainda outra reunião obrigatória no dormitório naquela noite. O anúncio está na minha caixa de correio quando volto do almoço, a única folha de papel pendurada solitária na fenda com o meu nome. Não estou nem um pouco interessada em participar se for mais um seminário sobre como se comportar. Depois que minha colega de quarto perdeu a namorada, graças à besteira hipócrita do St. Ambrose, já estou farta das expectativas de conduta do manual.

Mas estou curiosa para saber por que há quatro carros de polícia estacionados na frente do meu dormitório. Estão lá desde que fui tomar café da manhã.

Como uma breve ansiedade transforma meu corpo em um diapasão para todas as preocupações do universo, a ideia de subir para fazer algum dever de casa parece uma sentença de prisão perpétua em um confinamento solitário. São 13h do sábado. Strots, imagino, está se preparando para jogar hóquei e me pergunto como vão ficar as coisas com Keisha. As negociações do sr. Strotsberry incluíram manter sua filha no time do colégio, cuja capitã é Keisha.

Vai ser muito difícil para as duas. No entanto, é impossível culpar Keisha por querer proteger sua bolsa de estudos, e espero que o distanciamento não tenha ocorrido tarde demais. Greta não estava almoçando agora e estou apavorada com o que essa ausência significa. Imagino-a no escritório do sr. Pasture, sentada sob a proteção do manual e daquela pintura a óleo, condenando uma garota a uma expulsão que é grosseiramente injusta, só para foder com a minha colega de quarto.

Medindo as escadas para o segundo andar, sei que preciso subir até lá e esperar o retorno de Greta para que possa cumprir minhas ações, mas, de repente, estou tendo problemas para respirar no hall de entrada. Eu me viro e corro para fora da pesada porta. A mudança na temperatura do ar ajuda e começo a caminhar, resolvendo clarear um pouco a cabeça antes de encarar Greta.

Para evitar as meninas que voltam ao dormitório em fluxo constante, dou a volta por trás e, ao chegar ao estacionamento, verifico os carros, como se o número e o alinhamento deles significassem alguma coisa. Todos eles estão onde estavam esta manhã. Não descobrindo nenhuma pista, continuo pelo gramado e olho para a árvore atrás da qual me escondi naquela noite — o marco zero de tudo que está acontecendo agora.

Penso na sra. Crenshaw na chuva. Na calcinha. A porta aberta que ela abandonou quando voltou para dentro. E continuo indo, descendo até a beira do rio.

Rompendo com o emaranhado da vegetação, descubro que o barulho perto das pedras ainda está bastante vigoroso, embora não chova há alguns dias.

Inspirando, sinto o cheiro de terra fresca e sei que o cheiro de terra logo será algo de que sentirei falta até a chegada da primavera.

Eu me pergunto onde estão todos os policiais. Quatro carros de polícia na frente do dormitório significam que deve haver pelo menos um quarteto deles em algum lugar. Talvez estejam lá dentro conversando com as pessoas? Talvez estejam apresentando acusações criminais contra Nick Hollis pelo caso Greta? Suponho que haja duas maneiras de a escola lidar com uma crise como essa. Ou enfia tudo debaixo do tapete, que era o que presumi que a administração faria, ou *bate de frente*, o que incluiria processar o professor envolvido.

Começo a caminhar ao longo do rio, escolhendo meu caminho com cuidado na trilha, pisando de leve com os coturnos e evitando os galhos para não fazer barulho. Não sei por que sinto a necessidade de disfarçar minha presença. Talvez seja porque todo o resto está tão quieto ao meu redor, a corrente do riacho é o único ruído ao alcance da voz. Mas isso não dura.

Estou quase na árvore bifurcada e na enorme pedra lisa onde Greta e as Morenas gostam de se encontrar quando ouço as vozes. Masculinas. Os policiais?

Paro e tento ouvir o que eles estão falando. Quando não consigo acompanhar as palavras, esgueiro-me até o grande tronco dividido e me escondo no meu lugar de sempre. No trono de pedra de Greta, há um grupo de seis ou sete homens de pé, ombro com ombro, de costas para mim. A maioria está uniformizada, mas reconheço os dois que não estão pelas jaquetas esportivas. Foram eles que assumiram a conversa com o jardineiro esta manhã. Alguns dos homens estão fumando. Um deles está com um cachimbo.

Algo está nas rochas a seus pés, quebrando o cinza opaco da superfície da pedra.

Enquanto mudo meu peso de lado e tento olhar entre o tecido solto de suas calças... Aquilo é um pé descalço?

Através da floresta de pernas das calças dos oficiais, reconheço um único pé descalço, branco e imóvel. Está inclinado para o lado e, do meu ângulo, posso ver que as unhas dos pés são pintadas de rosa brilhante, e é um rosa bem cuidado, não algo desleixado e feito à mão em um dormitório. Há um único anel de ouro no terceiro dedo do pé...

Dou um passo para trás bruscamente e minha bota estala sobre um pedaço de pau.

O grupo de homens vira-se em direção ao som que eu fiz. É quando vejo de quem é o pé.

Margaret Stanhope está deitada na pedra com o rosto para cima, suas roupas brilhantes desalinhadas e manchadas de vermelho, seu cabelo loiro emaranhado, seus olhos abertos em meio ao seu rosto sem cor encarando o céu. Há um homem de joelhos ao lado dela, preparando uma bolsa preta com um zíper que percorre toda a extensão do plástico pesado, parecido com uma lona.

Um dos policiais salta na minha direção.

— Ei! Você não deveria estar aqui... Deus do céu, Bob, você devia garantir que nenhuma delas descesse aqui!

Saio apressada e em pânico pela trilha, com a certeza de que o assassino de Greta está atrás de mim, e não a polícia. Corro, aterrorizada, cada passo forte enviando a imagem daquele pé através do meu cérebro de novo e de novo, o dedo do pé, o esmalte do pé, o anel do dedo do pé. A pele branca morta. A sujeira no tornozelo.

Arbustos batem no meu rosto. Escorrego na lama e recupero o equilíbrio como se fosse uma atleta, não uma doente mental reclusa. Algo bate repetidamente em minhas costas, entre as minhas omoplatas, e estou convencida de que eles estão tentando me laçar como um novilho errante. Sem nenhum plano além de fugir da captura, atravesso o rio, saltando sobre as rochas que são grandes o suficiente para ficarem fora da água. Corro pela outra margem. Como a dor na minha espinha dorsal continua, percebo que é apenas minha jaqueta.

Enquanto isso, os policiais que me seguem estão gritando, aqueles policiais barrigudos de cinquenta anos acompanhando meu ritmo vertiginoso por um tempo, até que os canso e suas vozes ficam mais fracas. Esta vai ser a primeira, e talvez única, corrida que venço e sou grata porque, por mais fora de forma que eu esteja, a idade avançada não é páreo para a juventude.

Continuo correndo, seguindo para a fronteira mais externa do campus, para a cerca de arame que se forma lá na frente, quando se avista o gramado e os edifícios, o elegante arco de ferro sobre a entrada do Ambrose. Essa decoração cara não seria desperdiçada do lado em que estou agora. Quando me aproximo do gramado, sem fôlego, o limite aqui onde ninguém o vê é bem feio.

Quase caio no solo macio e percebo um trem se aproximando. Não, não é um trem. São os sons cortantes da sucção e pressão dos meus pulmões. Minhas pernas, enfraquecidas pelas exigências da fuga, desistem de mim. Deslizo pela cerca até que os saltos das minhas botas agarrem meu peso e meus joelhos protestem com a compressão dos membros inferiores.

Coloco uma mão no chão para me impedir de cair. A lama escorre por entre os meus dedos. Não me importo.

Toda vez que pisco, vislumbro o rosto de Greta. Sem piscar, imóvel. Nunca piscará de novo, nunca se moverá de novo.

Brincadeiras, penso com desespero. Eram apenas brincadeiras. Era apenas água em um frasco de xampu. Alvejante nas roupas. Um memorando falsificado. Um acordo em um baile.

Um texto copiado e compartilhado entre as colegas de escola.

Quando o assédio estava acontecendo, parecia devastador. Mas não comparado a um saco para cadáveres. Não comparado a todo o sangue naquelas roupas brilhantes. Não comparado a um olhar mortal focado no céu azul do que pode muito bem ser o último dia quente e ensolarado do ano.

— Ai, meu Deus, por favor, não esteja morta, Greta.

Por muitas razões, esta é a última coisa que eu pensaria que sairia da minha boca. E é claro que ela está morta. A maquiagem e o cabelo da garota estavam uma bagunça do caralho. Se ela estivesse viva, nunca teria se permitido ser vista assim.

Além disso, para que diabos acho que serve o saco para cadáveres? Se houvesse mesmo uma chance de vida, eles teriam trazido uma maca e médicos.

Envolvo meus braços em volta de mim e gemo.

E é aí que me dou conta de que as coisas são muito piores. Não só ela está morta… como também, evidentemente, foi assassinada.

Merda.

capítulo
VINTE E NOVE

Os policiais estão esperando por mim quando finalmente volto para o dormitório e vou para o meu quarto. Quando subo do porão e saio no final do meu corredor, vejo um daqueles de jaqueta esportiva parado na minha porta. Não penso em correr de novo. Estou sem energia e, ao contrário de Strots, que tem dinheiro suficiente para um mês perambulando por aí, só tenho o dinheiro que ganhei limpando o chão no fim de semana do Dia de Colombo.

E está todo na minha escrivaninha.

Enquanto caminho em direção ao detetive, ele olha para mim. Espero que ele se apresse e coloque algemas em meus pulsos cheios de cicatrizes como se fosse uma suspeita. Mas ele só franze os lábios com um sorriso triste que me faz pensar que ele está tentando me desarmar com simpatia.

— Sarah Taylor? — ele confirma quando me aproximo.

— Sim. — Minha voz está rouca por causa de toda a corrida para me afastar do rio. Assim como por causa de todas as lágrimas que derramei no caminho de volta daquela cerca de arame. — Sou a Sarah.

— Detetive Bruno.

Nome ou sobrenome, me pergunto quando ele estende a mão para cumprimentá-lo como se eu fosse um adulto.

— Me desculpe por ter fugido. — Encosto minha palma pegajosa, suja e macia em sua palma quente, limpa e dura. É ele quem a sacode, e mal consigo aguentar o gesto. — Eu não soube o que fazer.

— Está tudo bem, querida. Este é o seu quarto, certo? — Quando assinto, ele diz: — Entre, vamos bater um papo.

Há outro oficial lá dentro. Ele está vestindo um uniforme e me olha de cima a baixo como se estivesse medindo minha altura, peso e impressões digitais com os olhos. Eu me sinto invadida.

— Tenho que ir a uma reunião no dormitório hoje à noite — aviso-lhes ao consultar o relógio. — É obrigatória.

Como se a polícia fosse se importar com uma reunião no dormitório.

— Tudo bem. — O detetive Bruno volta a abrir aquele sorriso profissional de maneira compassiva, fazendo-me pensar se ele e Sandra Hollis passaram pelo mesmo treinamento facial. — Sem problemas.

— Então não estou presa nem nada assim?

— De jeito nenhum. Só queremos ter certeza de que você está bem. O que você viu... já é difícil o suficiente para os adultos lidarem.

Procuro em seu rosto por pistas do que de fato está acontecendo por trás dessa platitude de "você é apenas uma criança". Mas ele é muito bom em esconder pistas. Não consigo interpretar nada de sua expressão, nem onde e como ele foca seus olhos.

— Escute, podemos apenas falar um pouco sobre a noite passada? — Ele me pergunta. — Sobre onde você estava e do que você consegue se lembrar?

A porta do meu quarto está aberta e nenhum deles bloqueia a saída. Fico feliz. Talvez eu tenha de fugir de novo, mesmo que não tenha nada a esconder.

Pelo menos... acho que não tenho nada a esconder.

Na mesma hora, lembro-me de minhas visões de sangue e de Greta em meu necrotério com o batom borrado.

Ah, Deus, não me lembro de tomar aquele banho. Ou de ir me deitar.

Mas isso não faz de mim uma assassina. Quero dizer, com certeza eu não... Atordoada, passo por eles e me sento na cama. Ao recuar os pés para debaixo da cama e apoiar os dedos no colchão, tento pensar no que preciso dizer. Também me certifico de ter uma saída livre.

— Estive aqui a noite toda. — Aponto para a toalha amassada nas costas da cadeira da minha escrivaninha. — Só saí do meu quarto quando fui tomar banho e adormeci com isso no cabelo. Acordei no meu horário normal.

Os olhos do detetive Bruno se estreitam.

— E quanto à sua colega de quarto?

— Strots? — pergunto.

— Onde ela estava?

Observo o outro policial, aquele que está uniformizado. Ele encara a parede cerca de meio metro à esquerda da minha cabeça, como se houvesse um espelho pendurado ali e ele estivesse verificando seu próprio reflexo.

Aceno em direção à outra cama e estou tão feliz que os lençóis estejam bagunçados, porque, pela primeira vez, minha colega de quarto não arrumou tudo antes de sair.

— Strots estava aqui. De manhã também.

— Tem certeza disso?

— Claro que tenho certeza. Onde mais ela estaria?

Além de talvez com Keisha, porque ainda estão conversando. Esses homens podem prendê-las por serem gays? Acho que não. Pelo menos... Espero que não. E estou feliz por poder proteger minha colega de quarto. Compensa um pouco minha covardia anterior.

Resolvo manter Keisha bem longe disso, para garantir que esses policiais fiquem fora do terceiro andar, mas me preocupo que eles possam, de alguma forma, ver minha obstrução da justiça em meus olhos. Meu coração começa a bater forte e limpo minha garganta. Tento me lembrar de como é a expressão descontraída nas outras pessoas. *Ombros soltos,* eu acho. Preciso relaxar meus ombros.

Giro o esquerdo. Que dor.

— Onde mais a Strots estaria? — repito a pergunta.

É nesse momento que ouço um choro. Bem baixinho. Eu me inclino para frente, tão à frente que quase caio da cama. Do outro lado do corredor, a porta de Greta está fechada, mas é de lá que vem o som.

Sua colega de quarto, penso comigo.

À medida que as implicações do que vi naquele leito do rio deslizam para a minha consciência, sou atingida pela percepção de que Greta nunca mais abrirá aquela porta. Ela nunca mais usará seu robe de seda rosa ou as suas roupas Benetton — ou qualquer roupa íntima, não importa a cor.

Ela também nunca dormirá com outro homem casado. Nem com nenhum namorado de Francesca.

Ela nunca mais vai machucar ninguém.

— Tem certeza de que Ellen Strotsberry esteve aqui a noite toda? — insiste o detetive Bruno.

Uma calma toma conta de mim, me dando a compostura que estava tentando fingir.

— Tenho sono leve, então sim, tenho certeza. Eu teria ouvido se ela tivesse saído. — Franzo a testa como se estivesse fazendo tudo isso pela primeira vez. — Mas por que está perguntando sobre a noite passada? Greta estava viva esta manhã. Eu a ouvi no chuveiro.

— Ouviu?

— Quando fui ao banheiro, assim que acordei. Alguém estava no chuveiro, e o balde com xampu e outras coisas dela não estava em seu cubículo. Tinha que ser ela.

Afirmo tudo isso como se fosse uma prova, embora saiba que não é. O balde de Greta poderia muito bem estar em seu quarto para recarregar os produtos ou algo assim.

Como se o detetive chegasse a uma conclusão semelhante, ele me dá um aceno evasivo.

— Quão bem você conhecia a falecida?

— Ela mora do outro lado do corredor.

— Então eram amigas?

Em um piscar de olhos, gostaria de não ter ido ao sr. Pasture com a acusação de agressão. Talvez isso me torne suspeita. Mas ele não acreditou em mim e, por mais arrasada que tenha ficado no momento, agora estou aliviada com isso.

— Não acho que ela se importava comigo. Sou… diferente, sabe?

Outro aceno volta para mim.

— Pelo que sabemos, você e a srta. Strotsberry tiveram uma briga recente com a srta. Stanhope na sala dos telefones. Pode me contar um pouco sobre o que aconteceu?

— Não foi grande coisa. — *Mentirosa.* — Greta... Srta. Stanhope... fez uma piada de mau gosto comigo. Foi isso.

— Que tipo de piada foi essa?

— Ela colocou uma redação minha em... Bem, ela deu para outras pessoas lerem.

— Sabemos que sua redação foi compartilhada com todas no dormitório. E, só para esclarecer, acredita que a srta. Stanhope foi cúmplice nessa disseminação?

— Sim, foi.

As sobrancelhas do detetive Bruno se juntam como duas lagartas marrons se encarando, prestes a lutar pela ponte de seu nariz.

— Como pode ter tanta certeza?

— Ela pregava peças assim às vezes. Mas, como disse, foi só uma piada de mau gosto.

— É por isso que vocês discutiram na sala dos telefones? Por que era uma piada?

— Não discutimos. Não disse nada a Greta. E o que ela fez de fato não me incomodou.

— Então por que foi ao sr. Pasture, o reitor do corpo discente, para falar sobre o incidente?

Pisco e tento esconder o fato de que estou em pânico, afogando-me em uma piscina rodopiante de verdades e mentiras. Exceto que então eu me lembro...

— Não fui ao reitor. O reitor veio até mim.

Detetive Bruno olha para mim. Se eu fosse sua filha, ele estaria me aconselhando a não bancar a espertinha.

— Quando estava no escritório do sr. Pasture, você afirmou que Greta pregou uma série de peças em você.

— Como eu disse, ela fazia isso.

— E você afirma que não ficou nem um pouco incomodada com o fato de que o texto que você acredita que ela colocou nas caixas de correio do dormitório continha informações pessoais e privadas sobre a sua...

— Insanidade? — completo para ele.

— Sobre seus desafios mentais.

— É o que é. E, quando estava no escritório do sr. Pasture, claro, mencionei as pegadinhas, mas ele mesmo pode lhes dizer que não foi para isso que ele me levou lá.

— Sim, era sobre sua colega de quarto e Greta. Pode me contar o que sabe sobre elas?

— Não estava aqui no ano passado. Não sei de nada.

— A srta. Strotsberry nunca lhe mencionou a srta. Stanhope? Nem de passagem?

— Pareço alguém de quem você aceitaria conselhos?

Enquanto seus olhos passam rapidamente por mim e ele pigarreia, acho que posso muito bem me usar em meu próprio benefício.

— Srta. Taylor, conversamos com várias alunas sobre o incidente na sala dos telefones. Todas dizem a mesma coisa, que sua colega de quarto estava tentando protegê-la. Então, acho difícil acreditar que você achasse que as pegadinhas não eram nada de mais.

Volto no tempo, vasculhando os dias anteriores, e depois os dois meses anteriores, descobrindo como fugir sem mentir demais. Eu odiava Greta. Queria ser sua agente funerária. Mas essa não é a manchete que desejo, pois meu jornal é lido pelos policiais.

Dou de ombros do jeito que Francesca fez comigo no banheiro, relaxado, com um ombro apenas.

— Quando se tratava do que Greta fazia comigo, acho eu que estava apenas resignada. Ela gostava de implicar com as pessoas e eu era a novidade do semestre. O que poderia fazer? Só dá para seguir em frente. — E, então, acrescento: — Além disso, não é a primeira vez que sou eleita para esse tipo de coisa.

— Aqui no Ambrose?

— Não. Nas minhas antigas escolas.

Detetive Bruno olha ao redor da sala como se só agora estivesse tomando nota da disposição dos móveis e do que mais está nele. O que é uma mentira. Aposto que os dois passaram um pente fino nas minhas coisas e nas de Strots.

— Você e sua colega de quarto são próximas, certo?

— Não particularmente. — Permito que uma tristeza honesta se infiltre em minha voz. — Mas eu gostaria de ser mais como ela. Onde ela está?

O rosto do detetive muda de um jeito sutil.

— Sua colega de quarto dominou a srta. Stanhope com bastante facilidade, não foi? Na sala dos telefones, quero dizer. A srta. Strotsberry é atleta. Ela é muito forte.

— Onde está Strots agora? — repito.

— Você não precisa se preocupar com isso.

— Ellen é rica, sabe? — Uso o primeiro nome dela porque ele não merece seu apelido. — O pai dela pode arranjar um advogado muito bom para ela... mas ela não vai precisar, porque não foi ela que machucou Greta no rio.

— Estamos cientes das conexões familiares da srta. Strotsberry.

Dada a maneira como os lábios do policial uniformizado se afinam, tenho a impressão de que essas conexões já estão fazendo o que precisam fazer.

— Ela não matou Greta — reafirmo. — Ela pode tê-la empurrado na sala dos telefones, mas *não* a matou.

— Eu nunca disse que tinha matado, querida.

— Nem precisa.

O detetive sorri para mim, mas há uma frieza infantil em seus olhos.

— A srta. Strotsberry não apenas empurrou a srta. Stanhope. Ela tentou sufocá-la.

Uma imagem rápida de Keisha arrastando Strots para longe da nossa inimiga me vem à mente.

— Às vezes as pessoas perdem a cabeça.

— Perdem? Fale mais.

— Mas, depois, elas caem em si. Um momento de frustração não leva a um assassinato.

Agora ele está sorrindo para mim de forma condescendente.

— Então você e sua colega de quarto estiveram aqui a noite toda...

— Greta também pode ser insistente.

— O que a faz dizer isso?

— No Dia da Montanha, Francesca, que é uma de suas melhores amigas, e Greta estavam discutindo. Mais tarde, Francesca teve hematomas no rosto e nos joelhos.

— Você viu Greta agredi-la?

— Eles estavam um pouco longe do piquenique. Mas com certeza estavam discutindo e, na próxima vez que as vi, Francesca estava com um olho roxo. O senhor deveria perguntar a ela sobre isso.

— Mas você não testemunhou nenhuma altercação física entre as duas.

— A saia de Greta estava suja de grama. E havia um arranhão na lateral da perna também. Ela saiu primeiro de trás das árvores.

É uma mentira descarada. Não me lembro de ter visto nenhuma das duas saindo de lá, mas acho que o detalhe faz Greta parecer difícil.

— O senhor deveria falar com Francesca — reforço.

Claro, estou denunciando um pouco a garota. Mas, por mais brava que ela pudesse estar naquele parque, e por mais que Greta claramente a irritasse às vezes, não acho que ela seja capaz de matar. Além disso, fez as cópias do meu texto e colocou nas caixas de correio. Uma vingancinha da minha parte é permitida, certo?

— Você tem alguma noção de sobre o que as duas garotas podiam estar brigando? — Bruno pergunta.

Vou perdendo os fios enquanto continuo a tecer, detalhes escapando por entre os meus dedos.

— Greta deixou Francesca e Stacia na chuva uma vez. Talvez fosse isso.

— Deixou como?

Agora estou presa no que é um detalhe trivial, considerando-se todo o contexto.

— Ela entrou em um carro e as deixou voltando da cidade para o colégio a pé, na chuva.

— Quando foi isso? E de quem era o carro?

Hesito porque não tenho certeza do quanto a escola contou a ele.

— Foi no início do semestre. Antes do Dia da Montanha. E era o carro do nosso CR, Nick Hollis.

— Ele é quem mora no apartamento aqui do corredor? Com a esposa dele?

— Sim, ele mesmo.

— E você viu Greta entrar no carro com ele?

Assinto.

— Fui à cidade, à farmácia, comprar umas coisas. Apenas coisas normais, sabe? — Não caixas de remédios e bebida enlatada, por exemplo. E não, não vou falar das roupas descoloridas. — Chovia quando saí da loja. Greta, Francesca e Stacia caminhavam juntas à minha frente. Elas saíram da loja de discos. Tinham comprado CDs.

— E, então, o que houve?

Quando não respondo de imediato, ele insiste:

— O que aconteceu, então?

Enquanto olho para as minhas mãos, me pergunto se ficar quieta fará minha distração parecer mais significativa.

Ouço um rangido e olho para cima. Ele está fechando a porta.

— Só por privacidade. Não estou prendendo você aqui. E sobre isso que está lutando para dizer, é melhor ser honesta.

Concordo com a cabeça e olho de novo para as minhas mãos. A direita, aquela que apoiei para não cair ao lado da cerca, está suja. Eu esfrego na minha coxa. Não limpa muito.

Detetive Bruno se agacha na minha frente. Ambos os joelhos estalam quando ele faz isso, e ele quase esconde um estremecimento. Imagino que um ou ambos tenham sequelas de seus antigos anos de futebol americano no colégio.

— Diga-me — pede ele, com os olhos fixos em mim.

Respiro fundo e a imagem de Sandra Hollis é tão vívida que é como se ela estivesse agachada entre nós dois.

— Nick Hollis tem um Porsche antigo — conto, apontando para a janela. — É um carro bem diferente. Está estacionado ali embaixo. De qualquer forma, eu estava atrás das três garotas. Eu o vi parar ao lado delas e falar com elas. Greta entrou com ele no carro e eles foram embora.

— Então ele deu uma carona para ela e não para as outras?

— O carro só tem dois lugares.

— E então?

— É isso. Bem, então vi Francesca e Greta discutindo no Dia da Montanha.

— E é isso?

Bem, sim... exceto pela calcinha rosa. Por Porsches azuis. Por professoras de geometria. Mas, se ele sabe sobre a sala dos telefones, com certeza sabe de tudo isso.

— Sim — respondo à sua pergunta.

O brilho de caçador no olhar do detetive escurece e ele dá um empurrão no chão dizendo com firmeza:

— Ok, obrigado. Vou investigar tudo isso...

— O corpo de Greta estava onde elas se encontravam todas as noites.

— O que você disse?

Esfrego os olhos para tentar tirar da cabeça aquela imagem do corpo, o que não ajuda em nada para aplacar minha memória cristalina.

— O corpo estava onde Francesca, Stacia e Greta sempre se encontravam. Nas pedras no rio. Elas fumavam lá.

— Como sabe disso?

— Sou nova aqui. Não tinha amigas no início. — Ainda não tenho. — Então, eu costumava andar na beira do rio à noitinha, quando ainda estava claro. Eu as via sentadas lá. Nunca parei para falar com elas, pois... Bem, convenhamos, não faço o tipo delas.

No silêncio que se segue, pego-me lamentando a visão daquelas três garotas sentadas nas pedras grandes e planas, fumando como se não se importassem com nada, suas vidas tão brilhantes e seguras. E agora Greta se foi.

— Qual era o tom de suas conversas?

Baixo os olhos para os sapatos do detetive Bruno. Já vi esse modelo à venda no shopping da minha cidade natal. São baratos e têm reforço de plástico no calcanhar. Estão enlameados porque ele tentou ir atrás de mim na beira do rio. E deve ter tentado encontrar pistas no rio.

— Coisas de adolescente. — Eu esfrego meus olhos de novo. — Quem elas estavam namorando, do que não gostavam neles, para onde iam nas férias. O senhor deveria falar com Francesca e Stacia.

— Vou falar com elas.

Encaro-o nos olhos.

— O senhor tem permissão para me fazer todas essas perguntas? Sou menor de idade e não tenho representação legal.

— Esta é apenas uma entrevista informativa. E estamos quase terminando. — Ele limpa a garganta novamente. — Sei que você toma remédios.

— Gostaria de vê-lo? — Eu me inclino para a frente, mas não consigo alcançar a gaveta de baixo do outro lado da minha cadeira. Preciso me levantar. — É lítio. Tomo porque sou bipolar.

Quando o encaro de novo, estendo o frasco laranja de remédios. Ele balança a cabeça e levanta a palma da mão em sinal de "não, não precisa", como se pudesse pegar a doença se tocasse no frasco.

— Explique-me o que isso significa. Bipolar — pede ele.

— Alguns médicos chamam de transtorno maníaco-depressivo. Sofro de mudanças de humor. Mudanças pronunciadas.

— Então você fica triste e depois feliz?

— Algo assim. — Quase amoleço o meu tom. — Mas em geral fico triste, para usar a sua palavra.

— Você nunca fica com raiva?

— A raiva tem a ver com poder. Não tenho poder. Não por causa da minha doença nem de Greta, se for o que o senhor está sugerindo. Nem por nada. Apenas suporto. É tudo que posso fazer. Ela foi apenas mais uma coisa que tive que aguentar, e, se acha que o texto sobre viver com a minha doença foi importante, posso dizer, de cara, que as palavras nas páginas não são nada comparadas à realidade.

O detetive me encara. Depois de um momento, seus olhos vão para o rótulo do pequeno frasco, e algo como solidariedade queima em seu rosto e me faz perceber que ele não acha que fui eu.

Quando vou colocar os comprimidos de volta, começo a respirar com mais facilidade. Só neste momento, quando minha frequência cardíaca diminui e respiro de modo mais calmo, que percebo que estava com medo de ter feito algo muito, muito ruim.

Foi por isso que fugi, e não foi da polícia. Sua presença foi só incidental.

Eu estava fugindo do terror de que minha doença mental tivesse assumido o controle e invadido a minha mente, fazendo-me agir no mundo aqui fora, na realidade. Posso ser impotente, nada além de uma identidade frágil presa dentro do saco de pele em que nasci. Minha doença, por outro lado? Pode criar um buraco negro na minha cama, um maremoto com o meu cabelo, uma fantasia sobre o sucesso só porque usei um pouco de tinta preta.

É tão todo-poderosa que parece divina.

— No que você está pensando, Sarah? — detetive Bruno pergunta baixinho.

— Eu não gostava de Greta — ouço-me dizer. E então continuo, porque ele não acha que cometi assassinato, então tomo sua opinião profissional como um fato. — Talvez até a odiasse e, com certeza, odiava o que ela fazia comigo. Ela era como minha doença, porém. Tornava as coisas mais difíceis para mim, mas não de forma pessoal. Minha doença não é pessoal. Não é nada contra mim, embora afete a mim e a minha vida. Greta era igual, ela me prejudicava pelo simples motivo de eu ter perdido na loteria residencial e ido parar no quarto em frente ao dela. Mas eu iria superar o que quer que ela fizesse comigo. Eu ia sobreviver porque já passei por coisas muito piores.

Penso na sala da caldeira e percebo que essa última frase é mais uma bravata do que uma convicção. Mas estou montando minha defesa de isenção, o que me deixa otimista.

— Você esteve em um lugar que a ajudou, correto?

— Um hospital psiquiátrico, o senhor quer dizer. — Assinto. — Sim. Tentei me matar. Duas vezes. Fiquei internada a uma hora da minha cidadezinha.

Ele ganha pontos por parecer compreensivo, em vez de crítico, e me pergunto, se por acaso ele tiver um filho ou uma filha em casa, se vai abraçá-los um pouco mais forte esta noite.

— Já tentou machucar alguém? — ele pergunta, já ciente da resposta.

— Não. Nunca. Pode verificar no meu laudo. Não tenho histórico de violência contra mais ninguém.

Ele balança a cabeça como se fosse uma nova informação, mas sinto que é uma encenação. É provável que já tenha uma cópia do meu texto. Eles estão aqui há sete ou oito horas, certo? Conversando com as pessoas, conversando com os administradores.

— Bem, acho que é tudo por enquanto. Obrigado, srta. Taylor.

O outro policial, o de uniforme, dirige-se para a porta como se tivesse terminado a entrevista há cerca de dez minutos. Detetive Bruno fala um pouco mais. Eu não o estou ouvindo mais.

Quando ele se vira, penso no dominó de Greta, uma provocação feita uma vida atrás. Ainda estou com raiva dela, embora ela esteja morta — sobretudo quando me lembro dela ameaçando Keisha.

E é fácil ser corajosa, já que todo aquele pesadelo da volta de alguém do túmulo para se vingar é algo que só acontece em filmes de George Romero.

— O senhor sabe que Nick Hollis estava dormindo com a srta. Stanhope, certo? — pergunto.

capítulo
TRINTA

No dia seguinte, tudo está um caos. Os serviços religiosos no campus foram cancelados. Conselheiros especializados em luto são trazidos. As meninas lotam a sala dos telefones, chorando para os seus pais. Várias mães e pais até vêm e removem sua preciosa carga deste compartimento. Ao que parece, na mente da maioria da comunidade do colégio, o avião está caindo como uma bola de fogo.

Da janela do meu dormitório, estou assistindo a uma dessas batidas em retirada. Os pais estão correndo em volta do BMW como moscas em uma salada de frango, movendo-se, movendo-se sem parar. Mas são ineficientes porque colocam produtos de higiene pessoal em uma mala no banco de trás e depois transferem a carga rosa e sem dúvida perfumada para o porta-malas.

Obviamente, não é sua querida filha que colocarão no porta-malas.

A garota que está indo embora enquanto ainda está viva é uma que reconheço da minha aula de história. Ela está com os olhos vermelhos e o rosto inchado. Tem cabelo cacheado e está usando um conjunto xadrez.

Ela parece assustada de verdade. Sei como ela se sente.

Depois que a unidade familiar entra no sedã, o pai ao volante, a mãe no lado do passageiro da frente, progênie no banco traseiro, as portas do BMW são fechadas de uma só vez, como em um movimento coordenado. Em seguida, fazem várias manobras no estacionamento e fogem como se houvesse um assassino com uma faca erguida, prestes a pular no para-choque traseiro.

Caio de volta na minha cama. Quando se trata da morte de Greta, há dois campos no dormitório. Metade das garotas, lideradas por Francesca e Stacia, são as que idolatravam Greta — e, provavelmente, também se ressentiam dela em seu íntimo. Elas expressam seu luto e já transformaram

Margaret Stanhope em um exemplo de estilo e bondade do qual o mundo foi tragicamente privado. Esta é uma base sólida para se derramar muitas lágrimas teatrais e, depois de vê-las torcer seus punhados de lenços de papel nas mãos, mas enxugar com cuidado seus olhos maquiados, acredito que, embora haja alguma dor real ali, o dramalhão é o seu principal condutor.

O resto do dormitório está quieto, mas respeitoso, em uma linha de "não gostávamos dela, mas não a queríamos morta". Nosso grupo é jovem e, por definição, um tanto egocêntrico, então estamos bem agora que o choque passou. Na verdade, estamos nos saindo melhor do que os adultos ao nosso redor. Qualquer pessoa no campus com mais de dezoito anos parece que nunca mais vai conseguir dormir.

Pensando bem... Pode haver três grupos e é provável que essa divisão final seja um subgrupo que engloba partes dos dois grupos maiores: é provável que haja algumas pessoas felizes por ela estar morta. Eu estou entre elas. Tenho quase certeza de que Strots também e, das Morenas, pelo menos Francesca sim, não apenas por causa da briga no Dia da Montanha e daquela coisa de "Mark no feriado", mas, mais importante, devido à sua repentina ascensão à supremacia social. Francesca assumiu a liderança do grupo de garotas bonitas, a tenente assumindo as estrelas de um querido general que partiu graças a um inesperado ferimento mortal.

— Taylor, sua mãe está ao telefone lá embaixo.

Eu me viro da janela. Strots entrou. Ela está com um pacote de seis Coca-Colas e, sem dúvida, alguns maços de cigarros novos no bolso da jaqueta.

— Está bem. Obrigada.

Espio minha colega de quarto e desejo que ela encontre meus olhos. Quando ela o faz, parece imperturbável como sempre e eu respiro fundo. Forçar contato direto com Strots é minha nova obsessão. As pessoas que podem encarar umas às outras não têm nada a esconder e quero que Strots não esconda nada. Preciso que ela não tenha segredos sobre aquela noite em que Greta morreu.

Até o momento, tudo bem. A ponto de começar a sentir que meu TOC assumiu o controle com esse teste constante de uma trava que eu sei, eu *sei*, está devidamente trancada no lugar.

Strots não matou Greta, assim como também não matei.

Enquanto desço apressada pela escada principal, estou pronta para ouvir a voz da minha mãe com um desespero que não conheço, mas, na descida, meus pensamentos voltam-se de novo para Strots. Fiquei sabendo ontem à noite, durante uma conversa improvisada com ela, que ela, de fato, foi à delegacia ontem à tarde — o que me preocupou quando perguntei ao detetive onde ela estava. Perguntei se ela tinha um advogado. Ela disse que seu pai estava cuidando de tudo, mas que ela não era suspeita.

E foi isso. Sem detalhes sobre o que perguntaram. Nenhuma emoção também, mas não de uma forma estranha. De uma forma perfeita. Minha colega de quarto está bem calma.

De minha parte? Estou me sentindo um pouco culpada por mencionar Nick Hollis para o detetive Bruno por vingança, mas é claro que o homem já sabia. E não é preciso ser um gênio para seguir uma pista como um conselheiro residencial sendo demitido por confraternizar um pouco demais com a garota que apareceu morta no rio. Ouvi alguém dizendo no café da manhã que o Porsche de Nick Hollis ficou estacionado na delegacia por algumas horas essa noite.

Gostaria de acreditar que não foi ele, mas penso na maneira como ele parou no estacionamento e olhou para o rio. Ele estava planejando isso naquele momento? Ele já tinha tanta coisa com que lidar, com a iminência de perder o emprego e o casamento. A menos que... Bem, ele sabia que aquela calcinha não tinha aparecido magicamente em seu carro, certo? E se ele pensasse que Greta estava tentando mexer com ele? Afinal, a bolsa de Sandy acabou, então ela não viajaria por um tempo e sua presença constante mudaria tudo.

E se ele e Greta tivessem tido uma discussão que fosse longe demais?

Ao chegar ao primeiro andar, luto com todos os tipos de hipóteses e me pergunto quantas delas posso compartilhar com minha mãe sem deixá-la preocupada. Só que, então, vou até a sala do telefone e fico cara a cara com uma situação caótica. É como um trem na hora do rush, lotado de corpos e, dos sete ou oito telefones, nenhum dos receptores está livre. Alguém deve ter desligado minha ligação depois que Strots foi me buscar.

— … minha melhor amiga, mãe. Tenho tantas saudades dela…

— … ainda não encontraram a arma do crime. Mas ela foi esfaqueada…

— … quero voltar para casa agora! Houve um assassinato atrás do meu dormitório! Por que não vem me buscar?

Eu poderia entrar na briga e ficar no centro da sala, me juntando à meia dúzia ou mais de gaviões prontos para atacar no segundo em que um receptor é colocado em um gancho e fica livre para tocar, mas me afasto. Minha mãe terá que esperar e sinto muito por isso. Quero falar com ela, embora não haja nada que eu possa dizer, na verdade. Só meio que quero ouvir a voz dela.

Quando me viro para subir as escadas, alguém vem até mim.

— Ah, Sarah, estou *tão* feliz por você estar aqui.

É a sra. Crenshaw, e meu pensamento é que ela escovou o cabelo com um espinheiro. Parece Einstein no topo de sua cabeça. Ela acabou de cair da cama? Às 15h?

— Você sabe que pode vir me ver, certo? Minha porta está sempre aberta para você. — Observo ao redor. Não estou nem perto da porta dela. — Aqui, vamos conversar em particular. — Ela engancha um cotovelo no meu e me puxa. — Fica muito mais fácil assim.

Enquanto entramos no apartamento dela, vejo que ela deixa a porta aberta com um peso no chão, como se estivesse tentando ajudar as alunas, mesmo que elas quisessem apenas falar umas com as outras e com os seus pais.

Que sorte a minha ser capturada por ela.

— Deixe-me pegar algo para você beber. — Ela aponta para o seu sofá feio. — Sente-se. Vou trazer para você um pouco daquele suco de romã de que você gosta.

Sou alérgica, quero lembrá-la. Em vez disso, eu contesto:

— Tenho de ir fazer minha lição de casa.

Ela não me ouve. Já está na cozinha. Mas acho que não me ouviria mesmo que eu estivesse na frente dela. Ela está ansiosa e em piloto automático, e suponho que, dadas as circunstâncias, eu deveria ter alguma compaixão e compreensão.

— Sei que é difícil para todos nós esta terrível tragédia — comenta ela. — O que precisamos fazer é nos unir como uma comunidade. Ajudar uns aos outros. Chorar juntos.

Ai, meu Deus.

Resignada, me sento em seu sofá coberto de tecido. Enquanto meu corpo afunda na almofada como se estivesse caindo no chão, pergunto-me se a sra. Crenshaw escolheu o sofá porque ele reflete seu próprio desespero avassalador, a mobília equivalente a ela iniciar conversas intermináveis com pessoas que prefeririam falar com qualquer outra pessoa.

— Estou apenas cortando uma laranja para nós — explica ela enquanto se inclina para fora de sua pequena cozinha. — É cheia de vitamina C, sabe? E a polpa é boa para a digestão. Tem fibras.

Após este pequeno comercial de fruta, ela volta a falar sobre a morte. Fala muito, e rápido, e sem nenhuma expectativa aparente de uma resposta da minha parte. Ela vai falando uma coisa atrás da outra: a polícia; a manchete no jornal desta manhã; o fato de que será a matéria principal no noticiário local das 18h.

Como a vítima é uma Stanhope, acho que pode até chegar ao noticiário nacional, mas não compartilho a opinião com ela. Assim como não mencionei que vi o corpo. Com ela consumindo oxigênio como está, não quero me esforçar mais do que o necessário por medo de desmaiar de hipóxia. Mas, mais do que isso, vagar pelo território de segredos compartilhados vai me prender em conversas futuras das quais também não quero participar.

Imagino o que ela pensaria se soubesse que fui eu quem facilitei a descoberta da calcinha.

Enquanto a sra. Crenshaw decide que ela e eu também precisamos de torradas, eu me endireito no sofá. Ou tento. A almofada fofa em que estou engole a parte inferior do meu corpo em um aperto mortal. Analiso em volta, procurando uma corda para me puxar para fora…

Paro. Faço uma careta.

Fico paralisada diante da prateleira mais baixa das estantes que vão do chão ao teto.

Enfiando as palmas das mãos no braço do sofá, removo-me cirurgicamente do sofá e verifico se a sra. Crenshaw ainda está trabalhando no suco de romã ao qual menti sobre ser alérgica, a laranja que não quero, a torrada de que não preciso. Ela está inclinada sobre a torradeira, como se os raios dos seus olhos, não as bobinas aquecidas por eletricidade, fossem o que douraria o que quer que ela colocasse ali. E ela está falando, falando, falando, suas palavras como lemingues saltando de sua boca.

Tenho que contornar um porta-revistas com edições da *Mother Jones* ou, então, vou tropeçar, cair e receber uma reanimação cardiorrespiratória.

Nas prateleiras, agacho-me e me concentro em um toque de cor que chama a minha atenção. É um turquesa forte, um ponto fora da curva neste apartamento cheio de tantos tons de marrom, bege e dourado.

Parece o moletom de Nick Hollis. O turquesa com o mapa de Nantucket que ele estava usando no Dia da Montanha. Aquele que ele mais tarde reclamou que tinha sido perdido, quando ele e eu estávamos falando sobre seus livros, e eu estava criando fantasias românticas sobre ele e Greta ainda estava viva.

Mas tenho de ter certeza.

Olho por cima do ombro para a cozinha.

— Estou com muita fome. Posso comer duas torradas?

— Ai, sim! Sabe, eu mesma preparei este pão. Tem quatro diferentes tipos de grãos moídos à mão!

Sem avisar, ela se inclina em torno da divisória e finjo amarrar os cadarços do coturno.

— Estava admirando sua coleção de revistas. E de livros.

Ela sorri e aponta com a ponta de uma faca serrilhada, que parece muito grande e muito ansiosa para cortar pão caseiro.

— Viu todos os meus Dickens? Eu amo Dickens.

— Estava olhando para eles, sim. — Eu me endireito e pego alguma coisa. Qualquer coisa. Mas o que realmente me interessa é… Shakespeare.

— A senhora gosta dos clássicos antigos.

— Gosto. São a minha paixão.

— A minha também! — Coloco um livro contra o meu peito, sobre o coração.

Ela volta ao que estava fazendo e ouço um serrar que sugere que ela está tentando cortar um pedaço do balcão ou daquele pão.

— Sabe, devíamos começar um clube do livro! — sugere ela.

Espero para ver se ela precisa de mais contato visual. Quando ela continua falando sobre literatura pela qual não tenho interesse, volto para as prateleiras. Há uma chave perto do moletom. Um guardanapo e uma colher que parecem ser do refeitório. Um copo vazio — e, devido aos seus contornos turvos, sujo. Um bastão com cerca de 15 centímetros de comprimento. E um recorte de jornal.

Com a foto granulada de Nick Hollis.

— O que está fazendo?

A voz da sra. Crenshaw está bem ao meu lado, e me endireito rapidamente. Ela está atrás de mim com a faca na mão. Olho para a porta do apartamento. Ela fechou.

— Só estava me perguntando se a senhora tem alguma Jane Austen.

Eu a encaro. Como se não estivesse mentindo. Como se de repente não estivesse preocupada em sair daqui viva.

Há uma pausa.

— Sim, estão daquele lado — responde ela com firmeza, apontando com a faca serrilhada.

— Obrigada — murmuro.

TRINTA E UM

No dia seguinte, as aulas são canceladas. Como se vê, a sra. Crenshaw me deixou sair de seu apartamento, mas não me sinto segura no dormitório e não consigo decidir se é paranoia ou autopreservação. Também estou ciente de uma ansiedade latente que parece estar se expressando em um tique na minha sobrancelha esquerda. A coisa tem convulsionado a manhã toda, como a tampa do bico de uma chaleira fervendo.

Agora estou caminhando para a cidade em um ritmo acelerado e, ao passar pela farmácia, acelero ainda mais. Não quero entrar lá nunca mais e minha mente me faz pensar em um cenário improvável em que todas as portas de vidro são, na verdade, um fluxo de sucção que vai me puxar para dentro e nunca mais me soltar. Toda essa feiura e perturbação mortal começaram depois da minha primeira visita lá dentro.

Por mais que eu odiasse Greta, gostaria que nada disso tivesse acontecido com nenhuma das partes envolvidas.

Enquanto meu cérebro conecta os pontos dos quais me arrependo, sinto como se meu papel neste drama terrível fosse como um fichário. Sou o elo entre tantas pessoas e eventos díspares e, embora não tenha esfaqueado Greta Stanhope nas pedras do rio, não posso deixar de sentir que sou a ponte que permitiu que seu assassino cruzasse para sua ilha particular.

Sentindo-me perseguida, mesmo sendo a responsável por minha perseguição, corto por um pequeno beco ao lado da farmácia. Está limpo como um parque da cidade, e logo apareço atrás da fila de lojas. A biblioteca fica à direita, formando o limite mais distante do estacionamento e, quando percebo sua proximidade com a delegacia de polícia, um medo irracional toma conta de mim. Vejo algemas colocadas em meus pulsos envoltos em cicatrizes. Vejo-me ser arrastada para dentro e colocada em uma cadeira elétrica. Imagino a antiquada touca de metal na minha cabeça e sinto a onda de volts passar por mim. Sinto o cheiro de cabelo e carne queimados enquanto meus dedos se projetam para fora das minhas mãos tensas, como pregos...

Para escapar da minha mente em frenesi, eu andaria ainda mais rápido, mas então sairia correndo. Além disso, o que é que estou pensando? Aonde quer que eu vá, lá estarei eu.

Estou respirando de maneira pesada quando entro pelas portas de vidro da Biblioteca Mercer e as fecho atrás de mim, como se fossem uma capa de invisibilidade que me protegeria da acusação.

Apesar do fato de eu não ser culpada de nada. E o detetive Bruno foi o primeiro a saber disso.

Preciso de um momento para poder me recalibrar e assimilar o ambiente. Quando consigo formar uma opinião sobre onde estou, minha primeira impressão é de que a biblioteca está superaquecida, como uma sala da escola primária onde a professora teme que seus pupilos adoeçam com pneumonia espontânea se a temperatura cair abaixo de 25ºC. O carpete sob os pés é de um marrom salpicado que combina com a decoração dos anos 1970 em dourado e verde-abacate e, neste andar principal, há grandes janelas ao redor, deixando entrar uma luz acinzentada. O aroma é de puro livro, algo no espectro olfativo entre aveia e tinta fresca.

A recepção está sem funcionários — ou funcionárias, o que é mais provável — e fico feliz com isso, mesmo que signifique ter que caçar sozinha o que estou procurando. Além do posto do porteiro, a seção infantil fica logo na frente, junto com a ficção. Há também uma seção de jornais, com várias edições polpudas penduradas como se estivessem secando em um quintal. Os jornais são o que procuro, mas em edições recentes demais.

Afinal, já sei o que os artigos atuais estão dizendo sobre Greta. E, sim, o assassinato chegou ao noticiário nacional. Ainda não há nada sobre Nick Hollis em nenhum deles e me pergunto quanto tempo isso vai durar. A mídia está sendo muito persistente. Há uma dúzia de apresentadores de TV e repórteres nos portões do Ambrose, e não acho que a escola será capaz de esconder algo tão pertinente ao assassinato quanto o que aquele homem fez com a aluna que foi morta.

Especialmente se ele se tornar um suspeito oficial. Ou será *quando?* Embora eu não consiga imaginá-lo matando alguém.

É por isso que estou aqui.

Reorientando meu foco, encontro uma lista útil das seções e serviços da biblioteca em um daqueles murais de feltro. A tela está montada na parede perto do elevador, mas desço as escadas até o porão. É um mundo totalmente diferente no subsolo. As estantes aqui são de metal cinza e espremidas e o piso é de linóleo preto e cinza, como se o dourado e o verde lá de cima tivessem subido ao topo de uma suspensão líquida em virtude de seu menor e, portanto, mais flutuante, peso molecular.

Aqui embaixo está o que interessa, é o lar de volumes de referência e material acadêmico empoeirado e anotado que duvido que tenha muito uso. Encontro o armário com as fichas catalográficas logo à frente e fico surpresa ao ver que, de novo, não há ninguém por perto para garantir que as coisas não sejam adulteradas ou roubadas. Mas, talvez, a biblioteca saiba que sua clientela pode se servir com competência e respeito o que quer que esteja sob seu teto.

Demoro um pouco para entender a catalogação dos microfilmes, mas logo separo algumas edições do arquivo do jornal de New Haven. É uma surpresa que uma pequena cidade de Massachusetts como Greensboro estoque as edições anteriores desse jornal em sua biblioteca, e me sinto sortuda com a demonstração de solidariedade da Nova Inglaterra.

Com uma vibração no peito, me sento na mais distante das três máquinas onde posso ver as páginas dos jornais na tela. A princípio, é estimulante percorrer as colunas e fotos das edições anteriores. Mas, depois, o turbilhão me deixa enjoada — também pode ser porque sinto que estou fazendo algo sorrateiro.

O artigo que estou procurando é do início de setembro do ano passado e acho que estou em uma situação de agulha no palheiro. Invertendo o fluxo, me pergunto se terei que consultar o próximo rolo de slides e estou frustrada por ter que percorrer...

— … o que Jerry disse. Acha que ele mentiria? E não diga isso a ninguém, ok?

Olho para cima da caixa de luz. Duas mulheres saem de uma porta com acesso apenas para funcionários, a cozinha atrás delas organizada como o resto da biblioteca. Ao avistar a bancada limpinha, tenho um pensamento aleatório de que ninguém jamais reaqueceria bacalhau naquele micro-ondas ou deixaria uma caneca na pia.

— Eles obtiveram os resultados da autópsia bem rápido, então — diz a outra.

— É uma aluna do Ambrose. Acha que eles iam demorar?

Elas têm mais ou menos a mesma idade, quarenta e poucos anos, e vestem a mesma versão de saia e blusa práticas. Os cabelos são até parecidos: um talvez um pouco mais escuro, o outro com raízes que precisam de um retoque, mas ambos com cortes retos na altura dos ombros. Penso nas duas operadoras de caixa da farmácia. *A cidade tem uma regra sobre pares de funcionárias?*, pondero.

As duas se agrupam, cabeças inclinadas próximas, vozes baixas.

— E eles não vão divulgar isso, certo? O Ambrose nunca vai deixar descobrirem que a garota morta estava grávida…

Ambas se voltam para mim, assustadas. Devo ter feito algum barulho.

Volto para a minha busca, com medo de que me expulsem devido às minhas roupas pretas. Por eu ter espionado, mesmo que esteja dentro da biblioteca. Pelo fato de terem adivinhado que sou uma estudante bipolar do Ambrose em uma missão…

Ai, meu Deus. Greta estava grávida?

Penso em todas as vezes que ela foi ao banheiro depois das refeições com aquela escova de dentes na mão. Talvez ela não estivesse usando do jeito que Francesca me mostrou.

Ela estava *grávida*? Nick Hollis sabia? Foi por isso que ele…?

Sem aviso nem preâmbulo, dissocio-me e flutuo para longe do meu corpo. Com uma onda de medo, fico convencida de que esta vinda à biblioteca não passa de uma ilusão da minha mente. Na realidade, estou de volta ao dormitório, sentada na minha cama, minha doença tendo criado um buraco negro para eu cair, não uma galáxia desta vez, mas o ateneu local.

Sim, isso tudo é uma alucinação. O sr. Pasture estava certo. Nada disso é real. A calcinha. A morte. A polícia, Nick Hollis... nem as duas mulheres que acho que estou vendo agora. Afinal, eu não estou de fato na Biblioteca Mercer e não estou...

Volto ao foco e estendo a mão para tocar a máquina de microfilmes. Quando meus dedos trêmulos me informam que, sim, há uma massa tridimensional e mensurável na minha frente, respiro fundo e tento resolver minha confusão sobre onde estou.

Desesperada, começo a mover a imagem na tela e tento me conectar com... Aí está. Um artigo sobre um assistente de ensino da Universidade de Yale envolvido em acusações de impropriedade sexual. Não há o nome de Nick, mas sei que é ele. A data está certa, indica que ele é casado e candidato a um mestrado na área de língua inglesa, além de vir de uma família proeminente. É provável que haja muitas pessoas que se encaixam nessa descrição naquela universidade, mas há um detalhe que me impressiona.

O nome da garota não é mencionado.

Porque ela tem quinze anos, de acordo com o artigo.

Mollyjansen tinha quinze anos. De acordo com Sandra Hollis.

Recosto-me no assento e olho para a tela reluzente. Eu me pergunto como seus caminhos se cruzaram. Ela era filha de um professor ou de um administrador? Não, concluo que ela era uma moradora da cidade, alguém que não era importante, então era mais fácil encobrir todo o problema, enterrá-lo apesar dessa não denúncia, porque a escola trabalhou com o pai de Nick Hollis para encerrar o caso. A família da menina foi paga? Não há menção de acusações sendo arquivadas, então imagino que sim.

Li matérias suficientes da revista *People* da minha mãe para saber como os ricos lidam com coisas que ameacem o brilho das suas reputações. E, com certeza, algo aconteceu com a garota. Ouvi uma verdade feia na voz de Sandra Hollis quando ela mencionou toda a situação no estacionamento, pouco antes de sair com seu Civic e sua mala.

Mas a verdadeira notícia não é sobre Mollyjansen. Greta estava grávida? Isso certamente muda o cenário. Greta e os Stanhope faliram. E se ela engravidou e tentou chantagear Nick Hollis? Depois de o pai dele ter comprado o silêncio da outra garota no ano anterior?

Isso poderia fazer com que um cara que ama *Psicopata americano* se inspire no livro de Bret Easton Ellis.

— Posso ajudá-la?

Preparo-me antes de olhar para cima, porque não tenho certeza do que vou ver. O artigo meio que me trouxe de volta ao planeta, mas quem diabos sabe o que é real?

Viro minha cabeça para a voz feminina de desaprovação. Não é a funcionária que precisa ir ao cabeleireiro retocar as raízes.

— Estou quase terminando — digo, presumindo que alguma de nós esteja de fato aqui.

— Por favor, não tente rearquivar o microfilme — ela pede, como se fosse uma neurocirurgiã tirando um bisturi das mãos de um paisagista. — Coloque-o naquela cesta.

Ela aponta para um recipiente de plástico vermelho que parece a fritadeira de batatas fritas de uma lanchonete. Mas há uma placa enrugada feita à mão colada na frente: *Por favor, microfilmes aqui.*

Bem. Este é exatamente o tipo de minúcia estúpida em que o mundo real se afoga. Talvez isso esteja mesmo acontecendo.

— Obrigada — agradeço. — Não vou rearquivar.

Ela balança a cabeça, como se tivéssemos formado um pacto de sangue e, se eu violar o acordo, estarei sujeita a uma proibição vitalícia de entrar na biblioteca. Tirando forças da banalidade de nossa interação, abaixo a cabeça.

Não tente rearquivar o microfilme, penso comigo na estranheza da frase depois que ela vai embora. As bobinas ficam em uma gaveta. Depois de ter certeza de que segui as regras o mais corretamente possível, volto para o primeiro andar pelas escadas. A senhora com as raízes aparecendo está na recepção, mas ela está ao telefone, anotando algum recado. Não sei onde está a colega dela de frases estranhas.

Quase passo pelas prateleiras de jornais, mas paro.

O jornal local é o quarto da lista, indo da esquerda para a direita, atrás do *The New York Times*, do *The Washington Post* e do *USA Today*. Ao erguer a haste em que está, pergunto-me se poderei "rearquivá-lo" quando terminar.

Há uma grande mesa com seis cadeiras ao meu lado, fornecida para que as pessoas possam fazer o que faço quando abro as páginas sobre ela. A primeira página está repleta de detalhes conhecidos do assassinato até agora e há muitas fotos. A primeira é uma foto do rio atrás do Tellmer, mas é uma foto de arquivo, do panfleto de admissão do Ambrose. Contudo, a outra imagem, do portão da escola com todos os repórteres e caminhões de notícias, é nova, assim como a do delegado ao microfone, falando à imprensa na delegacia ao lado. A última é uma foto do sr. Stanhope parecendo mais enfurecido do que cheio de tristeza ao sair da casa do diretor. Esta foi claramente tirada com uma teleobjetiva de trás da cerca de arame, já que a imprensa não é permitida na propriedade privada da escola.

Enquanto meus olhos percorrem o jornal, descubro como Greta pegou o meu texto. O repórter afirma que o sr. Stanhope trabalhou no comitê de admissões do St. Ambrose durante toda a última década e, nessa função, observou-se, ele revisou pessoalmente as inscrições de cada aluna matriculada na escola.

E isso significa que ele tinha de ter uma cópia do meu texto em algum lugar. E Greta foi para casa no fim de semana do Dia de Colombo. Ela deve ter vasculhado os arquivos dele em algum tipo de escritório, encontrado o texto e tido sua brilhante ideia.

Dadas todas as outras coisas que aconteceram, a elucidação desse detalhe agora muito menor mal é registrada e, de repente, me lembro da primeira vez que vi os Stanhope no dia da mudança. Posso imaginar tão claramente aquele Mercedes com suas calotas combinando e a mãe de Greta com cada fio de cabelo no lugar e a maneira como o sr. Stanhope olhou para minha mãe.

E, então, aquele sorriso que Greta dirigiu a mim.

Não tenho nenhum sentimento de satisfação por tudo isso estar arruinado agora. De verdade. Não sou esse tipo de monstro, feliz quando uma família é destruída. Mesmo que aquela filha deles seja um pesadelo total.

Fosse, quero dizer.

Ah, Greta, penso comigo. *O que você disse a Nick Hollis sobre o bebê que estava carregando?*

capítulo
TRINTA E DOIS

Agora é noite. O dormitório está se acalmando enquanto todas tentam fazer sua lição de casa. Conjecturo se alguma das outras garotas está tendo o mesmo problema de concentração que eu. O certo é que fico feliz que haja tantas pessoas ao meu redor. Há música tocando. As paredes finas me permitem ouvir as conversas, às vezes.

Não quero ficar sozinha. Do lado de fora das janelas em frente a mim, a escuridão das 20h em uma noite de meados de outubro me faz sentir como se o isolamento total e completo estivesse a apenas um piscar de olhos.

Estou obcecada com padrões de fatos e nenhum deles pertence ao conteúdo do livro de história americana que eu deveria estar estudando. Estou pensando no Dia da Montanha, em Francesca com marcas de briga. Ela não chorou depois. Ela estava furiosa.

De uma maneira malvada. Penso no papel dela na distribuição do meu texto. Penso nela sendo deixada na chuva quando Greta entrou no Porsche de Nick.

E se Francesca soubesse da gravidez? E se ela tivesse descoberto, com base, digamos, em um padrão de vômito diferente por parte de Greta, um vômito que não tinha, ultimamente, a ver com um distúrbio alimentar, mas com enjoo matinal?

Francesca me parece o tipo de pessoa que notaria isso.

E, agora, penso no que ela disse sobre o namorado de sua cidade natal, Mark, e suas atividades extracurriculares com sua suposta melhor amiga no verão passado.

— Não, não — falo em voz alta. — Isso é loucura.

Talvez seja alguém totalmente de fora do Ambrose e todos esses "e se" e "se então" não passem de uma besteira completa. Talvez tenha sido um vagabundo e um caso de lugar errado/hora errada.

Ou um serial killer iniciando seus trabalhos.

Enquanto minha cabeça gira sem parar, gostaria de nunca ter me envolvido na investigação. É como alimento para a besta enjaulada da minha doença, as possibilidades e pedaços de carne crua pendurados do lado de fora das grades, atraentes e um tanto necessários para a sua sobrevivência.

Assim que olho de volta para o meu livro, Strots entra no quarto.

Ela cheira a cigarro e ar fresco, que não são tão mutuamente excludentes quanto se poderia pensar.

— Ei. — Ela tira o blusão de hóquei e o pendura em seu closet. — Cara, está ficando frio lá fora. Ouviu as últimas notícias sobre o assassinato?

Sim, na câmara de eco do meu crânio. O tempo todo.

— Não?

— Eles chamaram Francesca para a delegacia. — Strots senta-se em sua cama com um salto. Suas bochechas estão coradas de frio e ela esfrega o nariz como se estivesse escorrendo, agora que está no calor do dormitório. — Alguém viu ela sair com a polícia.

Tento parecer casual.

— Sobre o que estão falando com ela?

Strots me dirige um olhar impaciente.

— Sobre seus planos para o Natal. O que você acha?

— Eles levaram Stacia também?

— Não sei. Mas provavelmente ainda vão. Eles vão ficar no pé até descobrirem quem fez isso.

Depois de tirar os tênis, Strots se abaixa e puxa o pacote de seis Coca-Colas de debaixo da cama. Ela puxa uma das garrafas de dentro do plástico.

— Quer uma? — ela oferece, estendendo-a para mim.

— Aí não consigo dormir.

Ouve-se então um assobio quando Strots abre a tampa do refrigerante.

— Isso não te faz bem, certo?

— O quê? Ah, minha bipolaridade.

— Não, não. As coisas têm sido tão loucas.

— Muito.

Strots se recosta contra a parede e olha para o teto enquanto cruza as pernas na altura dos tornozelos.

— Eu só tinha que sair e clarear minha cabeça. Não aguentaria ficar neste dormitório por mais um maldito segundo.

Tenho a sensação de que ela está pensando em Keisha enquanto olha para o terceiro andar.

De repente, ela se senta corretamente, como se estivesse tentando mudar seu padrão de pensamento ao alterar sua postura.

— Eles tiraram a fita de isolamento da cena do crime. Perto do rio, no início da trilha.

Ela toma um gole e penso em quantas vezes já fizemos isso, ela tomando uma Coca-Cola todas as noites e eu desejando ser como ela. Estou fazendo isso de novo agora, silenciosamente invejando sua confiança em meio a tanta incerteza caótica. Claro, nunca falamos de um assassinato antes, não que ela esteja falando muito além do que já está circulando pelos corredores. Ela é assim, porém. Ela não lida com hipóteses, enquanto estou me afogando nelas. A meio caminho entre nós, na linha mediana da nossa sala, está uma pessoa perfeitamente normal, alguém que está ciente dos contornos ocultos das situações e disposta a discuti-los, mas que ainda assim consegue manter o foco nos dados concretos.

— Está com medo? — indago baixinho.

— De quê?

— Ser... morta. Ou algo assim.

Strots recua com uma careta.

— Por quem?

— Não sei. Talvez estejamos todas em perigo. Se alguém pode matar Greta...

— Então ela foi assassinada. E daí? Não tem nada a ver comigo. Nem com você. Nem com qualquer outra pessoa aqui. É um caso isolado.

— Como sabe disso? E se houver um assassino à solta por aí?

— Foi pessoal. — Strots me olha de modo bem-humorado. — Quem quer que tenha sido, esfaqueou-a nove vezes. Na frente do seu peito e na garganta. O jornal disse isso. O assassinato em si não é o principal. Greta era um alvo específico, afinal, quem de nós não ia querer matar ela?

— Você não devia dizer isso.

— Por quê? Por que isso vai me tornar uma suspeita? Por favor. A polícia já sabe que não fui eu. O advogado que meu pai trouxe de Boston já conversou com eles. — Ela ri sem sorrir. — Aparentemente, a polícia não pode prender alguém por suspeita de assassinato só porque esse alguém é gay, e, para variar, era com isso que meu pai estava realmente preocupado. Não pelo meu bem-estar, claro, mas pelo dele.

— Ainda acho que você não deve falar esse tipo de coisa.

— Foda-se isso. — Strots toma outro gole. — Os fatos são o que são. E se tiver mesmo um assassino à solta? Quero só ver ele tentar me matar. Eu ia brigar de volta, com certeza.

— Mas e se alguém souber… — Sufoco meus pensamentos galopando à frente do meu controle consciente.

— Ahm?

Quando não respondo, Strots abaixa sua garrafa antes de levá-la à boca.

— Souber o quê?

— E se a polícia estiver falando com as pessoas erradas e alguém souber que…

— Ainda não entendi do que você está falando.

— Se o assassino matou uma vez, pode fazer de novo. Certo? Para se proteger.

Há um longo silêncio, durante o qual Strots olha para o gargalo aberto de sua garrafa de Coca-Cola.

Quando seus olhos se erguem para os meus, eles estão muito sérios.

— Sua cabeça está confusa? Quero dizer… Você está, tipo, em crise?

Ela gira um dedo ao lado da têmpora, mas não é para tirar sarro de mim. Ela está tentando mostrar algo para o qual está lutando para encontrar as palavras.

— Li sobre esse papo de bipolaridade — explica. — Depois que conversamos. Falam que a pessoa pode ficar estranha ou algo assim. Desculpe se não estou formulando isso direito. Mas você acabou de me contar que não está dormindo e sei que não tem comido.

Não tenho?, penso comigo.

— E acho — minha colega de quarto pigarreia —, bem, quero dizer, tem muita merda acontecendo por aqui, e dizem que o estresse pode piorar as coisas… Qual é a palavra? Gatilhos. Ou tipo isso.

Fito meu livro de História. E percebo que tenho tentado estudar geometria, não a Guerra Revolucionária.

Quando começo a entrar em pânico, esfrego a ponta do nariz, embora não esteja com cócegas.

— Posso… — Limpo a garganta, assim como ela fez, e é provável que o faça pelo mesmo motivo. Não tenho nada preso ali, mas estou me sentindo estranhíssima. — Posso te contar uma coisa?

— Sim, claro. — Strots ri um pouco. — E prometo guardar para mim, mas isso não significa muito porque não estou falando com ninguém agora. É por isso que estou andando no escuro em vez de estudar francês.

Abro minha boca… E tudo sai, as sílabas rápidas como uma metralhadora. E a velocidade das minhas palavras aumenta à medida que passo pelo Dia da Montanha, por Nick Hollis, pela calcinha rosa, pelo Porsche, pela sra. Crenshaw, pelo moletom, pela biblioteca… Pela gravidez.

Quando termino, tenho que me recuperar do esforço com uma profunda respiração. E então arrisco um olhar para Strots. Não consegui olhar para ela enquanto falava porque estava preocupada que a expressão em seu rosto me impedisse de revelar tudo o que eu precisava.

Exceto que ela não está olhando para mim como se eu fosse louca.

— Sinto muito — ela fala devagar. Então se inclina para a frente, como se não tivesse certeza de que seus ouvidos estão funcionando da maneira correta. — Era *Greta* quem estava transando com Nick Hollis?

Quando assinto, Strots olha para a garrafa de Coca-Cola como se ela tivesse a esquecido em sua mão.

— Deus do céu… Que merda.

— Não inventei nada disso. — Pelo menos, acho que não. Tenho quase certeza de que não. — E contei à polícia tudo sobre ela e Nick. Bem, não sobre o meu papel nisso tudo. Mas eles já sabiam de tudo o que estava acontecendo entre eles.

Strots apenas fica sentada com seu refrigerante, olhando para a garrafa de plástico. Estou disposta a apostar que sua cabeça agora está como uma tela de TV passando um filme de sessão da tarde sobre ela e Greta.

— Tenho um problema de credibilidade — explico para preencher o silêncio. — Mas a polícia tem outras fontes mais confiáveis. Quero dizer, a administração descobriu sobre Nick e Greta, certo? A sra. Crenshaw foi até eles com o que encontrou no carro dele. Por isso ele foi demitido. E a escola não escondeu, nem podia esconder, isso da polícia.

Os olhos de Strots erguem-se para os meus.

— Quando Crenshaw foi para a administração? Depois que você se encontrou com o reitor sobre a merda da sala dos telefones?

— Sim.

Posso imaginar aquela porta aberta do Porsche e toda a chuva como se a cena estivesse bem na minha frente.

— Deus, e se a sra. Crenshaw descobrir que coloquei a calcinha lá e armei para ela…

— Meu Deus — Strots interrompe —, o sr. Hollis estava comendo Greta? Porra. *E* ela engravidou? Aposto que ele está cagando nas calças agora.

Mudo de faixa na minha mente.

— A esposa dele também sabe. Eu os vi discutindo no estacionamento. Ele deve ter contado a ela com quem estava, mas não sei se ela sabe que houve uma gravidez.

— Talvez ela tenha matado Greta.

Imagino a sra. Hollis. Sandy.

— Acho que não. Ela se parece com uma mãe.

Uma mãe muito inteligente, educada, elegante e profissional, acrescento para mim mesma.

— Ah, claro, então com certeza ela é inocente — ironiza Strots.

Dado esse argumento convincente, decido não acrescentar que o fato de a mulher estar tentando salvar pessoas da AIDS também prova sua falta de envolvimento.

— Ou talvez a Crenshaw, porque ela é assustadoramente obcecada e ficou com ciúmes.

— O que é isso, o jogo de tabuleiro *Detetive*, em edição escolar para meninas? — Strots inclina a cabeça para o lado e faz uma voz de narradora. — "Foi a professora de geometria com uma régua na floresta".

— Acho que você está certa — comento, sem jeito. — Apenas não entendo por que Nick Hollis não é mencionado em nenhuma notícia.

Strots ri alto.

— Acha que esta escola vai se abrir para a mídia sobre um CR comendo uma menor de idade em um de seus dormitórios? Sobretudo quando o sobrenome da garota é Stanhope e ele é casado e ela está grávida e morta?

Penso no artigo do jornal de New Haven e menciono que Nick já tem um histórico.

Minha colega de quarto fica passada, mais uma vez, e fico tão satisfeita com a reação dela que entendo, de repente, por que as pessoas fofocam.

— Está brincando comigo — observa ela. — Foda-se, isso está cada vez melhor.

— A gravidez de fato dá um motivo para Nick, certo? — pergunto isso como o detetive Columbo, como se tivesse investigado uma centena de assassinatos. — Talvez ele a tenha matado para encobrir tudo.

— Mas ele já tinha sido demitido. O que o assassinato rendeu para ele, a não ser a chance de acabar na prisão?

— Mas e se ela o estivesse chantageando? E ele não pudesse recorrer ao pai para pagar o silêncio de outra menina? Os Stanhope perderam seu dinheiro e Greta nunca foi de aceitar derrota. Talvez ela o tenha pressionado por mais dinheiro.

As sobrancelhas de Strots se erguem em sua testa, e demora um minuto até que ela volte ao foco.

— Bem, os Hollis têm muito dinheiro, com certeza, e vão ficar putos com ele. Minha avó conhece a família lá de Newport e eles fazem parte da

Velha Guarda, como ela chama. Esse tipo de gente é muito antiquado, vive só de aparência, uma merda. Um filho envolvido com garotas de quinze anos? E que foi pego duas vezes? É uma maldita mancha em seu nome.

Nós duas ficamos quietas e fico feliz que a minha colega de quarto, enfim, tenha dado um passo para dentro do meu reino de pensamentos, não porque pode ser um hábito a ser adquirido, mas porque é bom não ficar sozinha.

Sem surpresa, ela volta rapidamente do mergulho.

— Nada disso é problema nosso. Eles são os adultos. É problema deles descobrir tudo, não nosso.

Esse é o problema dos jovens da nossa idade, penso comigo mesma. Somos todas a favor do caos até que suas repercussões se tornem reais — e, então, só queremos que os adultos lidem com a situação. É como quando quebrávamos um brinquedo quando tínhamos cinco anos. Aqui, conserte isso.

Exceto que não há nada que traga Greta de volta. E será que... Esse é um resultado assim tão ruim?

— Além do mais — Strots complementa à medida que termina a última gota de Coca-Cola —, não se preocupe com mais agressões por aqui. Não vou deixar ninguém te machucar. Não tenho medo de ninguém.

Enquanto uma fonte de gratidão floresce em meu peito, me inquieto e me contorço.

Não quero que Strots saiba o quanto sou afetada por sua natureza heroica, mas a verdade é que estou prestes a voar para longe como resultado do calor crescente atrás do meu esterno.

Nunca vou me acostumar com a maneira como Strots vem em meu socorro.

Dando uma desculpa esfarrapada sobre precisar de um banho antes de dormir, vou até o meu armário, pego os produtos de higiene pessoal e saio.

Pela primeira vez desde que os policiais apareceram no campus, sinto que não preciso olhar por cima do ombro enquanto ando pelo corredor. Estou segura porque Strots o torna seguro.

E a amo por isso.

capítulo
TRINTA E TRÊS

No dia seguinte, o jornal local publica na primeira página o que "Jerry" tinha confidenciado à bibliotecária. Descubro isso no almoço, sentada sozinha à minha mesa. Várias garotas trouxeram o *Greensboro Gazette* consigo, e elas passam a primeira seção de mesa em mesa, todo mundo sussurrando a palavra com *g* como se dissesse em voz alta que iria deixar de menstruar espontaneamente e começar a gestar.

Eu mesma leio o artigo, quando uma delas o coloca sobre a mesa para esvaziar a bandeja e depois se distrai com uma amiga que vem até ela e pergunta se ela sabe das últimas notícias. Ela fica tão ocupada se estabelecendo como fonte primária que deixa o artigo de última hora em cima da lixeira coberta.

Olho para o papel. Lendo rapidamente, procuro o nome Nick Hollis e não o encontro.

— Posso pegar isso de volta?

A garota que esqueceu sua cópia está parada ao meu lado, totalmente indignada.

Como se houvesse apenas um certo número de leituras antes que a tinta fosse consumida por nossas retinas e o papel ficasse em branco.

— Desculpe. — Devolvo o papel. — Mas você o deixou aqui.

Ela vai embora. Não a reconheço, então ela provavelmente é veterana do Wycliffe. Todas me parecem iguais.

Observo o refeitório lotado. Strots não está por perto. Não está sentada com Keisha, é óbvio, mas há uma segunda mesa de hóquei sobre grama que, como era de se esperar, a recebeu de braços abertos. Ela não está lá agora, porém, e me pergunto se minha colega de quarto voltou para a delegacia, porque ela deixou nosso quarto cedo esta manhã sem seus livros.

Faço as aulas da tarde, distraída pelo esforço de tentar me disciplinar contra a roleta de suspeitos que meu cérebro está determinado a girar. De acordo com os meus pensamentos giratórios, existem assassinos em potencial em todos os lugares. Qualquer pessoa que já tenha falado com Greta. Frequentado aulas com ela. Almoçado com ela.

Quando volto para o meu dormitório, há carros da polícia estacionados em frente ao Tellmer de novo, e imagino quem estão algemando.

Abrindo a porta da frente, ouço garotas ao telefone, mas o tráfego está normal e, em suas conversas, com três dos receptores abertos, as meninas falam sobre as notas das provas com seus pais. Lembro a mim mesma que é melhor ligar de volta para minha mãe, só para tranquilizá-la e provar que estou viva.

E, então, estou na base da escada.

Olho para a porta fechada da sra. Crenshaw e penso nela. Ela já desmontou seu santuário? É difícil imaginar que aqueles talismãs signifiquem a mesma coisa para ela agora. Subindo as escadas apressadamente, chego ao segundo andar a tempo de ver o outro detetive à paisana, aquele que não é Bruno, saindo do apartamento de Nick Hollis. Através da porta que se fecha, vejo de relance nosso CR. Ele está sentado em seu sofá, com a cabeça entre as mãos. Mas, ei, pelo menos ele não está sendo preso por assassinato.

O detetive nem mesmo olha para mim quando esbarra na minha mochila para subir as escadas. Fica claro que sua mente está em outro lugar, suas feições de meia-idade sombrias.

Indo para o meu quarto, conjecturo acerca do que o pai de Nick Hollis pensa sobre tudo isso, em especial considerando-se a mais nova e triste reviravolta. Concluo que o advogado contratado para lutar contra a demissão deve ser bom, porque Nick ainda está no campus. Isso não pode durar, no entanto. St. Ambrose terá de removê-lo agora e, como ele parece estar arrasado, acho que não vai mais protestar contra a calcinha rosa.

Penso no momento que vi nosso CR naquele primeiro dia, quando ele falou com os encanadores. Então, me lembro de ele se desculpar comigo por ter errado meu nome. E me lembro da empatia em seu rosto quando ele sugeriu que eu não deveria me sentir mal por deixar cair a bola no jogo do Dia da Montanha.

Também penso nas muitas vezes em que meus olhos se fixaram nele, aprovando tanto sua aparência quanto quem eu achava que ele era.

É quase impossível conciliar sua gentileza e minha fantasia com a situação em que ele se encontra agora, desonrado, desempregado e certamente prestes a se divorciar. Penso em um sedã novinho em folha saindo de uma concessionária, recém-comprado e pago, a alegria do proprietário. Mas depois há o acidente que amassa a frente e arranca a traseira, tudo destruído. É uma boa metáfora, embora as consequências das ações de Nick sejam resultado de escolhas feitas livremente. O que aconteceu entre ele e Greta foi errado — e agora se tornou muito mais complicado e letal.

Sigo para o meu quarto e fico desapontada por Strots não estar lá. Então, me lembro do horário. Ela tem treino. Não estará de volta até pouco antes do jantar e estará faminta, então pode acabar indo comer primeiro no Wycliffe antes de voltar.

Embora tente me concentrar em meu dever de casa de geometria, não consigo reter nada. Hoje, na aula, a sra. Crenshaw estava ainda mais dispersa e tensa do que o normal e eu me vi incapaz de olhá-la nos olhos. A polícia vai querer falar com ela, se é que já não o fez, e, a essa altura, levanto-me da cadeira e me inclino sobre meu livro aberto. Olhando para o estacionamento, noto que o carro dela sumiu, mas os outros dois estão lá. Talvez ela esteja na delegacia sendo entrevistada neste exato momento. Talvez ela esteja aliviada por poder falar e ter certeza de que não é uma suspeita.

De repente, vejo uma imagem com ela queimando aquele moletom azul-turquesa, assim como as outras lembranças estranhas de um romance que nunca existiu. Acho que há dois motivos para ela se livrar dos objetos: desilusão e medo de parecer suspeita. Ao me sentar de novo, derrubo meu caderno de papel pautado da escrivaninha. Falando um palavrão, curvo-me…

E é aí que vejo a sujeira no chão.

Minha escrivaninha e a de Strots ficam juntas sob as grandes janelas, e bem entre o final da dela e o começo da minha… há um rastro de partículas secas de sujeira marrom que desaparece na costura sombreada. Não há muitas manchas e elas são exatamente da cor da madeira desgastada, por isso são difíceis de ver.

Olho para a superfície da mesa de Strots. Depois, para a minha.

Não há nada sujo.

Olho para baixo de novo. No fundo da minha mente, sei onde vi esse tipo de sedimento antes. É da margem do rio. Veio nas solas das minhas botas, de quando eu espionava Greta e as Morenas. É um pé no saco. Tem um acúmulo no fundo do meu armário.

De repente ansiosa, empurro minha cadeira para trás e, quando ela range, dou um pulo com o som inesperado. Depois de me recuperar, ajoelho-me e fico de quatro.

Não consigo ver nada na junção das mesas. Mas está escuro aqui embaixo.

Com a mão trêmula, trago a luminária barata até o chão. Conforme o foco de luz penetra na convergência entre os pés das escrivaninhas, vejo algo entre eles.

Algo sujo.

Algo fino e sujo.

Algo que reflete a luz através de algumas manchas em sua superfície.

Embora me recuse a acreditar no que estou vendo, começo a emitir barulhos, barulhos suaves de súplica, mesmo que eu não saiba para quem estou pedindo misericórdia. Talvez esteja pedindo a Deus. Não sei.

Em geral não sou forte, mas um terror avassalador me dá força suficiente para empurrar a mesa de Strots.

A faca cai de lado. E a reconheço.

É a faca de chef de cabo branco que prometi a Strots que devolveria ao Wycliffe quando pensamos que ela ia embora. Aquela que coloquei, junto com o prato, embaixo do saco de roupa suja no armário porque não tinha certeza se minha colega de quarto realmente iria embora e dei uma de Crenshaw, começando um santuário para a minha ídola.

Tento me levantar, mas não consigo ficar totalmente na vertical, então caio na minha cadeira e cubro minha boca para não gritar.

Há manchas na faca. Sob a sujeira que cobre a lâmina e o cabo, há manchas vermelho-escuras na superfície do corte...

No mesmo instante, minha mente me lembra de algo que não quero lembrar. A fantasia de agente funerária, aquela em que o batom de Greta estava borrado. E, então, minha consciência me leva com rapidez para a raiva que senti quando a garota ameaçou minha colega de quarto, aquela raiva quase incontrolável.

Experimentei exatamente o que disse ao detetive Bruno que nunca experimentava. Já tive momentos de violência dirigida a outras pessoas. Pelo menos em teoria.

Pelo menos acho que só foi em... Ai, meu Deus.

Lembro-me da última vez que vi Greta viva. Foi quando ela abriu minha porta e disse que ia tirar algo de Strots porque Strots havia tirado algo dela.

— Ah... *meu Deus...*

Conforme meu coração palpita em meu peito, e uma vontade doentia de vomitar revira meu estômago, tento desesperadamente lembrar o que aconteceu em seguida. Volto ao momento em que Greta saiu de nosso quarto. O que fiz? Aonde eu fui?

Deixando a luminária no chão, tropeço até o pequeno closet, abro-o e puxo a corda frágil para acender a luz do teto. Lá no chão estão os coturnos que uso o tempo todo. Viro os dois com a mão trêmula. Há lama do rio por toda a sola, o mesmo lodo fino que está entre as mesas encaixadas sob as janelas. É só de quando vi o corpo e fugi da polícia? Ou está aí porque segui Greta até o rio e a ataquei com a faca que eu guardava como uma homenagem à minha colega de quarto...

Lá fora, no corredor, alguém grita.

Isso chama a minha atenção. Saltando, decido correr, mas percebo que não tenho para onde ir caso esteja querendo fugir da verdade.

À medida que as implicações caem sobre minha cabeça como pedras despencando do céu, tenho apenas um pensamento claro: eu não devia ter acreditado na conclusão do detetive Bruno de que não matei Greta Stanhope. Os adultos não são mais inteligentes ou mais intuitivos do que os adolescentes. São apenas versões maiores e mais altas de nós.

Agora estou me mexendo. Estou abrindo a gaveta de baixo da minha mesa...

Há uma bebida e uma caixa de remédios ao lado do meu lítio.

De repente, não consigo respirar. De onde vieram? Quando os comprei? Deve ter sido depois que fui à biblioteca. Mas por que não lembro?

O que mais eu não lembro é o que importa mais.

Ouço um som abafado. Sou eu, mas não me preocupo mais em descobrir nada. Apenas me abaixo e pego a caixa de remédios e a lata. Não acompanho minha ida até o porão, mas essa amnésia é algo que está se tornando comum em mim, os buracos em minhas memórias, não sei o que esqueci. Sou uma pessoa cega que não sabe que seus olhos não funcionam mais.

Atravessando a porta da sala da caldeira, me enfio lá dentro, barricando minha própria fuga para que eu possa salvar de mim as outras garotas no dormitório. Estou ofegante agora, mas não estou chorando. Isso está além de qualquer coisa associada a lágrimas.

Não acendo a luz. Há resquício suficiente de iluminação entrando pelas frestas da porta, o brilho destilado transformando tudo em um monstro em potencial. Quando encontro um lugar para me esconder, as formas e os contornos da caldeira e os suprimentos de manutenção são como coisas que deveriam aparecer para mim com os dentes arreganhados — mas ficam paradas porque sabem o que estou descobrindo.

Eu sou uma assassina.

Sou uma delas.

capítulo
TRINTA E QUATRO

Ao me esconder atrás da caldeira, e o calor que sai da grande peça de metal arcaico aquece meu corpo, só há uma coisa a fazer.

Com as mãos trêmulas, ergo a caixa de remédios, mas não consigo abrir a tampa de segurança com a lata na outra mão. Deslizo pela áspera parede de concreto e me sento no chão para que meu colo possa acomodar o refrigerante.

Enquanto empurro, torço e não chego a lugar nenhum com a tampa, e sondo a minha memória com desespero, na tentativa de lembrar algo sobre a compra do que Phil, o Farmacêutico, me proibiu de comprar antes. Mas a questão maior é: quando exatamente minha doença assumiu o controle sem meu conhecimento?

Porque ela é responsável por tudo isso. Ela planejou tudo isso.

Percebo, com pavor, que na verdade ela é quem comandou o espetáculo o tempo todo.

Minha doença tirou a calcinha do fundo do meu armário e depois me levou até o estacionamento, atrás daquela árvore, depois até aquele carro, antes que eu tivesse qualquer ideia consciente do que fazer com a calcinha de Greta. Começo a chorar quando me lembro que não sabia como tinha ido parar lá. Na época, parecia uma coincidência que levou a uma conclusão lógica e fiquei grata pela ligação arbitrária.

Agora, sei que não foi uma extrapolação aleatória. Foi minha doença crescendo e se transformando, amadurecendo... Para que pudesse assumir o controle de uma nova maneira. Vejo que a calcinha e o Porsche foram um teste para medir o quão complacente com os seus comandos eu poderia ser, algo que interpretei erroneamente como uma sincronicidade mágica de elementos desconexos.

Bato minha cabeça contra a parede sólida contra a qual estou. Nem sinto a dor. Não sinto nada enquanto as lágrimas rolam pelo meu rosto e pingam nos recipientes na minha mão e no meu colo, os quais não me lembro de comprar depois de matar a garota que eu odiava por ameaçar a única amiga que tenho aqui no Ambrose.

A única amiga que já tive, na verdade.

E o final do jogo? Bem, tudo deveria levar até aqui, até este momento, na sala da caldeira. Porque enganei minha loucura de suas tentativas anteriores de colocar esse plano em prática quando decidi reiniciar o tratamento com lítio.

— Por que me quer morta? — pergunto para a minha doença. — Minha morte mata você também. Que burra.

Quando a tampa da caixa de remédios voa e a embalagem quase voa também, o pequeno algodão enfiado na beira do recipiente de plástico transparente é tudo o que mantém os comprimidos no lugar. Tento pescar o chumaço, mas minhas mãos estão tremendo tanto que é impossível segurar. Perco a paciência e bato a embalagem aberta na palma da minha mão esquerda repetidas vezes.

E, então, desacelero.

E paro.

Uma ideia se formou em minha mente e o brilho de sua lógica é tão suave que a princípio não consigo entender muito. Quanto mais me concentro, no entanto, mais clara se torna, emergindo do pântano da minha consciência, vindo até mim, totalmente formada e um tanto bonita.

Por que me quer morta? Minha morte mata você também. Que burra.

Acho que entendi tudo errado, na verdade.

Sempre houve dois lados para mim: aquele fundamentado na realidade comum e aquele que não é. Este último sempre ganhou quando quis. Mesmo com a medicação, ele nunca está longe, apenas é mantido sob controle, uma tempestade destinada a romper o padrão climático predominante e atingir minha vila costeira.

Penso em Greta me atormentando. Tornando a minha vida um inferno. Levando-me à beira do suicídio.

Observo a minha mão esquerda. Minha pele está vermelha por ter batido a beirada da embalagem nela, mas agora o chumaço de algodão caiu e, também, um comprimido, calcário e perfeitamente redondo, na palma da minha mão como se esta fosse uma bandeja.

Tento imaginar o que teria acontecido se Greta tivesse sobrevivido. Ela teria continuado me perseguindo até eu desistir. Ou pior.

Penso na minha raiva por ela, aquela emoção desconhecida saindo de mim, solta e sedenta de sangue.

E se essa raiva não tivesse a ver com Strots? E se, em vez de tentar me colocar em apuros, minha doença estava determinada a me proteger? E se... assumiu o volante e usou meu corpo como uma ferramenta para sua própria sobrevivência? E se soubesse que, cedo ou tarde, eu sucumbiria ao tormento de Greta e, então, já seria tarde demais? E se conhecesse a mim e minha determinação melhor do que eu?

Eu não achava que poderia matar alguém que eu odiava. Não achava que era fisicamente forte o suficiente. Mas e se eu não estivesse no controle... porque minha doença percebeu que, para eu sobreviver, Greta Stanhope tinha de morrer?

Lembro-me de acordar naquela manhã com a toalha na cabeça e gostaria de ter revirado minha sacola de roupa suja para ver onde estavam as roupas ensanguentadas que usei. Mas agora... estou pensando que não teria encontrado nenhuma. Minha doença saberia destruir ou limpar o que quer que eu estivesse vestindo.

Ela é muito, muito inteligente.

E, de repente, vejo como Greta foi morta naquela noite, após a qual acordei tão confusa e atordoada. Agora sei que peguei a faca que guardava como um talismã de Strots e segui a garota até o rio quando ela foi fumar um cigarro sozinha... Porque ela estava grávida e o jogo que ela tinha começado com Nick Hollis tinha ido longe demais: ameaças contra a minha colega de quarto à parte, ela precisava se controlar e pensar no que fazer.

Espere… Não. Aproximei-me dela no corredor fora do banheiro e disse a ela que tínhamos que nos encontrar em particular. Insinuei que sabia sobre ela e Nick e que era melhor ela estar no rio na hora marcada ou eu contaria à administração. Ou ao pai dela. Não… À imprensa.

Ela ficaria furiosa por eu ter algo contra ela, mas não assustada. Nunca fui uma ameaça para ela antes, porque sou uma perdedora louca. Ela não ergueria a guarda.

Quando Greta chegou ao rio, sobre sua pedra, eu saí das sombras. Ela me encarou e me insultou. Falou do meu corpo. Da minha aparência. Minha falta de perspectivas em todos os níveis da experiência adolescente. Ninguém mais estaria lá conosco porque, embora ela não se sinta ameaçada por mim, seu nome ainda não foi publicamente vinculado a Nick Hollis e, acima de tudo, ela não quer que o assunto da gravidez se espalhe. Ela está em uma expedição de pesca para saber o que sei ou o que acho que sei.

Eu teria a faca escondida na minha coxa e a manteria fora de sua vista. Eu a deixaria ampliar sua verborragia de um ou dois insultos para uma sessão de bate-boca completa contra mim, e o discurso retórico liberaria muito da tensão que ela sente, dado o apuro em que ela está…

Ao nosso redor, ouço o rio borbulhando suavemente e sinto o cheiro da terra úmida. Vejo seu rosto ao luar, a maquiagem de bom gosto, o brilho de seu cabelo loiro, o brilho de seu casaco de caxemira vermelho, que é do mesmo tom do suéter de caxemira vermelho que Nick Hollis usou. Penso comigo mesmo que, como os CDs do Guns N' Roses, ela comprou essa peça de roupa por causa dele.

Ela está tão concentrada consigo mesma, tão absorvida em sua onda de escárnio, que ela não observa quando tiro a faca e a trago para a frente. Eu cronometrei as coisas perfeitamente, porque, ao contrário de minha mente consciente, minha doença sabe exatamente o que dizer e quando dizer:

Quantas vezes você transou com Nick naquele Porsche?

Greta para seu discurso e olha para mim, perguntando-se se me ouviu direito. É nesse momento de confusão que a esfaqueio pela primeira vez. Bem na garganta.

Assim, ela não pode gritar.

Então a domino. Ela tropeça para trás em suas sapatilhas — a do lado esquerdo cai, e foi por isso que seu pé estava descalço quando vi o corpo — e minha doença usa meu peso para mantê-la abaixada enquanto subo sobre ela como se estivesse me sentando em uma cadeira. Eu a esfaqueio de novo. E de novo.

Sinto cheiro de sangue e ouço um gorgolejar diferente do fluxo do rio sobre seu leito rochoso, os sons da morte subindo pela ferida que a faca abriu em sua laringe, como uma lata de tomate.

Deixo-a um pouco viva. Sento-me em sua pélvis e a observo abrindo a boca aberta para respirar, como um peixe. Seu rosto está manchado de sangue e sangue também escorre de sua boca. Parece preto contra sua pálida pele branca sob o brilho da noite. As manchas em suas roupas estão ficando cada vez maiores, procurando mais espaço até chegarem às pernas.

Pouco antes de seu coração parar, pego meu polegar e borro o vermelho em seus lábios. Como se fosse o melhor batom da L'Oréal. Porque ela merece.

Agora sou a agente funerária dela, quem diria.

E, então, ela está morta.

Fico decepcionada neste ponto, sobretudo quando aceno minha mão livre sobre seus olhos abertos e cegos.

Foi divertido, penso.

E, agora, tenho um problema.

Desmontando dela, volto a considerar a cena, comparando-a com coisas que vi nos filmes ou assassinatos que foram cobertos pelas revistas da minha mãe. Imagino uma reprodução granulada em preto e branco do que estou vendo na primeira página do *Greensboro Gazette*. Espero que eles consigam o furo. Afinal, o assassinato aconteceu na cidade deles, então deviam divulgar esse incidente horrível em nível nacional.

Enquanto organizo minhas opções plausíveis de negação, ajoelho-me, coloco a faca de lado na terra e enxáguo as mãos na água corrente. Verifico minhas roupas pretas e fico aliviada por elas não estarem tão marcadas com sangue. Com alguma sorte, posso subir sem esbarrar em ninguém...

Merda. Meu rosto. Aposto que estou com um pouco de sangue nele. Só me aproximei por necessidade e, também, porque queria sentir a dor que estava infligindo. É pessoal essa matança. É para Greta.

Strots estava certa sobre isso.

Procuro nos bolsos do meu casaco e tiro um pano que de repente me lembro de ter colocado lá. Eu planejei isso muito bem. Molho o pequeno quadrado de pano felpudo e esfrego o rosto e o pescoço. Depois, enxáguo e repito até que não haja mais rosa na toalha. Torço e coloco-o de volta no bolso, embora esteja úmido.

Eu guardo a faca. Coloco no meu outro bolso.

É o meu troféu. É o meu prêmio. Nunca ganhei nada, então pode apostar que não vou deixar isso aqui. Além do mais, tem minhas impressões digitais por todo o cabo.

Eu olho um pouco rio acima, para um gargalo no fluxo do rio que foi formado por uma compactação de galhos, sujeira e folhas. Vou até lá e me apoio em uma rocha nodosa acima do emaranhado.

Chutando a represa da Mãe Natureza, não me importo de me molhar. Chuto. Chuto. *Chuto...*

O emaranhado se desfaz e a água corre, um relativo tsunami que inunda minhas botas.

A onda é forte o suficiente para subir e, abaixo da superfície da grande rocha em que Greta está deitada, a onda passa sob seu corpo. Eu saio do caminho, mas me certifico de que ainda estou no próprio rio para que meus passos não deixem rastros. Cuido da limpeza, com as mãos na cintura, pronta para repreender a água se ela não funcionar o suficiente para se livrar de evidências incômodas, como pegadas que eu possa ter deixado.

O fluxo cumpre bem o seu dever. A grande pedra é lavada do sangue e da sujeira, e, ainda assim, o corpo não se move. O cabelo, sim. É como se Greta estivesse parada em uma brisa, seus longos cabelos loiros flutuando pela última vez.

É com essa imagem que minha consciência gradualmente se retrai do passado e volta ao presente.

Ainda estou na sala da caldeira, atrás da fornalha, comprimidos na mão, refrigerante pronto, lágrimas rolando pelo rosto.

Mesmo que minha doença estivesse no comando, minha mão agarrou aquela faca. Meu braço fez o esfaqueamento. Sou culpada, cúmplice de uma forma que um tribunal vai precisar que o dr. Warten explique a um júri.

— Sinto muito, Greta — eu me engasgo. — Ai, meu Deus... Mãe, me desculpe.

Há uma tentação de cair na histeria, mas devo resistir enquanto ainda tenho autonomia. Se minha doença se tornou autoconsciente, precisa ser interceptada. O suicídio nunca foi tão imperativo, e fecho minha mão com os comprimidos dentro, pronta para levá-los à boca...

Uma visão minha aparece diante de mim.

Ela está sentada contra a porta fechada exatamente na mesma posição em que estou aqui, as pernas abertas, o tronco em ângulo reto, as roupas pretas como que continuação das sombras. Ela não está segurando o remédio nem o refrigerante, e é assim que eu sei que ela é outra. Esta não é uma imagem espelhada.

Esta é a minha doença.

Ela encontra meus olhos com firmeza, mas por que não? Ela está no controle.

— Você não deveria ter feito isso — declaro. — Sei por que você fez isso, mas foi errado.

Ela balança a cabeça para mim.

— Sabe que tenho de acabar com isso, certo?

À medida que seguro o remédio, estou ciente de que este é um novo ponto baixo para mim, um novo ponto alto para a minha doença. Eu nunca realmente conversei com o que me aflige.

— Passou dos limites.

Ela balança a cabeça de novo. E interpreto que ela me impedirá de cometer suicídio.

Isso me dá uma força desesperada.

— Vou fazer isso agora. Agora, porra.

Pretendo colocar todo o punhado de comprimidos na boca, mas me atrapalho com eles, deixando cair a maioria na frente da camiseta. Xingando, coloco mais na minha mão enquanto o gosto amargo corta minha língua.

Quando olho para trás, ela desapareceu do interior escuro e, de repente, fico apavorada. Largando a garrafa, me levanto e olho ao redor da sala da caldeira. Não consigo ver bem o suficiente. Com as pernas trêmulas, me arrasto até onde minha doença estava e bato a mão na parede perto da porta, procurando o interruptor de luz. Quando o encontro, acendo a lâmpada do teto, e recuo como um vampiro, protegendo meus olhos com a dobra do meu cotovelo.

Conforme as imagens se ajustam, tiro meu braço. Não há nada no espaço utilitário além de um esfregão de chão dentro de um balde laranja seco, uma placa de perigo, uma pilha de cadeiras de metal e a velha caldeira.

Ando pelo cômodo, o remédio caindo da minha camiseta e quicando no chão, pilulazinhas felizes, saltitando sobre o concreto sujo como se fosse a festa de aniversário de alguém.

Cara, elas não receberam o memorando.

Eu ando por um tempo no pequeno espaço e nada é revelado. Então paro no centro e olho para o recipiente de comprimidos que está lá atrás onde comecei, caído no chão com o refrigerante que rolou do meu colo. Ainda há muitas lá para dar conta do trabalho. Mas também há aquelas que deixei cair, e, se já quero morrer, por que devo me preocupar com engolir sujeira?

Penso em Strots e digo a mim mesma que ela entenderá. Quando tudo for descoberto, ela entenderá por que me matei e lidará bem com isso. Eu a imagino com clareza dizendo que não devo temer ninguém e que ela garantirá a minha segurança.

Não sabíamos naquele momento que estou perfeitamente segura porque eu é que sou a ameaça.

São os outros que precisam se preocupar. Meu monstro encontrou uma maneira de sair de sua jaula e tudo que tenho a fazer é pensar em como encarei o corpo de Greta com satisfação e como tive que guardar a faca como troféu, para saber que eu tinha resolvido a questão.

Minha doença tem um novo jogo e faz com que a versão de dominó de Greta pareça brincadeira de criança.

Volto para o recipiente do remédio e o pego. Acho engraçado ter escolhido o genérico, e não o de marca, para economizar. Para que economizar antes da morte?

Lambo meus lábios e faço uma careta com o gosto do que já está na minha boca. Vai piorar. Graças a Deus pelo refrigerante.

Inclinando o frasco de remédio sobre a palma da mão, eu...

Mudo de ideia.

— Não! — grito enquanto jogo tudo fora.

À medida que o recipiente do genérico ricocheteia na parede, as pílulas giram como se fosse a evacuação de um prédio em chamas. A embalagem depois cai no balde do esfregão, o som oco quase tão alto quanto a minha voz, uma cesta que eu não conseguiria ter feito se tentasse.

Aponto um dedo para a porta, onde ela estava sentada.

— Eu *não* vou me matar só para me livrar de você. Não é assim que acaba!

Não quero terminar como uma covarde. Não quero que a última coisa que faço nesta terra seja ditada pela minha doença. Este não vai ser meu ato final.

Chuto a lata de refrigerante como se fosse uma bola de futebol e minha força a manda cambaleando para o canto e, depois, as leis da física a levam para um passeio pela sala da caldeira, apresentando-a à pilha de cadeiras, às pernas finas de um banquinho, aos canos de metal enrolados no chão. O refrigerante vai parar embaixo da caldeira, como se estivesse se protegendo caso meu pé tivesse outra ideia brilhante.

Vou me entregar à polícia.

Vou subir para o meu quarto. Vou pegar a faca. Caminhar até a cidade, até a delegacia e me entregar.

Vou confessar e assumir a responsabilidade por ações que não foram de minha escolha, mas que são minhas. E, então, serei internada para o resto da vida e minha doença ficará em remissão permanente, porque tudo será gerenciado para sempre por profissionais.

Ainda estarei viva e existirei para provocar a minha doença. Presa atrás das grades de prescrição médica, minha loucura bipolar será reduzida a um tigre sem descanso que anda com impotência atrás de presas. E se tiver de passar o resto dos meus dias em um hospital ou uma cadeia, para assim finalmente vencer esta doença? Essa vitória faz o sacrifício valer a pena.

Minha mão não está tremendo quando abro a porta e, quando saio, respiro fundo. A porta se fecha atrás de mim com um clique, e a natureza resoluta desse som me estimula. Estou sombria e focada enquanto caminho para o lance de escadas mais próximo, o da lavanderia.

Subir. Pegar a faca. Ir para a cidade...

— Sarah?

Ignoro quem diz meu nome.

— Ei, Sarah, espere — a voz exige.

Agora não é hora, penso enquanto me viro com impaciência.

Keisha está saindo da lavanderia. Ela parece exausta, com olheiras sob seus olhos vermelhos e inchados. Ela parece estar chorando. Por dias.

— Não posso falar agora — digo. — Estou no meio de algo...

— Espere. — Ela sai. Ela é mais alta do que eu, fisicamente mais forte também.

Mas está parecendo muito frágil.

— Por favor.

Enquanto balanço minha cabeça, penso na forma como minha doença acabou de se manifestar fora de mim. Não quero machucar ninguém, sobretudo essa menina.

— Keisha, não posso mesmo ficar aqui...

A ex da minha colega de quarto abaixa a voz, mesmo que não haja ninguém em volta. Ou pelo menos ninguém que eu conheça.

— Preciso falar com você sobre Strots. Sobre a noite em que Greta morreu.

TRINTA E CINCO

Conforme abro meus lábios para outro "tenho de ir", algo no rosto de Keisha me faz fechar devagar minha boca com seu gosto amargo. Os olhos dela estão firmes, mas assustados, e sua expressão é de dor física, embora ela não pareça estar ferida. Mais do que tudo isso, porém, ela fala de forma urgente e eu sei como é esse desespero.

— Por favor — diz ela com suavidade. — Não consigo falar com mais ninguém. É importante.

Entramos na lavanderia. Sua roupa está na secadora, algum zíper emitindo um barulho metálico e irregular lá de dentro.

O dever de casa de Keisha está espalhado na mesa onde eu fazia o meu quando tinha que proteger minhas roupas pretas do ataque do alvejante. Mas não precisarei me preocupar com isso nunca mais. Por uma série de razões.

Sentamo-nos juntas. Posiciono a cadeira com um tiro certeiro atravessando a porta, porque tenho de ir me entregar à polícia pelo homicídio que cometi.

— Não sei para onde ela foi depois que terminou comigo — Keisha diz.

— O quê? — questiono, embora não me importe e não esteja de fato ouvindo.

Só estou tentando descobrir como me livrar disso sem parecer mal-educada.

— Ela saiu do meu quarto depois que terminou comigo...

Olho para ela uma vez, e depois olho de novo.

— Espere um minuto. — Esfrego minha cabeça, que começou a doer. Ainda bem que tomei dois remédios. Ou três. — Você é que terminou com ela.

Keisha franze a testa para mim.

— Não, não terminei. Quem te disse isso?

— Strots.

— Ela mentiu. — Keisha é enfática, inclinando-se para mim sobre seu livro de química. — Ela subiu ao meu quarto e me disse que tínhamos que parar de nos ver. Ela disse que não seria responsável pela minha expulsão por causa das acusações de Greta. Ela disse… que me amava, mas que estava tudo acabado.

Recuo.

— Não estou entendendo. Ela me disse que você terminou com ela.

— Não terminei! Porra, acha que não sei? E não me importava com o que Greta ameaçava fazer. Não estou nem aí para nenhuma dessas vadias. Vou ficar bem, com ou sem Ambrose. Sem Strots, porém… — Seus olhos se enchem de lágrimas. — Tem de haver um motivo melhor para não ficarmos juntas do que esta merda desta escola e aquela puta que mora do outro lado do corredor de vocês.

Morava, corrijo para mim mesma.

Eu me inclino para a frente também.

— O que, exatamente, Greta disse que ia fazer?

— Ela ameaçou ir à administração denunciar nós duas. — O rosto de Keisha endurece. — Ela disse a Strots que ia me expulsar porque sabia que, mesmo que Strots pudesse contornar as regras, alguém como eu não poderia.

— Greta confrontou você também?

— Não. Apenas Strots. — Keisha balança a cabeça. — E, logo depois, Strots veio ao meu quarto e terminou comigo. Foi uma bagunça do caralho. Ela chorou, eu chorei. Eu estava, tipo, por que diabos estamos terminando? Mas ela não quis me ouvir. Implorei a ela. Disse que ela não precisava tomar decisões por mim. Que posso cuidar de mim mesma. Mas ela estava decidida. E você a conhece. Uma vez feito, está feito.

Keisha fica quieta por um minuto e então se recosta, suas mãos de dedos longos brincando com o canto de seu livro aberto, folheando a borda rígida das páginas encadernadas.

— Quando ela saiu do meu quarto, eram, tipo, 21h. — Keisha volta a olhar para mim. — Cerca de uma hora depois, decidi que aquilo era uma besteira. Então fui até o quarto de vocês. Bati. Ninguém respondeu. Eu abri a porta. Você estava dormindo. Ela não estava lá.

— Talvez ela tenha saído para dar uma volta para clarear a cabeça e fumar um cigarro — sugiro. — Ela faz isso às vezes.

— Foi o que pensei. Mas aí desci até aqui e saí pelos fundos. Estava muito frio, porém, e eu precisava de um casaco. Corri de volta para cima e, quando desci de novo, alguém tinha acabado de entrar. Vi pegadas úmidas no estacionamento e no dormitório e, depois, pelo corredor até as escadas.

Era eu, penso comigo.

Exceto que... se Keisha disse que me viu dormindo, como cheguei ao rio, matei Greta e voltei para o meu quarto tão rápido? O porão é quente e seco por causa daquela enorme caldeira. Molhado não fica molhado por muito tempo. E, quem quer que tenha deixado as pegadas, tinha acabado de entrar no dormitório.

— Espere — peço. — Quando olhou em nosso quarto, eu estava dormindo?

— Sim. Estava com uma toalha enrolada no cabelo como se tivesse acabado de tomar banho. Parecia que você havia desmaiado de sono antes de tirar a toalha.

— E logo depois disso você viu as pegadas úmidas no porão?

— Sim.

— Isso não faz sentido — comento baixinho.

— De qualquer maneira, segui os rastros pelas escadas laterais. Pareciam desaparecer no segundo andar, mas não sei se foi porque a umidade tinha, tipo, sumido.

— O que fez depois?

— Verifiquei seu quarto de novo. Você ainda estava na cama, do mesmo jeito de antes.

— Isso é impossível.

— Por quê?

Gesticulo com a mão para ela descartar a pergunta.

— Continue.

Ouço vozes agora. Abafadas, como se houvesse pessoas na escada lateral, discutindo.

Keisha olha por cima do ombro e fico preocupada que ela pare de falar. Mas, então, ela me encara de novo.

— De qualquer forma, encontrei Strots no chuveiro. Eu sei porque olhei no banheiro de vocês e o balde dela não estava no cubículo. Também reconheci o cheiro do xampu dela no ar.

— Falou com ela?

— Não de cara. Esperei por ela no corredor. — Keisha sacode a cabeça lentamente, como se estivesse se lembrando de algo que a incomoda. — Ela não estava bem quando saiu do banheiro.

A porta dos fundos do dormitório abre e fecha. Eu ouço mais vozes. Depois, passos no corredor. Mas ninguém desce até a lavanderia, no entanto. Os passos sobem a escada.

— O que quer dizer com "ela não estava bem"? — eu me ouço perguntar.

— Ela estava apenas de toalha.

— Por que isso é um problema? Ela tinha acabado de sair do banho.

— Mas tinha uma pilha de roupas dobradas nas mãos. — Keisha balança a cabeça de novo, como se tivesse repassado tudo isso um milhão de vezes em sua mente. — Ela as escondeu nas costas. Ela não queria que as visse.

— O que você disse para ela?

— Essa é a questão. Ela não quis falar comigo. Mal olhou para mim. Apenas voltou para o quarto de vocês e fechou a porta na minha cara.

— Ela estava chateada. Vocês tinham acabado de terminar.

Os olhos negros fixam-se nos meus.

— As roupas, porém... estavam com um cheiro estranho. De lama fresca.

Olho para ela do outro lado da mesa, para o seu livro de química aberto, seu caderno e suas duas canetas Bic, uma azul e outra vermelha.

— Ela não matou Greta — afirmo.

A voz de Keisha falha:

— Acho que ela pode ter matado.

Pisco e sinto que não consigo respirar.

— Você está errada. Para começar, a cronologia não faz sentido. — Ela deve estar confusa com aquelas pegadas molhadas. E com o que pensou ter visto no meu quarto. E, também, as roupas nas mãos da minha colega de quarto. — Nem você nem Strots estavam bem naquela noite. Tudo só parece estranho porque você está dissecando e procurando pistas.

Keisha esfrega os olhos e depois abaixa as mãos, em um gesto de derrota. Ela diz algo desesperado que não consigo entender.

Estendo a mão e coloco minha mão sobre seu antebraço. Está quente e sólido por baixo de seu moletom das Huskies.

— Acho que você está com medo de que isso seja o que aconteceu. — Meu tom é compassivo porque sinto por ela. De verdade, sinto. — Acho que você está com medo de que ela tenha feito algo muito ruim, porque você a ama. Acho que sua cabeça está toda fodida e suas emoções também, e tudo isso é um terreno fértil para especulações. Acredite em mim, sei muito sobre o que a mente pode fazer por conta própria. Em circunstâncias como essa, você pode criar conexões entre fatos que não existem de fato.

Keisha balança a cabeça.

— Sei o que vi.

— Sua ordem de eventos e suas conclusões são o problema. Não são os seus olhos. Acha *mesmo* que Strots desceu até o rio e assassinou Greta? Tipo, esfaqueou-a nove vezes com uma faca?

Em geral, eu não teria coragem de dizer algo tão conflituoso, sobretudo não para Keisha, que não é apenas uma atleta estrela, com medalhas de honra, como não tem nenhum histórico de doença mental.

Mas sei que o sangue está em minhas próprias mãos.

Dou outro aperto em seu braço musculoso e fico de pé.

— Não se torture com hipóteses.

— Eu a amo.

Não sei o que dizer para fazer a garota se sentir melhor.

— Ela ama você também.

Falo com convicção, mas também sei que as palavras não são bem um bálsamo. Keisha vai ficar mal por um bom tempo. Strots também.

E isso me faz pensar em minha mãe. Meu Deus, minha pobre mãe. Claro, não estou me matando, mas viva e ré de um homicídio é mesmo muito melhor? Que tal viva e no corredor da morte? Massachusetts ainda tem pena de morte? Nunca pesquisei.

Este é o meu primeiro e, espero, único assassinato.

Ao sair da lavanderia, sou um trem de volta aos trilhos, exceto que vou para a esquerda, não para a direita, porque as vozes ainda estão tagarelando no lance de escadas mais próximo e a última coisa de que preciso é trombar com alguém. Enquanto ando, meu passo firme me faz passar pela sala da caldeira e penso que deixei a bebida enlatada e a caixa de remédios lá dentro.

Mas não vou voltar para pegá-las.

Subo os degraus do lado leste de dois em dois e, quando saio no meu corredor, há mais portas abertas do que o normal, mais garotas de pé no corredor. Estão se reunindo em grupos, trevos de três folhas às vezes intercalados por uma quarta folhinha. Elas não me notam, e isso é normal. Eu as noto, e isso também é normal.

Tenho um pensamento de que esta é a última coisa normal para mim. Mas continuo decidida.

Esta é minha chance de ser um heroína, e não no sentido de livrar o mundo e a mim mesma de um flagelo. O sistema judiciário terá que fazer isso.

Ainda assim, dar o pontapé inicial no processo judicial é uma vitória visceral, que a minha doença, depois de ter tirado tanto de mim, não pode me roubar.

É nessa onda particular de certeza e propósito que eu surfo pela porta do meu quarto para pegar a faca.

E paro, de repente.

Não, isso não está certo.

Corro até as escrivaninhas que, em contraste com a desordem que deixei, estão de volta na posição correta, alinhadas lado a lado. A luminária, que tirei para enxergar o chão, não está mais embaixo, mas atrás dos meus livros didáticos. Minha cadeira está arrumada em seu devido lugar, toda limpa e certinha.

Meus joelhos batem na madeira nua enquanto ajoelho onde a faca deveria estar.

A poeira se foi.

Quando afasto as escrivaninhas... Não há nada ali. Não há faca de cozinha suja, de cabo branco, com sangue seco na lâmina.

Como se nunca tivesse existido.

— Não, não, *não*...

Sinto a realidade passando por minha mente, caindo como areia na peneira das minhas convicções e conclusões, escapando mais uma vez. Mas eu sei o que vi, sei o que fiz...

— Taylor?

Espio ao redor atrás de mim. Strots está parada na porta aberta do nosso quarto, imóvel como uma estátua.

— Preciso da sua ajuda — peço.

— Com o quê? — Ela entra com cautela e fecha a porta. — Com o que você precisa de ajuda?

Eu caio sentada.

— Matei Greta. Deus do céu, Strots, eu a matei.

A surpresa da minha colega de quarto não é uma surpresa. Nem é sua negação imediata da minha declaração, porque Strots é leal.

— Não, você não a matou — corrige ela.

— Sim, eu a matei. Usei a faca que você me disse para levar para o Wycliffe. Na noite em que ela foi morta, eu a segui até o rio...

— Não. Você não foi lá.

— ... onde eu a esfaqueei e a deixei lá e...

— Você não a matou. — Strots se aproxima e se senta em sua cama. — Não sei o que o seu cérebro está dizendo, mas você é inocente. Você não matou ninguém.

— Coloquei a faca aqui. — Aponto para as escrivaninhas desarticuladas. — Escondi...

— Não.

— ... e agora tenho que ir à polícia.

— Não, não tem.

— Sim, tenho. Vou fazer a coisa certa pelo menos uma vez...

— Então, onde está a faca?

Empurro meu cabelo para fora do rosto.

— O quê?

— Onde está a faca? Se vai à delegacia para confessar, onde está a arma do crime?

Aponto para a junção entre as mesas.

— Estava bem ali.

— Ok. E agora, onde está?

Pisco. Olho para a frente e para trás entre minha colega de quarto e as escrivaninhas.

— Não sei.

— Você não matou Greta, Taylor.

Começo a resmungar e balançar a cabeça.

— Você não entende do que sou capaz. Tive um surto psicótico, e eu...

— Eu a matei.

Strots me encara sem vacilar enquanto pronuncia essas palavras. E, então, como se soubesse que estou duvidando do que acho que ouvi, ela as repete.

— Eu matei Greta Stanhope.

Há um zumbido em meus ouvidos, o som rugindo como uma onda de maré chegando e, quando atinge o pico, sinto um espancamento em meu corpo.

— Não, você não matou. — Quero repetir o que ela me disse, exatamente com o mesmo tipo de voz firme. Só que meu tom sai fraco. Como se eu estivesse implorando. — Você não poderia ter feito isso.

Estou pensando em Keisha agora e no que ela me disse que viu, sua linha do tempo.

Strots olha para suas mãos fortes, abrindo os dedos.

— Ela ia denunciar Keisha e a mim para a administração. Eu não podia deixar que fizesse isso. Eu acabei... Eu não podia.

— Strots, você não sabe o que está dizendo.

Minha voz sobe no final, como se fosse uma pergunta, porque não quero perder minha chance de ser uma heroína, de finalmente fazer a coisa certa contra minha doença. E, também, porque não quero que Strots minta para me proteger. E porque não quero que minha colega de quarto vá para a cadeia, porque aí ela não vai mais morar comigo.

— Você não sabe...

— Greta estava chateada com a demissão de Nick e tudo mais. Ela pensou que fui eu que denunciei, embora não soubesse de nada disso. Ela me confrontou e disse que ia tirar de mim o que eu amava, assim como fiz com ela. Pedi que deixasse Keisha fora disso. E começamos a brigar.

— Onde?

— Fora do Wycliffe. Depois do jantar. — Strots balança a cabeça. — Estava escuro. Ninguém viu a gente. Fui para o quarto dela um pouco mais tarde. Ela estava sozinha. Informei-lhe que queria fazer um acordo, que ela precisava me encontrar no rio antes do toque de recolher para que tivéssemos um pouco de privacidade. — Strots está me olhando, mas não está mais me vendo. — Pensei bem antes de sair do dormitório. Coloquei um boné. Estava de luvas. Levei a faca no bolso do meu moletom. Tinha visto a faca e o prato no armário. Esperei nas pedras por um tempo. Fiquei preocupada que ela não fosse. Depois fiquei preocupada que ela não fosse sozinha, que Francesca ou Stacia pudessem estar com ela. Mas, no fim, ela apareceu sozinha, e eu... — A voz de Strots desaparece. Quando ela começa a falar de novo, tem de limpar a garganta. — Assim que a vi, me acovardei. Eu não poderia seguir com aquilo. Só que... ela começou a falar comigo e entrou na história do ano passado, em toda a merda que fez comigo. Estava jogando na minha cara, rindo... Aí perdi a cabeça. — Ela olha para as mãos de novo, como se não as reconhecesse. — Eu não queria matar ela. Mesmo depois de tanto planejamento, não sei o que eu estava pensando. Mas então aconteceu e eu simplesmente entrei em pânico. Enterrei a faca a uns cinquenta metros das pedras, em um tronco oco. Voltei aqui, tomei um banho e escondi minhas roupas. No dia seguinte, levei as roupas até o ginásio e coloquei nas máquinas industriais com as toalhas dos treinos. Então, quando ninguém estava olhando, joguei as roupas na lixeira porque sabia que a coleta seria pela manhã.

Vagamente, estou ciente de que há luzes piscando lá embaixo, no estacionamento. Azuis e vermelhas. As cores alternadas penetram por nossas janelas e iluminam o teto.

— Mas a faca... — Contemplo o espaço entre as escrivaninhas.

— Fiquei paranoica que os policiais descobririam no rio. Então ontem à noite desci e peguei de volta do toco. Tive sorte. Não tinham revistado bem a área.

Ando de costas pelo chão, até que a armação de metal da minha cama me impede de ir mais longe. Confusa, eu tento me descascar para me levantar das tábuas de pinho e jogar meu corpo no meu colchão, para que fique na mesma altura em que Strots está.

— Então, onde está a faca agora? — pergunto.

Ela estreita os olhos.

— Você não sabe o que acabou de acontecer?

— Nós duas acabamos de confessar um assassinato — murmuro secamente. — Está bem claro para mim.

— Bem, veja, aqui está a parte engraçada — ela pontua sem sorrir. — Eu estava querendo saber o que fazer com a faca, sabe, toda ansiosa, uma merda. Voltei logo após minha última aula e decidi que não iria para o treino. Ia pegar meus cigarros e ir até a cidade procurar um lugar melhor para me livrar da lâmina depois de escurecer. Quando cheguei ao nosso andar, ouvi um barulho estranho vindo do apartamento de Nick Hollis. Foi como um baque e depois alguém arrastando os pés.

Ela não prossegue.

Através da janela do lado dela, ouço vozes masculinas. E, então, elas param bruscamente, como se a polícia tivesse invadido o dormitório pela porta dos fundos.

Os pelos da minha nuca se arrepiam.

— Que som foi esse, Strots?

Ela esfrega o rosto.

— De qualquer forma, apenas continuei. Fui ao banheiro, sabe? Depois vim para cá. Você ainda não tinha voltado da aula porque tinha laboratório de química. Peguei meus cigarros e fui embora. — Seus olhos se concentram no meio-termo entre nós. — Não consegui nada na cidade. Quando voltei, subi as escadas de novo e não conseguia tirar o barulho da cabeça. Foi assim... Estranho e, que inferno, talvez soubesse o que estava no fundo da minha mente. Bati na porta de Nick Hollis. Tentei a maçaneta. Quando abri... — Seu olho direito começa a tremer. — Ele estava pendurado por um cinto em um gancho de uma das vigas do teto. Ele derrubou uma cadeira sob seus pés. Acho que o barulho era dos dedos dos pés, sabe... roçando na lateral da cadeira.

— O quê?! — Levo as mãos ao rosto. — Ai, meu Deus, ele está morto? Mas que porra, porra, porra...

— Sim, ele já tinha morrido. Não estava mais se movendo. Os olhos dele estavam abertos... E ele não estava, tipo, se contorcendo nem nada. — Ela olha para o chão. — E foi aí que percebi...

Pisco algumas vezes.

— Que você deixou a faca no apartamento dele.

— Sim. — Ela respira fundo. — Ninguém mais estava por perto. Ninguém mais sabia o que vi. Saí, fechei a porta e corri para cá. Quando entrei, vi as escrivaninhas afastadas e a faca no chão. Eu meio que esperava que você fosse a única a encontrar, mas rezei para você não tocar nela. Você tocou? Tocou na faca?

— Não — sussurro.

— Que bom. Calcei minhas luvas, peguei a faca e me certifiquei de que ninguém estava no corredor quando voltei para o apartamento dele. Coloquei a faca bem no balcão da cozinha, depois deixei a porta um pouco aberta. Eu sabia que mais cedo ou mais tarde alguém iria olhar, porque agora a polícia está aqui. Alguém viu. Alguém ligou para eles.

Eu me concentro no teto e olho para as luzes piscando acima das nossas cabeças.

— Isso é real? — pergunto a ninguém em particular. — Isso está mesmo acontecendo?

Strots se levanta da cama e olha pela janela.

Quando ela fica parada ali, como um zumbi, fico com medo, por alguma razão.

— Strots?

Demora um longo tempo antes de ela me responder.

— Você estava certa — observa com a voz falhando. — Não há lugar para pessoas como você e eu neste mundo.

— O que está falando? Eu nunca disse isso. — Mas acho que ela está certa. — Strots, o que você está...

— Nenhum lugar. — Ela dá de ombros. — Não quero mais fazer isso, Taylor.

— Fazer o quê?

— Acabei de incriminar um homem inocente.

Também fico de pé. Algo nela está me alarmando, mesmo que não identifique bem o que é.

— Nick não era inocente — corrijo. — Ele transou com uma aluna.

— Mas ele não matou ninguém. — Ela está olhando para a noite, encarando as vidraças. — Ele está morto, mas isso não me dá o direito de arruinar sua vida. Sua memória. Sei lá. Ele não matou Greta.

A maneira como ela está olhando para aquelas vidraças me faz desenhar raios em direções que me apavoram.

— Ei, Strots — digo —, que tal fumarmos um cigarro, hein? Vou experimentar um cigarro pela primeira vez. Você pode me ensinar a fumar.

Não tenho ideia do que estou dizendo. Eu estou falando rápido. Estou...

— Estou farta de tudo, Taylor. — Ela olha para mim. E dá um passo para trás. E outro. — Sinto muito por isso...

— Aonde você vai? Você precisa se sentar e...

De repente, estou de volta ao Dia da Montanha. Sob um sol muito quente. Estou no time da sra. Crenshaw. Antes de tudo ficar tão adulto, antes de pessoas morrerem, antes de qualquer uma de nós ter qualquer ideia de como as coisas iriam se tornar sombrias e perigosas.

Estou ofegante durante o intervalo da picada de abelha. Apoio minhas mãos nas coxas e inclino meu tronco para a frente sobre a grama enquanto tento colocar mais oxigênio em meus pulmões. Strots está parada ao meu lado. Ela está inclinada, com um rosto como o meu. *Não se preocupe com os olhos e rostos dos adversários. Concentre-se no corpo à sua frente. Os braços e as pernas dirão para onde estão indo. O corpo nunca mente.*

Essas palavras, descartadas naquele momento, tornam-se a coisa mais importante que já ouvi quando percebo, uma fração de segundo antes da investida de Strots, que ela vai dar um salto correndo pela janela e se lançar de cara em um voo livre. Para se espatifar na calçada lá embaixo.

capítulo
TRINTA E SEIS

Eu me movo para a frente da minha colega de quarto. Levo meu corpo não na direção dela, mas para um ponto um metro à frente de onde ela está. Quando ela avança sobre mim, somos como bolas de bilhar a caminho da caçapa, que é a única trajetória em que eu, com meu peso e força, consigo derrubá-la. O impacto é explosivo, recebo uma cotovelada no rosto, meu maxilar se fechando com tanta força que meus molares estão cantando quando meu impulso nos leva para a cama de Strots.

Caio em cima dela e sei que não tenho tempo. Ela está atordoada e não revidou, mas isso vai mudar assim que ela perceber que sua queda foi negada — e ela é poderosa o suficiente para me jogar para longe dela e conseguir romper aquele vidro frágil e aquelas esquadrias antigas e frágeis.

— Não! — grito baixinho enquanto a coloco de costas. — Assim não!

Mantenho minha voz baixa porque não quero que as coisas escalem, mas, enquanto enfio meu rosto no dela, manter o volume baixo requer autocontrole.

— Você *não* vai fazer isso, porra.

Em resposta a mim, seus olhos se arregalam e seus braços caem, como se ela não pudesse acreditar no que eu fiz, nem que estou gritando com ela.

Agarro a frente de seu moletom no decote e a puxo para cima.

— Você *não* vai fazer isso. — Largo sua cabeça de volta no colchão. — *Não* vai! — Repito a ação, puxando-a para cima, empurrando-a para baixo. E começo a chorar, minhas lágrimas caindo em suas bochechas. — Você é a *melhor* pessoa que já conheci, e não vai fazer isso! — Estou histérica agora e me esqueço de ficar quieta. — Você é a minha única amiga! Não me faça ouvir esse som de novo!

De um corpo batendo no asfalto.

Só que, desta vez, em vez de ser a garota que me contou sobre a quantidade de remédios, é Strots, é a garota mais corajosa e forte que conheço, lançando-se do nosso dormitório por razões que fazem todo o sentido e absolutamente nenhum.

Tento me acalmar. Parar de me mexer.

— Já ouvi isso uma vez — eu me lembro. — Ouvi o som quando uma garota que eu conhecia pulou do telhado do hospital. Ela caiu na calçada. Você não tornará essa a última memória de você, está entendendo? Você não vai fazer isso com a gente.

Nós duas estamos respirando com dificuldade. E ela é a próxima que fala, sua voz endurecida.

— Não posso mais viver neste mundo, Taylor. Não posso viver com o que fiz...

— O inferno que você não pode — retruco. — Nick Hollis matou Greta Stanhope porque ela engravidou, tentou chantageá-lo e acabou com a sua vida. Ele cometeu suicídio hoje porque sabia que não conseguiria seguir em frente. *E isso não é terrível?*

Quando Strots apenas olha para mim em um choque entorpecido, aperto mais seu moletom e pronuncio as seguintes palavras:

— Não é horrível como acabou para os dois, Strots? É uma porra de uma tragédia. *Repita.*

Meus olhos perfuram os dela e, em minha mente, estou rompendo os limites rígidos de seu crânio e entrando em seu cérebro, religando as coisas.

— Não foi isso que aconteceu — Strots afirma com franqueza.

— A *realidade* não é o que acontece — atiro de volta para ela. — A realidade é o que nossos cérebros nos dizem que é verdade. Está tudo apenas em nossas mentes. Então você vai começar a dizer a si mesma agora mesmo que...

— Não é isso que...

— ... que ele era um safado que gostava de garotinhas e iria continuar encontrando-as onde quer que estivesse. Ela era uma vadia que brincava com as pessoas até conseguir o que merecia. Nick Hollis matou Greta Stanhope porque ela engravidou e tentou chantageá-lo. Então, ele se enforcou em seu quarto porque sabia que iria para a cadeia. Você vai repetir isso a cada minuto que estiver acordada e em seus sonhos adormecidos, até que se torne a verdade que abafa todas as outras. Você me entendeu? Isso é o que você vai dizer a si mesma, começando agora mesmo, e sua mente vai acreditar porque você vai treiná-la como a porra de um cachorro.

— Não resolve nada.

— Nem você pulando daquela janela. Você e eu talvez nos sintamos deslocadas agora… Mas talvez melhores. No futuro. Talvez as coisas mudem para pessoas como você e eu.

— Você não sabe disso.

— E você também não morrerá esta noite por algo que não fez…

— Eu fiz…

— Não, você não…

— O que está acontecendo aqui?

Eu me viro para a porta. Keisha está de pé dentro do nosso quarto, com os olhos arregalados, o braço tremendo enquanto segura a maçaneta.

— Feche a porra da porta — grito para ela. — Agora mesmo.

Ela recua. Depois, entra e fecha a porta, chocada demais para fazer qualquer outra coisa.

Eu aponto meu dedo para ela como se fosse uma arma, minha voz baixa e ameaçadora.

— É uma pena o que aconteceu entre Nick e Greta. Dá para acreditar que ele a matou? E depois se enforcou. É realmente uma tragédia. *Não é?*

Os olhos arregalados de Keisha viram-se para Strots. Depois, voltam para mim.

Estou preparada para contar os fatos à garota, se for preciso. Proteger minha colega de quarto dela mesma, do mundo, estou preparada para fazer o que for preciso.

Exceto que não preciso começar a dar socos, ao que parece.

Após um longo momento, Keisha acena com a cabeça lentamente. Então, ela cruza os braços sobre o peito, levanta o queixo e me dirige um olhar firme.

— Sim, Nick Hollis matou Greta Stanhope e se enforcou — diz ela, convicta. — Um caos, mas pelo menos acabou agora. E nunca mais precisamos pensar nisso.

Olho para Strots.

— Não é mesmo? — Quando minha colega de quarto não responde, eu digo:

— Ellen, *não é mesmo?*

Os olhos de Strots começam a lacrimejar. Uma lágrima escapa do canto de um deles. Então ela olha através do nosso dormitório para a garota que ela ama.

— Sinto muito, Keisha — pede ela com a voz rouca. — Sinto muito.

capítulo
TRINTA E SETE

Só uma semana depois posso ir almoçar no Wycliffe. Nos sete dias seguintes, sobrevivo de refrigerante, *cupcakes* e batatas chips que compro todas as tardes às 16h no posto de gasolina na cidade. Uso o dinheiro que ganhei no fim de semana do Dia de Colombo para me alimentar com essas porcarias. E mantenho esse horário porque é difícil voltar logo depois das aulas e me acomodar no meu quarto. Preciso do ar frio e da caminhada, então compro apenas o suficiente para aguentar um período de vinte e quatro horas por vez.

Mas uma mulher — ou menina, conforme o caso — não pode viver dessa dieta para sempre. Para começar, sinto falta de comida de verdade. Também sinto que estou jogando dinheiro fora. Além disso, sou pobre há muito tempo para me sentir confortável com tal extravagância.

Embora eu tenha tido outra sorte financeira inesperada. Depois de Nick Hollis ser encontrado em seu apartamento, minha mãe veio me ver de novo. Ela estava preocupada com minha saúde mental, mais do que o normal, e foi um alívio tranquilizá-la, assegurando-lhe de que estava bem. Que estava tomando meu remédio regularmente e me controlando bem. Que, apesar de tudo acontecendo ao meu redor, eu estava mantendo a calma. Antes de voltar para casa, ela me deu duas notas de 20 dólares. Uma era velha e macia como um lenço. A outra era novinha em folha, ainda dura e cheirando a tinta.

Vou economizar o dinheiro dela, junto com, a partir de hoje, o resto meu salário. Estou determinada a voltar para casa com as duas notas diferentes de 20. Talvez eu possa levá-la para jantar ou algo assim.

A coisa mais legal de vê-la, mais do que o dinheiro ou a notícia de que ela terminou com o namorado mais recente, foi quando ela me disse que me veria daqui a um mês para me levar para casa no feriado de Ação de Graças. Senti-me ansiosa pelas férias. Vou ficar animada enquanto espero por ela no meio-fio com uma das minhas duas malas. Provavelmente a azul.

A preta é meio deprimente.

E, quando saio do Palmer Hall depois da aula e atravesso o gramado, triturando as folhas coloridas com um céu claro acima de mim, decido que realmente gostaria de um hambúrguer. Espero que ainda tenha algum no refeitório. Se não, pizza. Ou um sanduíche de peru.

Olho em volta, para as meninas que vão e vêm comigo ao longo das calçadas. Durante toda a minha vida, ouvi os adultos dizerem que a juventude é resiliente, e estou testemunhando isso em primeira mão. Tivemos mais uma reunião obrigatória no dormitório na manhã seguinte à remoção do corpo de Nick Hollis de seu apartamento. Mais conselheiros de luto chegaram. Houve mais choro na sala dos telefones. As aulas foram canceladas naquele dia.

Muitas garotas voltaram para casa naquele fim de semana. Mas, depois, retornaram no domingo.

E, agora, as coisas parecem bem próximas do normal. Minhas colegas estão rindo e conversando em grupos pelo campus. As aulas e as provas são as mesmas. Os ritmos da escola foram retomados.

Não é como se nada tivesse acontecido. Mas ninguém parece estar muito apegado ao passado.

Bem, não as pessoas da minha faixa etária, pelo menos. Os professores, os administradores e os CRs ainda estão estressados e tensos. Dá para dizer isso, pois eles estão todos exaustos e distraídos nas lousas, quando estão ensinando ou quando estão caminhando com severidade entre os prédios para as reuniões. Aposto que os pais ainda estão pirando. Eu sei que minha mãe está.

Essa história no St. Ambrose é a única história da revista *People* que ela disse que não quer ler. Afinal, o objetivo do voyeurismo é que isso não aconteça com você. Que não aconteça com sua filha. Nem que seja nada muito perto. Ela diz que também não assistiu ao noticiário da noite e não tem planos de fazer isso por um tempo.

Quando estava aqui, ela me perguntou se eu queria voltar, para casa. Disse a ela que não. Eu disse que queria ficar. Ela me perguntou se me sentia segura no dormitório. Eu disse sim, claro.

Quando chego ao Wycliffe, entro pela porta da frente e largo minha mochila com as outras na área aberta. Através dos arcos do refeitório, vejo garotas em fila no bufê com suas bandejas, umas agrupadas em volta do balcão de leite e outras sentadas às mesas.

Eu me aventuro em meio à cacofonia, pego uma bandeja de plástico e entro na fila. A comida está mais interessante para mim, que é o que acontece quando você come as mesmas três coisas por uma semana. Perdi um pouco de peso e preciso me alimentar, mas agora não estou inclinada a me esforçar para fazer nada. Eu meio que quero ser... normal. O que quer que isso signifique.

Mas pego aquele hambúrguer. E batatas fritas.

Estou a caminho da minha mesa solitária à esquerda, junto à lixeira, e, por acaso, vislumbro Francesca e Stacia. Elas estão sentadas com seu grupo de garotas do nosso dormitório e Francesca está mantendo a sua corte, suas mãos gesticulando enquanto ela fala para seu público cativado.

A substituição de Greta marcou seu território e, sucessivamente, afirmou seu domínio sobre a matilha. Não demorou muito e parte disso, suspeito, é porque ninguém realmente queria assumir a vaga, considerando que a última cabeça daquele alto círculo social acordou morta na grande pedra perto do rio.

Francesca estava esperando por sua chance o tempo todo, concluo, enquanto me sento em minha mesa vazia. E me pergunto se ela não tentou um golpe no Dia da Montanha, formulado em termos de ameaças sobre o relacionamento com Nick Hollis. Greta, sem surpresa, defendeu seu território como uma boxeadora.

Mas toda essa competição é discutível agora e, pelo menos, não estou preocupada com Francesca pegando no meu pé. Lembro-me do rosto dela, quando ela desceu aquelas escadas de tênis branco e, depois, quando eu estava quase vomitando no banheiro.

Ela não é tão cruel quanto Greta era. Não vai me causar nenhum problema.

A primeira mordida no meu hambúrguer é o paraíso.

Estou mastigando quando ouço o som de um monte de cadeiras sendo empurradas para trás de uma só vez, seus pés raspando e rangendo no chão de linóleo.

Não presto atenção ao barulho...

Até que minha mesa é de repente cercada e eu mantenho minha cabeça baixa. Por reflexo, pego minha bandeja para sair, minha leitura de Francesca claramente mal-informada.

Exceto que, quando olho para cima, reconheço a primeira sequência de jogadoras do time de hóquei em campo. E todas com as suas bandejas.

— Ei, Taylor — Strots diz quando ela se senta ao meu lado. — E aí, que me diz de novo?

Todas as atletas vêm junto com ela, mesmo que tenha que puxar uma cadeira extra. Keisha está à direita de Strots.

— Humm... Nada? — pergunto ao fitar as outras garotas.

Estão relaxadas e começam a falar sobre um assunto qualquer, captando as sequências de conversas que foram brevemente interrompidas por sua mudança. Olho para Strots. Ela está fazendo uma piada com Keisha.

A outra garota começa a rir e seus olhares se encontram por um momento. E, então, ficam onde estão.

— Gostou desse hambúrguer? — Strots indaga quando volta a se concentrar na própria comida.

— Está ótimo.

— Fico feliz.

— Eu também.

À medida que a presença dessas garotas é percebida, uma sensação estranha me acomete no centro do meu peito, sobretudo quando a da minha esquerda me pergunta sobre a minha prova de história e depois me diz que está impressionada, mas não surpresa, que eu estava no topo das notas.

— Você é muito inteligente — ela anuncia. Como se fosse um fato tão indiscutível que não precisa ser falado em voz alta. — Tipo a garota mais inteligente da escola.

Não tenho ideia do que responder a isso.

Em vez disso, refugio-me em minha própria mente.

Volto para a sala da caldeira, onde me sentei em frente à minha doença e observei aquela versão de mim balançar a cabeça. Então penso na manhã seguinte ao suicídio de Nick Hollis, quando a verdade apareceu em todos os jornais e na TV... A verdade de que ele estava tendo um caso ilícito com Greta Stanhope, ela engravidou, ele a matou — e, então, alguns dias depois, enforcou-se em seu apartamento por causa da culpa.

Lembro-me da minha doença balançando a cabeça para mim.

Eu sei agora que, quando estava fazendo isso, não estava me ridicularizando com seu poder. Ele estava me dizendo que eu tinha entendido errado. Não fui eu quem matou Greta, não importa o quanto pudesse me imaginar fazendo isso.

Nick Hollis a matou.

Com uma faca de cabo branco que ele havia tirado do refeitório.

Que foi encontrada na bancada de sua cozinha, bem ao lado de seu corpo, pois ele se dependurou do gancho na viga sobre a cadeira, que depois derrubou debaixo de si mesmo.

E é uma tragédia.

— Não é mesmo, Taylor? — diz Strots.

Eu olho para a minha colega de quarto. Não tenho a menor ideia do que ela falou, mas eu confio nela tanto quanto ela confia em mim. Ou seja, completamente.

— Com certeza — respondo ao terminar meu hambúrguer. — É isso aí.

Enquanto almoço com meu novo grupo de amigas, percebo o que a sensação atrás do meu esterno é. É o calor acumulado que vem ao ser aceita por pessoas que a apoiam quando você precisa. É a sensação de pertencimento que você tem quando sabe, não importa o que aconteça, que você não está sozinha.

Esta é a realidade que eu teria criado para mim mesma se pudesse. Em vez disso, foi inesperadamente dado a mim por outras pessoas. O que é uma espécie de mágica, não é?

Mas eu sabia mesmo que Ellen Strotsberry mudaria minha vida desde o momento em que ela entrou pela nossa porta.

Ainda assim, em toda a minha felicidade particular e ruborizada, não estou ignorando o fato de que eventos muito adultos marcaram este semestre — e sei que este momento de contentamento, este meu pico pessoal de Dia da Montanha, não durará para sempre. A vida é complicada por coisas grandes e pequenas, e o que complicou o campus do St. Ambrose foi a maior possível: duas pessoas mortas... e três pessoas cientes de um encobrimento. Até onde sabemos.

Nada disso é o tipo de coisa da qual você sai impune.

Já li livros o suficiente de grandes mestres para saber que os pecados mancham a alma, e que o que é facilmente varrido para debaixo do tapete nos primeiros estágios de "seguir em frente" costuma assombrar as noites dos anos posteriores. Mas vou respirar fundo, muito obrigada.

Além disso, é engraçado. Nunca esperei deixar nenhum tipo de legado no St. Ambrose. Nunca esperei passar pelo meu primeiro semestre. Mas, quando olho para a minha colega de quarto sentada ao lado da garota que ela ama, sinto que posso ter mudado um pouco o mundo.

E fico muito satisfeita com as minhas escolhas.

NOTA DA AUTORA

*E*u não estava procurando por Sarah M. Taylor quando ela veio a mim quatro anos atrás. Adoro meu trabalho fantástico de escrever livros sobre vampiros, o que ocupa praticamente todo o meu tempo. Mas algumas histórias são persuasivas demais para ignorar, e a da Sarah é uma delas.

Não tenho certeza do que outros escritores fazem, mas eu jogo com imagens em minha cabeça, e meu papel é registrar o que vejo. Sou fiel às imagens que sigo e, enquanto a bobina roda, todo mundo fica feliz, eu em especial. Sarah e seu mundo em St. Ambrose eram tão incrivelmente vívidos e envolventes que eu não poderia deixar de retratá-los. Do momento em que vi Sarah e sua mãe naquele carro velho passando pelos portões da escola — e ouvi a mãe dela falando sobre o *gramado* —, eu sabia que tinha de me deixar levar.

E, então, vi o que a afetava. De imediato, soube que seu diagnóstico de transtorno bipolar e seus sintomas tinham de ser tratados com o máximo respeito. Não poderiam ser apenas um recurso de enredo, representados de forma caricatural ou unidimensional. Continuei a pesquisar extensivamente sobre o assunto e falar com pessoas que receberam esse diagnóstico. Também me certifiquei, desde o início, de que o livro fosse lido por indivíduos com experiência pessoal e relevante, para garantir que as descrições estivessem corretas. No entanto, acho muito importante reconhecer que não tenho nenhuma experiência pessoal direta ou histórica com o transtorno. Eu, de fato, espero que o cuidado com que abordei os aspectos da saúde mental neste livro seja perceptível. Não é minha intenção me apresentar como uma especialista e quaisquer erros são de exclusiva responsabilidade minha.

Quero agradecer a toda uma equipe de pessoas, a começar por minha editora, Hannah Braaten, que defendeu este livro desde o início. Quando se trata da minha série de vampiros, sou praticamente uma artista solo no que diz respeito ao conteúdo. Com Sarah, porém, eu precisava de ajuda e orientação para garantir que a história fosse bem transmitida e pudesse ser bem compreendida. Hannah me orientou em tudo, realizando um trabalho vital com bom humor e elegância. Meg Ruley, Rebecca Scherer, Liz Berry e Jennifer Armentrout foram as minhas primeiras leitoras e forneceram avaliações críticas nos estágios iniciais, quando ainda faltava muito polimento ao texto e eu precisava ganhar confiança para mostrá-lo a Hannah. Charlotte Powell tem sido uma ótima interlocutora e constante fonte de orientação de muitas maneiras, não apenas com este livro, mas com os meus outros, e, como sempre, sou muito grata a ela. Também sou muito grata à incrível equipe da Gallery Books e da Simon & Schuster por seu apoio, não apenas com a história de Sarah, mas com todos os meus trabalhos publicados por eles; a Jennifer Bergstorm, Jennifer Long e todos da equipe, tem sido uma grande alegria trabalhar com vocês ao longo de todos esses anos e devo muito a vocês. Obrigada a Jamie Selzer, que é um parceiro incrível em minhas produções (e aguenta minhas interferências incessantes com bom humor e desenvoltura). Por fim, obrigada a Lisa Litwack e Chelsea McGuckin, que fazem todas as minhas capas e são artistas fenomenais.

Este livro deve muito à minha querida prima, Lucy White, que revisou e examinou cada palavra — e defendeu, de forma apaixonada, uma questão relacionada à rede de farmácias cvs! Prima Lucy, como ela é conhecida com muito carinho na família, é um titã da palavra escrita e fez sugestões importantes, que moldaram a versão final. Também é uma fonte maravilhosa de apoio e amor para mim.

Como sempre, quero expressar minha gratidão à Equipe Waud: Nath Miller, LeElla Scott, Lucy Campbell, Jennifer Galimore e tantos mais. Vocês sabem quem são.

Por fim, agradeço à minha família.

E aos cachorros Archie, Naamah, Obie, Sherman, Bitty, Gats, Flash e Frank.

Jessica Ward
Julho de 2023

LEIA TAMBÉM

Kay Donovan é uma jogadora de futebol cujo grupo de lindas e populares amigas comanda uma escola particular, mas guarda segredos sombrios que se esforça para não respingarem no presente.

No entanto, quando o corpo de uma garota é encontrado no lago da instituição, a vida cuidadosamente construída de Kay começa a desmoronar.

Repleta de escândalos e tragédias, esta narrativa apresenta uma visão sombria e emocionante sobre amizades femininas, as pressões para alcançar sucesso acadêmico e também sobre saúde mental.

Garotas como nós é uma história clássica, assustadora e com um final surpreendente.